livan

KAPLANIN SIRTINDA

Kaplanın Sırtında / *Zülfü Livaneli*

Yayıncı ve Matbaa Sertifika No: 44066

Yayın direktörü Gülşen İşeri
Editör Gökçe Şenoğlu
İlk okuma Günnur Aksakal Baykan
Son okuma Ezgi Hotalak Adalı
Kapak illüstrasyonları Ali Yaycıoğlu
Kapak uygulama Şenol Alanbay
Sayfa tasarım Şenol Alanbay

ISBN: 978-975-10-4399-3

22 23 24   7 6 5 4 3 2 1
İstanbul, 2022

Baskı ve Cilt
İnkılâp Kitabevi Yayın Sanayi ve Ticaret AŞ
Çobançeşme Mah. Sanayi Cad. Altay Sk. No. 8
34196 Yenibosna – İstanbul
Tel : (0212) 496 11 11 (Pbx)

İnkılâp Kitabevi Yayın Sanayi ve Ticaret AŞ
Çobançeşme Mah. Sanayi Cad. Altay Sk. No. 8
34196 Yenibosna – İstanbul
Tel : (0212) 496 11 11 (Pbx)
Faks : (0212) 496 11 12
posta@inkilap.com
inkilap.com

livaneli

KAPLANIN SIRTINDA

İNKILÂP 95. yıl

Ömer Zülfü Livaneli (1946, Ilgın)

Öğrenim hayatına Ankara Maarif Koleji'nde başlayan Livaneli, ardından Stockholm'de felsefe ve müzik eğitimi aldı.

Hem Türkiye hem de dünya yazınına ve kültürel birikimine müzik, edebiyat, sinema gibi çeşitli mecralarda katkı koydu. Üretken yazarın romanları 40 dilde yayımlandı; İspanya, Kore ve Almanya'da çok satanlar listesine girdi. Son olarak *Serenad*, basının ve uluslararası kültür çevrelerinin yoğun ilgi gösterdiği bir organizasyonla Amerikalı okurlarıyla buluştu.

Zülfü Livaneli'nin romanları İtalya ve Fransa'da Yılın Kitabı Ödülü, ABD'de çeşitli edebiyat ödülleri, Balkan Edebiyat Ödülü; Türkiye'de Yunus Nadi Roman Ödülü, Orhan Kemal Roman Armağanı ve Beyaz Martı Onur Ödülü gibi ulusal ve uluslararası ölçekte pek çok saygın ödüle layık görüldü.

Columbia, Harvard, Princeton, Shangay, St. Petersburg, Kazan üniversiteleri gibi dünya çapında prestij taşıyan üniversitelerin yanı sıra, çeşitli Türk üniversitelerinde de konferanslar ve dersler veren usta edebiyatçının romanları, Missouri Southern State University'de (MSSU) ders kitabı olarak okutuldu.

Cengiz Aytmatov ev sahipliğinde Arthur Miller, Peter Ustinov, James Baldwin, Yaşar Kemal gibi 20. yüzyılın edebiyat dâhileri ve düşünürlerinin katılımıyla gerçekleşen Issık Göl Forumu'nda yer aldı.

Romanları kadar fikirleri ve müziği ile de dünya basınında övgülerle karşılanan bir sanatçı olan Livaneli edebiyat, müzik ve sinema alanlarında 30'dan fazla ulusal ve uluslararası ödül sahibi. Çalışmaları, dünya çapında yüz binlerce okur ve dinleyici tarafından takip ediliyor.

1972 yılında, dönemin politik atmosferi etkisinde, düşünceleri nedeniyle suçlanarak hapis ile cezalandırılan ve uzun yıllar sürgün hayatı yaşayan fikir-sanat işçisi Livaneli; Türk-Yunan ilişkilerinin zor dönemler yaşadığı 1980'li yıllarda Türk-Yunan Dostluk Derneği'nin kurucularından biri oldu. 1996-2016 yılları arasında UNESCO İyi Niyet Büyükelçisi olarak görev yaptı. 2002-2006 yıllarında ise milletvekili olarak TBMM'de yer aldı.

Türkiye müzik, kültür, fikir ve siyaset sahnesinde vazgeçilmez bir yeri olan Zülfü Livaneli, düşünsel ve edebi üretimine halen yaşadığı İstanbul'da devam etmekte.

www.livaneli.gen.tr
www.livaneli.net

Bu kitapta, Selanik sürgünü boyunca II. Abdülhamid ve ailesine bakan, sabık sultanla her gün görüşmüş olan Askeri Hekim Atıf Hüseyin Bey'in anılarından yararlandım. Onun tuttuğu günlüklerin Metin Hülagü tarafından yapılan derlemesinin yanı sıra tarihi olaylara ilişkin pek çok farklı kaynağı da inceledim. Mesela "öldükten sonra sünnet edilen Ermeniler" bahsi, dönemin Zaptiye Nazırı Hüseyin Nazım Paşa'nın hatıratından alınmıştır.

Tarihimizin en önemli dönüm noktalarından birisi olan İkinci Meşrutiyet ve Sultan Abdülhamid konusunu ideolojik ve sığ kamplaşmalardan uzak bir biçimde ele alıp, o devrin ruhunu ve zihniyetini yansıtmaya çalıştım.

Kapak illüstrasyonlarını çizen ve metinle ilgili kıymetli katkılar yapan Prof. Ali Yaycıoğlu'na yürekten teşekkür ediyorum. Ayrıca kitabı okuyarak değerli fikirlerini paylaşan Prof. İlber Ortaylı, Sırrı Süreyya Önder, Prof. Taner Timur, Zafer Köse, Ali D. Cevlan, Ozan Bilge dostlarıma ve İnkılâp editörlerine de teşekkür ederim.

"*Kaplanın Sırtında*, Livaneli'nin edebiyat hayatında ilginç bir çıkış. Sultan II. Abdülhamid devrine bir de aynanın öbür tarafından bakıyor. Bu belki çok fazla abartılan Abdülhamid devri karşıtı düşünceye karşı bir reaksiyon. Temelde Sultan Abdülhamid'in doktorunun günlüklerinden yararlanılmış. Tahttan hal' edilmiş sürgündeki Sultan'ın perspektifinden sürükleyici bir anlatımla Abdülhamid bilançosu yapılıyor. Tabii tarihi gerçeklerin müsaadesi ölçüsünde kurgunun getirdiği üslup da dikkat çekici."

İlber Ortaylı

"Zülfü Livaneli, bu kez karşımıza Abdülhamid rejimini alışılmış klişelerden kurtaran ve her yönüyle, özgürce gözlerimizin önüne seren *Kaplanın Sırtında* adlı sürükleyici romanıyla çıkıyor."

Taner Timur

"Zülfü Livaneli geçmişin ve geleceğin, devrimin ve çöküşün, büyük hayallerin ve hayal kırıklıklarının beraber yaşandığı yüklü ve zor bir dönemi anlatıyor; okuyucularını Osmanlı İmparatorluğu'nun son yıllarının zihin dünyasında samimi ve önyargısız bir yolculuğa davet ediyor."

Ali Yaycıoğlu

*"**Vehm-i hümayun**" sözü tabiatiyle hoşuma gitmiyorsa da, babamı yazacak olanlardan övücü şiirler değil, tarih beklediğimden ve bu da maalesef hakikat olduğundan, kabule mecburum.*

II. Abdülhamid'in oğlu Şehzade Abid Efendi

Doğar doğmaz kaplanın sırtına koymuşlar beni, diye düşünüyor, *şehzadelerin kaderi bu, kaplanın sırtında büyümek; herkesin gözünü kamaştıracak bir kuvvet ve kudret gösterisi, kaplan gibi muhteşem bir yaratığa egemen olma duygusu, yırtıcı hayvanın sırtındaki çelik adalelerin gergin kıpırtılarını bacaklarının altında hissetmek, herkesin korktuğu zalim bakışlı ölüm makinesinin efendisi olmanın verdiği doygunluk, ayrıcalık, üstünlük, tanrılık ama bir yandan da korku. Evet korku. Zaman zaman sırtından aşağı ıslak bir yılan kayıyormuş gibi tepeden tırnağa titreten soğuk bir ürperti.*

Şehzadelerin çoğu öldürülmeye yazgılı olarak doğar, diye düşünüyor, *bizim ailede, dudağında anasından emdiği süt dururken on sekiz ağabeyi ile birlikte boğdurulan bebeklere rastlanmadı mı, padişah olamayan yüzlerce şehzadenin boyunlarına ibrişim dolanmadı mı? Yaşamasına izin verilenler bile şimşirliğe hapsedilerek, yaklaşan her ayak sesinde celladı bekleyip kelime-i şahadet getirerek yıllarını geçirmedi mi, çoğu bu yüzden delirmedi mi,* diye düşünüyor, ama bu arada kendisinin de yıllarca hapsettiği ağabeyini, kardeşlerini aklına getirmemeye çalışıyor.

Ya devlet başa ya kuzgun leşe dünyası bu. Kaplanın sırtındayken her buyruğuna uyan o büyük güce egemensin, güçlüsün, mutlusun; ne var ki sırtından indiğin anda o kaplan seni pençesine düşmüş zavallı bir gazal gibi parçalar, hiç du-

raksamaz. Kaplanla birlikte yaşamanın tek koşulu onun efendisi olmaktır; ya efendisindir ya da kurban.

Bu durum benim tercihim değil, diye düşünüyor, *her insan kendi seçmediği bir ailede, seçmediği bir kaderle dünyaya gelir; bizimki de kaplanın sırtında doğmak bir bakıma. Kaderi değiştiremezsin.*

BİRİNCİ BÖLÜM

28 Nisan 1909
Selanik sürgününde ilk gece - Gece yarısı dondurma - Vehm-i hümâyun - La Traviyata

Otuz dördüncü Osmanlı Padişahı ve İslam ümmetinin halifesi II. Abdülhamid, o karanlık gecede sağ elini yere dayayarak doğruldu, sol eli tutunacak bir şeyler ararken yumuşak bir cisme değdi. Ona yaslanarak kalkmaya çalıştı. Kolu, bacağı ve kalçası ağrıyordu. İyice doğrulunca kaftanının cebinden çakmağını çıkardı, yaktı; çakmak alevi karanlık odayı bir parça aydınlattı ama bu kısmi aydınlanma yüreğindeki ürpertiyi de artırdı. Önce tutunduğu şeye baktı. Karanlıkta rengi pek seçilemeyen koyu renk büyük bir koltuk, galiba kaplaması kadife, karşısında ona bitiştirilmiş bir büyük koltuk daha, ötekinin eşi. Sırt sırta değil de oturacak yerlerinden bitiştirilmiş. O anda Padişah, ani bir şimşek çakmış da tepesinden tırnağına kadar yaşlı bedenini titreterek geçmiş gibi her şeyi hatırladı. Otuz üç yıldır her sabah uyandığı şehrinde, İstanbul'daki sarayında değildi, çok uzaktaydı. Selanik'te, bir köşkün odasında hapisti. Çakmağı kaldırarak çevresine baktı; kolunu hareket ettirdikçe, zayıf ışık yüksek tavandaki süslemeleri, panjurları kapalı camları, kahverengi parkeyi ve iki koltuğu yalıyordu.

Sultan'ın içine tarifsiz bir gariplik çöktü. Bu yabancı odada aç biilaç, kimsesiz kalmıştı. Kızları, oğulları, eşleri, uşakları, bomboş köşkün odalarında tahtaların üzerine uzanmış olmalıydı. Köşke getirilip de, iki kanatlı koca kapı askerler tarafından üstlerine kilitlendikten sonra, sadece bir yemek masası bırakılmış büyük, boş salonda kalakalmışlardı. Yere oturmuş, birbirlerine bakmaya bile utanarak başlarını önlerine eğmişlerdi. Neden sonra büyük kızı köşede unutulmuş iki koltuk görmüştü. Koyu yeşil kadife kaplı lenduha koltuklardı. Uşakları, kızlarının da yardımıyla onu soldaki odaya taşımış, birbirine bitiştirmiş ve "Sultanım bu gece burada istirahat buyurun, sabah ola hayrola," demişlerdi. "Kendi askeriniz sizi böyle bir duruma düşürmez ama herhalde hazırlanacak vakitleri olmadı." Tam o sırada üç katlı devasa köşkün kapısının açıldığını duymuş, bir kumandanın, yanındaki askerlerin tuttuğu lamba ışığında içeri girdiğini görmüşlerdi. Hayatı boyunca öldürülme korkusu içinde yaşamış olan yaşlı padişahın zayıf sinirlerini altüst eden, askeri sertlikte bir giriş olmuştu bu. Çizmelerden çıkan sesler köşkün boşluğunda yankılanıyor, lambalar gölgeleri uzatarak duvarlara vurduruyor, Kumandan'ın nispeten medeni yüzüne karşı daha alt rütbelilerin kendisine ve tahta üzerinde oturan ailesine yönelttiği haşin bakışlar, son saatlerinin geldiğini haber veriyordu. Belki de hepsini burada kurşuna dizeceklerdi, belki de her şey gibi hanedan kanı akıtmama âdeti de geçmişte kalmıştı. Çocuklarının, onu korumak ister gibi önüne geçtiklerini fark etti. Hanımları, üç kızı ve büyük oğlu babalarına siper oldular. Kumandan durumu anlamış olmalı ki, "Efendim," dedi, "size yemek ve su getirdik."

Arkasındaki askerler taşıdıkları büyük bir siniyi, salonun ortasında bir yalnızlık heykeli gibi duran yemek masasının üstüne koydular. Kumandan, "Kusura bakmayın, çok ani bir geliş olduğu için köşk hazırlanamadı. Robillon Paşa oturuyordu burada, emir üzerine boşalttı, eşyasını alıp gitti. İnşallah yarın otellerden yatak vesaire tedarik ederiz," dedi. Kumandan'ın, padişah ailesinin içine düştüğü duruma üzülür gibi bir hali vardı ama ötekiler düşmanca bakmayı sürdürüyordu.

"Eksik olmayınız zabit efendi!" dedi Padişah. "Allah sizden razı olsun. İsminiz neydi?"

"Ali Fethi efendim. İstanbul'dan geldim. Sizden ben sorumluyum. Bu yemekleri Selanik'in en iyi lokantası Pastaciyan'da yaptırdıklarını söylediler," dedi Kumandan. Keşke demez olaydı çünkü yemek ve hazırlatılmış sözlerini duyar duymaz Sultan'ın o dillere destan "vehm-i hümâyun"u, korkuları depreşiverdi. *Demek bizi zehirleyerek öldürmeyi düşünüyorlar*, diye geçirdi aklından. Bu yemekleri yiyemezdi ama reddetmesi de olmazdı. Hemen bir çare bulması gerekiyordu. "Kumandan Bey, üzerinize afiyet benim midem rahatsız," dedi. "Bunları yiyemem. Mümkünse biraz yoğurt ve maden suyu isterim." Kumandan'ın esmer yüzünde bir şaşkınlık belirdi ama yine de Padişah'ın isteğine "Tamam," dedi, yanındakilere yoğurt ve maden suyu getirmelerini emretti.

Askerlerin cümle kapısından koşarak çıkmalarıyla girmeleri bir oldu. Padişah, bir kap içindeki yoğurda ve kapağı açılmamış maden suyu şişesine kuşkuyla baktı ama herhalde bu kadar kısa bir zamanda zehir karıştırmış olamazlardı. Ayrıca Kumandan Efendi de itimat telkin ediyordu. Teşekkür etti. Kumandan çıkarken en küçük oğlunun başını okşadı ve bir şeyler mırıldandı. Sonradan, en yakınında bulunan Zülfet Kalfa, onun "Zavallı yavrucak," dediğini aktaracak, bu da padişah ailesinin geçen zaman içinde Kumandan'a duyduğu yakınlık ve güvenin artmasını sağlayacaktı.

Kapı üzerlerine kilitlendikten sonra aç çocuklar sininin başına koşarak kapakları tek tek kaldırmaya başladılar. Ne var ki hepsi de büyük bir hayal kırıklığına uğradı. Tabakların çoğu boştu; bazılarında biraz yoğurt, birkaç dilim ekmek ama -garip şey- bol bol kaymaklı dondurma buldular. Bir gün önce saraydan alınıp İstanbul'dan trenle yola çıkarılan ve saatlerdir aç olan padişah ailesine bu saatte dondurma ikram etmek çılgınlığı acaba kimin başının altından çıkmıştı? Belli ki dürüst yüzlü Kumandan'ın haberi yoktu bu durumdan. Çünkü Padişah'ın teşekkürüne, öne eğilerek pek nazik bir selamla karşılık vermiş, saygıda kusur etmemişti ama ordudaki herkes onun dostu değildi. İhtilalciler, komitacılar, Frenk yanlısı zabitler, bütün kötülüklerin sebebi olarak gördükleri padişahlarından nefret ediyorlardı. Belki de kendi ordusunda düşmanı dostundan çoktu. Yoksa sarayında sakin sakin otururken, bir isyanı bastırmak niyetiyle şehre girip, sonra da kendisini tahttan alarak apar topar Selanik'e yollarlar mıydı?

Çocuklar yoğurda biraz ekmek banmış, sonra da dondurmaya yönelmişlerdi ki Padişah "Durun!" diye bağırdı. "Sakın yemeyin o dondurmayı!" Belli ki zehir, o kadar bol gelen kaymaklı dondurmadaydı. Yoksa bu manasız şeyi yollamanın ne gibi bir sebebi olabilirdi? Masanın başına toplanmış olan aile efradı şaşkınlıkla durup ellerini çektiler ama bir de baktı ki büyük oğlu, ağzında beyaz beyaz dondurma kalıntısıyla ona bakıyor. *Eyvah,* dedi içinden, *gitti evladım, gitti şehzadem.* Çocuk korkmuştu ama kimsenin aklına zehir gelmiyordu. Tuhaf bir biçimde siniyi getirenler çatal, kaşık, bıçak koymamışlardı. Yemeye yarayacak hiçbir şey yoktu. Bu yüzden şehzade parmaklarıyla dalmıştı dondurmaya. O da ötekiler de babalarının buna kızdığını, bu yüzden "Durun!" diye bağırdığını sanıyorlardı. Ne de olsa sarayda büyümüş, her türlü görgü ve nezaket kuralını öğrenmiş, özel hocalardan piyano, şan, Fransızca, İtalyanca dersleri görmüş medeni çocuklardı. Elle avuç avuç dondurma yemek âdeti de nereden çıkmıştı böyle?

Padişah, hepsini süzdü, hiçbir şey söylememeye karar verdi. Nasıl olsa oğlu yemişti dondurmadan, bir şey olacaksa olacaktı. Çocuğu korkutmanın anlamı yoktu artık, belki de boşu boşuna evhamlanıyordu. Usulca kendisi için hazırlanan odaya çekildi, elinde yoğurt kabı ve açılmamış yeşil maden suyu şişesi vardı. Oda kapısında durarak ailesine ve hizmetlilerine "Allah rahatlık versin," dedi. "Rabbim her şeyin iyisini bilir. O bizi saklayıp gözetir. Yarın ola hayrola." Otuzu aşkın kişi, çoluk çocuk terbiyelice, Ulu Hakan'a iyi geceler dilediler, o kapıyı kapattıktan sonra da önce aile, onlar bıraktıktan sonra da hizmetliler parmaklarıyla dondurma yemeye başladılar.

Padişah cebinden hiç ayırmadığı çakısını çıkararak yan tarafıyla biraz yoğurt yedi, yine çakı yardımıyla maden suyu şişesini açarak susuzluğunu giderdi, sonra birleştirilmiş iki koltuğa kıvrıldı. Zaten sarayda da -özellikle gündüzleri, yemekten sonra- çeşitli odalardaki şezlonglara uzanırdı, yatak rahatsız ederdi onu, bazen de yatağın altına yatardı. Çocukların, ne kadar sıkı terbiye görmüş olurlarsa olsunlar dondurmaya elleriyle daldıklarını görmek onu hayrete düşürmüştü. Sarayda dizinin dibinden ayırmadığı kar beyazı Ankara kedisi bile çatalla verilmeyen hiçbir şeyi yemezdi. O kadar terbiyeli, asil bir yaratıktı. Yine de hayatta öyle çok şey görmüştü ki açlığın insana her şeyi yaptıracağını bilirdi. Bitmek tükenmek bilmeyen harplerde çarıklarını bile yerdi insanlar. Ama kendisi askerine iyi bakmıştı, onları tayınsız bırakmamaya çok dikkat etmişti. "Cenab-ı Hak kimseyi açlıkla terbiye etmesin," diye mırıldandı.

Harpten nefret ederdi, buna rağmen tahta çıkar çıkmaz kendisini yıkıcı bir Rus Harbinin içinde bulmuştu. Padişah kimseye itiraf etmese de zaman zaman, Osmanlı ordusunun ve ülkesinin deyim yerindeyse mahvolduğu bu Rus Harbi yıkımından sonra imparatorluğun bir daha toparlanamayacak şekilde çözüldüğünü, son nefesini vermeye yaklaştığını düşünürdü. Kendisi siyasi manevralarla bu son nefesi geciktirmişti. *Ben bir siyaset adamıyım*, diye düşündü, *asker değilim ki. Harbe ne lüzum vardı? Keşke girmeseydik. Beni ordumuzun çok iyi durumda olduğuna inandırdılar ama değilmiş işte. Keşke Çar'la görüşseydim, harbe girmeseydik, siyasetle her şey çözülür.*

Kendisiyle övündüğü pek çok yön vardı ama en fazla bu özelliğini severdi. Ruslarla, İngilizlerle, Fransızlarla, Avusturyalılarla hep barış ilkesi üzerinden yürümüş, sorunları çözmüştü. İçeride bazı karışıklıklar olmuştu ama o kadar ayrı millet idare etmek kolay mıydı? Yine çatalla yemek yedirdiği, açlıktan ölse bile başka türlü yemeyi reddeden asil kedisi aklına geldi. Onu da özlemişti, dünya akıllısı papağanını da kendisini zorla sevdiren köpeğini de. Bu üç canlının, onun gözetiminde bir arada yaşaması ile pek övünür, hep bunu örnek gösterirdi. "Bakın," derdi, "tabiatları gereği birbirlerini parçalaması gereken bu hayvanlar bile bir arada yaşayabiliyorsa, insanlar niye yaşayamasın?" İçgüdüleri gereği kedi papağana, köpek kediye saldırmıyorsa bundan alınacak çok ders vardı. Bunun için bir hükümdar dengesi kurmak gerekiyordu. Ne de olsa hükümdar babaydı, onca değişik halk ise evlattı. İyi bir baba nasıl evlatları arasında denge ve adalet sağlarsa, o da Müslümanlarla Ortodoksları, Yahudilerle Katolikleri otuz üç yıl dengede yaşatmıştı.

Padişah sık sık böyle düşünür, meziyetlerini -belki de pek hatırlayan kimse kalmadığı için- aklından geçirip kendine gurur payı çıkarmayı pek severdi. Ama şu anda kafasının gerisinde vızıldayan bir sinek gibi, ne olduğunu bilemediği bir düşünce dönüp duruyor, onu tedirgin ediyor, içine girmek üzere olduğu *kendinden son derece hoşnut olma* haline gölge düşürüyordu. Neydi acaba bu? Düşündüklerini geriye doğru tek tek aklına getirirken *baba* ve *evlatlar* sözüne geldi ve birden hatırladı: *Salonda dondurma yiyenlere ne olmuştu acaba?* Hiç feryat figan gelmediğine göre bir sorun yoktu demek ki. *Hamdolsun*, diye şükretti. Bitiştirilmiş iki koltuğa tekrar uzandı. Dışarıdan kapatılmış panjurlar, içine bir güven duygusu yayılmasına neden oluyordu. Hatta saraydan alet edevatını getirtebilirse o pek mahir; nice mobilya, dolap, masa, kütüphane yapmış, içlerine gizli çekmeceler yerleştirmiş, kimsenin açmayı başaramayacağı hileli, şifreli sandıklar imal etmiş hünerli elleriyle, o devasa pencereleri içerden de kapatırdı. Gerçi kendisini tahttan indirenler, hayatının güvence altında olduğunu bildirmişlerdi ama o yalancılara bel bağlanır mıydı hiç? Belki de kendisini bu kadar uzağa, Selanik'e getirmelerinin sebebi, İstanbul'da katledildiği zaman halkta bir tepki oluşmasından korkmalarıydı. Öyle ya, Selanik'te ıssız bir köşkte öldürülen Padişah -hele gizli tutulursa- kimseyi ayaklandıramazdı, duyanlar bile dedikodu der geçerdi. Düşündükçe bu meşum mantık iyice aklına yattı. Evet, kendisini ve ailesini öldürmek için buraya getirmişlerdi. Yoksa, sarayına o kadar yakın, Boğaz sularıyla ışıldayan Çırağan Sarayı'na yerleştirilmesi daha kolay değil miydi? Kendisi, tahttan indirilen ağabeyi Murad'ı onca yıl o sarayda tutmamış mıydı? Murad'ın dışarı çıkması yasaktı ama kendisi buna razı olurdu. Zaten yıllardır kendi sarayından çıkmamıştı ki. O kargaşa ve suikastlar döneminde kendisine görkemli ve zevkli bir hapishane yaptırmaktan daha akıllıca ne olabilirdi? Aynı şekilde Çırağan Sarayı'nda da yaşar giderdi. Ne var ki kendisini ve ailesini apar topar özel bir trene bindirip ta Selanik'e yollamışlardı işte. Bu şehir de kendi mülküydü, kendi hanedanına aitti. Yine de bir İstanbul değildi elbette.

Sultan Hamid bu konuda akıl yürüttükçe, vehm-i hümâyunu yine depreşti. Artık buraya katledilmek için getirildiğinden hiçbir kuşkusu kalmamıştı. Biraz sonra kapıdan girip boğazına kemendi atacaklardı. Korku, elini ayağını titretiyordu, dili damağı kurumuştu. Kalktı, koltukların yanına koymuş olduğu şişeyi el yordamıyla bulup, bir yudum maden suyu içti, sonra çakmağı yakıp odaya göz gezdirdi. Kapıya gidip dışarıyı dinledi, hiçbir ses gelmiyordu. Ailesinden önce kendisini mi öldürürlerdi acaba? Bir pencereye gidip dışarıyı dinliyor, bir kapının arkasına geliyordu. Pencereyi dinlerken bahçeden gelen ayak seslerini ve konuşmaları duyar gibi oldu. Bunlar, nöbet tutan, bahçeyi turlayan askerler olmalıydı ama ya değilse, ya değilse? *Kapı*, diye düşündü kalbinin çarpıntısı kulaklarında uğuldarken, *kapı, en tehlikeli yer kapı.* Koltuklardan birini kapının arkasına doğru sürükledi. Bu işi yapmak için iki elini de kullanması gerektiğinden çakmağı söndürmek zorunda kaldı. Karanlıkta ses çıkarmamaya çalışarak ağır mı ağır koltuğu kapının dibine getirip dayamayı başarabildi. Sonra ikinci koltuğu güçlükle çekerek, öteki koltuğa el yordamıyla bitiştirdi.

Soluk soluğa kalmıştı, ilaç çantası yanında olsa bir parça ruh koklamak iyi gelirdi şimdi ama hiçbir şeyi yoktu, yanından hiç ayırmadığı Atkinson marka kolonyası bile. Sadece en son anda kızının saraydan getirip arabaya binerken eline tutuşturduğu ve yavrucuğun içinde ne olduğunu bilmeden "Babacığım, bu senin su çantanmış," diyerek verdiği sarı çanta vardı. Aslında çantanın içinde su ile ölçülemeyecek kadar değerli şeyler vardı ama şu anda bunun bir faydası yoktu ona. Altınlar, yakutlar, her biri cihan hazinesi mücevherler, Hindistan'dan, Afrika'dan gelen, baktıkça insanın gözünü kamaştırıp dilini bağlayan pırlantalar ona yardım edemezdi. Zavallı yavrusunun son anda bu çantayı, sarayı işgal eden haydut sürüsünün elinden kurtarması bir mucize olmuştu.

Kızı, sarı çantayı ona uzattığı zaman onu alnından öpmek istemişti ama herkesin içinde bu kadar sevgi gösterisinde bulunması doğru olmazdı. Sonra çantanın içinde neler bulunduğunu araştırmaya kalkarlardı -*Allah muhafaza buyursun*-. Aslında o, saraydan ne kadar acele çıkarılmış olurlarsa olsunlar, çoluğunu çocuğunu geçindirecek küçük bir serveti yanına almadan ayrılacak bir adam değildi. Bu yüzden de çeşitli mücevherler ile altın ve para bulunan bir başka çantasını son anda odasından almıştı ama arabaya bindirilirken adamlarından biri sözüm ona hizmet etmek amacıyla çantayı elinden kapmış, sonra da kayıplara karışmıştı. Padişah'ın içini yakan bu olay onu hem üzüyor hem de sarayında hainlerle çevrelenmiş olduğunu göstererek, vehm-i hümâyun diyerek suçladıkları kuşkularında ne kadar haklı olduğunu kanıtlıyordu. Su çantasının kilitli olmasını kimse yadırgamamıştı. Çünkü herkes bilirdi ki hünkâr, her türlü zehirleme girişimine karşı suyunu kilitli bir çanta içine konmuş mühürlü şişelerden içer, açılmış olan hiçbir şişeyi hatta hiçbir ilacı kullanmazdı. Yabancı gazetelerde sık sık vehm-i hümâyun ifadelerine rastlamış, hatta sarayında birkaç kez fısıldandığına şahit olmuş ama kızmamıştı bunlara. Çünkü sadece vehim deseler yanlış olacaktı ama vehm-i hümâyun doğruydu. Bu devirde bir imparatorun, hayatıyla ilgili endişe duymasından daha doğal ne olabilirdi? Fransız gazeteleri bunu *paranoïa impériale*[1] diye yazıyorlardı, *paranoïa impériale imiş, lafa bak* diye düşündü. Aslında onlara tek tek sormak isterdi; *sizin hiç taht sahibi dedeleriniz öldürüldü mü, kardeşiniz aklını oynattı mı, arabaya binmekte bir dakika geciktiğiniz için kurtulduğunuz bombalı suikastlara uğradınız mı, her gün onlarca suikast ihbarı aldınız mı, amcanız bilekleri kesilerek ve intihar süsü verilerek katledildi mi? Bunların hepsi hayatımın gerçekleri. Baksanıza kralların, şahların başına neler geliyor? Rus Çarı Aleksander'ı da kurşunladılar. Nasıl bir paranoïa impériale imiş ki bu hep doğru çıkıyor? Bu devirde hiçbir taç sahibinin başı, omuzlarının üstünde sağlam durmuyor.*

Bu yüzden Boğaz sularının her an renk değiştiren, maviden yeşile, akşamüstleri mordan erguvaniye çalan, yelkovan kuşlarının sıyırıp geçtiği, martıların somaki mermer sütun başlıklarına konduğu o büyülü sarayları bırakıp kendisine bir tepe üzerine yüksek duvarlı bir çeşit hapishane yaptırmıştı. İçine göletler, her çeşit hayvanat, nadide bitkiler, köşkler hatta bir opera salonu yaparak ve İtalyan artistleri saray kadrosuna alarak uzun yıllar boyunca Cuma selamlıkları dışında hariçe çıkmadan yaşamış, kahvesini getiren kahvecibaşını bile en güvendiği adamlar içinden tayin ederek -ama buna rağmen ne olur ne olmaz diye kahveyi iki ayrı fincandan yudumlayarak-, suyu, mühürlenmiş şişelerden içerek, ağzına kimsenin dokunmaması için ağrıyan dişini bile kendi çekerek, bir doktorun söylediğini Avrupa'dan getirttiği başka doktorlara sorup denetleyerek, başta İstanbul olmak üzere İmparatorluk'ta durmadan değişen şehirleri fotoğraflardan izleyerek, sarayın göletlerinde pedallı sandala binerek, tavus kuşları, papağanlar, güzel ötüşlü sakalar, ormanındaki ceylanlar ve çoğu Kafkasya'dan gelen hanımları ve çocuklarıyla vakit geçirerek ama dünya siyasetiyle satranç gibi oynamayı da ihmal etmeyerek hüküm sürmüştü. Saltanatına karşı darbe girişimlerini,

1 Fr. Emperyal paranoya.

suikastları, kanlı ayaklanmaları bu sayede atlatabilmişti. Bir de Adriyatik'ten Basra Körfezi'ne, Kafkasya'dan Afrika'ya kadar yayılan mülkün her köşesine saldığı ve sürekli rapor yazan jurnalciler ağı sayesinde.

Evet evet, kendisini ve ailesini gözlerden uzak bir yerde öldürebilmek amacıyla Selanik'e getirmişlerdi. Emindi artık bundan. Selanik, muhalifinin çok olduğu, ihtilalci subayların kaynaştığı, Avrupa'nın Fransız İhtilal-i Kebiri'nden sonra kapıldığı anarşist fikirlerin yayıldığı bir şehirdi. Padişah'ın katledilmesi buradakilerin pek de umurlarında olmazdı, hatta sevinirlerdi bile. Zaten kendisini deviren Hareket Ordusu da Selanik'ten İstanbul'a gelmemiş miydi? Talihin cilvesine bak; ihtilalciler bu şehirden İstanbul'a gidip yerleşmiş, kendisini ise geldikleri yere, ihtilal kokan şehirlerine postalamışlardı. Ne garip bir kaderdi bu? Zaten isminde bile meymenet yoktu bu şehrin. Büyük İskender'in talihsiz kız kardeşinin adının Osmanlılıkla ne ilgisi olabilirdi? Keşke yüzlerce yıl önce fethettikleri şehrin ismini değiştirselerdi ama kendi iktidar döneminde bile aklına gelmemişti bu. Şehre adını veren prenses yani Filip'in kızı da önce kraliçe olmuş sonra iki kız kardeşi gibi öldürülmüştü. O da kendisi gibi anasını erken kaybetmiş, üvey ana elinde kalmış talihsiz bir çocuktu. Düşündükçe saray kütüphanesinde okuduğu az bulunur tarih kitapları aklına geliyor, zavallı Tesaloniki ile kendisi arasındaki ortak kadere giderek daha çok inanıyordu. Babası Makedonyalı Filip, Teselyalıları yendiği gün doğduğu için Teselya ve zafer kelimelerinden oluşan bir isim koymuştu çocuğuna. Bir süre öncesine kadar Teselya da kendisinin değil miydi zaten? Her şey çok benziyordu ve ölüm kokan bir şehirdi Selanik, şimdi tarihe Osmanlı İmparatoru'nun da burada öldürüldüğü eklenecekti.

Neredeyse nefes almaya bile korkarak dışarıyı dinliyordu. Oda kapısının ötesinde hiç kimse yoktu. Herkes değişik odalara çekilmişti herhalde. Zavallı sultanlar, şehzadeler kuru tahta üzerine uzanıyor olmalıydılar. Çıt çıkmıyordu.

Sonra bir mucize oldu. Önce akordu tam da düzgün olmayan bir piyanonun tuşlarından ürkek bir melodi geldi kulağına, sonra billur gibi, genç, parlak bir ses arya söylemeye başladı. Küçük kızının, Ayşe Sultan'ın sesiydi bu, karanlık köşkün ıssızlığı içinde dalgalanan bir ipek şal gibi, babasına duyurmak için La Traviyata'dan en sevdiği aryayı söylüyordu.

Yeniyi keşfet, keşfet yeni günü...

Ertesi gün öğreneceği üzere üst katta, herhalde taşımak zor olduğu için şimdilik bırakılmış olan piyanoyu çalarak *babacığım ben yanındayım, merak edecek bir şey yok* demek istiyordu.

Hünkâr, gözlerinden süzülmesine engel olamadığı yaşlarla, dünyanın en acayip ortamında söylenen La Traviyata aryasını dinledi ve kısa bir süre için vehm-i hümâyun, Boğaziçi'nin güneş yükseldikçe ağır ağır dağılan sisi gibi hafifledi. Büyük heyecanlara ve yolculuğa yenik düşen yaşlı ve yorgun bedeni, kızının babasına söylediği ninniyle huzursuz bir uykuya dalıp gitti.

Gece vesvesenin anasıdır- Sabık Sultan'ın karışan zihni - Şeyh Zafir - Kraliçe Viktorya - Şerlok Efendi Elmas küpeler - Boğazına dolanan ibrişim

Kaç saat daldığını bilmiyordu. Kendisini tuhaf bir boşluğun içinde tepetaklak olmuş durumda bulurken paldır küldür sesler duyması bir oldu. Başını tahtaya vurduğunu hissederken *öldüm mü acaba* diye düşündü. Zaman zaman saraya çağırdığı, sohbetinden zevk aldığı, yumuşak beyaz sakallı Rum patriğin, insanın öldüğünü fark etmediğini ama gömüldükten sonra doğrulmak istediğinde başını tabutun tahtasına çarpınca "eyvah demek ki ölmüşüm" diyerek durumu anladığını anlatışı aklına geldi. Rahip haklıysa o da tahtaya çarpmıştı başını, ne var ki kendisi *-elhamdülillâh-* Müslümandı, hatta İslam halifesiydi, Allah resulünün halefiydi, tabutla gömülemezdi, kefenle toprağa verilirdi, hatta kefenin bir bölümü açılarak defnedilirdi ki teni toprağa değsin.

Karanlık odada yavaş yavaş doğrulurken şeyhini andı. Genç yaşında kendisini Şazeli tarikatına intisap ettiren iki cihanda yüzü ak olası Şeyhi Zafir ona bir gün demişti ki "Bak Hamid evladım, herkesin kaderi levh-i kalemde yazılıdır, biz bununla doğarız. İşte her şey şuraya yazılır." Şeyhi Zafir bunu söylerken elini genç müridinin geniş alnında gezdirmişti. "Ne var ki sen herkes gibi tek kaderle değil üç kaderle doğdun evladım. Üç kader yazılmış alnına, hangisi geçerli bilmiyorum.

Ya hapiste çürüyeceksin ya cihan imparatoru olarak saltanat süreceksin ya da katledileceksin. Bana öyle geliyor ki bunların üçünü birden yaşayacaksın evladım, dünyada pek az kulun başına gelir bu."

O zaman Hamid, şeyhinin ak sakalına bakarak "Ya Şeyhim," demişti, "kadere rıza göstereceğiz elbette, zaten kul acizdir, elinden ne gelir ama yine de buyurduğunuz ihtimallerden biri çok uzak görünüyor."

"Hangisi evladım," diye sormuştu şeyhi.

"Saltanat," cevabını vermişti o da, "Diğer ikisi yani hapis ve katil pek muhtemel, bizim sülalede pek çok kişinin başına gelmiş ama ne yazık ki saltanat bana pek uzaktır, dokuzuncu sırada bir şehzadeyim. Kaderimde taht yoktur, bu yüzden kendimi ticarete verdim ben; koyun alırım, beslerim, yapağı satarım, süt satarım, hisse senetleri, tahvillerle meşgul olurum, buğday ekerim. Saraydan üç ayda bir gelen şehzade aylığımın bile pek azını harcar, çoğunu tasarruf ederim, ticarete yatırırım." Şeyhi "Biliyorum evladım," demişti, "ama Allah'ın dediği olur, tahta geçip geçmeyeceğini sen bilemezsin."

Sonunda olmayacak sandığı şey olmuş, görkemli Osmanlı tahtına çıkmış, otuz üç yıl üç kıtada hüküm sürmüştü.

Şimdi son kehanetin zamanı gelmişti demek ki. Otuz üç yıllık hükümdarlığında hiç aklından çıkaramadığı, her anını ince beyaz teninde ve narin boynunda ürpertilerle duyduğu, kim bilir kaç bin kez kendisini, çarşafları ıslatan soğuk terle yataktan fırlatan an gelip çatmıştı. Her faninin alnına yazılmış olan ama yine her faninin derece derece reddettiği, kendisininse hayat boyu ızdırabını çektiği zalim ölüm bu panjurları çivilenmiş, pencereleri çakılmış, yüksek tavanlı, zifiri karanlık, yabancı odada gelip yakasına yapışmıştı. Ne kafûru banyoları fayda ederdi artık, ne sıcak yakılar, ne sinameki çayları, ne hususi Yahudi doktorlara hazırlattığı eliksirler, ne hacamatlar, ne kızgın demirle dağlamalar, ne her bahar pis kanla birlikte sızılarını çekip alan -muhaliflerine benzettiği- sülükler. Her canı üzen ölüm, kaba kıllı ellerinde ibrişim kuşak taşıyan cellatlarla gelmişti. Altı yüzyıldır hüküm süren ve bu arada birçok hükümdarını, şehzadesini cellada teslim eden Osmanlı ailesinin, kendi üyelerine tanıdığı tek ayrıcalık, sıradan halk gibi kaba urganlarla boğularak ya da keskin bir baltayla kafası uçurularak idam edilmemesi -çünkü hanedan kanı yere dökülemezdi-, kimin kafasından çıktıysa parlak bir fikir olarak pahalı ibrişim kuşakla boğdurulmalarıydı. Oysa halat da aynı şekilde sıkardı narin insan boğazını, ibrişim de, tel de, kadife perde kordonu da, atlas kumaş da, samur kürkten kesilmiş şerit de. Hatta o cellat denilen herif-i naşeriflerin ejderha elleri de aynı işi görebilirdi. Hayatı boyunca ibrişim kuşakla boğularak can vermiş atalarını düşünüp durmuş, son anlarında ne hissettiklerini merak etmişti. Tahtın mezara en yakın makam olduğunu anlayamadan bir günde tepetaklak devrilen ve Yedikule zindanlarının derinliklerinde kimsenin duymadığı çığlıklar atarak boğdurulan atası Genç Osman... Kimsenin yüzüne bakamayacağı, en asillerin ancak sürüne sürüne gelip eteğini öpebileceği yeryüzü halifesi, Allah'ın gölgesi, peygamberin temsilcisi, üç kıtanın hâkimi, nasıl olup da bir günde bu kıllı, vahşi ellere teslim edilebilmişti. İdam edilmeden önce bu talihsiz atasına, Osmanlı sülalesini ebediyete kadar lekeleyecek bazı ağza alınmaz kötülükler de yapıldığı söylenirdi ama Allah muhafaza buyursun, bunların doğru olmasına imkân yoktu herhalde. Öyle bir şey olamazdı. Olsa dünyanın çivisi yerinden çıkardı.

Karanlıkta yüzlerini göremediği cellatlara "Bakın," diye seslendi. "Ben sizin padişahınız ve iki cihanda halifeniz değil miyim? Al-Osman evladına niçin bu kötülüğü edersiz? Sizde Allah korkusu yok mudur? Emir aldık deseniz inanmam, şu anda tahtımda oturan karındaşım Reşad Efendi, benim katlime asla razı olmaz... sanırım olmaz... Yok yok... katiyen olmaz, hiçbir şekilde olmaz."

Garip bir şey geliyordu başına, boğazına ibrişim atılmışken konuşabiliyor, sesini duyurabiliyordu. Cenab-ı Hakk'ın mucizelerinden biri değil miydi bu? Dolaştığı yerlerde, herkesi baygın düşüren bir gül kokusu bırakan adı güzel kendi güzel Muhammed'in, halefi olma şerefini taşıdığı iki cihan efendisinin, halifesine şefaati değildi de neydi?

Kıvrandı, inledi, "Bakın!" dedi bir daha, "Cellat da olsanız benim evlatlarımsınız, kulumsunuz, Al-Osman'a hizmete yemin ettiniz, yukarda Allahutaala ne yaptığınızı görüyor şimdi. Bu kâfirler, cehennemi hak ettiler, benim halifemi öldürüyorlar, diyor. Evlatlarım dinleyin, bana al ettiler, bühtan ettiler, kanmayın bunlara; ben size hakikati anlatayım: Beni iki kere ziyarete gelmiş hatta İstanbul'da Topkapı Sarayı'nın önüne nefis bir Alman çeşmesi yaptırmış olan Kayzer Vilhelm'i, sadece benim dostum olduğu için Kraliçe Viktorya'nın mücevherlerini çalmış olmakla itham ettiler, ben de buna itiraz edip burma bıyıklı dostum Kayzer'e kefil oldum; bu kötülüğü olsa olsa Rus Çarı Aleksander ya da Fransa'da amcama çok yakınlık gösteren İmparator Napolyon'un yapmış olabileceğini söyledim. Büyük devletleri kızdıracağımı bildiğim halde Allah biliyor ya doğruluk yolundan ayrılmadım. Hatta bu esrarı meydana çıkarması için benim dünyaya yayılmış binlerce hafiyeme taş çıkartan, hepsini koyun sürüsü gibi güdebilecek zekâya sahip olan Şerlok Efendi'ye on kese Osmanlı altını vaat ettim.

Şimdi sanacaksınız ki meşhur hafiyeyle temas etmeme aracılık eden kişi onun yardımcısı Doktor Vatson'du. Hayır hayır, vallahi billahi hayır. Ben bu aracılık işini doğrudan doğruya Holmes'in yaratıcısı Konan Doyıl adlı İngiliz keferesinden rica etmiş idim. Bu muharriri İstanbul'a davet ettiğimde arzumu kendisine açıklamış idim, o da yardımcı olacağına söz verdiğinde Konan nam kefere muharrire Mecidiye Nişanı, göğsü bağrı açık gezen hanımına da Şefkat Nişanı ihsan eylemiş idim. Bu İngilizler çok zekidir, dünyanın en zeki milletidir, hayatım boyunca pek güvenmedim onlara. Gençliğimde amcam, nurlar içinde yatsın Sultan Aziz tahtta iken beni Londra'ya götürmüş idi. Orada gördüm bu İngiliz milletinin kabiliyetini. Londra'da amcamı tarihin görmediği bir şaşaa ile karşıladılar, Kraliçe Viktorya ona misli olmayan bir hürmet gösterdi, Garter dedikleri Dizbağı Nişanını verdi ama sonra bizim birader Murad'ı tahta geçirmek için amcamı deviriverdiler. Çünkü biraderi mason yapmışlardı. Amcam işlerine gelmiyordu, ondan kurtulmak istiyorlardı, birader ise masondu ve onlara yakındı. Tahta çıkma töreninde İngiliz marşı çalındı, aklınız alıyor mu bunu, burası İngiltere'ymiş gibi. Ama sonra bizim birader aklını kaçırdı, duvarlara bakarak akla aykırı sözler söyleyip güler idi, saltanat ona da İngiliz'e de yaramadı. Şeyhimin önceden gördüğü gibi taht kimsenin istemediği bana kaldı, o günden beri de benimle uğraşıp durdular, otuz üç yıl dışarıda içeride el ele verip bu adamı nasıl deviririz diye uğraştılar. Bakın ben size hikâyenin aslını anlatıyorum, dinleyin beni. İşte bu akıllı İngiliz milletinin en akıllısı hafiye Şerlok Efendi çalınan elmasın izini buldu. Meğer neler olmuş neler? Rahmetli pederim, cennetmekân Sultan Mecid, Kraliçe Viktorya'ya kıymetli taşlarla süslü bir broş göndermiş. Kraliçe ise bunun taşlarını çıkartıp elmaslarından kendisine küpe yaptırmış. Bu işi yapan saray mücevhercisi de pek bozuk tabiatlı, ahlak düşkünü bir adam olduğu için kıymetli taşları sahteleriyle değiştirmiş. Sonra bunları alıp Prusya'da satmaya kalkmış ve yakayı ele vermiş. İşte Kayzer Vilhelm'in adı böylece karışmış hadiseye. Adamcağızın hiçbir kabahati yok. Almanlar pek namusludur zaten. Viktorya gözünü açıp sarayındaki adamları hafiyelerine izletse bunların hiçbiri olmayacaktı, kimsenin canı sıkılmayacaktı. Ben bu kadar saf değildim, sarayımda alınan her nefesten, her fısıltıdan haberim olurdu ama sonunda yine gafil avlandım işte. Ya şeyhim, demek ki kısmetten öte köy yok. Dediklerinin hepsi çıktı, saltanat sürdüm, mahpus oldum, şimdi de bu zalimlerin elinde can vermekteyim. Yetişin ya ümmet-i Muhammed!"

Böyle çırpınıp dururken odada kimse olmadığını, boğazına da kimsenin sarılmadığını fark ederek hayretten hayrete düştü. Yere, ahşap parkelerin üstüne yuvarlanmış ve başını hafifçe vurmuştu ama anlayamadığı şey nerede olduğuydu.

Neredeyim ben? Yıldız Sarayı'ndaki dairemde değilim, başka bir sarayda da değilim. O zaman neredeyim, bu zifiri karanlık oda da neyin nesi? Ben burada ne arıyorum? Bir hünkâr bu odada ne yapar?..

En bunaldığı anda Şeyh Zafir'in huzur verici mübarek elinin alnına değdiğini hissetti ve hayatı boyunca kendisine eza eden korkularını yatıştırmak, iç sıkıntısını gidermek için onu sakinleştiririrken *Merak etme evladım, sabahın nuru parlayınca hiçbiri kalmayacak bunların. Gece vesvesenin anasıdır denilmiştir. Gecenin zulmeti seni evhama sürüklüyor. Sabah ola hayrola evladım,* dediğini duydu. Uykunun karanlık sularına çekildiğini hissederken şeyhi ona İnşirah suresini okuyordu.

Elem neşrah leke sadrek, Ve vada'na 'anke vizreke, Elleziy enkada zahreke, Ve refa'na leke zikreke, Feinne me'al'usri yüsren, İnne me'al'usri yüsren, Feiza ferağte fensab, Ve ila rabbike ferğab.[1]

1 Meali: (Ey Resulüm) Senin göğsünü açıp genişletmedik mi? Belini büken yükünü üzerinden kaldırmadık mı? Senin şanını yükseltmedik mi? Şüphesiz güçlükle beraber bir kolaylık vardır. Gerçekten, güçlükle beraber bir kolaylık vardır. Öyleyse, bir işi bitirince diğerine koyul. Ancak Rabbine yönel ve yalvar.

Yürek Selanik - Olimpos Gazinosu
Dr. Hüseyin Bey - Müstebitin sonu
Sevgiliye mektup

Çok değil, bu tarihten üç buçuk yıl sonra bütün şehri, özellikle de paşaları kolunu kaldıramaz hale getiren, müezzinlerin bile ezanları esneyerek okudukları, sanki herkesi çeçe sineği sokmuşçasına bir yarı uyku, uyuşukluk ve mahmurluk durumunda tek bir kurşun bile atmadan Yunan ordusuna teslim edilecek olan Selanik'te, 1909 yılının o ılık bahar akşamı her zamanki eğlenceli, canlı hali ile dolu dolu yaşanmaktaydı. Çünkü böyle bir olasılık kimsenin aklının ucundan bile geçemez, şehirdeki yüzlerce yıllık düzenin devam etmesiyle ilgili bir soru bile saçmalığından dolayı sorulamazdı. İmparatorluğun bu en Avrupalı şehri, deniz, imbat, balık, rakı, uzo, bazen de ihtilal ve barut kokardı. İstanbul'dan gönderilen yüksek rütbeli subaylar ve memurlar teker teker suikaste uğradığı için "yürek Selanik" deyimine yol açan bir korku şehriydi burası.

Şehrin yerlileri olan Yahudiler, Türkler, Bulgarlar, Avdetiler, Pomaklar, Yunanlar, Rumlar, Makedonlar, Fransızlar, İtalyanlar ve daha birbirine benzemez bin bir millet, imparatorluğun bu en hür ve kozmopolit şehrindeki politik ortamı, denizden esen meltemin anason kokularına karıştığı bir eğlence atmosferine sinmiş ve bütün dillerde yer edinmiş olan "keyf" ile birlikte algılıyorlardı. En azından Kordon'da böyleydi durum. Müslüman mahallelerine ise, zaman zaman ezan seslerinin ve geceleri asasını yere vurarak "Her şey emniyette, geceniz hayrolsun," diyen pazvantın[1] sesinden başka hiçbir şeyin duyulmadığı ağırbaşlı, dindar bir sükût hâkimdi.

İmparatorluğun Üçüncü Ordusu'nda görev yapan subaylar ara sıra efkâr dağıtmak için Kordon'da Beyaz Kule'nin arkasındaki kahvede ya da şakrak kızların Rum havaları söylediği gazinolarda buluşurlar; Balkanlar'da giderek artan huzursuzluğa pek de fazla takılmadan İstanbul, saray ve Selanik dedikoduları yaparlardı. Bu subaylardan birisi Üçüncü Ordu Hastanesi'nde görevli Doktor Yüzbaşı Atıf Hüseyin Bey'di. Bekâr olduğu için zaman zaman kendisi gibi evli olmayan subay arkadaşlarına takılır, özellikle çok sevdiği Rum şarkıcılarının yanık sesleriyle yüreğine dokunan hayallere daldığı Olimpos Gazinosu'na giderdi. Hastanede işi başından aşkındı; çok çalışıyor, aşırı yoruluyordu. Arkadaşlarıyla geçirdiği böyle akşamlar ise ona verilen tek ödüldü sanki. Ama düzgün, dengeli ve hayatın her alanına özen gösteren bir subay olduğu için sadece bir bardak birayla yetinir; genellikle rakı, uzo, şarap gibi bazı subay arkadaşlarının geç saatlere kadar içtiği sert içkilere elini sürmezdi. Yalnız arada bir, çok efkâr bastığında dayanamaz, çok sevdiği çipuro şişesine uzanırdı eli. Bazı günler de Dimitris Sarayiotis'in sahibi olduğu Sindrivani bölgesindeki Tumba kahvesine gider, bol köpüklü kahvelerini yudumlarlardı. Hamidiye Caddesi'ndeki Parthenon ise bilardo meraklarını giderdikleri bir salondu. En iyi bilardo oynayan subayın Yüzbaşı Mustafa Kemal Bey olduğu kulaktan kulağa dolaşırdı. 1908'de İkinci Meşrutiyet ilan edildikten sonra ortalığı kaplayan hürriyet ve ferahlama döneminde faaliyete geçen Yunan Kültürel Dans Cemiyeti'nin açılışında rastlamıştı bu sarışın yüzbaşıya. Genç subayların içinde ihtilal ateşi yanıyor, Fransız İhtilali gibi bir hareketle onyıllardır ülkeye "kan kusturan, zalim, müstebit, kan içici, kimseye nefes

1 Gece bekçisi.

aldırmayan" Abdülhamid'i devirerek hürriyet havasını solumak için yanıp tutuşuyorlardı. Genç subaylar Albert Vandal adlı Fransız'ın Abdülhamid'e taktığı "Kızıl Sultan" lakabını pek benimsemişti, her gün ölmesi için dua ettikleri en büyük düşmanlarını -bazen Fransızca *Le Sultan Rouge* olarak- bu isimle anıyor, ondan yakıcı bir öfkeyle nefret ediyorlardı. Ünlü şairlerin onu baykuşa benzeten gizli şiirlerini her gün tekrar ediyor, Ermenilerin arabasına koyduğu bombadan yakayı sıyırmış olmasına çok üzülüyor; Tevfik Fikret'in kulaktan kulağa fısıldanan, Padişah'a yapılan suikastın başarısız olmasına ağıt yaktığı "Bir Anlık Hatırlama" şiirini, Edward Joris adlı suikastçıyı şanlı avcı olarak nitelediği dizelerini ezberliyorlardı:

Ey şanlı avcı, tuzağını beyhude kurmadın
Attın fakat yazık ki, yazıklar ki, vurmadın

Mehmet Âkif gibi kalbinden imanı eksik etmeyen, kendisini din ü devlet, mülk ü millete adamış bir şair bile Padişah'ı, Fransız'dan da ileri giderek Kızıl Kâfir diye niteliyor, "Yıldız'daki Baykuş" dediği Abdülhamid için "Ah o Yıldız'daki baykuş ölüvermezse eğer / Âkıbet çok kötü..." diyerek ağır dizeler yazıyor, bir an önce ölümünü dilediği Sultan'ın "iblisin ruhu" olduğunu söylüyordu.

Onlara göre bu siyah sakallı, iri burunlu, kambur adam ülkedeki bütün kötülüklerin sebebiydi; memleketin üzerine kara bir çarşaf örtmüş, herkesi boğuyordu. O olmasa sanki güneş bile daha çok parlayacak, yıldızlar daha efsunlu yanıp sönecek, gece yaseminleri daha güzel kokacak, meltemler daha ferahlatıcı esecekti. Genç subaylardaki bu saplantı, sohbetlerinde Abdülhamid dışında bir konu konuşmalarına engel oluyordu. Yalnız Müslümanlara değil, Ermenilere, Rumlara, Yahudilere acı çektiren, tatlı aşlarını zehre çeviren eli kanlı bir katil, bir cani, bir yaratık ki yüksek duvarlı Yıldız Sarayı'nda geceler boyu oturup kötülük planları yapar, ertesi gün de bunları uygulamaya sokardı. Kanun-ı Esasi'yi hiç tereddüt etmeden kaldırıvermişti. Oysa onu tahta geçirenlere verdiği en önemli söz Kanun-ı Esasi'yi uygulamaktı. Ama onları da aldatmıştı işte. Gazeteler sansürden geçtiği için hiçbir haberi doğru veremezler, hatta suikasta uğrayarak ölen yabancı hükümdarların grip, boğmaca gibi hastalıklar sonucu hayatlarını kaybettiklerini yazarlardı. Halkın aklına başka şeyler gelmemeliydi. Selanik'e ulaşan yabancı gazetelerde ve dergilerde, Abdülhamid, dişlerinin arasına kan damlayan bir bıçak kıstırmış, kollarını sıvayan bir kasap ya da Azrail'in yeryüzündeki görüntüsü olarak çiziliyordu. Avrupa dergileri kendilerini bu propagandaya o kadar kaptırmıştı ki bazı resimlerde de *Le Sultan Rouge* (Kızıl Sultan), kızlara tecavüz eden, gözü dönmüş ve şehvet düşkünü biri olarak resmediliyordu. "Yıldız canavarı"nın, bazı muhalifleri öldürtüp boyunlarına taş bağlatarak denize attırdığı tartışma götürmez günlük gerçekler olarak anlatılıp duruyordu. Avrupalılar, Sultan'ın horoz beyni yemeye meraklı olduğunu, saray mutfağında her gün üç yüz horozun kafasının koparıldığını ve beyinlerinden salata yapılarak yüce makama sunulduğunu yazıyorlardı.

Olimpos'un devamlı müşterisi oldukları için garsonun özen gösterdiği genç subaylar, her akşam hararetli tartışmalara girişirdi ama sanki bu gece daha da heyecanlı gibiydiler. Sahneden yayılan ve rakıdan daha fazla sarhoş edici, yarısı Türkçe yarısı Rumca şarkılara hep yaptıkları gibi ağızlarını yayan gevşek gülümsemeler ve el kol hareketleri eşliğinde katılmıyorlar, daha ciddi yüzlerle, alçak sesle fısıl fısıl konuşuyorlardı. Gerçi şarkılara katılmak, hariçten gazel okumak yasaktı, sahnede müzisyenlerin arkasındaki tabelada Türkçe, Fransızca, Ladino ve Bulgarca olarak bu kural yazılıydı ama subaylar pek takmazdı bunu. Hepsi gençti, ciddiydi ve bıyıkları Kayzer Vilhelm modasına göre yukarı doğru kıvrıktı. Abdülhamid'den nefret etseler bile onu İstanbul'da ziyaret eden Kayzer'e hayranlık duyarlardı. O akşam masaya rakı, bira, çiroz, çıtır çıtır kızartılmış barbunları taşırken bir yandan da merak ettiği için onları dinleyen garson Yorgo'nun kulağına parça parça konuşmalar takıldı.

"... iblisi indirmişler."

"Deme yahu!"

"Kim?"

"Ayağa fırlamayın, dikkat çekiyor. Oturun hele!"

"Kim indirmiş, çatlatma adamı!"

"Bizim Selanik ordusu."

"Olabilir mi böyle bir şey?"

"Allah aşkına doğru söyle."

"Şeyhülislam'dan hal' fetvası almışlar."

"Ne diye?"

"İşte burası akla ziyan. İslam'a zarar veriyor, Müslümanları birbirine katlettiriyor, şer'i kitapları yasaklıyor gibi..."

"Allah Allah, Abdülhamid mi yapıyormuş bunları?"

"Vallahi ben, İstanbul'dan gelen arkadaştan böyle duydum."

"İnşallah doğrudur kardeşim ama... hay Allah, rüyamda görsem inanmazdım böyle bir şeye."

"Hamid gitti ha, gitti ha?"

Subaylar dayanamayıp heyecanla tekrar ayağa fırlarken Yorgo uzaklaşmak zorunda kaldı, çünkü şişman patron "*Ela vre!*" diye işaret edip duruyordu.

Geri döndüğünde subaylar yerlerine oturmuştu, solukları boğazlarına sığmıyor gibiydi.

"Bilmiyorum," diyordu Doktor, "onu duymadım."

"Bence boğmuşlardır iblisi."

"İnşallah!"

"Amcası gibi cehennemi boylamıştır bence. Kan kusarak ölmüştür."

"Memleketin bütün hanelerinde lanet okunuyor adama."

"Ben gene de inşallah ölmez de sürünür diyorum."

"Amma yaman çıktı bizimkiler, pes valla."

Sonunda Yorgo, Sultan'dan söz ettiklerini anlayıp çok büyük bir heyecana kapılmıştı. Çünkü "Yıldız'daki baykuş" sadece subayların sorunu değildi ki, daha çok kendilerinin başına belaydı. Sonunda dayanamadı:

"Pasam," dedi, "kusura bakma, padisahi mi konusuyorsunuz?"

İçkinin de etkisiyle Yorgo'yu kardeşleri gibi gören subaylar "Evet," dediler, "işi bitmiş iblisin."

Yorgo etekleri zil çalarak masadan uzaklaştı, doğru patronun yanına koştu. Biraz sonra Olimpos Gazinosu'ndaki müşteriler şişman, bıyıklı patronun küçük sahneye çıkarak, sandalyelere oturmuş ellerinde enstrümanlarla, teflerle yanık şarkılar terennüm eden sazende ve hanende takımını susturup şöyle bağırdığını duydular:

"Bu aksam bütün içkiler benden. Afiyet olsun beyler hanımlar."

Doktor o gece, hâlâ sakinleşememiş olan kalbinin çarpıntılarını kulaklarında duyarak, parke taşlı dar yollardan, üniforması hatırına kendisini selamlayan ve asasını vurarak Müslüman mahallesinin emniyette olduğunu duyuran pazvantın selamını alarak, iki katlı ahşap, dar evin cümle kapısından girdi. Her geceki gibi bomboş, sessiz ve ıssız mekânına gelmişti. Lambayı yaktı, üniformasının ceketini çıkardı, tığ işlemeli patiska perde ile örtülmüş pencerenin önündeki masaya doğru yöneldi, kuru sandalyeye oturdu, hazır duran kâğıt tomarından bir tane çekti ve dolma kalemini alarak özenli bir yazıyla ağır ağır şu mektubu yazdı.

Sevdiğinden ayrı düşmüş âşık sanma ki râhat olur
Neler çeker bu gönül söylesem şikâyet olur

Nurul aynım, azizem, meleğim

Her gece sana yazdığım hasret kokan mektuplara bu akşam Şeyhülislam Yahya'nın beytiyle başlamamı çok görme bana. Çünkü hasret cana kâr etti artık. Acaba şu dünya ha-

yatında seni bir kez olsun görebilecek miyim? Bugüne kadar bu emelimin hakikat olamayacağını sanarak pek meyus bir halde idim. Fakat bu gece zulmetten sanki bir güneş doğdu, karanlık aydınlandı ve ilk kez hayatımın emeli olan sana kavuşma ihtimali belirdi. Çünkü felaketimize sebep olan, muhterem pederini Kıbrıs'a sürgüne göndererek aramıza aşılmaz dağlar, dalgalı denizler koyan o iblis nihayet tahtını kaybetti. Hayatta mı değil mi bilinmez, akıbeti meçhul. Allah'a bugünü gösterdiği, millete bu saadeti tattırdığı için bin kez hamdolsun ve umarım bu müjdeli haber hasrete son vererek bu biçareyi sana kavuştursun.

Sonra kenarları pembe mavi çiçek desenleriyle süslü kâğıdı özenle katladı, yine süslü bir zarfa koyup kapattı ve masanın çekmecesini açarak bu mektubu da değişik çekmecelerde gönderilmeyi bekleyen yüzlerce mektubun yanına koydu. Bütün zarfların üstünde aynı ibare yazıyordu: Nabizade Melahat Hanım - Kıbrıs. Hepsi bu kadar, çünkü Doktor gündüz hayalinde gece düşünde yaşattığı Melahat Hanım'ın Kıbrıs adasında olduğundan başka hiçbir bilgiye sahip değildi. Zaten mektupları da göndermek için yazmıyordu.

Boynu tutulmuş prensesler - Gaz lambaları Parkeler - Yoğurt pilav - Tütün kutusu

İstanbul'daki son haftalarını, kurşun atan ihtilalcilerin ablukasında, ışıkları söndürülmüş sarayda yarı aç yarı tok geçiren, sonra gece yarısı apar topar bindirildikleri trenle saatlerce sallana sallana Selanik'e gelen imparatorluk ailesinin üyeleri, yorgunluktan bitap düşmüş halde, birer köşeye kıvrılmışlardı. Belki de her şeyi unutmak isteyen zihinlerinin oyunuyla garip bir derinlikte uyudukları üç beş saatten sonra uyanınca gözlerini ovuşturarak nerede olduklarını anlamaya çalışmışlardı. Hayatları boyunca oda hizmetçilerinin hazırladığı kuştüyü yataklarda yattıkları için kuru tahtanın üstünde uzanmaktan nazik kolları, bacakları, omuzları, boyunları tutulmuştu. Boş odalarda yankılanan inlemelerle, bazen de "ay ay ay, aman of" gibi ıstırap sesleri eşliğinde kafalarını sağa sola çeviriyorlar, omuzlarını, kollarını ovuşturup duruyorlardı. Üstüne üstlük, Selanik şehrinin kemikli sivrisinekleri saraylıların nazik cildini çok lezzetli bulmuş olacaklar ki, sabaha kadar sokup her yerlerini şişirmişlerdi.

Panjurlar kapalı olduğu için kocaman köşk loştu, bazı kapı ve pencerelerin üstündeki panjursuz bölümlerden gelen ölgün ışık, devasa salonu, merdivenleri, üst kattaki odaları görmelerine yetiyordu. Uyananlar kendilerini, buldukları banyolara attılar; köşkü terk edenlerin bıraktığı erimiş, küçülmüş, lavabo kenarlarında kurumuş sabun parçalarına sevinerek aynalardan yansıyan yorgun, perişan, sararmış yüzlerine, kirlenmiş saçlarına bakakaldılar. Bu yadırgatıcı sabah faslından sonra kendilerine biraz çekidüzen verebildiklerine inanarak, Padişah'ın kapısını tıkırdattılar. İçerden "Gelin," diye seslenen Padişah'ı yere bir şey düşürmüş de arıyormuş gibi gördüklerinde her sabah yaptıkları gibi "Sabahı şerifler hayır olsun hünkârım," diye reverans yapmayı ihmal etmediler ama bir yandan da bu kudretli efendinin kimseye emir vermeden yerde ne aradığına hayret ettiler. Padişah onlara baktı, sağ elini döşeme tahtalarına vurarak "Bu parkeyi yapan usta çok esaslıymış doğrusu," dedi. "Harika bir malzeme ve işçilik. Tahtaların birbirine geçişindeki ustalığa bakın. Biraz gıcırdıyor ama bu kadarı kabul edilebilir. Selanik deniz kıyısında olduğu için nem yüksektir zahir." Sonra yaşlı bedenini güçlükle doğrulttu, ellerini birbirine vurarak temizledi ve "Ben bile daha iyisini yapamazdım," dedi. "Hayırlı sabahlar. Geceyi nasıl geçirdiniz bakalım? Hepinizi sıhhatli gördüğüme çok memnun oldum." Sonra gözü yine parkelere takıldı, sanki asıl önemli olan içine düştükleri durum değil de o parkeymiş gibi "Filvaki bu kadar iyisini bir tek Londra'da Bakingam Sarayı'nda görmüştüm," dedi.

Hanımları ve kızları ancak o zaman Sultan'ın içinde bulunduğu ruh sarsıntısını gizlemek için oynadığı oyunun farkına vardılar. Yaşlı, yorgun ve sarsılmış padişah metanet göstermeye çalışıyordu. Onlar da oyuna katılarak gözlerini parkelere diktiler.

Birbirlerini üzmemek için kimse açlıktan söz etmiyordu. Neyse ki öğlene doğru köşkün cümle kapısı açıldı, askerler onlara yoğurt ve pilav getirdiler. Yine kaşık, çatal, bıçak yoktu. Acaba imparatoru ve ailesini aşağılamak için mi yapıyorlardı bunu yoksa o metalleri kullanarak kendilerine bir zarar vermelerinden mi korkuyorlardı? Belki de sadece basit bir ihmaldi. Bu konu hiçbir zaman konuşulmadı ve üç gün sonra yemekler -bıçak hariç- kaşık ve çatallarla gelmeye başlayınca, her gün ellerini yemeklere daldırmaktan ve bu arada "ah asil kedi ah" diyerek, çatalla yemek yiyen zarif ve aristokrat kedilerini iç burukluğuyla anmaktan kurtuldular.

O gün öğleden sonra askerler eve karyolalar, sandalyeler, çarşaflar, yorganlar, yastıklar, havlular taşıdı. Hepsi de eski püskü ve kirliydi ama Alatini Köşkü'nün yeni sakinlerine inanılmayacak derecede güzel göründüler. Kumandan bunları otellerden topladıklarını anlatıyordu. Kim bilir, kimler bir sonraki kullanıcının tahttan indirilmiş bir sultan ve yakınları olacağını bilmeden yatmıştı bu çarşaflarda? Uşaklar önce Padişah'ın odasını düzenlediler, onun talimatları üzerine yatağı pencerelerden en uzak yere koydular, sonra öteki odalara geçtiler ve bir süre sonra köşk, içinde epey yoksul bir ailenin yaşadığı, asıl görkemiyle ilgisi olmayan şekilde döşenmiş tuhaf bir mekâna dönüştü. Yine de Padişah'ın hanımlarına ve kızlarına oyalanacak bir şeyler çıkmıştı; kimi çarşafları banyodaki yetersiz sabunlarla yıkamaya çalışıyor, kimi telleri fırlamış ilkel somyalara şilteleri yerleştiriyor, kimi hizmetçilere emir yağdırmakla yetiniyordu ama hepsi de bu ağır koşullarda hiç olmazsa kafalarını dağıtacak bir uğraş bulmuş olmanın değerini anlamıştı.

O akşam asık suratlı askerlerin getirdiği gaz lambaları ise hepsini, sanki üç beş cılız lamba ışığıyla aydınlanmamış da babalarının tahta çıktığı günün yıldönümlerinde, her yalının önünde, her iskelede, her bahçede yakılan şenlik ateşleriyle, Boğaziçi'ni ışıl ışıl aydınlatan bir şehrayine kavuşmuş gibi sevindirdi.

İkinci geceyi Padişah odasında, beş hanımı ve üç kızı üst kattaki salonda, oğulları başka bir odada, harem ağaları ve hizmetçiler ise iki ayrı odaya yerleşerek geçirdiler. Bu arada Padişah'ı, mücevher dolu sarı çantasını vererek sevindiren kızı Şadiye Sultan sevgili babasına bir hediye daha verdi. Kapıyı saygıyla vurup odasına girdikten sonra, sanki panjurlar açıkmış gibi pencerenin önünde, bastonuna dayanarak duran ve "Buyur kızım, ne vardı?" diyerek dönen babasına, saraydan panik içinde kaçarken koynuna doldurmuş olduğu sigara, tütün ve sarma kâğıtlarını vererek yüzünün büyük bir sevinçle aydınlanışını seyretti.

Abdülhamid tütünsüz yapamazdı. Sigaralarının hazırlanması için "tütüncübaşı" diyerek seslenmesi ya da elini hafifçe kıpırdatması kâfiydi ki sarma sigaralar birbiri ardına dizildiği için tütüncübaşının eli, kehribar gibi sarı, çok sert ve en iyi cins tütünün buram buram koktuğu murassa mücevherli kutudan çıkmazdı. Maundan yapılmış ve mücevherlerle süslenmiş olan bu tütün kutusu, görenleri hayran bırakan bir sanat eseriydi. Saraydaki birçok dolap, masa, kütüphane gibi o da Padişah'ın mahir ellerinden çıkmıştı.

Galiba kendisini en mutlu hissettiği saatler, marangozhanesinde geçirdikleriydi. Mobilya konusundaki ustalığı ile övünüyor olmalıydı. Yaptığı her eseri büyük bir beğeniyle saray halkına gösterir, onların takdirlerini bekler ve kendinden çok hoşnut olduğu bazı anlarda, mobilya tasarımı konusunda ancak 18. yüzyıldaki İngiltere saray tasarımcısı Çipendeyıl ile kıyaslanabileceğini söylemeye çekinmezdi. Hatta Avrupa hükümdarları arasında en yakın dostu ve müttefiki Prusya Kayzeri Vilhelm olmasına rağmen, Almanlardan konuşmaz, dilinden İngilizler düşmezdi. Gençliğinde Fransa, İngiltere ve Almanya'yı ziyaret ederken kendisini de yanında götüren amcası Padişah Abdülaziz sayesinde bu ülkeleri görmüş, derinden etkilenmişti. Akşamları ailesine sık sık İngilizleri anlatırdı. Galiba biraz da korkardı onlardan.

Padişah tütün kutusunu görünce hasret kaldığı bir dostuna kavuşmuş gibi sevinç homurtuları çıkararak titrek elleriyle hemen bir tane sardı, derin mi derin bir nefes çekti ve bir boğayı bile sersemletecek kadar sert dumanla kendinden geçerek, gözleri zevkten kısılarak bir süre bu anın tadını çıkardı. Kıskanç bir sevgili gibi dumanı ziyan etmek istemeyerek uzun süre ciğerlerinde tuttuktan sonra burnundan, o dünyaca meşhur, bütün yabancı mizah dergilerinde çizilmiş, kendi imparatorluğunda ise "burun" kelimesinin bile kesinlikle sansürlenmesine sebep olmuş o meşhur iri burundan, yani burn-u hümâyundan halkalar halinde salıverdi. Sonra "Allah senden razı olsun evladım," dedi. "En çok aradığım şeylerden birincisi buydu, çünkü başka hiçbir tütün bu kadar sert olamaz, ben de alışmışım, başka bir şey tüttüremem; ikinci olarak papağanımı arıyorum, bir de marangozluk aletlerimi. Onlar sanki ellerimin uzantısı gibi. Boşlukta kalıyorum."

Sonra Padişah'ı gülmeyle karışık bir öksürük tuttu. Nefesini topladıktan sonra, bu koşullar altında niye güldüğünü anlamadığı için yüzüne hayretle bakan kızına "Hayat sahiden tesadüflerden ibaret," dedi. "Bu köşkü yaptırmış olan tüccar Alatini Efendi, bana Japon İmparatoru'ndan sonra en iyi tütünleri yollayan adamdı. Toprağı bol olsun, yıllarca tütün ihtiyacımı karşıladığı gibi şimdi de evinde barınıyoruz."

Bu tuhaf açıklamaya pek aldırmayan Şadiye, babasının takdirini kazandığı için sevinçten içi içine sığmayarak abartılı bir reverans yaptı. Dün gece kız kardeşinin La Traviyata şöleniyle babasının kalbini kazanmasının öcünü almıştı bir bakıma. Acaba bahçede lüks lambaları ışığında sürekli olarak nöbet tutan askerler, gece yarısı köşkten yayılan bu gâvur müziği hakkında ne düşünmüşlerdi? Sarayda can pazarı yaşanır, herkes çığlıklar içinde kaçışırken Şadiye, "su" çantasıyla birlikte bu değerli kutuyu da kapmayı başarmıştı. Gerçi bu tütünün babasının bronşitini ağırlaştırdığı sır değildi ama başka türlü yaşaması da mümkün olamayacaktı galiba.

Genç sultanlar Halife'nin büyük bir sorununu çözüyor - Muhabbetten Muhammed oldu hâsıl!

O gün padişah kızlarının büyük bir hata yaptıklarını algılayacakları bir gün oldu. Müşfika, Sazkar, Peyveste, Fatma Pesend, Saliha Naciye hanımlar anneleri bile olsa, Padişah'ın beş genç hanımıyla, beş uzun boylu, ceylan gözlü Çerkez dilberiyle büyük odada birlikte kalmaları ve böylece kendilerine görünmeden kocalarına gidip gelme imkânını ellerinden almaları nasıl mümkün olabilirdi? Böyle bir ayıp yaptıkları için muhterem babalarından yüzlerce kere -içlerinden- özür dilediler.

Sarayda pek çok hanımı ve sayısız cariyesi olan Padişah, akşamları kimi canı çekerse yanına çağırırdı ya da saray bahçesine dağılmış onlarca köşkünden birine giderdi ama aslında hiç gerek duyulmamasına, Padişah'ın eşleri ya da cariyelerinden istediği kadını seçmesi alışılmış bir şey olmasına rağmen, bu iş gizli imiş gibi yapılırdı. Sahiden de harem ağalarının çağırdığı genç kadınlar saray koridorlarından Sultan'ın odasına ya da kokusu gönülleri baygın düşüren ıhlamurlar arasından bir ruh gibi süzülerek Padişah'ın her gece yer değiştirdiği köşklerden birine gider ve nöbetçilerle harem ağalarından başka -ki onlar da insandan sayılmazdı- kimsenin görmediği bir gizlilik içinde Padişah'ın yatağını paylaşır, git dediği zaman da yine esrarengiz, uçucu bir ruh gibi koca sarayda kaybolurken o gece bir şehzadeye, hatta bir padişaha gebe kalmış olma hayaliyle yürekleri kuş gibi çırpınırdı.

Hepsi de padişah kızlarının hayran olduğu güzellikte ve zarafette, bazen de yaşıtları olan kadınlardı. Hatta bazıları onlardan daha bile genç olurdu. Şimdi, en zor döneminde bu hakkı babalarından esirgemeye hakları var mıydı? Madem beş gencecik karısı -yani anaları- Selanik sürgününe gelmişlerdi, onlara en rahat edecekleri düzeni sağlamak kızların göreviydi. Muhterem babaları istediği anda istediği eşini yanına çağırabilmeliydi. Padişahların en doğal hakkıydı bu.

Kızların hepsi bunu düşünüyordu ama söz konusu koskoca İslam halifesinin mahremi olunca bu konuyu rahatça ve edep dahilinde konuşabilmek için büyük gayret göstermeleri gerekiyordu. Şimdiye kadar bilip de bilmez gibi davrandıkları bu hassas meseleyi adını koymadan, usturuplu ve asil bir şekilde çözmek için çırpınıyorlardı adeta.

Nihayet Şadiye Sultan konudan söz edebilmenin yolunu buldu ve işin adını koydu. "Muhabbet meselesi önemli," dedi. "Osmanlı sülalesinin vârissiz, tahtın veliahtsız kalmaması ancak bu sayede mümkün olabilir. Başka türlü -Allah muhafaza- hanedan kuruyup gidebilir. Bu yüzden muhabbet meselesini halletmeliyiz."

Ayşe Sultan "Evet," dedi, "muhabbet, önemli sahiden. Muhabbetsiz olmaz."

Refia Sultan ise pek kulak asmadan dinlediği konuşmalara anlam veremeyerek, "Nedir bu muhabbet konusu?" dedi. "Deminden beri ağzınızdan muhabbetten başka laf çıkmıyor."

İki kız kardeş göz göze geldiler ve konuyu öteki kardeşlerine nasıl edepli bir biçimde anlatacaklarını düşündüler. Şadiye Sultan çözümü şiire başvurmakta buldu. Refia Sultan'a yaklaşıp gözlerine bakarak şu beyti okudu:

Muhabbetten Muhammed oldu hâsıl
Muhammedsiz muhabbetten ne hâsıl

Sonra da "anla artık" der gibi belli belirsiz gülümsedi. Refia Sultan'ın gözleri açıldı ve "Tabii" dedi, "tabii, haklısınız. Muhabbetten Muhammed oldu hâsıl."

Konuyu geç anlamış olduğu için hafif utanır gibi bir hali vardı.

Şadiye, Ayşe ve Refia Sultan o gün babalarının hanımlarını üst katta ayrı odalara taşıttılar. Böylece Halife, istediği hanımına haber gönderip yanına çağırtabilecekti. Köşkteki herkes kapıların açılıp kapanmasından, lamba ışığının kapıların altına sızmasından, merdiven ahşaplarının gıcırdamasından kimin o gece padişahla halvet olduğunu anlayacaktı tabii ama geleneğe ve saray terbiyesine uygun olarak yine hiç kimse bir şey bilmemiş olacaktı. İki erkek kardeşleri Abdürrahim ve Abit Efendiler de üst kattaydı. Abit küçücük bir çocuktu zaten.

Saraylıların sadece on altı odası ve salonları olan bu köşke alışması zaman alacaktı.

Uğursuz biraderin gök gözleri - Sabah banyosu Burn-u hümâyun - Çıban belası

Otuz üç uzun yılın alışkanlığıyla her sabah padişah olarak uyanıyor, önce nerede olduğu konusunda bir bulanıklık yaşıyor, sonra da artık imparator ve halife olmadığı aklına gelerek, yüreğine bıçak sokulmuş gibi bir acı hissediyordu. Yerine kardeşini geçirmişlerdi, olacak iş miydi bu? Samimi düşüncesine göre ahmağın biriydi bu kardeşi. Ayrıca uğursuzdu, kem gözlüydü, her şeye nazarı değerdi. Gençliklerinde kardeşine çok sevdiği bir papağanını göstermiş "Bak Reşad, ne kadar güzel," demişti. Mübarek kuş o akşam düşüp ölüvermesin mi? Şehzade Hamid, sevgili papağanının arkasından epey gözyaşı dökmüştü ama doğrusu Reşad'dan kuşkulanmak aklına gelmemişti.

Aradan bir süre geçip bu sefer en sevdiği atını Reşad'a gösterdiği günün gecesi o muhteşem mahluk da nalları havaya dikince bu sefer Reşad'ın o pörtlek gök gözlerindeki kıskanç ve uğursuz bakışların etkisi olduğu ayan beyan ortaya çıkmıştı. Bir daha hiçbir hayvanını göstermemişti kardeşine.

Ayrıca nankör bir kardeşti. Kendisi, padişahlık yaptığı uzun yıllar boyunca Reşad'ı da Murad'ı da İstanbul'dan ayırmamış, kuş sütü eksik saraylarında eşleriyle, cariyeleriyle, hizmetlileriyle dört başı mamur bir hayat sürmelerine izin vermişti ama Reşad tahta çıktığı ilk gün abisini Selanik'e göndermeyi vicdanına kabul ettirebilmişti. Ne var ki artık padişah oydu, kendisinin ve ailesinin hayatı, kardeşinin iki dudağının arasındaydı. Bir göz kırpsa cellatlar alıcı kuş gibi tepelerine biner hemen canlarını alıverirdi. Bu yüzden düşüncelerini ailesi dahil kimseye söyleyemezdi. Sürekli olarak "Allah hünkârımızdan razı olsun, namını, şerefini artırsın, uzun ömür ihsan eylesin," diye dua etmek zorundaydı. Ama imparatorluk ihtilalcilerin elinde dağılıp gidecek, kardeşi de bir kukla gibi bu çöküşü izleyecekti. Emindi bundan. Çünkü Reşad, kendisi gibi "tavşana kaç, tazıya tut" diyebilecek, düvel-i muazzamayı kandırmayı başarabilecek, Fransa ve İngiltere imparatorlarını, Rus çarını ve Alman kayzerini birbirine düşürebilecek bir siyasi maharete sahip değildi. Murad farklıydı doğrusu, zekiydi ama o da amcaları Abdülaziz iki bileği kesilerek katledildikten sonra bir buçuk gün boyunca durmadan kusmuş, içi dışına çıkmıştı. Hiçbir doktor bu kasılmaları ve kusmaları önleyememişti. Sonra da delirmişti zavallı; duvarlara konuşur, kendi kendine gülerdi. Kılıç kuşanma merasimine götürmeleri bile epey güçlükle olmuştu çünkü herkesten korkuyordu. Üç ay sonra bu deliliğe çare bulunamayınca tahttan indirilmişti ve Abdülhamid hiç beklemediği anda sultan olmuştu.

Padişah ilk sabah banyo yapmak istediğini bildirince köşkte bir telaş başladı. Çünkü sıcak su yoktu, henüz peştamallar da gelmemişti. Bu yüzden ailesi Padişah'a yalvararak, bu seferlik banyo yapmaması, bir iki gün idare etmesi için bin bir dil döktü ama onları "Benim banyo yapmadığım tek bir sabah hatırlıyor musunuz?" diyerek susturdu. "Kışın ılık, yazın soğuk suyla banyo, hatta günde iki defa. Bu benim en önemli alışkanlığım. Değiştirmeye de niyetim yok. Ayrıca sıcak su gerekmez, yazın zaten soğuk suyu tercih ederim."

Baktılar ki olmuyor, harem ağaları Padişah'ı üst kattaki banyoya götürdü. Banyo iki bölümden oluşuyordu. Önce küçük bir soyunma odasına giriliyor, oradan mermer kurnalı bir hamama geçiliyordu. Soyunma odasında maun bir dolap, küçük bir divan ve karşı duvara asılmış dev bir ayna vardı. "Ah!" diye iç çekti Sultan. "Nerede benim o şahane hamamım, nerede bu." On altı yıl yanında çalışan İmpatarorluk Baş Mimarı Raimondo Tommasso D'Aronco'nun elinden çıkmıştı İstanbul'daki o banyo. Zaten on iki bin kişinin çalıştığı sarayındaki ve İstanbul'un cennet bölgelerindeki sayısız eser bu dâhi mimara aitti. Padişah da İtalyan mimarbaşını iltifatlara ve hediyelere boğmuştu elbette.

Kapıyı özenle kilitledi, soyundu, çırılçıplak kalınca ister istemez gözü aynadaki görüntüsüne takıldı. Sarayında böyle büyük aynalara rastlanmaz, hele hamamlarında hiç ayna bulunmazdı. Fesi, redingotu ve içliği üstünden çıkarınca çıplak bir vücuttan daha da öte bir çıplaklık duygusuyla, sanki ruhu da çırılçıplak kalmış gibi ürperdi. Aynadan kendisine bakan derine kaçmış baygın gözler, karşılarında kambur bir hayalet gördü. Zayıf, az tüylü, bembeyaz bir vücut; vücuda göre orantısız, büyük bir baş, içeri çökmüş bir göğüs kafesi; boğazında, karnında ve göğsünün çeşitli yerlerinde bronşitini ve mide ağrılarını gidermek için ateşte kor haline getirdiği bir demirle kendisini dağlamaktan oluşmuş mor yanık izleri; ensesinden bastıran bir güç başını öne doğru eğip onu kambur durmak zorunda bırakmışçasına bir gövde, geniş ama zayıf omuzlar, yer yer aklaşan siyah boyalı bir sakal ve sonra en önemli yer: burun. Dünyaca ünlü o burun. Bütün Paris, Londra gazete ve dergilerinin kapağında karikatürleri yayımlanan burun. Kendisini bildi bileli yüzünün tam ortasında duran, hiçbir şekilde saklanamayacak, görmezden gelinemeyecek, otuz üç yıldır imparatorluğunun simgesi haline gelmiş, burn-u hümâyun. Bunca yıldır burnuna alışamamış, hep *neden, neden* diye sorgulamıştı. Babası Sultan Abdülmecid çok zarif, ince ve güzel bir adamdı. Hele pelerinli sırmalı serpuşlu merasim kıyafetini giydiği zaman bir masal prensi gibi göz kamaştırırdı; özellikle de kadınların gözlerini. Amcası Sultan Aziz, babası gibi ince değildi ama heybetli, bastığı yeri titreten, açık renk tenli, çakır gözlü bir pehlivandı. Paris'i ziyaret ettikleri zaman onu ilk kez gören Fransız saray hanımlarının, özellikle İmparatoriçe Öjeni'nin gözlerindeki beğeni pırıltılarını herkesten önce o fark etmişti. Herkes amcasına ve biraderi Murad'a bakıyordu. Murad da babaları gibi ince yapılı, zarif, sevimli yüzü olan bir veliahttı. Akıcı Fransızcası, kendi bestesi olan valsleri, rondoları, barkarolleri piyanoda ustalıkla çalması, dans pistindeki mahareti onu Paris ve Londra hanımlarının gözdesi yapmıştı. Kraliçe Viktorya bile bu genç veliahtı çok gözünün tuttuğunu söylemişti. Murad, Batı'ya en çok yakışan Osmanlı prensi olarak, yabancı saray mensuplarının içinde bambaşka kıpırtılar uyandırıyor, geleceğe dair güzel hayaller görmelerini sağlıyordu. -Zaten İstanbul'daki tahta çıkış töreninde İngiliz marşı çalınmamış mıydı?-

Bu arada dizlerine kadar gelen gri İstanbulin giymiş olan şehzadeye kimsenin baktığı, aldırış ettiği yoktu. Amcası ve kardeşinin görkemiyle gözleri kamaşan Batılılar ona görünmez şehzade muamelesi yapıyorlardı. Bunun yararlı bir yanı da vardı doğrusu. Genç Hamid, girdikleri her yeri, her şeyi, her kişiyi uzun uzun inceleme ve düşünme fırsatı buluyordu.

Aynanın karşısında belki bininci kez *neden* diye sordu kendi kendine. *Neden?* Altı yüzyıldır en seçme, en güzel, kuğu gibi kızları getirip onlarla evlenen Osmanlı sülalesinin haremine giren onca Rus, Rutenyalı, Fransız, Kafkas, Leh, İtalyan dilberinin hangisinde böyle bir burun vardı ki gelip onu bularak yüzünün tam ortasına konup onu bu hale getirmişti?

Aslında kimselerin bilmediği bir sır olarak yıllardır içini yakıp kavuran ve aradan geçen bunca yıla rağmen hâlâ unutamadığı, her gece adını anmadan uyuyamadığı büyük aşkı Firdevs'i de bu görünüşü yüzünden kaybettiğini düşünüyordu. Gerçi genç kız öyle dememişti, bambaşka bir açıklama yapmıştı ama Padişah içten içe, cennetten yeryüzüne düşmüşe benzeyen bu küçük Kafkas kızının onu reddetmesinin tek nedeninin bu burun olduğunu hissediyordu. Yoksa kız bebeklerin beşiklerinin "saraya sultan olasın" diye sallandığı Kafkas dağlarından koparılarak İstanbul'a getirilmiş, din, musiki, raks, dantel, oya işleme gibi bin bir hüner öğretilmiş, yemyeşil gözlü, selvi boylu, lepiska saçlı bu nadide çiçek, Padişah'ın yatağına girmek ve ona bir erkek evlat verip ilerde valide sultan mertebesine yükselerek imparatorluğun en yüce makamına ulaşmak fırsatını niçin reddetsindi?

Zaman zaman atalarının portrelerine bakar, kendisiyle benzerlikler bulmaya çalışırdı. Yüzyıllar öncesinden gelen tabloların çoğu temsili idi ama bir de atası Ebü'l-Feth Sultan Mehmed Han gibi devrin ünlü İtalyan ressamlarını sarayına getirtip portrelerini yaptıranlar vardı. Bu büyük atasının yüzünde de kartal gagasını andıran, ucu neredeyse ağzının üstüne sarkan bir burun dikkat çekiyordu ama o hiç olmazsa inceydi. Yüzünün şeklini bozmuyordu. *Kartal gagası nere, bu burun nere*, diye düşündü iç geçirerek.

Sultan'ın bu saplantısı, insan soyunun başlangıçtan beri yüzünde taşıdığı bir organın adı olan burun kelimesinin onyıllarca yasaklanmasına yol açmıştı. İmparatorluk dahilinde kimse burun diyemez, hiçbir yazar gazeteye böyle bir kelime yazamazdı. Sanki milyonlarca insan bir anda burunsuz kalmıştı. Topkapı Sarayı'nın bulunduğu sahilin adı olan "Sarayburnu" bile insanın başını belaya sokacak bir yerdi. "Sarayönü" gibi bir yeni tarif bulmak gerekiyordu. İstanbullu anneler oğullarına gelin seçerken, çıplak görerek her yerini iyice bir muayene etmek amacıyla hamama götürdükleri kızları "Maşallah pek güzel, ağzı burnu hokka gibi," diye övemedikleri için sadece ağzıyla yetinip "Maşallah öyle küçük ağzı var ki içine iki badem sığmaz," diye yeni methetme yöntemleri geliştirdiler. Sonradan sonraya zenginliğe yetip de elâlemi küçük gören dangalak taifesine "Burnu büyüdü bunun da!" diyemez oldular. Artık kimsenin "burnuna kötü kokular gelemez"di, Galata Köprüsü'nde kimseler "burun buruna gelemez"di, hatta hiçbir ana baba işaretparmağını burnuna sokup hap yapmakla meşgul çocuğunu "Burnunu karıştırma, ayıptır!" diyerek azarlayamazdı.

İmparatorluğundaki tebaanın en önemli konularından biriydi burun. Gerçi nüfus meselesi de biraz karışıktı; padişahlığının başlangıcında çok daha fazla olan imparatorluk nüfusu, kendi döneminde Tunus, Mısır, Kıbrıs, Sırbistan, Karadağ ve Romanya'nın bulunduğu toplam bir buçuk milyon kilometrekare toprağı teker teker kaybettikten sonra giderek yirmi milyona doğru düşmüştü ama o bunu görmezden gelmeyi tercih ediyordu doğal olarak.

Sağ omzunun altında şiddetlice kaşınan, kızarık bir şişlik ortaya çıkmıştı. Herhalde sık sık orasında burasında çıkan çıbanlardan biri oluşuyordu. Eliyle sertliğini anlamaya çalıştı, şu anda çok sertti, bir süre sonra yumuşayacak, olgunlaşacak, cerahatle dolacak, sonra da baş vererek patlayacaktı. Padişah o anı sabırla beklemeyi iyi bilirdi, yoksa -Allah muhafaza buyursun- sırtındaki çıbanı olgunlaşmadan hamamda sıktıran ve bu sebeple hayatını kaybeden kahraman atası Yavuz Sultan Selim gibi olurdu. Çıban o noktaya gelince Padişah hemen askeriyeden yetişme amatör cerrah Hasan'ı çağırırdı. Hasan, Padişah'ın uç veren çıbanına ağzını dayar ve emerek boşaltırdı. Bu işte o kadar ustaydı ki, Padişah, Hasan'ın rütbesini epeyce yükseltmişti çünkü o mahir ağzıyla, kutlu bedendeki çıbanlarda bir zerre bile iltihap bırakmazdı. Ama Hasan burada yoktu ne yazık ki. Çıban olgunlaşınca ne yapacağını bilemiyordu.

Soğuk suyla yıkandıktan sonra kapıya vuran harem ağasının uzattığı çiçekli elbise parçasını aldı, elden geldiğince kurulandı, gri İstanbulinini giydi, fesini başına taktı. Sonradan bu ilkel peştamalı, genç karısının, o kargaşada nasılsa yanına aldığı ikinci entarisini yırtarak elde ettiğini öğrenecek, aferin diyecekti.

Banyodan çıktıktan sonra sanki o köşke hapsedilmiş bir padişah değil de yapıyı incelemeye gelmiş bir mühendis gibi kapı pervazlarını, menteşeleri, iki metre uzunluğundaki pencereleri, parkeleri uzun uzun inceledi. Sonra "Bu ahşap işlerini yapan ustayı tanımak isterdim," dedi. "Bence mutlaka

İstanbul Rumlarındandır ya da İtalyan'dır. Selanik'te bunu yapacak usta bulmak zor. Her şey harikulade." Sonra "Bunu anlamak kolay aslında. Bir iki parke sökersek işi çözeriz," diyerek yanındakilerin yüreğini ağzına getirdi. Anlattığına göre İstanbul Rumları parke yaparken ahşabı kurtlar yemesin, börtü böcek doluşmasın diye zemine kömür tozu koyarlarmış. Bunu dünyada bir tek İstanbullu Rum ustalar yaparmış. Dolayısıyla parkeleri söküp de altına bakarlarsa bu enfes işin hangi milletin elinden çıktığını anlayabilirlermiş. Göreceklermiş ki parkenin altında kömür tozu bulunacak ve böylece dediği gibi ahşap işlerinin İstanbullu bir Rum ustanın elinden çıktığı belli olacakmış. Kızları yalvararak, panjur aralarından görebildikleri kadarıyla bahçede huysuz huysuz gezinip duran askerleri kuşkulandıracak böyle bir girişimden vazgeçirmek için babalarına dil dökmeye başladılar. Onun, büyük bir darbeyle sarsılmış olan ruhundaki elemi ailesine göstermemek için oynadığı bu küçük oyunu fark ediyorlardı elbette ama yine de parkeleri sökmek gibi bir eyleme girişemezlerdi. O kadar ısrar ettiler, yalvardılar ki sonunda Padişah razı oldu. Odasına gidip kıble yönünü hesaplayarak yere serdiği seccadesinde namazını kıldıktan sonra mabeyinciyi çağırarak, "Kapıdaki nöbetçilere nazikane söyleyin, zahmet olmazsa Kumandan Efendi'yle görüşmek istiyorum," dedi. Bu sefer derdi parkeler değildi.

O sırada Yıldız Sarayı'nda - Ağaların sırrı Çakıltaşı kadar çok mücevher Padişahım çok yaşa!

Padişah bunları düşündüğü sırada, terk etmek zorunda bırakıldığı Yıldız Sarayı'nda akla ziyan işler oluyordu. Yeni hükümet eski sultanın altı bin adamını tutuklamış, bütün mallarına da el koymuştu. Bunlardan padişahın haremine bakan, Afrika'dan köle olarak getirilirken önce hadım edilip sonra saraya satılan harem ağası Cevher, Galata Köprüsü'ndeki bir elektrik direğine asılmış, mevtaya *gündüz feneri* adını takan halkın düşenlere karşı ne kadar zalim olduğunu ortaya çıkarmak istercesine günlerce Haliç'in hafif rüzgârıyla sallanmış durmuştu. Harem ağasının Boğaz'daki malikânesini bastıkları zaman ise melekleri kıskandıracak güzellikte genç bir köle kız bulmuşlar, onun hadım efendisinin ardından kanlı aşk gözyaşları döktüğüne tanık olmuşlardı. "Erkeğim gitti!" diye ağlıyormuş Mısırlı kız, bu da baskını yapan palabıyıklı Osmanlı erkeklerinin onuruna dokunuyormuş. Çünkü toz konduran olursa palalarına davrandıkları kendi erkekliklerine bu kadar âşık olacak bir kız çıkmamış karşılarına.

Yağmalanmış, bazı eşyaları öfkeyle kırılıp dökülmüş, haklı barbarlığın haksız uygarlıktan öç alması anlamına gelen bir kabalığa uğramış Yıldız Sarayı'nda daha da garip olaylar yaşanmıştı. Bir hükümet heyeti saraya gittiğinde Cevher Ağa'yı idam ettikten sonra sorguya çektikleri Nadir Ağa'nın ağrılar ve sancılar altında anlattıklarından, Abdülhamid'in saraydaki bütün zulalarını öğrenmişler, aynı zamanda da mobilyacılıktaki ustalığı karşısında ürpertici bir saygıya kapılmışlardı. O muazzam maun, Lübnan sediri, ceviz ve Afrika'dan getirilmiş özel ağaçlarla hazırlanmış olan eşsiz mobilyalar; bu kadar güzellik yetmiyormuş gibi bazı gizli düzeneklere, kimsenin göremeyeceği mekanizmalara, kilitlere, yapanın dehasını ortaya koyan çözülemez şifrelere sahipti. Ağır işkenceler altında konuşmak zorunda kalan Nadir Ağa inleyen sesiyle bunları tek tek göstermeseydi, yıllarca da uğraşsalar hiç kimsenin çözmesine olanak yoktu. Sonunda açtıkları her gizli çekmecede, her saklı bölmede, her kiriş içinde, akıllara durgunluk verecek kadar çok frank, mark, dolar, liret ve bol bol altın bulmuşlardı. Mücevherler, değerli taşlar ise deniz kıyısının çakıllarını hatırlatacak kadar çoktu. Safirler, yakutlar, elmaslar, zümrütler yeraltından getirdikleri mistik pırıltılarıyla heyetin aklını başından almıştı.

O inceleme sırasında siyasi heyet ve asker mangası, ıssız kalmış sarayın her köşesini gezerken bir odadan tuhaf sesler geldiğini fark etti. Boşaltılmış ve mühürlenmiş, in cin top oynayan sarayda kimler kalmış olabilirdi? Şaşkınlıkla birbirlerine baktılar. Kapıya vurup "Kim var orda?" diye sordukları zaman da odadan yükselen "Padişahım çok yaşa!" çığlıklarıyla irkildiler. İçeride, son nefesine kadar Padişah'ı koruyacağına yemin etmiş muhafız birliği kalıntıları mı vardı acaba? Bu birlik belki de son bir intihar saldırısıyla sabık efendilerinin şerefini korumaya çalışacak, ölmeden önce ne kadar ihtilalci öldürürlerse kâr sayacaklardı.

Heyetten birisi "Kimsiniz siz?" diye bağırdı, içerden yine "Padişahım çok yaşa!" sloganları yükseldi. "Teslim olun!" dediler, yine aynı slogan duyuldu: "Padişahım çok yaşa, Padişahım çok yaşa!"

"Buradan çıkışınız yok, aklınızı başınıza toplayın, kendinize de yazık etmeyin, artık padişahınız yok, o günler geçti, sizi kimse koruyamaz," diye bin bir dil döktülerse de işe yaramadı. İçerden sürekli olarak aynı slogan duyuluyordu. Yalnız bu işte dikkatlerini çeken bir gariplik de yok değildi. Bağıranların sesi bir tuhaftı; kadın sesi desen değil, erkek sesi desen o da değil, acaba Cevher gibi hadımlar mıydı bu sesleri çıkaranlar?

Sonunda sabrı taşan azametli heyet üyeleri, korunaklı bir yere çekilip tatlı canlarını emniyete alarak askerlere kapıyı kırıp içeri girmeleri emrini verdiler. Odadaki herkesi tutuklayacaklar, karşı koyan olursa ateş açacaklardı. Büyüklerinin emrini ikiletmeyen askerler Allah Allah nidalarıyla pür silah yüklenir yüklenmez, kapı saniyesinde devrildi. O zaman heyet de askerler de hayatlarının en büyük şaşkınlığını yaşadılar.

İçerde bir sürü papağan vardı, açlıktan çıldırmış durumda oradan oraya konuyor ve kendilerine öğretildiği gibi durmadan "Padişahım çok yaşa!" diye bağırıyorlardı. Hepsi de beyazdı, panikle oraya buraya çarptıkları için kopan beyaz tüyleri havada uçuşuyordu. Bazı kuşlar açılan kapıdan uçup gitti, ötekiler yine çırpınmaya devam etti. Bütün bunlar olup biterken de "Padişahım çok yaşa" çığlıkları kesilmedi. Askerler odaya yöneltikleri tüfekleriyle donup kalmış, başlarındaki genç kumandana bakıyorlardı. Kumandan da gözlerini hükümet heyetine dikmişti, emir bekliyordu. Böyle yasak bir sloganı haykırmakta ısrar eden papağanları vur derlerse vuracaklardı.

Şaşkınlığı biraz yatışan heyetin başkanı, "Eh..." dedi. "Bırakın dağılsınlar. Ahali de bu kuşlardan daha akıllı değil."

Kapalı odadan kurtulan aç papağanlar, yiyecek bulmak için kadim İstanbul şehrine kanat çırptılar. Artık Allah'ın hikmeti mi, yoksa kuş cinsinin o meşhur yön bulma içgüdüsü mü bilinmez, merhametli İstanbul ahalisinin sevaba girmek için avlularına darı serptiği Yeni Cami'yi derhal bulan papağanlar, Süleymaniye, Ayasofya, Sultanahmet gibi muazzam camilerin uzun minarelerine tırmanarak şerefelere çıktılar, ezan-ı Muhammedi okumak üzere gırtlak temizleyen müezzinlerin aklını başından alıp, akşam ezanlarını şaşırttılar. Çünkü ortalığı kaplayan "Padişahım çok yaşa" avazları müezzinleri şaşkına çevirmişti. Hiç hayra alamet değildi bu haykırışlar. Acaba hangi padişah için bağırıyordu ahali? Yeni padişahı mı övüyorlardı yoksa yine bir ihtilal olup da eski padişahı geri mi getirmişlerdi? Bunları bilmiyorlardı ama böyle haykırışlardan hiç hayır gelmediğini sezecek kadar tecrübeliydiler. Böyle bir durumda yapılacak en akıllıca şey zaten hızlı okunan akşam ezanını daha da çabuk bitirmek ve minareden inip bir köşeye sinerek tatlı canı kurtarmaktı. Bu telaşla birlikte, ezanlara karışan kuş avazlarının akıllarını iyice başlarından aldığı birkaç müezzin korkudan salavatı yarıda kesti. Cami cemaatinin bir kısmı da ne olur ne olmaz, bu hengâmede kim vurduya gidip kuşca canı teslim etmek de var diyerek evlerine savuştu.

Zaten sarayın ele geçirildiği ilk gün, top ve tüfek seslerinden ürkerek saraydaki kafeslerinden, barınaklardan kaçan yüzlerce hayvan şehre yayılmıştı. Padişah'ın meşhur atları dörtnala firar etmiş, yaralı sahibini dişleriyle çekerek savaş meydanından çıkarmasıyla ünlenmiş Mennan bile tepelere kaçmış, tenhalarda otlarken görülmüştü. Osmanlı mülkünde hiç görülmemiş olan ve halkın "pijamalı merkep" adını taktığı zebralar ortalıkta dolaşıyordu ama en garibi Galata Köprüsü'nden geçip Yeni Cami'nin önündeki güvercinlerin yemine ortak olmaya çalışan ve ahaliyle birlikte kuşların da aklını başından alan bir zürafa idi. Tabii mübarek hayvanın, halkın sevaptır diye kuşlara attığı darıyı güvercinlerle paylaşmadığını, çoğunu tek başına yediğini anlatmaya gerek yok.

Akla ziyan istekler - Yılan yavrusu - Merhametli bir kumandan - Yasaklanan isimler - Yıldız şehriye

- Çıra suyu
- Bir adet tuğla
- Papağanım
- Kedim
- On santim boyunda iki santim eninde bir demir parçası
- Aile efradımın ve benim Yıldız Sarayı'nda kalan kıyafetlerimiz
- Siyah sakal boyası
- Eve eşya temini
- Saraydaki atölyemden marangozluk aletlerinin getirilmesi
- Bir düzine Atkinson marka kolonya

Kumandan'ın bizzat eline teslim edilen bu istek listesi, bırakın görkemli bir taht sahibi olmayı, hangi insanın elinden çıkarsa çıksın, o kişinin bir ruh hastalığından muzdarip olduğunu düşündürerek, duyarlı kalplerde bir acıma duygusu uyandırırdı. Binbaşı Ali Fethi Bey kâğıda şaşkınlıkla baktı; gözlerini kendisine dikmiş olan Sultan'a "Emin misiniz?" diyebildi. Onun "Evet evet," diyerek başını salladığını görünce söyleyecek bir söz bulamadığı için susup kaldı. Mecbur kalmazsa Sultan'la yüz yüze gelmek istemiyordu, çünkü her görüşmede büyük bir huzursuzluk kaplıyordu içini. Ayrıca ona nasıl davranması, nasıl hitap etmesi gerektiğini de bilemiyordu. Eski padişahtı ama şu anda kendi sorumluluğuna verilmiş olan bir mahkûm, bir sürgün, perişan ailesiyle birlikte ev hapsinde tutulan bir zavallıydı.

Ali Fethi Bey merhametli adamdı; yıllardır hayatlarını karartan, yüzlerce gece birbirlerine fısıldayarak beddua okudukları, bir an önce ölümünü diledikleri, İmparatorluk'taki en büyük sorun olarak gördükleri düşmanları elindeydi işte ama nedense bu yaşlı adama karşı bir nefret duyamıyordu. Biraz önce salona girince aralık kapıdan yere serdiği bir seccade üzerinde namaz kılarken gördüğü yaşlı adam, namazını bitirdikten sonra yanına geldiğinde, herhalde gece de giymiş olduğu iç gömleğinin üzerine attığı hırkası, yer yer ağarmış uzun sakalı, melul melul bakan derine kaçmış gözleriyle yaşadığı büyük sarsıntıyı üzerinden atamamış, belki de hiçbir zaman atamayacak olan bir kurbandı sadece.

Sultan, Kumandan'ı uzun uzun süzdükten sonra "Siz iyi bir adamsınız zabit bey," dedi, "ben insandan anlarım. Bu felaket günlerimde bende itimat hissi uyandırıyorsunuz. Bu yüzden Allah aşkına elinizi kalbinize koyun ve doğru söyleyin. Benim ve ailemin hayatı emniyette mi?"

Ali Fethi Bey'den "Tabii efendim, sizin de ailenizin de hayatı ordunun koruması altındadır," yanıtını alınca da tatmin olmadı, yüzüne onulmaz bir kuşkunun gölgesi düştü, "Nasıl itimat edeyim?" dedi. "İki gün öncesine kadar bu mülkün sultanı, bütün bu milletlerin babası ve Müslümanların halifesiydim. Şimdi halime bak."

Ali Fethi Bey, *o zaman sen de gerçekten bir baba gibi davransaydın. Hafiyelerinle, paşalarınla millete kan kusturmasaydın. Koskoca sadrazamı boğdurtmasaydın,* demek istedi ama diyemedi, içinden yükselen isyanı güçlükle bastırarak sustu.

Devrik Padişah şimdi de teminat isterim diye tutturmuştu. "Ordu benim ve ailemin hayatının kendi muhafazasında olduğunu bana yazılı bildirsin.

"Peki," dedi, "dileğinizi üst makamlara iletirim."

Cümle kapısından çıkarken Padişah'a gösterdiği saygının eski haşmetli günleri aratmadığını fark etti. Onu içten içe eleştirse bile "zat-ı şahaneleri" ve "hünkârım" diye hitap ediyor, karşısında ayakta dikiliyor ve yüzüne bakmadan konuşuyordu. Oysa Sultan'a karşı kurulan cümleler ve ona hitaben kaleme alınan yazılar mutlaka konuşanı ve yazanı yerin dibine batıran, Hünkâr'ı ise Allah'ın eteklerinin dibine yerleştiren sözcüklerle dile getirilmeliydi. Sultan için "haşmetmeap, zat-ı şehriyari hazretleri, şevketlu, devletlu, fehametlu, azametlu hünkârım, hakanım, el muzaffer daima" türünden birçok kelime sıralanır; kullar da kendilerinden "kulunuz, ayağınızın tozu, hak-i payiniz" diye söz ederlerdi. Ama Kumandan bu sıfatları kullanamazdı. İçinden dalkavukluk gelmezdi. Bu yüzden soğuk bir tavırla da olsa gereken hürmeti göstermekte kararlıydı. Fakat Padişah şefkatli bir baba gibi onu ayakta karşılıyor sonra da karşısındaki berjer iskemleye oturması için ısrar ediyordu. Kumandan oturuyordu oturmasına ama saray terbiyesine göre bu ancak, Padişah'ın ısrarı ve isteğini üç kez tekrarlaması sonunda oluyordu. Başka askerler gibi hakaret de edemezdi tabii, tabiatı buna engeldi. Bahçede bazı subayların, Padişah'ın üç buçuk yaşındaki oğlundan söz ederken "Yılanın yavrusu da yılan olur!" dediğini işitmiş ve çok üzülmüştü.

Ne çok sıfatı olmuştu adamın, ne çok, ne çeşitli hitap şekilleri: "sultan, zat-ı şahane, hünkâr, ulu hakan, imparator, halife-i ruy-i zemin (yeryüzü halifesi), emirülmüminin (müminlerin emiri), bavê Kurdan (Kürtlerin babası), Pinti Hamid, Kızıl Sultan, Yıldız'daki baykuş, müstebit, zalim", şimdi de "hakan-ı mahlû" diyorlardı. Yani "hal' edilmiş hakan". Osmanlı padişahlarının düşürülmesine hal' denildiği için

İstanbul'da çıkan yabancı gazetelerde İngilizce *hall*[1] sözcüğünün bile kullanılması yasaktı. Olur da hal' diye anlardı insanlar. Akıllarına bin bir fesatlık gelirdi.

Abdülhamid'in kardeşleri Murad ve Reşad isimleri de ağza alınamazdı. O karanlık otuz üç yıl içinde bu yaygın isimler unutulmuş; kimse çocuğuna bu adları koymadığı, olanlar da değiştirdiği için buharlaşıp uçmuştu. 1904'te Bursa'da Muradiye Camii tamirden geçtikten sonra yeniden açılırken gazeteler Muradiye dememek için "Fatih Sultan Mehmed Han Hazretleri'nin pederlerinin camii şerifi" diye çetrefilli bir duyuru yolunu seçmişlerdi. Var olan Murad isimleri Mirad'a, Reşad isimleri Neşed'e çevrildi. Bu iki kişiyi çağrıştırabileceği için kardeş sözü de kullanılamazdı. Hasta sözü "Avrupa'nın hasta adamı"nı çağrıştıracağı için sakıncalıydı. Suikasta uğrayan yabancı krallar, kraliçeler ve devlet başkanları mutlaka doğal sebeplerden ölmüş gibi yazılmalıydı. Kanlı suikastlarla İsa Peygamber'e kavuşan Fransa Cumhurbaşkanı kalp krizinden, Avusturya İmparatoriçesi nefes darlığından, Amerikan Başkanı şirpençe çıbanından ölmüşlerdi. Bazen, Sırbistan Kralı ve Kraliçesi gibi iki kişi birden suikasta kurban gittiğinde buna da bir çare bulunur, bu örnekte olduğu gibi hazımsızlıktan öldükleri yazılırdı. Zavallı Kral ve Kraliçe ne yemiş olmalılardı ki ikisi birden hazmedemeyip öteki dünyayı boylasın?!

"Dinamit" denemez, "isyan, sosyalizm, nihilizm" kelimeleri herhangi bir metinde geçemezdi. Bu iş öyle noktalara gelmişti ki zavallı bir İstanbullu ramazan günü bakkaldan yüz dirhem yıldız şehriye istediği için sürgüne gönderilmiş, adam bir daha dünya gözüyle memleketini görememişti. Çünkü "yıldız" kelimesi sarayı çağrıştırdığı için yasaktı.

Yine de Kumandan yerlerde sürünen aileye üzülüyor, çocukların o halini görmeye dayanamıyor, genç kızların yüzündeki korkuyla karışık dehşet ifadesi yüreğini burkuyor, Padişah'ın onu görünce ayağa kalkması, hal hatır sorması,

1 Salon.

saygılı bir tavırla gümüş tabakasını açarak sigara ikram etmesi ve sigarasını yakmak için gayret göstermesi onu rahatsız ediyordu. Bu iltifatlar sırasında nasıl davranacağını, ne diyeceğini bilemiyordu. Çok tuhaf bir durumda kalmıştı. Ya bir de -Allah korusun- İstanbul'dan imparatorun idam kararı gelirse ne yapardı? Emri uygulardı uygulamasına ama bu olasılık aklına gelince Ali Fethi Bey titriyor ve böyle bir facianın başına gelmemesi için dua ediyordu.

Ölü prensesin ruhu - Papağan - Pastör Efendi

Kumandan elindeki garip mi garip istek listesini diğer subay arkadaşlarına gösterince önce kimse inanamadı, her kafadan bir ses çıkmaya başladı. Hepsi de çiviyle tuğlayı, papağanla demir parçasını bağdaştırmaya çalışıyor ama ne kadar uğraşırlarsa uğraşsınlar işin içinden çıkamıyorlardı.

Kimi diyordu ki: "Kurnazlık yapıyor herif, bizi kandırmaya çalışıyor."

Başka biri "Bence," diyordu, "bunlarla bomba yapacak."

"Yahu siz askersiniz, tuğla ve demirle nasıl bomba yapılabilir?"

"Vallahi bu adamdan korkulur, kim bilir aklından neler geçiyor?"

"Ayrıca boya da yanıcı bir kimyevi madde değil mi?"

"Ya kolonya?"

"Acaba delirdi mi?"

"Seni de bir gece kolundan tutup sarayından atsalar, sen de oynatırsın. Zaten evhamlı adam..."

"Bana da öyle geliyor, ailece delirmişler. İslam halifesinin evinden gece yarısı gâvur müziği duyuluyor. Akıllı işi mi bu?"

İçlerinde en soğukkanlıları Kumandan'dı yine de. "Bu iş böyle olmayacak," dedi. "En iyisi kendisinden makul bir açıklama isteyelim."

Köşke tekrar girdiği zaman Padişah'ı, salona getirilmiş o iri yeşil koltuklardan birine oturmuş, izin verildiği için kepenkleri açılmış olan tek pencereden vuran ışıkta kitap okurken buldu. O meşhur burnunun üzerindeki okuma gözlüğü ve sırtındaki hırkasıyla ununu elemiş eleğini asmış bir emekliye benziyordu. Kapının açılması üzerine önce gözlüklerinin üstünden Kumandan'a baktı, sonra kitabı kapatıp ayağa kalktı, zaten öne eğik duran gövdesi daha da eğildi, konuğunu karşılayan nazik bir ev sahibi gibi "Buyurun Kumandan Bey evladım," dedi. Kitabı göstererek ekledi: "Sahih-i Buhari okurum her gün. Çok kıymetlidir. Bundan yüz binlerce bastırıp camilere, müminlere dağıttırırdım. İyi ki gelirken yanımdaymış. Buyurun, ne istemiştiniz?"

Sesi tok, yumuşak ve ikna ediciydi. Kumandan'ın listeyle ilgili soruları üzerine gülümsedi, "Demek bunlar size garip geldi Kumandan Bey evladım," dedi. "Haklısınız. Âdetlerimi bilmediğiniz için öyle gelecektir. Açıklayayım. Buyurun oturun lütfen." Karşısındaki sandalyeyi gösteriyordu. Kumandan oturur oturmaz Padişah'ın cebinden gümüş bir tabaka çıkararak kendisine sigara sunduğunu gördü. Ne yaptığını bile düşünmeden, sanki bunları bir rüyada yaşıyormuş gibi elini uzatıp sigarayı aldı ama Padişah hırkanın sağ cebinden çıkardığı çakmakla sigarasını yakmaya davranınca "Estağfurullah," diyerek ayağa kalktı. Çakmağı Padişah'ın elinden almaya çalıştı, Padişah vermediği için Kumandan onun elini tutmak durumunda kaldı. Eli sıcaktı. Boynunda bir bez sarılı olduğu için yaşlı adamın hasta olduğunu tahmin etti. Padişah listeyi aldı ve iki adam tekrar oturdular.

Padişah "Bu tütün çok özeldir," dedi. "Böylesi bulunmaz."

Sonra güldü. "Hayat ne garip Kumandan Bey evladım," dedi. "Bu nadide tütün nereden geliyor biliyor musunuz? Bu köşkün sahibi olan kulumuz Alatini Efendi'den. Kendisi Selanik bölgesinin en büyük tütün kumpanyasına sahipti ve her yıl hususi olarak benim için kıydırdığı bu altın gibi tütünü vilayete teslim eder, bana da sadakatini bildiren bir mektup yazardı. Toprağı bol olsun... Şimdi gelelim listeye; çıra suyunu her sabah yüzüme sürmek alışkanlığındayım. Yıllardır yaparım bunu, alışmışım. İnsanın cildini geriyor, yaşlılık izlerini yok ediyor."

Kumandan gözlerinin hayretle açılmasına engel olamadı. Çıra suyu ve Abdülhamid'i hiç bağdaştıramamıştı. *Padişah süsüne bu kadar düşkün müydü?* Abdülhamid'in de diğer birçok Osmanlı sultanı gibi makyaj yaptırmadan insan içine çıkmadığı söylenirdi ama doğrusu bu iddia pek inandırıcı gelmezdi ona. *Demek ki doğruymuş*, diye düşündü.

"Hayret ettiğinizi görüyorum," dedi Padişah, "Ama rica ederim deneyin, siz de faydasını göreceksiniz. Bir haftaya kırışıklarınız kaybolur. Hanımınıza da tavsiye edin. Tuğlaya gelince, yatağımın başında her zaman bir tuğla bulundururum. Uyandığım zaman banyoya gidip suyla abdest almadan önce elimi tuğlaya sürerek teyemmümde bulunurum. Abdestsiz kalkmayayım diye. Bazı geceler, çok acil bir devlet işi olduğunda uyandırırlar. Hemen tuğla ile teyemmüm eder, memleket işlerine öyle bakarım. Artık kimse devlet ve memleket işlerini bana danışmayacak sanırım fakat ben yine de abdestsiz kalkmayayım."

Kumandan, Padişah'ın çok dindar olduğunu biliyordu ama daha önce tuğlayla teyemmüm eden kimse görmemişti, duymamıştı da. Çok tuhaf âdetleri vardı bu adamın.

Padişah "Papağanım," diye devam etti, "can yoldaşımdır, yıllardır benimle beraberdir. Alışmışım, onsuz yapamam. Ne kadar akıllı bir hayvan olduğuna inanamazsınız. Maalesef gençliğimde elim bir hadise yaşadım, altı yaşındaki kızım mumla oynarken üstündeki tafta eteklik tutuşmuş, yavrucuk sarayda kimseye sesini duyuramamış, papağan her yere uçup yangın yangın diye bağırarak insanları haberdar etmiş. Hemen koşmuşlar."

Kumandan "Papağanın sizin için kıymetini şimdi anlıyorum," dedi. "Demek kızınızın hayatını kurtardı."

Padişah'ın yüzü aşağıya sarktı, gözleri nemlendi ve titrek bir sesle "Hayır," dedi, "maalesef gecikmişler, annesi kendisini üstüne atıp ellerinin, yüzünün, kollarının yanması pahasına çocuğumu kurtarmak istemiş ama başaramamış. Ne yazık ki kaybettik. Ben sarayda değildim, dışardaydım, haber verdiler hemen geldim ama... neylersin, kaderi böyle imiş. Yine de papağana şükran duyuyorum. Eğer ona erken kulak verselerdi yavrum kurtulurdu."

Bir süre ikisi de sessiz kaldılar, ortaya bir matem havası çöktü. Sanki ölü prensesin ruhu yüksek tavanlı odada dolaştı, hafif bir esintiyle perdeleri uçuşturdu. Padişah sigarasından derin derin nefesler çektikten sonra ağırlaşan havayı dağıtmak için "Kusura bakmayın Kumandan Beyefendi," dedi, "bu elim hadiseyi anlatarak sizin de canınızı sıktım. Bakın papağanımın daha ne marifetleri vardı. Bir gün hizmetliler papağanın bakımından bıktıkları için şuna maydanozlu börek yedirelim de ölsün kurtulalım demişler. Papağan uçup bana geldi, Padişahım beni maydanozlu börekle öldürecekler dedi. Kim dedim, isimlerini saydı. Hiç yalan söylemezdi. Ona inandığım için olayı incelettim, suçlular itiraf etti, meğer sahiden öldüreceklermiş bu günahsız hayvanı. Cezalarını gördüler tabii. Gün boyu sarayı dolaşır, duyduğu her şeyi akşamları bana anlatırdı."

Çok doğal bir şey anlatıyormuş gibi Kumandan'ın şaşkın bakışları altında elindeki kâğıda bakarak devam etti.

"Kedim de öyle. Benim için çok kıymetlidir. Beyaz bir Ankara kedisi. Çok asildir, çatalla verilmeyen hiçbir şeyi yemez, açlıktan ölse dönüp bakmaz. Yani burada olsa... bu şartlarda... (Suçlayıcı bir ifadeyle baktı Kumandan'ın yüzüne.) Neyse, ona da çok alışmışım, arıyorum.

Tahmin ediyorum ki en çok bu demir parçasını merak ettiniz. Aslında gayet basit. Kumandan Bey evladım, benim tıp bilgim çok ileridir. Doktorlara fazla güvenmem çünkü çok yanlışlık yaparlar. Bizim hanımlardan birine morfin iğnesi yapmışlardı, vefat etti zavallı. Fenni ilaçlara inanmamak lazım. Hastalıklara karşı kendi tedbirlerim vardır. Sürekli çektiğim hazım zorluğuna karşı az yerim ve sinameki çayı içerim. Bronşit, boğaz iltihabı veya vücudumda ağrı hissettiğim zaman kor haline gelene kadar kızdırılmış bir demirle o bölgeyi dağlarım. Allah'ın izniyle hiçbir şey kalmaz. Bakın."

Bunları söyleyen Padişah bir yandan da boynundaki çiçekli bez parçasını aşağı doğru çekip boğazındaki yanık izini göstererek Kumandan'ı ağzı açık bıraktı. Kumandan gözlerine inanamıyordu, Padişah da sanki onun bu şaşkınlığından zevk alır gibiydi.

Sultan devam etti: "Saraydan apar topar çıkarıldığımız için hiçbir şahsi eşyamızı, kıyafetimizi alamadık evladım. Benim, hanımlarımın, çocuklarımın kıyafetleri yok. Kızlarım banyoda üstlerindeki entarileri çıkarıp yıkıyor, sonra oturup kurumasını bekliyorlarmış. Böyle bir şey kulağıma geldi. Ha, bir de sakal boyası var ama bunda anlaşılmayacak bir şey yok herhalde. Uzun süredir sakalımı boyarım, beyaz sakal bir hünkâra zafiyet manzarası verir. Saç sakal demişken aklıma geldi, size bu konuda ilginç bir hatıramı anlatayım. Bir ara İngilizlerle Ruslar bizi çok sıkıştırıyorlardı. Almanya lideri demir şansölye Bismark'ın şöyle dediği kulağıma geldi: 'Bu iki devlet Osmanlı'yı Lafonten'in hikâyesindeki iki metres arasında kalan zavallı adama benzetti.' Lafonten'in hikâyesindeki metreslerden biri adamın siyah saçlarını yolar, öteki de beyaz saçlarını; sonunda adam kel kalır. Ne tuhaf değil mi? Bismark bizi böyle bir adama benzetiyordu. O günden beri saçımda sakalımda beyaz siyah ayrımı olmamasına dikkat ederim. Tabii şaka payı da var bu söylediğimde Kumandan Bey. Eve eşya temini ise herhalde herhangi bir izahı gerektirmiyor; bir aile böyle yaşayamaz."

Padişah daha sonra yana yakıla marangozluk aletlerine ne kadar ihtiyacı olduğunu anlattı.

"Günümün büyük kısmı mobilya imal etmekle geçer," dedi. "Hükümdarlık bir baht işidir. Bununla övünülmez ama zanaat ayrıdır, şahsi kabiliyettir, marangozluğumla iftihar ederim. Beni bir tek ustası olduğum bu meslek dinlendirir, bir de geceleri ayak ucumda okuttuğum polisiye romanlar." Sonra yüzüne tuhaf bir gülümseme yayılarak "Ben aslında mobilyacıyım. Bu alanda dünyayla yarışırım," diye ekledi. Kumandan, Padişah'ın yüzünde ve sesinde bir övünme, daha doğrusu kırılan gururunu tamir etme çabası sezdi.

Padişah son olarak "Atkinson kolonyası da çok önemlidir benim hayatımda," dedi. "Biraz titiz bir adamım. Her gün bir şişe kolonya yetmez. Bir yere, bir kitaba, bir evraka dokunduğum zaman elimi hemen kolonya ile dezenfekte ederim. Mikroplar ihmale gelmez Kumandan Bey. Paris'te kimse Pastör Efendi'ye inanmazken, ona çok akça gönderdim, on bin frank ve bir Mecidiye Nişanı verdim, ondan destek istedim. Mösyö Pastör, sağ kolu Mösyö Şantimes'i yolladı. Adama İstanbul'da bir kuduz hastanesi kurdurdum."

Kumandan, *amma da çok övünüyor bu adam*, diye geçirdi içinden. *Ne kadar önemli birisi olduğunu anlatmak için bu çaba fazla değil mi? Hepimiz biliyoruz kim olduğunu. Neyse, isteklerinin çoğunda haklı. Hele saraydaki şahsi eşyaları konusunda. Fakat adamın hakkını teslim etmek lazım, muhbir papağan ne müthiş bir buluş. Herkesi inandırmış buna.*

Selanik'in tehlikeleri - Kız Vakası
Linç edilen konsoloslar - Asılmışların ağıdı

Baştan çıkarıcı eğlence hayatına, ılıman iklimine, kozmopolit halkına, beş ayrı dilde çıkan günlük gazetelerine ve ateşli fikir tartışmalarına rağmen Selanik'in tekin bir yer olduğunu kimse söyleyemezdi. Çünkü İstanbul'daki merkezi yönetim zayıfladıkça Yunanistan'dan, Karadağ'dan, Bulgaristan'dan, Bosna Hersek'ten Sırbistan'a kadar her yerde huzursuzluklar artmış, otoritenin ortadan kaybolduğu bir kargaşa dönemine gidişin ilk işaretleri görülmeye başlanmıştı. Bu işaretlerin en önemlilerinden biri Abdülhamid tahta çıkmadan hemen önce Selanik'te yaşanan "Kız Vakası", daha doğru bir anlatımla bir Türk'e âşık olan Bulgar kızı Helen'in çevresinde oluşan trajediydi. Selanik'teki ilk gününden beri gördüğü ve duyduğu her şeyi kaydetme merakında olan Doktor, birçok cana mal olan bu olayı defterine şöyle geçirmişti:

Anlatılanlara göre, Avrethisar'da yaşayan genç bir Bulgar kızı, bir Türk teğmene âşık olmuş, dinini değiştirerek çarşaf ve yaşmak altına girmiş. Kızın ailesi bu duruma karşı çıkmış, kızlarının zorla Müslüman yapıldığını söylemiş. İki âşık işlemleri tamamlamak için (bir söylentiye göre kayınvalide, imam ve siyahi uşakla birlikte) Selanik'e gelmiş. Selanik istasyonunda toplanmış olan yüz elli kişilik Ortodoks grup kızın çarşafını ve yaşmağını yırtmış, büyük bir kargaşa çıkararak

"Bırakın ben Müslüman'ım," diye bağırmakta olan Helen'i Amerikan konsolosunun evine kaçırmışlar. Kızın İslam'ı seçerek doğru yolu bulduğuna inanan ve cemaatlerine mensup olan yeni gelinlerini geri almak için yeminler eden öfkeli bir Müslüman grubu da uzun tespihlerini tehdit edici bir biçimde sallayarak ve tekbir getirerek sokaklara dökülmüş, Saatli Cami'de toplanmış. Olayları yatıştırmak amacıyla Alman ve Fransız konsolosları, ölümcül bir hata yaparak camiye gitmiş, o kızgın kalabalığın arasına girmiş. Fransa Başkonsolosu Mulen ve Almanya Başkonsolosu Abot orada linç edilmiş.

Büyük devletleri temsil eden konsolosların katledilmesi olayları çığırından çıkarmış. Avrupa basını bu olaya baş sayfalarında yer vermiş. Kütüphanede bir nüshasını bulduğum *Jurnal de Deba* gazetesi şöyle yazmış: "Selanik'teki kanlı olaydan alınacak ders şudur: Osmanlı Devleti'nde idaresizlik artık dayanılmaz bir dereceye ulaşmıştır."

Berlin'de üç başbakanı bir araya getiren memorandumda ise şöyle denilmiş: "Osmanlı İmparatorluğu'nda yabancı devlet uyruğunda olanlar ile Hıristiyanların güvencede olmadıkları Selanik Vakası ile anlaşılmıştır. Bu gibi olayların tekrarlanmasına engel olmak için, Büyük Devletler'in tehlike hali olan bölgelere deniz kuvvetleri göndermeleri mümkündür."

Beş büyük devletin savaş gemileri Osmanlı'nın Selanik limanına gelmiş, toplarını şehre yöneltmişler. Sonuçta konsolosları öldürdüğü öne sürülen altı Türk, Elefteria Meydanı'nda asılmış, ölü bedenler günler boyunca denizden esen serpintili meltemde hafif hafif sallanmaya bırakılmış. Ayrıca birçok kişi de mahkûm edilerek hapse atılmış ama bu olay İstanbul'da Enderun talebelerini ayaklandırarak, Abdülaziz'i tahttan düşürecek olan gelişmeleri tetiklemiş.

Böylece Avrethisar Köyü'nden Bulgar kızı Helen'in, Müslüman Emin Efendi'ye duyduğu aşkın sonunda birleşen kaderleri, kendileri hiç farkında olmadan, köşkünde oturup para kazanmakla meşgul olan Abdülhamid'in yaşamını sonsuza kadar değiştirmiş. Hiç görmemiş olduğu Selanik şehri onun hayatında önemli bir rol oynamış. Kız Vakası sonunda amcası devrilmiş, taht biraderi Murad'a kalmış, o da kısa süre içinde aklını oynatınca koskoca Osmanlı tahtı, üç ay içinde, böyle bir şeyi olsa olsa uzak ihtimal olarak aklından geçirmiş olan Hamid'e kalıvermiş.

Tarih ne garip diye düşündü Doktor. *Bu sefer de yine Selanik'ten yola çıkan ordu onu tahttan indirerek bu şehre sürgüne gönderdi. Hamid'in hayatında iyi ya da kötü bütün yollar görmediği, görmek de istemediği bu uğursuz Selanik şehrine çıkmış. Yani öksüz, talihsiz Kraliçe Tesaloniki'nin adını taşıyan şehre. Belki de Teselya'nın öcüdür bu. İki sahibine de yaramamıştır.*

Bu hikâyede Doktor'un dikkatini çeken bir başka yan da şuydu: İnsanlık tarihinin tekrardan ibaret olduğunu söyleyenlere hak verdirecek biçimde, Güzel Helen'den iki bin dört yüz yıl sonra başka bir Helen'in güzelliği Truva gibi bir savaşa olmasa bile bir imparator değişimine neden olmuş. Bu da tarihsel döngüler teorisini güçlendirecek bir olay olarak not edilmeliydi.

Atıf Hüseyin Bey bunları yazıp defterini kaldırdıktan sonra, içinde tarihe tanıklık eden insanlardan biri olduğu heyecanı ve biraz da tedirginliğiyle bir sigara yakıp yatağa uzandı. Duman dalgaları ahşap tavana doğru yükselirken Melahat Hanım'ı düşündü. O bahar akşamında pembe yaşmakla gördüğü nazik genç hanıma körkütük âşık olması, zihninin ona oynadığı bir oyun muydu acaba? Tanımadığı bir hayale mi âşık olmuştu? Ama İslam dünyasında, mahremiyetin gölgesinde başlayıp dal budak salan bütün sevdalar böyle olmaz mıydı zaten? Melahat Hanım'ı görmesine, tanımasına imkân yoktu ki. Ancak uzaktan endamını görebilirdi. Bazen bu da yetiyordu işte.

Dağlama şekilleri - Küçük çocuğun korkusu Marul bastırma

Boş köşkte Padişah'ın ve küçük oğlunun kuru kuru öksürükleri yankılanıyordu çünkü ikisi de hasta olmuştu. Küçük çocuğun bademcikleri iltihaplanmış, ateşi çıkmıştı. Sultan da ateşler içindeydi ama kendi haline aldırmadan oğlu için kaygılanıyor, büyük salonu hızlı adımlarla çepeçevre dolaşırken dualar okuyor, oğlunu kendisine bağışlaması için Allah'a yalvarıp duruyordu. Altı yaşındaki kızının yanışı hiç gözünün önünden gitmiyordu.

Ali Fethi Bey'in otellerden buldurup yolladığı paçavra gibi şilteyi, üst katta unutulmuş olduğunu fark ettikleri partal bir somyaya yerleştirmişler, böylece Hakan'ı koltukların üstünde yatmaktan kurtarmışlardı. Fakat Hakan o yatağa oğlunu yatırmış, kâh salonda dönerek kâh oğlunun başında dualar okuyup çocuğun kıpkırmızı suratına üfleyerek, vehm-i hümâyunu çıldırtacak derecelere yükselmiş halde kıvranıyordu. Bir yandan da gözü kapıdaydı. Baktı ki gelen giden yok, harem ağasını kapıya gönderdi, "Kumandan Bey'den bir kaşık rica ettiğimi söyleyin," dedi. Bu makul istek kısa zamanda karşılandı. Öyle ya koca bir sultanın kaşıkla yemek yemek istemesinden daha doğal ne olabilirdi? Ama Hakan'ın niyeti başkaydı, oğlu bu durumdayken aklına yemek gelemezdi elbette. Sadece öğlen getirildiğini gördüğü yemekte gözüne çarpan marul yaprağından istedi. Cebinden mendilini çıkardı, onunla kaşığı ağza giren yerinden sardı, sonra öteki cebinden çakmağını çıkardı, kaşığın sapı kıpkırmızı kesilene kadar aleve tutmaya devam etti. Akkor haline gelmiş kaşık sapını "Bismillah," diyerek oğlunun boğazına yaklaştırmasıyla birlikte oğlanın avazı yeri göğü tuttu. Çocuk korku çığlıkları atıyor ama Sultan kıpkırmızı kesilmiş kaşık sapını debelenen çocuğun boğazına yakın tutmak için büyük çaba harcıyordu. Bir yandan da gözlerinde yaşlar belirmişti. Ailesi oda kapısından korkuyla bakıyor, çocuğun annesi dahil hiç kimse sesini çıkaramıyordu. Aslında saniyeler süren ama herkese çok uzun gelen bir süre sonunda Hakan kaşığı çekti; çocuk korkudan hıçkıra hıçkıra ağlıyor, gözlerinden yaş fışkırıyordu, minik eliyle *bu yaptı* der gibi babasını gösteriyordu. Sultan, marul yaprağını aldı, yaklaşan sıcak demirden iyice ısınmış yerin üstüne bastırdı. Çocuk bunun üzerine daha da çok feryat etmeye başladı. Hakan "Evladım benim, gözümün nuru, sabret, sen Osmanlı'sın, sık dişini, dayan. Bu seni iyi edecek," diye teselli etmeye çalışıyordu. Sonra gözüyle çocuğun annesini çağırdı, marulu çocuğun boğazında tutmasını söyledi. Gözü yaşlı genç kadın işi devraldı. Entarisinden bir parça yırtıp marulu içine koyarak başını kucağına yatırdığı oğlunun boğazını sardı. O da ağlıyordu.

Sultan "Aslında sarısabır yaprağı bastırmak lazım, acısını hemen alır, nemlendirir, şifa verir ama maalesef yok," dedi. "Bu da hiç yoktan iyidir." Sonra kaşığın sapını yine akkor haline getirerek "Bak aslan oğlum," dedi, "aynı şeyi şimdi baban da yapacak, hem seninki gibi iltihaplı yerin ısınması için biraz yaklaştırarak değil, gerçekten dağlayacak." Kızgın kaşık sapını kendi boğazına, oğlununkinden daha büyük bir kolaylıkla, hiç eli titremeden yapıştırdı. Bir süre tuttuktan sonra o da yaranın üstüne marul yaprağı bastırarak gülümsedi. "Aslanım benim," dedi, "benim de aynı acıyı çekmem senin acını hafifletti değil mi? Şimdi Allah'ın izniyle ikimiz de iyi olacağız."

Ailesi, Padişah'ın kendisini dağlayarak tedavi etmesine, zaman zaman midesinin, bağırsaklarının üstüne, boğazına, omzuna, göğsüne kızgın demiri bastırmasına alışmışlardı ama bunu bir çocuğa -kısmen de olsa- uyguladığını ilk kez gördükleri için minik şehzadenin hayatı için büyük bir korkuya kapılmışlardı.

Doktor'un kalbi çarpıyor - Allah'ın imtihanı
Köşke ilk giriş

Geceyi yürek çarpıntılarıyla geçiren, tedirgin uykusundan sık sık uyanarak *doğru mu acep, sahiden devrildi mi* diye üst üste yinelediği sorularla kendi kendine eza eden Doktor, sabah erkenden canını sokaklara atmış, bir an önce hastaneye gidip olayın ayrıntılarını öğrenmek amacıyla geniş adımlarla yürüyerek otuz üç yıl önce altı Türk'ün asılmış olduğu Elefteria Meydanı'nı boydan boya geçmekteydi. Bu o kadar büyük bir haberdi ki İmparatorluk'ta yaşayan herkesin kaderini ilgilendirdiği için ister Türk olsun, ister Yahudi, ister Bulgar, ister Ermeni, ister Rum, ister Sırp; hiç kimse sakin kalamaz, gündelik işlerini her zamanki gibi sürdüremezdi.

Selanik sokakları sabahın erken saatlerinde, telaşlı telaşlı fısıldaşan, ellerindeki gazeteleri okuyan, heyecanlı gruplarla dolmuştu. Yıllardır herkesin göğsünün üzerine kocaman bir değirmen taşı gibi oturarak nefes aldırmayan diktatör devrilmişti demek. Hem de Selanik sokaklarında, kendi şehirlerinde görmeye alıştıkları Üçüncü Ordu mensubu genç subaylar tarafından. İnanılacak şey değildi doğrusu. Oysa Selanik en büyük şenliği, aynı Abdülhamid tahta çıktıktan sonra Kanun-ı Esasi ilan ettiği gün yaşamıştı. İmparatorluğun diğer kentlerinde olduğu gibi Selanik'te de resmi geçit düzenlenmiş; her milletten, her dinden, her cinsten insan "Yaşasın hürriyet," diyerek, çiçekler ve övücü sloganlar atarak sokaklara dökülmüştü.

Şimdi Selanik gazetelerinde, Padişah'ın tahttan indirildiği haberi, her şeye rağmen ürkek, ihtiyatlı bir tavırla veriliyordu. İnsanların yeni döneme alışması kolay olamayacaktı.

Doktor "Mikrop herif! Ömrümüzü yedi," diye mırıldanarak meydanı geçti, her sabah yaptığı gibi hastanenin yolunu tuttu. Üçüncü Ordu Hastanesi, isyana kalkışan Balkan komitacılarıyla çarpışmalarda yaralanan, ölümcül hale gelen kolu bacağı kesilmiş askerlerle, subaylarla doluydu. İş o kadar yoğundu ki bazen ameliyat ettiği hastayı bırakamayarak alnında biriken teri bile hemşireye sildirirdi. Bugün de onlarca hasta bakması gerekiyordu, tabip yüzbaşı olmanın ona verdiği acı bir hediyeydi bu. Hastane önünde yakınlarını merak ederek bekleyen halkı yararak içeri girdi. Tam dolabından beyaz doktor gömleğini alıp giymiş, stetoskobu boynuna takmıştı ki başhekimin kendisini çağırdığını haber verdiler. *Hayrola*, diye düşündü, *niye çağırtıyor ki beni sabah sabah*? Başhekim onu pek sevmezdi, İttihatçı subaylara fazla yakın bulurdu. Doktor da bunu hiç saklamazdı zaten. Abdülhamid'i indirip ülkeye özgürlük getirmek isteyen kadrolarla beraberdi. Dolgun ve gür sesiyle Namık Kemal'in vatan şiirlerini ezbere okumak gibi bir meziyeti de vardı.

Başhekim onu ilginç, sinsi denilebilecek bir gülümseme ile karşıladı. "Hayırlı olsun Doktor Bey," dedi, "yeni bir vazifen var." Sonra ona bir telgraf uzattı, İstanbul'dan Harbiye Nezareti'nden geliyordu telgraf ve Tabip Yüzbaşı Atıf Hüseyin Bey'in, Selanik'te ev hapsine alınmış olan eski padişah Abdülhamid ve ailesinin devamlı doktorluğu görevine verildiğini yazıyordu.

Eğer Doktor, bu satırları okuyup da o anda şak diye boylu boyunca bayılmadıysa bunu tıp eğitiminden edindiği soğukkanlılığa borçlu olmalıydı ama yine de ellerinin titremesine, başının dönmesine engel olamadı. Yüreği, zalim avcının eline düşmüş bir kuş gibi boğazında atıyordu sanki. Odasına dönerken *nasıl olur* diye düşünüp duruyordu. *Nasıl olur, şimdi ben onu mu göreceğim? Nasıl olur?*

Sersemlemişti ama beyaz giysiyi çıkarıp üniformasının ceketini giymekten başka çare yoktu. Telgrafı bir daha okudu, sonra bir daha. Bir yanlışlık yoktu, telgrafta Padişah ve ailesinin Alatini Köşkü'ne yerleştirildiği ve Tabip Yüzbaşı Atıf Hüseyin Bey'in, sabık hakanın ve ailesinin sağlığından sorumlu olduğu yazılıydı. En büyük düşmanının sağlığı ona emanet edilmişti. Stetoskobunu çantaya koydu, hastaneden çıktı.

Doktor, Selanik sokaklarında yürümeyi, her yere yayan gitmeyi severdi ama bu kez resmi göreve gittiği için kapıda kendisini bekleyen askeri araca bindi. Kafasındaki sersemlik dağılmıyordu bir türlü, geçtiği caddeleri, insanları, dükkânları bile fark etmeden parlak bahar güneşi altında üstü açık arabada gidiyordu. Yalnız bir ara Hamidiye Caddesi'nden ve Hamidiye Çeşmesi'nden geçtiklerini gördü. Her yerde diktatörün ismi vardı, nereye dönse onun ağır ve uğursuz gölgesine rastlıyordu; artık düştüğüne göre bunları değiştirirlerdi herhalde. Bu caddelere, çeşmelere, mahallelere -evet Hamidiye Mahallesi de vardı Selanik'te- yeni sultandan dolayı Reşadiye adını koyarlardı.

Köşke yaklaşınca yolların askerler tarafından kesilmiş olduğunu gördü, bir noktadan sonra kimsenin yaklaşmasına izin verilmiyordu. Şehrin bu bölgesi bütün sivillere kapatılmıştı. Doktor arabayı kullanan askerin nöbetçilere verdiği izin kâğıdıyla kontrol noktasını geçebildi. Üç katlı köşk, kocaman bahçesi, asırlık ağaçları, kırmızı tuğlaları ve şık parmaklıklarıyla belki de Selanik'in en güzel, en zevkli binası, İtalyan Mimar Poselli'nin başyapıtlarından biriydi. Bahçenin giriş kapısında da nöbetçiler bekliyordu. İçerde yirmi adım aralıkla dizilmiş tüfekli askerler, sigara içerek dolaşan subaylar dikkatini çekti. Bahçenin ortasındaki çiçeklikte, Fransız Devrimi'nin sloganları olan *Liberté, Égalité, Fraternité*[1] yazıyordu. Bunu herhalde diktatörden kurtulma sevinciyle genç

---

1 Özgürlük, Eşitlik, Kardeşlik.

subaylar koymuştu buraya. Doktor, Kumandan'la konuştu, görev kâğıdını verdi, sonra binanın giriş kapısına bakarak iç geçirdi. Yüreği sıkışıyordu. Merdivenleri çıkarken "Bu da bir imtihan," dedi kendi kendine, "Allah imtihan ediyor beni."

Sultan ve Doktor'un ilk buluşması
Yeni Osmanlılar - Ermeniler - Bombalı suikast
Vatan Şairi Namık Kemal

Devrik Sultan, kendisine harem ağası aracılığıyla haber gönderen subayı görünce önce şaşalamış, kaşlarını hayretle kaldırmış, sonra da vehimli kişiliği onu ani bir tedirginliğe sürüklemişti. Karşısındaki kumral, orta boylu, bıyıklarının ucu modaya göre yukarı kıvrık, Fransız doktorlara benzeyen Yüzbaşı niçin gelmişti acaba? Ali Fethi Bey'in yerine yeni atanmış bir muhafız mıydı? Yoksa, Allah korusun, kendisine ve ailesine bir fenalık yapmak için mi gelmişti? Bu kuşkuları, Yüzbaşı, imparatorluk ailesinin doktorluğuna atandığını söyledikten sonra da bitmedi. Bir yandan adamın elini sıkıyor, buyurun oturun diye yer gösteriyordu ama bir yandan da zihni harıl harıl komplolar üretiyordu. Bu akla ziyan komplolar, içlerine bir hükümet casusu yerleştirildiğinden, aniden ortaya çıkan bu doktor eliyle katledileceklerine kadar bin bir zehirli kuşku barındırıyordu.

Her şeye rağmen Abdülhamid, bir hükümdar vakarı içinde hareket ederek, kibarlığını bozmadan, karşısındakileri her zaman etkileyen derin bakışları ve olgun sesiyle Doktor'u kabul etti. Kendisinin ve yanındakilerin sağlık sorunlarına ilişkin ayrıntılı sorularını cevapladı. Doktor, Padişah'ın kabızlık, bronşit, hazımsızlık, uykusuzluk, elem-i asabi, basur gibi sorunlarını; hanımlarındaki, çocuklarındaki rahatsızlıkları elindeki Bayer amblemli küçük bloknota not aldı. Daha sonra Padişah'ın ısrarı üzerine onun kıymetli taşlarla, pırlantalarla parıldayan murassa tabakasına önceden sarıp koyduğu ve ikram ettiği sigaralardan yaktı, savunma duygusu içindeki yaşlı adamın konuşmalarını uzun süre ses çıkarmadan dinledi.

"Dışarıdan bakınca her şey kolaymış gibi görünüyor değil mi Doktor Bey evladım? Hele devletin tepesinde olmak... Öyle ya, bir emirle her şeyi halledersiniz, istediğinizi asar, istediğinizi kesersiniz. Ahali böyle zanneder işte ama gerçek bu değildir. Aslında hükümdar tahtının esiridir, kölesidir, her istediğinizi yapamaz. Devlet birçok kişiyle birlikte yönetilir; onlar da arkandan bin bir türlü oyun çevirirler. İçlerinde hainler vardır, başka devletlerin parayla satın aldığı adamlar, hanedanın başka bir üyesini tahta geçirmek için numara çeviren vezirler, hatta kendileri tahta geçmek isteyenler, hükümdarı ortadan kaldırmak için türlü türlü plan yaparlar. Keşke bir emirle memleketi kalkındırabilseydim, ah keşke. Ben daha yirmi dört yaşında Fransa'yı, İngiltere'yi gezdim, fenni ilerleme karşısında hayranlıktan şaşırdım kaldım. Amcam, abim ve ben ilk kez gittiğimiz Avrupa ile mesafenin çok açılmış olduğunu, yetişilemeyecek kadar çok açılmış olduğunu gözümüzle gördük. O fabrikalar, vızır vızır geçen trenler, geceyi gündüze çeviren lambalar, kadın erkek beraber yaşanılan, çalışılan aydınlık, temiz şehirler."

Doktor sözün burasında dayanamadı. "Bizim anlatmaya çalıştığımız da buydu işte," dedi. "Tek istediğimiz Osmanlı'nın da Avrupa gibi olmasıydı, ilme fenne dayalı olarak kalkınmasıydı. Ama siz bu yolda çalışacağınıza, bizlerin peşine hafiyeler takıp ses çıkaranı hapse tıktınız, zulmettiniz."

"İşte bunun için dışarıdan kolay görünüyor dedim. Elimde değildi ki! Koskoca memleket, milyonlarca ahali. Herkesin kendine göre bir fikri var. Ulema ayrı şey söyler, Avrupa'da tahsil edenler ayrı."

"Münevverlerin ağzını kapatmasaydınız onlar halkı aydınlatabilirdi."

"Hayır hayır," dedi eski padişah, "olmazdı. Bakın size bir şey anlatayım. Üniversite hocası, bir canlının havasız ne kadar dayanabileceğini hesaplamak için bir güvercini sandığa kapatmıştı. Bunun üzerine dini bahane eden alaylı askerler ayaklandı, adama saldırdılar. Canını zor kurtardık. İşte sana fen, işte sana ilim."

Sonra bir çaresizlik işareti olarak, iki elini yana açtı, omuzlarını ve kaşlarını kaldırdı. "Ne yapabilirdim ki?" dedi. "Zaten dedem Mahmud zamanından beri iyice zora girmiştik. Akbabalar üzerimizde dönüyordu, ekonomimiz batmıştı, memleket dağılıyordu. Ben içerde sükûnu sağlamaya, dışarıda da büyük devletleri birbirine düşürüp devleti ayakta tutmaya çalıştım. Rus Çarı, Britanya, Fransa İmparatorları, İtalya Kralı bizi av hayvanı gibi parçalayıp en lezzetli parçaları almaya çalışıyorlardı. Ben ne yaptım? Hiç farkında değilmişim gibi onların iştahını kabarttım, birbirine düşürdüm. Ayrıca Alman İmparatoru'nu da kendi safıma çektim. O sizin Yeni Osmanlılar dediğiniz insanlar bunların farkında değiller; hürriyet diyorlar başka bir şey demiyorlar. Oysa ben bu kelimenin mülkümüzü perişan edeceğini, devletimizi parçalayacağını biliyorum. Otuz üç sene yaşattım bu devleti ama kimse takdir etmedi. Bütün hizmetlerimin üstüne bir kara çarşaf örttüler. Kader böyle imiş ne yapalım? Takdir-i ilahi..."

Uzun bir sessizlik oldu. Bir süre bahçede bahar havasının coşkusuyla şakıyan kuşlardan başka ses duyulmadı. Doktor bu adamın anlattıklarını rapor etmesi gerektiğini düşünüyordu, önemli sözlerdi bunlar. Ama dikkat etti, adam ne ihtilal ne de yeni padişah hakkında doğrudan bir şey söylüyordu.

Doktor "Ya şimdi?" diye sordu.

Durumu hemen kavrayan yaşlı adam, sözlerinin sonundaki şikâyet tonundan telaşa düşerek "Şimdi biraderim ve hükümetimiz gereken her şeyi en iyi biçimde yapacaktır emin olun," dedi. "Ben onların sağlığına dua eden ve memleketin iyiliğini isteyen bir ihtiyardan başka bir şey değilim. Vallahi ve billahi tahtta taçta gözüm yok. Zaten ben kendim de bu vazifeyi bırakmak istiyordum ama etrafım bıraktırmadı. Benim tek arzum şu vatan köşesinde sakin bir hayat sürmek, dua etmek. Allah biraderim Padişah'tan razı olsun, yolunu açık etsin."

Seni yalancı, diye geçirdi içinden Doktor. *Bu adam feci bir korku içinde. Korkudan delirmek üzere. Bütün büyük caniler böyledir.*

Padişah keskin zekâsıyla Doktor'un düşüncelerini hemen sezdi.

"Beni yanlış tanıyorsunuz," dedi. "Daha doğrusu hem size hem de Avrupa'ya beni yanlış tanıttılar. Kan içici bir zalim olarak gösterdiler. Çünkü imparatorluğu parçalamak için böyle yapmaları gerekiyordu. Yoksa bana şahsi bir düşmanlıkları yok. Ben dünyanın en merhametli adamıyım, inanın bana öyleyim, samimi söylüyorum. Bakınız aile geleneğimizin tersine, hiçbir kardeşimi, tahta aday olan hiçbir akrabamı öldürtmedim. Otuz üç yıl içinde onayladığım idam kararı sadece üç beş tanedir; onlar da anasını, babasını, evladını katleden canilerdir, siyasi değildir. Sarayda bir tek, akıl almaz bir terbiyesizlik yapan bir harem ağasını idam ettirdim. Bu kadar merhametli bir dönem, tarihimizde görülmemiştir. Ama ne yaptılar, beni elleri kana bulanmış bir cellat olarak çizdiler."

Doktor, bu adamın kendisini bir melek olarak göstermesine sinirlenerek, hiç böyle bir niyeti yokken dayanamadı ve Padişah'ın sözünü kesti. "Bu kadar da değil herhalde," dedi. "Bütün münevverleri sürgüne gönderdiniz. Sadrazamınız Mithat Paşa'yı Yemen'de öldürttünüz. Avrupa gazeteleri sizi, ellerini Ermeni kanına batırmış olarak çizdi. Binlerce Ermeni vatandaşımızı katlettiniz. Yalan mı bunlar?"

"Haşa!" Padişah yine ellerini iki yana açarak ayağa kalkıverdi. "Haşa, ben bunlarla suçlanamam. Tarih yazacaktır."

"Heyecanlanmayın," dedi Doktor. "Heyecan tansiyonunuz için iyi değildir."

"Nasıl heyecanlanmayayım?" dedi Padişah. "Merhametli bir adamın canilikle suçlanması kadar isyan ettirici bir şey olamaz. Ermenilerin... Ermeni tebaam değil elbette, komitacıların bana suikast düzenlediğini biliyorsunuz değil mi?"

Doktor başıyla onayladı. Ayağa kalkmış olan Padişah heyecanla devam etti.

"Üç yıl önce bombayla öldürmek istemişlerdi beni. Cuma selamlığından dönerken bomba dolu bir arabayı patlattılar, yirmi altı masum insan paramparça oldu. Ben şeyhülislamla konuşmak için bir dakika geç kaldığımdan kurtuldum. Yoksa ben de havaya uçmuştum. Bunu düzenleyenler yakalandı, başlarında Belçikalı Jorris diye bir adam vardı. Bunları biliyorsunuz değil mi?"

"Evet."

"Peki herhangi bir hükümdar, bu canileri idam ettirmez miydi? Bütün medeni memleketleri düşünün. Hangisinde bu suç cezasız kalırdı? Elbette hiçbirinde! O suikastçıları işkenceyle öldürürlerdi ama ben ne yaptım Doktor Bey evladım, ben ne yaptım? Hepsini serbest bıraktım, yurtdışına gönderdim. Para bile koydum ceplerine. Görüyorum ki itirazlarınız azalıyor."

Padişah, daha önceden sarılıp kutuya konmuş sigaralardan ikram etti ama Doktor istemedi. Bunun üzerine kendi sigarasını yaktı, iki derin nefes çekti, dumanı o meşhur burnundan çıkardı ve dedi ki:

"Peki maliyemizin kalbi olan Osmanlı Bankası'nı silahlarla, bombalarla işgal eden, masum insanları katleden, bankamızı havaya uçurma tehdidi ile bir isyan başlatmak isteyen Ermeni komitacılara ne yaptım? Hatırlıyor musun Doktor Bey evladım, okumuş muydun gazetelerde? Bu azılı komitacıların ellerini kollarını sallaya sallaya bir yata binip ülke dışına çıkmalarına izin verdim. Açıp bakın, okuyun, aynen dediğim gibi oldu. Bütün bu aff-ı şahaneler beni katil mi yapar, cani mi yapar, yoksa merhametli bir hükümdar mı?"

Doktor nefret ettiği adamın sözleri karşısında ezildiğini hissetmeye başladı. Ömrü bütün dünyayla siyasi tartışma içinde geçmiş bir adamla bu konularda laf yarıştıramayacağını anlamış, neredeyse Padişah'a hak verecek hale gelmişti, çünkü söyledikleri reddedilemeyecek tarihi gerçeklerdi. Gerçekten de bu Padişah, tahta geçtiği gün on dokuz kardeşini boğduran atalarının yanında çok merhametli kalıyordu, cellatlarını bağışladığı da doğruydu. Hatta sürgünde olan muhalifler bile bazen maaşa bağlanıyordu.

Bu karışık düşüncelerle köşkten çıktı. Demek adamın imparator olarak marifeti buydu: kafa karıştırmak. Bütün dünyanın ve Osmanlı'daki hürriyet yanlılarının Ermeni kasabı olarak tanıdığı, dergi kapaklarında ölüm simgesi olarak tanıttığı adam, kendi canına kastedenleri bile bağışladığını söyleyerek bildiği her şeyi tersine çevirmeyi başarmıştı. Bu kafa karışıklığından kurtulmanın en iyi yolu, konuyu akşam arkadaşlarıyla tartışmaktı. Belki onlar daha iyi yorumlayabilirlerdi. Zaten bin bir heyecan içinde anlatacaklarını bekliyor olmalıydılar. Sadece onlar değil bütün Selanik meraktan çıldırıyor olmalıydı. Dönüş yolunda hep Melahat'ı düşündü. Müstebitin devrildiğini duymuş olmalıydı, Selanik'te yaşanan sevinç ve şaşkınlık hissinin Kıbrıs'ta da egemen olduğundan emindi. Sadece Kıbrıs da değil, Osmani mülkündeki bütün Türkler, Rumlar, Yunanlar, Yahudiler, Ermeniler, Kürtler, Sırplar, Karadağlılar, Bulgarlar, Romenler, Araplar, Gürcüler, Kırımlılar, Ulahlar, Pomaklar, Arnavutlar, Bosnalılar, Levantenler aynı durumda olmalıydı. Öte yandan Abdülhamid'siz bir dünyaya alışmak için zaman gerekiyordu. Yaşlılar hariç kendilerini bildiler bileli Yıldız'daki yüksek duvarların arkasına saklanmış, hiç kimsenin göremediği ama zalim nefesini ensesinde duyduğu, bütün imparatorluk halkını fısıltıyla konuşmak zorunda bırakan zalimin içlerine salmış olduğu korku öyle kolay kolay geçmeyecekti. Bu fısıltılar bir süre daha devam edecekti. Çünkü ne olur ne olmaz, ya adamı tekrar tahta geçirirlerse? Olmayacak şey değildi ki. Doktorun en çok merak ettiği şey ise yeni hükümetin Abdülhamid sürgünlerine af çıkarıp çıkarmayacağı idi. Büyük bir olasılıkla çıkarırlardı, herhalde değil mutlaka çıkarırlardı. Bu da Doktor'un içini yakan, her gece efkâr basmasına sebep olan Melahat'ın yakında İstanbul'a döneceği anlamına gelirdi. Genç kızı ilk kez gördüğü o efsunlu, sarhoş edici, leylak ve deniz kokan İstanbul akşamından beri sevdadan başı dönüyordu Doktor'un. Köşkleri aynı mahallede olan Melahat'ın da ona ilgisiz olmadığını öğrenerek sevinci sonsuz artmıştı. Ne var ki birçok kişinin başına inen Yıldız topuzu, genç kızın babası, Zaptiye Nezareti Kalemi'nde çalışan Saadettin Bey'in de başına inmiş ve apar topar, Namık Kemal Bey'in de sürgün hayatı yaşadığı Kıbrıs'a gönderilmişlerdi. Bu despot hükümdardan kurtulmak için o güzelim vatan şiirlerini yazan, bütün gençliğin diline "hürriyet" kelimesini yerleştiren büyük şair Namık Kemal Bey hayatta olsa da görseydi bugünleri. Oradan oraya sürülerek geçen hayatının boşa gitmediğini gösteren bu büyük zaferle başı göğe erseydi keşke. Doktor onun bu zalim için yazdığı "Mahvoldu mülk ve millet, kahroldu şan ve şevket / Hâlâ yerinde duruyor o Allah'ın belası" dizelerini belki bininci kez tekrarladı. Sonra hızını alamayıp bir de "Köpektir zevk alan insafsız avcıya hizmetten" dizesini ekledi. Yıllardır Namık Kemal'in hürriyet şiirleri, bütün gençliğin yüreğinde direniş simgesi olmuştu ve sonunda zalim padişah değil, şair kazanmıştı. Vatan şairinin en büyük hayranı da Yüzbaşı Mustafa Kemal'di. Hatta bu gözüpek subayın Kemal adını almasının da bu hayranlıktan doğduğu konuşuluyordu.

Doktor mutlulukla güldü, bir keyif sigarası yaktı ama her işin doğrusunu araştıran kişiliği ona, Namık Kemal ve Abdülhamid arasındaki dostluğu da hatırlattı. İkisinin de -en azından başlangıçta- birbirleri hakkında iyi sözleri vardı. Padişah, şairi ilk anayasayı hazırlamak için görevlendirdiği komiteye almış, sonra ona birçok memuriyet vermişti. Asıl ilginç olan Namık Kemal ve Tevfik Fikret gibi hürriyet yanlılarının değil,

Mehmet Âkif gibi geleneğe bağlı bir şairin Padişah hakkında ağır dizeler yazıp, ona "Kızıl Kâfir" demesiydi.

Doktor sigarasından derin bir nefes çekerek *Hepimiz çelişkilerle doluyuz,* diye düşündü. *Ben dahil. En tuhafı da biraz önce gördüğüm yaşlı adam.*

Genç subaylar merak içinde - Kızıl Kâfir nasıl bir adam - Öldükten sonra sünnet edilen Ermeniler

Subaylar o akşam, gözlerine daha güzel ve daha parlak görünen Olimpos'ta içkilerini yudumlar, denizden yeni çıkmış çıtır çıtır barbunların tadına bakarken Doktor, arkadaşlarının nefesleri tıkanarak sorduğu soruları cevaplamış, meraklarını elden geldiğince gidermeye çalışmıştı. Nasıl gittin, ne dedin, o ne dedi, muayene ettin mi, merhaba falan diyor mu, perişan olmuş mu yoksa gururlu mu, dokundun mu gibi hep bir ağızdan çıkan soruları yanıtlamak için hızlı hızlı konuşarak her şeyi anlattı.

"Salona sırtında bir hırkayla, yaşlı, yorgun, perişan bir adam girdi. Onu bu halde gören biri, saraydaki bayramlaşmalarda tahtında oturarak kuyruğa girmiş yüzlerce devlet görevlisinin yüzüne bakmayan, konuşmayan, yanına yaklaştırmayan, kimsenin de bakamadığı, koca koca vezirlerin sadece tahtından uzanan bir kordonu uzaktan öpmek için yere eğildiği ve öptükten sonra da iki büklüm geri geri yürüyerek çıktığı padişah olduğuna inanamazdı. Orta boylu bir adam, bildiğimiz gibi kamburu çıkmış, gece rüyalarımıza giren o meşhur surat... Ama nedense burnu o kadar da abartılı gelmedi bana. Evet, normal bir insana göre büyük ama ne bileyim... Belki de Avrupa basınındaki karikatürlerinde çok abartıldığı için irice bir burun olarak göründü gözüme.

'Buyurun Kumandan Bey evladım,' diyerek elimi sıktı, karşısındaki koltuğa oturttu beni. Hemen tabakasına davranarak sigara ikram etti ama ben almadım. Sonra kendisine kim olduğumu açıkladım, bundan sonra ona ve ailesine doktor olarak sadece benim bakacağımı anlattım. Bunun üzerine gözlerinde bir kuşku belirdi, beni kimin görevlendirdiğini sordu. Harbiye Nezareti'nden emir geldiğini söyledim. Utana sıkıla 'Mahzuru yoksa o emri görebilir miyim?' diye sordu. Emri gösterdim, sonra 'Sizi bir muayeneden geçirmem gerekiyor,' dedim, 'odanız neresi?' Beni aldı bomboş köşkün yine bomboş bir odasına götürdü. Bekâr odaları gibi sadece basit bir somyanın olduğu, eski çarşaf ve yorganların sefalet duygusunu artırdığı bir yer. İçimden *beter ol* diye geçirdim, şikâyetlerini sordum.

Mide rahatsızlığından, hazımsızlıktan, bronşitinden, sık sık soğuk algınlığı geçirdiğinden, boğazındaki iltihaplanmadan, kabızlıktan ve ağrılardan şikâyet etti. Boğazına bir bez parçası sarılıydı. Bunun ne olduğunu sordum, gülümsedi, 'Benim,' dedi, 'en çok yanımda kalan Doktor Marko Paşa ve Mavroyani Paşa idi ama ben -kusura bakmayın sizi tenzih ederim diye ekleyerek- tabiplere pek güvenmem. Pek çok hata yaptıklarını gördüm. Bu sebeple mümkünse kendi kendimi tedavi ederim. Boğazımda iltihap vardı, kızgın demirle dağladım, bu çok iyi gelir.' Sonra bezi açıp boynundaki kızıl yanık izini gösterdi.

'Peki,' dedim, soyunmasını istedim; hırkasını, iç gömleğini çıkardı, yatağa oturdu. Önce ciğerlerini dinledim, hırıltılıydı, elimle muayane ettiğim zaman dokunduğum bu soğuk ve yaşlı, lekeli tenin padişaha, halifeye ait olduğunu kendi kendime hatırlatmam gerekiyordu. Çünkü hâlâ inanamıyordum. Öksür diyorum öksürüyor, derin nefes al diyorum alıyor, nefesini tut diyorum tutuyor, uzan diyorum uzanıyor, kalk diyorum kalkıyor, küçük ve büyük abdestini soruyorum, boynunu büküp cevap veriyor... Gülesim geldi, akıl alacak şey miydi bu, Hazreti Muhammed'in halifesine mi dokunuyordum? Bir gün böyle bir şey yaşayacağımı söyleseler imkânı yok inanmazdım.

Çökmüş gövdesinde kararmış, morarmış yanık izleri vardı, bunları sordum, 'İşte dağlama sonucu,' dedi. *Deli herif, dağlamaya takmış aklını* diye düşündüm, bir şey söylemedim. Tansiyonunu ölçtüm, biraz yüksek çıktı. Kullandığı ilaçları sordum, pek ilaç kullanmadığını söyledi. Bazen sulfato, bazen ruh, bazen hacamat, bazen de tabii ki dağlama. Bütün tedavisi bunlardan ibaretmiş. Ertesi gün ona bazı ilaçlar getireceğimi söyledim. Ailenizden ve maiyetinizdekilerden de ben sorumluyum dedim. Kimler var? Beş hanımının, üç kızının, iki oğlunun ve hizmetlilerinin köşkte olduğunu söyledi. En ufak bir ses bile duymadığım için şaşırdım. Onları da sırayla muayene edeceğimi söyledim. Teşekkür etti, bir rahatsızlıkları olursa bildireceğini söyledi. Sonra giyindi ve beni yine salona davet etti.

Sarayda olsak bana çok güzel bir kahve ikram edeceğini söyledi ama burada imkânımız yok kusura bakmayın dedi. Tuttuğu sigarayı yine almadım. Kendisini beğendirmeye çalışır gibi bir hali vardı. İmparatorluğu ne kadar iyi yönettiğinden, ne kadar merhametli olduğundan falan söz etti. Düşünebiliyor musunuz? Kızıl Sultan ve merhamet... Komik. Ermeni vatandaşlarımızı bile katletmediğini öne sürdü. Kendisine suikast düzenleyenleri affettiğini anlattı. Burada benim de biraz kafam karıştı doğrusu. Ne yalan söyleyeyim, karıştı çünkü gerçekten affetmişti değil mi?"

Yaşça kendisinden büyük olan Malatyalı Saffet Binbaşı "Evet," dedi, "doğru hatırlıyorsun ama adamın taktiği bu. Baştan ayağa entrika. Yapmamış gibi yapar. Bak bakalım o suikast girişiminden sonra İstanbul'da kaç bin Ermeni tebaa öldürüldü? Büyük devletlerin, elçiliklerin baskısıyla suikastçıları serbest bıraktı ama bir yandan da sivil halkı el altından tahrik ederek Ermenilerin üstüne saldı."

Zavallı garson başlarından ayrılamıyor, patrona yetiştirmek için ne anlatıldığını dinlemeye çalışıyordu ama sadece o değildi bu durumda olan. Lokantadaki herkes kendilerine bakıyor, Doktor'un ne anlattığını duymaya çalışıyordu. Selanik küçük yerdi doğrusu, haber hemen yayılmıştı, kimse başka bir şey konuşmuyordu.

Saffet Binbaşı "Doğudaki olaylar daha da korkunçtu," dedi.

Üçüncü arkadaşları Yüzbaşı Nihat "İyi ama Binbaşım," dedi, "Ermeni komitacıların, Hınçakların isyan ettiği, kurşun attığı, katliam yaptığı doğru değil mi?"

"Evet," dedi Binbaşı, "doğru tabii. İstanbul'daki silahlı isyanlar, Van şehrini ele geçirmeleri; Sason, Zeytun, Bayburt, Erzurum katliamları. Binlerce günahsız Müslüman öldü ama Padişah bunları yapan komitacıları değil, daha çok sivil halkı cezalandırdı."

Nihat yine itiraz etti. "O isyanları Kürtler bastırdı," dedi, "Türkler değil."

"Evet," dedi Binbaşı yine, "haklısın ama zaten Ermeni halkıyla kanlı kavgalar içinde bulunan Kürtleri kim örgütledi, Hamidiye Alayları adı altında binlerce Kürdü kim silahlandırdı, kim Kürt ağalarına paşa unvanı verdi? İşte size anlatmak istediğim şey bu. Sinsi adamın taktiği, herkesi birbirine kırdırıp kenardan masum bir ifadeyle seyretmek. Bulgar Kilisesi, Yunan Kilisesi, Sırp Kilisesi yıllardır kavga halinde. Neden? Çünkü birleşirlerse imparatorluk için büyük tehlike yaratacaklar. Dünyanın en kurnaz adamıyla karşı karşıyasınız arkadaşlar. Hiçbir dediğine inanmayın."

Doktor "Bu söylediğin Padişah'ın lehine," dedi. "Farkındasın değil mi? İsyanları bastırmak için milletleri birbirine düşürmek, imparatorluğu korumak..."

O sırada masaya, zayıf, yuvarlak tel gözlüklü, ince bıyıklı, genç bir adam yaklaştı.

"Kusura bakmayın kumandanlarım," dedi, "hemen arkanızda oturduğum için ister istemez konuşmalarınıza kulak misafiri oldum. Affedin ne olur."

"Tamam," diye homurdandı Saffet.

"Ben Vanlı bir Ermeniyim," dedi adam, "adım Agop Demirciyan. İzniniz olursa size kısa bir şey söylemek istiyorum."

Subaylar başlarıyla olur işareti yapınca dedi ki:

"Benim babamı sünnet ettiler!"

"Nasıl olur?" dedi Yüzbaşı Nihat. "Hıristiyan tebaadan bir kişiyi niçin sünnet etsinler? Herkes dininde serbesttir bizde. Hiç böyle bir şey duymadım."

Milliyetçi subaylar, bunun da bir Ermeni propaganda yalanı olduğunu düşünerek suratlarını astılar ama Agop "Bir dakika kumandanlarım," dedi, "istirham ediyorum dinleyin. Babamı sünnet ettiler, hem de öldükten sonra."

Subaylar birbirine baktı, adamın söylediğine anlam vermekte zorlanıyor gibilerdi.

"Biraz önce söylediğiniz gibi Ermenilerle Müslümanlar arasında büyük çarpışmalar yaşandı, toplamda binlerce insan hayatını kaybetti. Babam da Sason'da ölenler arasındaymış. Anam anlattı, gidip babamı öldürüldüğü meydanda yüzlerce ölü arasında bulmuş. Pantolonu aşağı çekilmiş durumdaymış ve annem... affedersiniz... onun sünnetli olduğunu görmüş. 'Vayyyy!' diye bağırmış. 'Bu benim kocam Kirkor ama dün gece Hıristiyandı bugün Müslüman olmuş!'"

Anlatılanlar subayların çok ilgisini çekmiş olmalı ki onu masada boş olan dördüncü sandalyeye davet ettiler. "Anlat Agop Efendi, nasıl olmuş bu?" dediler.

Agop sesini alçaltarak "Biraz önce bahsettiğiniz zat yüzünden," diye fısıldadı. Bir yandan da gözleri korkuyla çevreyi süzüyordu.

"Padişah mı? Nasıl olur, onunla ne alakası var?" dediler.

Agop yine fısıldayarak "Büyük Avrupa devletleri bu çarpışmaları izlemek için gözlemciler gönderiyormuş," dedi. "Ölenlerden kimin Müslüman, kimin Hıristiyan olduğunu anlamak için sünnetli olup olmadıklarına bakıyor, kurbanları buna göre sayıyorlarmış. Ölen Ermeni sayısı her zaman Müslümanlardan fazlaymış ama öldükten sonra hükümet kuvvetleri çoğunu sünnet ediyor, Müslüman olarak kayda geçmesini sağlıyormuş. Sason'daki çarpışma bitince Sünnetçi İlyas diye bir adamı çağırmışlar, o da beş yüz Ermeni ölüsünü sünnet etmiş. Benim zavallı babam Kirkor Demirciyan da öbür dünyaya sünnetli gitti."

Entrikanın bu derecesi karşısında subaylar bile şaşırdılar, duyduklarına inanamadılar. Akla zarar bir siyasetçiydi bu Padişah, şeytana pabucunu ters giydirecek birisiydi. Doktor, o gün gördüğü, muayene ettiği, kendisine sigara ikram eden o perişan adamı bir türlü bu şekilde düşünemiyordu ama dediği gibi dünyayı parmağında oynatmış bir imparator karşısındaydı. Canavar olmasına canavar ama zeki, kurnaz, hesaplı.

Saffet Binbaşı "Pes doğrusu," dedi. "İnanılır gibi değil."

Ama bir süredir kendisini zor zapt eden Nihat Yüzbaşı, yüzünde büyük bir öfkeyle "Bana bak!" dedi Agop'a. "Sen komitacı mısın? Taşnak, Hınçak... Bu örgütlerle alakan var mı?"

Agop şaşırarak "Yok efendim," dedi.

"Nerede oturuyorsun? Selanik'te mi?"

"Hayır efendim," dedi Agop titreyen bir sesle. "Hanem İstanbul'da, ben Selanik'e gelir tütün alırım, İstanbul'da satarım. Kendi halinde bir tüccarım."

Nihat bir süre, Agop'un yüzüne dikkatlice bakmayı sürdürerek sustu, masada büyük bir gerginlik oluşmuştu. Neden sonra, "Bana bak!" dedi. "İstanbul'daki Osmanlı Bankası baskınına katıldın mı?"

"Haa... hayır kumandanım?"

"Doğru söyle!"

"Doğru söylüyorum kumandanım."

"Peki, Ermenilerin Babıali Baskını'na?"

"Haşa, katılmadım kumandanım. Benim bu komitelerle işim yok."

"Yani hiçbir olaya karışmadın?"

"Hayır kumandanım. Ailemin rızkı için çalışan kendi halinde bir tüccarım ben."

"Ama baban isyana katılmış," dedi Yüzbaşı.

Biraz şaşalayan Agop, "Ee-e-vet..." diye mırıldandı alçak sesle. "Ama ben memleketten yıllardır ayrıyım."

Nihat birden masanın üzerinden uzanarak Agop'un yakasına yapıştı. "Yalan söylüyorsun!" dedi. "Sen bir Ermeni komitacısın. Söylediklerinin hepsi yalan, iftira! Sünnet ediyorlarmış, hem de beş yüz kişiyi, peki kan ne olacak, ha, kan ne olacak, nasıl saklayacaklar?"

Sesi de yükseldiği için lokantadaki herkes derin bir sessizlik içinde onlara bakıyordu; garsonlar olduğu yerde duruyor, çatal bıçak şıkırtısı duyulmuyordu.

Doktor, Nihat'ın sinirden titrediğini ve elinin tabancasına doğru gittiğini fark etti; ayağa kalktı, Nihat'ın ellerini tutarak Agop'un yakasından ayırdı. Başına ne geldiğini anlamaya çalışan genç adama "Kusura bakmayın," dedi ve onu lokantadan dışarıya çıkmaya davet etti. Agop bu ricayı ikiletmedi, bir saniye içinde ortadan yok oldu.

Doktor yerine oturduğunda Nihat bir sigara yakmış, sinirli sinirli çekiyor, Saffet Binbaşı ise onu sakinleştirmeye çalışıyordu. Nihat, Doktor'a "Niye ona arka çıktın?" diye sordu. "Düpedüz yalan söylüyor, devletimizi milletimizi karalıyor."

Doktor "Nereden biliyorsun?" dedi. "Birkaç senedir korkunç olaylar yaşanmıyor mu, iki taraftan da binlerce kişi ölmedi mi? Mukatele bu, herkes birbirini boğazladı."

"Evet, pek çok kişi öldü!" dedi Nihat. "Ama bu iftira olacak gibi değil. Bak, kan ne oldu diye sordum susup kaldı, cevap veremedi. Düpedüz yalan. Sünnet etseler hepsi kanlı olmaz mı?"

Doktor bira bardağını kaldırarak "Hadi bu akşamı tatlı bitirelim," dedi. "Hepimiz çok heyecanlıyız. Yarın devam ederiz."

Çakırkeyif subaylar lokantadan çıktı ve herkes kendi yoluna gitti. Akşam böylece biraz buruk da olsa "tatlı" bitti. Doktor bir an önce eve gitmek istiyordu çünkü her akşam yaptığı gibi yazacağı bir mektubu vardı. Yaşadığı olayları Melahat'a anlatacaktı. Sessiz sokaklarda yürürken "Ölüm saatine bağlı Nihat," diye mırıldandı. "Eğer üzerinden bir süre geçmişse ölü bedenler kanamaz. Hem zaten her taraf kan revan içinde olmalı." Ama bu tıbbi gerçeği Nihat'a anlatıp da zaten kanamakta olan Ermeni-Müslüman davasını kaşımaya hiç niyeti yoktu. Hepsi aynı ülkenin yurttaşıydı sonuçta.

Birdenbire meşhur olan Doktor'un gizli notları

Doktor, aklından bile geçirmezken Selanik'in en ünlü adamı oluvermişti. Eskiden beri geçtiği, dolaştığı sokaklarda, meydanlarda onu gören halk konuşmayı kesip susuyor, soru soran gözlerle onu süzüyordu ama kimse yanına yaklaşmaya cesaret edemiyordu. Sanki Doktor'un çevresine görünmez bir fanus yerleştirilmişti. Kendi şehirlerine gönderilmiş olan sürgün padişah, yediden yetmişe hepsinin konuştuğu tek konuydu. Bütün Selanik halkının kalp atışları hızlanmış, herkesin yüzüne silinmez bir şaşkınlık ifadesi yerleşmişti. Toplu bir rüya görüyor gibiydiler. Doktor kimsenin mahallesine bile yaklaşamadığı eski sultanı her gün görüp sonra halkın arasına karışan tek kişiydi. Bu da onu Olimpos Dağı'na, tanrılar katına gidip gelen bir fani durumuna sokmuştu. Gerçekte ise Olimpos Gazinosu'na gidiyordu sadece. Hastanede çalışmaya devam ediyordu, her gece Melahat'a özenle mektup yazıp biriktiriyordu, sık sık da arkadaşlarıyla buluşuyordu. Bu rutinin dışına çıkan iki şey Alatini Köşkü'nü ziyaret etmesi ve akşam yazdığı mektuplara ek olarak, ilaç firmalarının dağıttığı küçük bloknotlara minicik bir yazıyla orada gördüklerini, duyduklarını aktarmasıydı. Padişah'la konuştuklarını not ediyor, bunların ortaya çıkıp çıkmayacağını bilmese de gelecek kuşaklar için yazılı hale gelmesinin önemli olduğuna inanıyordu. Birisiyle konuşma ihtiyacı içindeki adam şimdiden akıl almaz şeyler söylüyordu, kim bilir daha neler neler anlatacaktı? Yine de bu notlardan kimseye söz etmemesi, hatta bulunamayacak bir yere saklaması akıllıca olurdu. Eski padişahın dışarıyla ilişki kurması, haber alması, haber göndermesi kesinlikle yasaktı. Yeni hükümetin kulağına giderse divanı harbe bile verilebilirdi. Padişah'ın kardeşi Reşad, -adı otuz üç yıl yasaklanan adam- V. Mehmed Reşad adıyla tahta geçmişti, -şimdi yeni doğan erkek çocuklara Reşad adı konacaktı- ama bütün dünyanın bildiği gibi Reşad, askerlerin elinde bir kuklaydı. İttihat Terakki'nin ihtilalci liderleri idareyi ele almıştı. Selanik'ten giden bu liderleri tanırdı Doktor ve ne kadar sert adamlar olduklarını bilirdi. Onların döneminde eski padişahı aratacak kadar kan dökülürse hiç şaşırmazdı. "Hasta adam"a ameliyat gerekiyordu, bu da kansız olmuyordu maalesef.

Bayer bloknotuna karınca duası gibi notlar alırken bile ürperiyor, sanki birisi gözetliyormuş duygusuna kapılarak sık sık çevresine, sokağa bakıyordu. Bu devirde padişahın adını anmak bile büyük riskti. Bloknotun ilk sayfasına "Hakan-ı Mahlu Abdülhamid'in anlattıkları" yazmıştı. Sonra bu sayfayı yırtıp attı. Başka bir Bayer bloknotu alıp ilk sayfaya "Abdülhamid-i Sani'nin sıhhat durumuna dair" yazdı.

Üslubuna da dikkat etmesi gerekiyordu. Sonra bir ara "Madem ki istibdat devri sona erdi, niçin bu kadar endişe içindeyim?" diye sordu kendi kendine. Hani hürriyet gelmişti, zalim alaşağı edilmişti? Evet, devir değişmişti değişmesine ama içinden bir ses ona bu yeni devirde daha da ihtiyatlı olmasını söylüyordu. Eski padişah, muhalifleri olsa olsa sürgüne gönderiyordu ama yeniler doğrudan doğruya vuruyordu. Selanik'te gözlerinin önünde olmuştu her şey. Hele Şemsi Paşa'nın postane önünde vurulması hiç aklından çıkmıyordu Doktor'un.

Canı sıkılan hanımlar - Sarayda bir opera
Sık sık hamile kalan güzel Sesilya
Sara Bernar Hanımefendi

Köşk boş, kendilerinden başka kimse yok, askeri kordon altındalar, arada bir açılmasına izin verilenler dışında panjurlar kapalı, içerisi loş, saraydaki eğlenceli hayattan, özel operadan, egzotik hayvanlardan, göllerden, ata binilen ormanlardan, sık sık verilen davetlerden, ziyafetlerden, Paris sefirinin gönderdiği birbirinden şık giysi paketlerini açma zevkinden mahrum kalmış olan padişah ailesi, sıkıntıdan patlamak diye adlandırılabilecek dönemi geride bırakmış, artık sinir krizleri geçirmeye başlamıştı. Kızlar, babaları rahatsız olmasın diye müzik dışında çıt çıkarmamaya dikkat ediyorlardı ama bu duruma acilen bir çare bulunması gerekiyordu yoksa bu hapse daha fazla dayanamayacaklardı. Kendileri de can sıkıntısı içinde kıvranan anneleri, genç kızları oyalamak için ne yapacaklarını bilemiyorlardı. Sık sık piyano başına geçiyor, alaturka ya da alafranga şarkılar, rondolar, barkaroller, valsler çalıyorlardı. Ne var ki bu müzik şölenleri de onları eğlendirmeye yetmiyordu, üstelik iki tarafında şamdanlar bulunan piyano, akordu bozuk olduğu için sinir ediciydi.

Yine böyle sıkıcı bir öğle sonrası üst katta otururlarken, Şadiye Sultan, bir oyun oynamayı önerdi. Bakalım kim saraylarında kaç oda, kaç salon, kaç banyo bulunduğunu bile-

bilecekti? Bu öneri hepsinin ama en çok da Ayşe'nin ilgisini çekti. Hanedan zaten sadece kendisiyle ilgiliydi. Osmanlı adı bir imparatorluğu değil, bir aileyi anlatırdı. Kim kiminle evlenmek istiyor, hangi şehzadenin hangisiyle arası açık, gelirleri ne kadar, kim kime âşık, hangi şehzadenin geleceği parlak, yeni doğan hanedan mensupları, sünnet düğünlerindeki şatafat, kimin mücevheri daha fazla gibi konular; Paris'ten getirilen elbiseler, kürkler, kumaşlar, küpeler, gerdanlıklar, broşlar, makyaj malzemeleri, parfümler, bu içine kapalı, kendilerini herkesin ve her şeyin üstünde sayan ailenin hayatlarının tamamını dolduruyordu.

"Dolmabahçe Sarayı'ndan başlayalım mı?" diye sordu Ayşe Sultan.

Naciye Hanım "Neden olmasın?" dedi. "Haydi sen başla!"

Ayşe gözünü yüksek ve süslemeli tavana dikti ve bir süre bilgilerini tazelemeye çalıştıktan sonra "Önce oda sayısı," dedi. "Dolmabahçe'de 285 oda var. Salon sayısı 44. Ayrıca 6 hamam ve 68 abdesthane."

Annesi Müşfika Hanım "Bravo!" dedi, "Bu kadar bilgiyi nasıl aklında tuttun? Hayret vallahi."

Şadiye Sultan "Peki," dedi. "Tavan süslemesi için kaç ton altın kullanıldı?"

"14 ton," dedi Ayşe Sultan ve yine takdir topladı.

Refia Sultan "Büyük salondaki avizede kaç ampul var?" diye bilinmesi imkânsız bir soru sorduğunu sandı ama Ayşe Sultan hemen "750 ampul," dedi. "Avizeyi Kraliçe Viktorya hediye etmişti. Ağırlığı da 4 ton. Dünyanın en büyüğüdür."

Fatma Pesend Hanım "Maşallah Ayşe Sultan," dedi, "tam bir saray uzmanı olmuşsun."

Ayşe Sultan gülerek teşekkür etti ve saraydan alelacele ayrılırken cebinde ta ne zamandan kalmış olan tek bir dergi sayfasını sıkıntıdan tekrar tekrar okuduğunu belirtmeye hiç gerek görmedi. Ayrıca bu bilgileri veren Fransızca dergide okuduğu, "Sadece Dolmabahçe Sarayı bile borç içinde yüzen

Osmanlı maliyesini çökertmeye yeterdi," cümlesini de söylememişti. Bu sayfayı gümrükte kesip saraya göndermişlerdi. Bu da yurtdışından gönderilen dergi, kitap ve gazetelerdeki sansür uygulamasına uygun bir durumdu. Her gümrük memurunun istediği sayfaları koparma hakkı vardı. Saraya aykırı düşeceğini sezdikleri, kuşkulandıkları her sayfayı kesip gönderirlerdi. Ayşe Sultan da bunlardan eline geçirebildiğini okuma alışkanlığındaydı. Bir gümrük memuru, yurtdışından gelen *Termodinamik Kanunları* adlı kitabı da olduğu gibi saraya yollamıştı çünkü dinamik kelimesini dinamit zannetmişti. Ayşe Sultan kitabın niye sansüre tabi olduğunu bir türlü anlayamamıştı.

Aslında sansür meselesi babacığını çok seven bir genç kızın görebileceğinin çok ötesindeydi. Padişah basına sürekli müdahale ederdi; hoşuna gitmeyen kişilere gazete çıkarma izni vermez, yazarlarını işten attırır ya da sürgün ve hapisle cezalandırırken kendisini sürekli öven *Sabah*[1] gibi gazeteleri altına boğardı. Ayrıca gazetelerin hisselerini ele geçirerek, muhalif yayınların önünü tamamen kesmiş olurdu. Sadece bununla da yetinmez, yabancı gazetelere de aleyhindeki yayınları kesmeleri için epeyce para öderdi. Viyana'da *Korrespondans* ve Paris'te *Oriyent* adlı gazeteleri çıkarttırmıştı.

Ayşe Sultan'ın cebinde kalan o dergi sayfası; top sesleri ve Selanik'ten gelen Hareket Ordusu'na teslim olan Muhafız Birliği, oradan oraya koşuşturan insanlar ve gürültüden ürkerek kendilerini dışarı atmaya çalışan bin bir türlü hayvanın ciyaklamaları, gıdaklamaları, anırmaları, kişnemeleri arasında herkes kaçtığında, Padişah ailesi ve mazlum kadınlar saraydan zorla çıkarılıp kupa arabalara bindirildiklerinde, artık sadece hayallerinde görebilecekleri "ev"lerinden kalan tek anıydı. Yaklaşan ihtilalci ordunun top sesleri duyulurken gece bekçileri, Arnavut kapıcılar, hizmetçiler, bahçıvanlar, kilerciler, aşçılar, harem ağaları, mabeyinciler ve diğer görevliler hiç

1 Basın tarihimizde *Sabah* adını taşıyan ilk gazete, yayın hayatına 1875 yılında başladı. Sahibi Rum ciltçi Papadopulos'tu.

gecikmeden çil yavrusu gibi dağılmışlardı. Sarayı korumakla görevlendirilmiş İkinci Ordu'ya bağlı muhafız birliği cephaneliği açarak silahları çıkarıp sarayı savunmaya hazırlanırken Padişah'ın "Kapatın cephaneliği, tek bir kurşun atılmayacak. Ben Müslüman kanı döktürmem," emri üzerine, ihtilalcilere teslim olmuşlardı.

Yıldız Sarayı tek bir bina değil bir şehirdi. Camisi, karakolu, bankası, hastanesi, postanesi, müzesi, eczanesi, muhafız alayları, operası, tiyatrosu, seramik fabrikası, marangozhanesi, hayvanat bahçesi ile binlerce kişinin yaşadığı bir şehir. Babası her cuma, som altından yapılmış arabasına biner ve atlı ya da yaya arabanın yanında koşan muhafızları arasında kendi adını taşıyan Hamidiye Camii'ne, Cuma selamlığına giderdi. O günlerde İstanbul halkını bir heyecan kaplar, herkes Padişah'ın yüzünü uzaktan da olsa görebilmek için birbirinin omzuna çıkardı. İşte o törenlerden birinde babacığını bombayla havaya uçurmak istemişlerdi. Yirmi altı kişi ve bir sürü seçme at parçalanmıştı ama babasını Allah korumuştu. Sevgili babasının yüreği o kadar sağlamdı, o kadar korkusuzdu ki parçalanan insan ve hayvanlar arasında can pazarı yaşanırken, eline kamçıyı alıp at arabasını bizzat sürerek, halkına çok sevdikleri biricik padişahlarının sağ olduğunu, düşmanlarına ise onu kolay kolay yıkamayacaklarını göstere göstere sarayına dönmüştü. Bu olaydan bir süre sonra kızına; sansürün, jurnalin, sürgünün ve onca tedbirin niye gerekli olduğunu anlatmış, "İçerde dışarda o kadar çok düşmanımız var ki kızım," demişti, "her gün ne suikast tertibatı öğreniyoruz bilsen, eğer bu kadar güçlü bir hafiye teşkilatı kurmamış olsam beni yüz kere öldürmüşlerdi. Sarayın lağımlarından içeri girmeye çalışan katiller mi istersin, bayramlaşma sırasında tahtımın kollarına zehir sürme planları mı, halkı isyana tahrik denemeleri mi? Sansür şart. Avrupa matbuatı bizi yıkmaya çalışan devletlerin iftiralarını yayımlıyor, içerdeki bazı hainler de onlara uyuyor, Avrupa'nın attığı hürriyet zokasını yutuyorlar. Aslında büyük devletlerin istediği tek şey bu koca imparatorluğu yıkmak ve aralarında paylaşmak. Şimdi anlıyor musun beni kızım? Yaşadığım sürece bunlara izin vermeyeceğimi bildikleri için hepimiz tehlikedeyiz. Gözümüzün açık olması lazım."

Ayşe Sultan, Allah'tan başka kimseye hesap vermek zorunda olmayan babasının bu özel açıklamasından etkilenerek, odasına çekildikten sonra uzun süre ağlamış, bu kadar iyi ve merhametli bir hükümdarı öldürmeye kalkanları lanetlemiş, sonra da sabaha kadar nafile namazı kılarak babasının sağlığı ve Allah'ın kahhar ismiyle düşmanlarını kahretmesi için dua etmişti.

Merhametli babası Avrupa mecmualarının kapaklarında eli kanlı bir katil gibi çiziliyordu ama bu matbuat, Kongo'da yüzbinlerce kişinin elini kestirip bunların binlercesini Brüksel'e getirten Kral Leopold'a barbar demiyordu. İkiyüzlüydü bunlar. Babası haklıydı.

Köşkte sıkılan kadınlar, kısa zamanda kendilerine yeni bir eğlence buldular. Saray operasında izledikleri İtalyan eserlerinden sahneler oynuyorlardı. Piyano eşliğinde Verdi'den aryalar söylüyor, aynı zamanda o yoksul giysiler içinde acınacak bir gülünçlükle şatafatlı sahneleri canlandırmaya kalkıyorlardı ama bu durum gençleri eğlendirmeye yetiyordu.

Artık bir hayale dönüşmüş olan o güzel sarayda her akşam yattıktan sonra ayak ucuna yerleştirilmiş bir paravanın arkasında romanlar okutan Padişah'ı bazı geceler uyku tutmaz ve ellerini çırparak sadece "Opera!" derdi. Bu tek kelime saray kadrosunda nedense paşa, binbaşı, albay gibi rütbeler verilmiş olan kadınlı erkekli İtalyan artistlerin, hazırlanmak ve sahneye çıkmak için ancak yarım saatleri olduğunu haber veriyordu. Saray tiyatrosunun başında, Napolili bir taklit ustasıyken, babası, anası, oyuncu karısı, kardeşleri, enişteleri, yengeleri ile İstanbul'a göçmüş ve Padişah'ın emrine girmiş olan Arturo Stravolo vardı. Padişah aynı oyunların tekrarını istemediği için Stravolo'nun görevlerinden biri de efendisinin hesabına Avrupa'da yeni oyunları izleyerek onları sarayda sahnelemekti.

Bütün oyuncular askeri bir birliğe bağlanmışlardı ve aldıkları rütbelerin üniformasını giymek zorundalardı. Angelo teğmendi, kemancı Luigi yüzbaşı, bariton Gaetano miralay, pek marifetli tenor Nicola ise kolağası üniforması taşıyordu. Orkestra şefi Aranda Paşa, gecenin bir vakti "Maskeli Balo" emrini alır almaz yarım saat içinde orkestranın o eseri icra etmeye başlaması gerekiyordu. Padişah bazı günler oyunları ailesiyle, konuklarıyla birlikte izlerdi ama geceleri locasında tek başına otururdu. Eğer oyunda anlamadığı ya da aklına yatmayan bir bölüm olursa elinin bir işaretiyle herkesi durdururdu. Temsilin tekrar başlayabilmesi için her noktanın Zat-ı Şahane'ye inceden inceye açıklanması gerekiyordu. Ayrıca Padişah kötü sonlardan hoşlanmadığı için, La Traviyata'dan, Travatore'ye kadar her operanın sonu değiştirilir, mutlu sonlar yaratılırdı. Mesela Viyoletta eserin sonunda ölmez, mutlu bir şekilde dans ederdi.

Dönemin en ünlü Fransız oyuncusu Sara Bernar saray tiyatrosunda oynamak üzere gelmiş, Padişah'a takdim edilmişti. Padişah ona, "Madam," demişti, "Paris'te bir ölüm sahnesini o kadar gerçekçi oynamışsınız ki seyirciler sahiden öldünüz zannederek paniğe kapılmış. Doğru mu?"

Padişah'ın övgülerine sevinen Bernar "Evet majeste," demişti, "anlatılanlar gerçek, bu akşam size de göstereceğim."

Ölüm sahnelerini yasaklamış olan Padişah "Hayır hayır madam," demişti, "işte ben tam da bu sahneyi o kadar sahici oynamamanızı hatta mümkünse bu bölümü tamamen çıkarmanızı rica ediyorum."

Padişah'ın seyretmekten en çok hoşlandığı oyuncu, Arturo'nun güzel karısı Sesilya idi. Onu her oyunda başrolde görmek isterdi ama bazı biyolojik nedenlerden ötürü bu pek de mümkün olamadığı için kumpanya, kılık değiştirmek, başka bir aktrisin yüzünü büyük peruklarla gizlemek, makyajla Sesilya'ya benzetmek, ışıkları kısmak gibi bin bir zahmete girmek zorunda kalırdı. Çünkü Sesilya sık sık hamile kalıyor, büyüyen göbeği, oynadığı genç kız rollerine pek uymadığı için çocuğu doğurana kadar sahneye çıkamıyordu. Yine de sonuçta bütün bu zahmetlere değiyor, İtalyan tiyatrocular yüksek ücret alarak lüks içinde yaşıyor ve kumpanya başkanı Arturo İstanbul'daki ilk otomobilin sahibi olmak gibi ayrıcalıklarla ödüllendiriliyordu. Anadolu'da İslam'ın koruyucusu olarak sağlığına dua edilen halife, bir Avrupa kültürü hayranıydı. Alaturka müziğin ruha kasvet verdiğini, alafranga müziğin ise insanı neşelendirdiğini söylerdi. "Adı alaturka ama bu müzik Acem'den, Yunan'dan gelmiştir. Türk'ün musikisi sadece davul zurnadır," derdi. Operaya bayılırdı. Ne var ki çelişkilerle dolu bir sultan olduğu için bazen de oyunun ortasında sıkılıverirdi. Stravolo, Sultan'ın sıkıldığını sezdiği anda oyunu kesip sahneye jonglör, sihirbaz, cambaz gibi çeşitli hüner sahiplerini çıkararak onu eğlendirmeyi bilirdi.

Yılanın elleri - Şerlok Efendi - Tercüme dairesi

"Selanik'te geceler, İstanbul'dan daha uzun," dedi Padişah. "Zaten uyku tutmaz beni, burada daha beter oldum. Sabaha kadar koltukta oturup sigara içiyorum."

"Burada saray eğlenceleri yok ya, ondandır," dedi Doktor. Sesinde sinsi bir alay, bir öç alma ve zevk tonu seziliyordu. "Yatak odanızda polis hikâyeleri okuttuğunuz, sıkılınca opera seyrettiğiniz fısıldanırdı halk arasında. Doğru muydu bunlar?"

"Evet," dedi Padişah, "doğruydu. Hatta bir tercüme dairesi kurdurmuştum. Gece gündüz, Avrupa'da çıkan son eserleri benim için çevirirlerdi."

"Şerlok Holmes mi severdiniz?"

"Aslına bakarsan ondan önce Rokambol'u çok severdim. Onu duymuş muydunuz Doktor Bey evladım? Meşhur bir Fransız yazar vardı, Piyer Ponson derler idi, işte Rokambol onun akla sığmaz işler yapan baş kahramanıydı. Onu Şerlok'tan daha çok severdim ama sonra adama kızdım, okumayı bıraktım."

"Kime kızdınız? Yazara mı, Rokambol'a mı?"

"Canım kahramana niye kızayım, elbette yazara kızdım. Adamın yeni bir kitabını çevirtmiştim, gece İsmet Ağa ayakucumda okuyordu. Bir bölümde 'Yılanın elleri kadar soğuktu,' diye bir cümle geçti. Doğru okuması için uyardım, hiç yılanın elleri mi olurdu? Adamcağız doğru okuduğunu söyledi. Bunun üstüne derhal tercümanları saraya çağırttım. Gece hepsi toplanıp geldi, uyku sersemi yarım yamalak giyinmişlerdi, telaşlı görünüyorlardı. Yılanın ellerinin ne demek olduğunu sordum onlara. 'Madem böyle saçma sapan bir çeviri yaptınız, hepinizi atıyorum saraydan,' dedim. Adamlar yemin billah doğru çevirdiklerini söylediler, 'Yazan öyle yazmış, biz de şaşırdık ama değiştirmedik,' dediler. Aklım karıştı. 'Peki,' dedim, 'bu işi araştıracağım, eğer haklıysanız kalırsınız, yoksa bilmem. Önce bana bu kitabın aslını getirin.' Kitabın Fransızcası geldi, cümlenin yerini gösterdiler, okudum ve gözlerimle gördüm ki tercümanlar haklı. Adam sahiden yılanın elleri kadar soğuktu yazmış: *Elle avait les mains aussi froides que celles d'un serpent.*

Öyle şaşkın bakmayın yüzüme Doktor Bey, çocukluğumuzda hepimiz Arapça, Farsça yanında Fransızca tahsili de yaptık. Ağabeyim Murad kadar akıcı konuşamasam da bu lisanı bilirim. Hatta kitap bulabilirsem burada Fransızcamı ilerletmek niyetindeyim. Bu arada bana hiçbir kitap, gazete verilmediğini de söyleyeyim size. Bir kâğıt parçası bile sokulmuyor içeriye. Acaba bu konuda bir şey yapabilir misiniz Doktor Bey, ben okumadan yaşayamam. Hiç olmazsa Fransızca polis romanları versinler.

Ne diyordum?.. Ponson'un bu hatasından sonra bir saçmalığını daha yakaladım: *D'une main il leva son poignard, et de l'autre il lui dit...*[1] Bakın nasıl hatırlıyorum, çünkü meşhur bir Fransız romancının böyle hatalar yapabileceğine inanamadığım için tekrar tekrar okumuştum. Siz Fransızca bilir misiniz Doktor Bey evladım? Peki, o zaman anladınız. Böyle hatalar yapacak kadar düşük zekâlı bir adamı okuyup da vaktimi harcayamam dedim, bir daha elime almadım. İşte ondan sonra Artur adlı İngiliz'in Şerlok romanlarına merak saldım. Bütün eserlerini çevirttim. Bunlar daha zekice yazılmıştı. Hatta bu İngiliz yazar İstanbul'a gelmiş, benimle de gö-

---

1 Fr. "Bir eliyle hançerini kaldırdı, diğeriyle ona dedi ki..."

rüşmek istemiş ama Ramazan ayıydı, vaktim yoktu, görüşmedim, kendisine bir Mecidiye Nişanı, hanımına da bir Şefkatiye Nişanı gönderdim.

Çocukluğumdan beri uykusuzluk çekerim. Bu romanlar okunurken gündelik dertlerden uzaklaşıyorum, kendimi o dedektifin yerine koyuyorum. Olayları önceden çözmeye çalışıyorum. Bazen çözüyorum da.

Affedersiniz başınızı çok ağrıttım. Bunları bırakalım da size bir şey soracağım Doktor Bey evladım. Ne olur beni kırmayın ve cevap verin. Çok rica ediyorum. Kardeşim Reşad Efendi'nin tahta çıktığını, yeni padişahımız olduğunu biliyorum. Allah ömrünü artırsın, başımızdan eksik etmesin. Fakat hükümeti kimin kurduğunu bilmiyorum. Şu anda hangi hükümet var başımızda, sadrazam kim? Bir anda bilgisizlik uçurumuna düştüm, merhamet edin; sadrazam kim, nazırlar kimler, Balkan olayları nasıl gidiyor, lütfen söyleyin bana. Köşesinde oturup ibadetle meşgul olan bir biçareyim. Kime ne zararım olabilir? Lütfen evladım."

Melankoli - Kafkasyalı gelinin bahtsız şehzadesi Köşk bahçesinde inekler

Günden güne, geceden geceye büyüyor içindeki sıkıntı, boğazına dolanmış inatçı bir yılan gibi. Başka bir konuya odaklanmaya zorluyor kendisini, daha ferahlatıcı anılarla mesela gençliğinde çok meraklı olduğu av, at binme, ok atma, yüzme, koşu maceralarını aklına getirerek avunmak, içinde gelecek umutları yeşertmek istiyor. Şimdi harabe haline gelmiş bu bedenin bir zamanlar kilometrelerce koştuğunu, Boğaz'ı sürekli kulaçladığını, at binmeye, spora doymak bilmediğini hatırlıyor ve geldiği duruma hayret ediyor. Amerikan Büyükelçisi Terel ona Teksas'ta yapılmış harika eğerler hediye etmişti. Kolt fabrikasının özel yapımı silahlarla birlikte gelen bu hediyeler Amerikan matbuatında haber olmuştu.

"Hey gidi günler hey," dedi. Sarayda entrikayla, ihanetle, sorunlarla ve can korkusuyla geçen onca yıl çok pahalıya patlamıştı. Selanikli ihtilalciler, aniden, habersizce gelen bir kurşunla gafil avlamışlardı onu ve bu yaranın devası yoktu. *Bütün bunlar neden başıma geldi*, diye soruyor ve işin garibi bunu yine uyguladığı baskılardaki eksikliklere bağlıyordu. İttihat Terakki Cemiyeti denilen yılan yavrusunun bu kadar gelişmesine nasıl göz yummuştu? Selanik'teki hafiye teşkilatı da mı aldatmıştı onu? Artık bu düşüncelerin bir yararı yoktu, olan olmuştu ve tahtı da tacı da yerlere yuvarlanmıştı.

Kurşun yarasının sıcaklığı geçince daha çok can yakması gibi sürgündeki ilk günlerini geçirdikten sonra umutsuzluk ve zaten çocukluğundan beri yakasını bırakmamış olan melankoli üstüne çullanıyordu. Annesinin, hastalık bulaşır korkusuyla onu kucağına bile alamadan uzaktan gözleriyle sevmesi ömrü boyunca aklından gitmeyecekti. O narin, o ince ve kederli yüz, o hastalıktan, heyecandan ve ateşten kızarmış yanaklar, Kafkas dağlarının boynu bükük gelinini perişan eden veremin sonucuydu.

Zayıflayan yüzünde gözleri ve ismindeki gibi birer oku andıran kirpikleri hayatı boyunca aklından çıkmayacaktı. O soğuk, sevimsiz Beylerbeyi Sarayı'nın sayısız salonlarından birinde ana bir başta oğlu öbür başta oturdukları zaman kadının aralarındaki mesafeyi gözleriyle aşarak ona sarılmak istediğini hissederdi. Sesleri yüksek çıkmak zorundaydı, üstelik yankılanıyordu. Son günlerini yaşamakta olan genç kadının o günlerde anlattığı aile hikâyeleri, tekerlemeler, Kafdağı masalları, Hamid'in ömrü boyunca hep canlı anılar olarak kalacaktı.

İstanbul'un yiğitçiği/ Elindedir divitçiği/ Kur'an okur, yazı yazar/ Ben olayım şakirtçiği. Hadi aslanım sen de tekrarla benimle... İstanbul'un yiğitçiği, hadi söyle benimle. Elindedir divitçiği...

Sonra uzaktan oynanması mümkün olmayan Süleyman'ın Filleri oyununu eğip bükerek, kuralları değiştirerek oynamaya çalışmaları, anne sıkıştım dediğinde onu annesi yerine hizmetlilerin götürüşü, ardından karşı kıyıdaki saraya dönüş, üvey ana, soğuk odada gölgelerden korkarak yalnız başına uyumaya çalışması.

Gözünün önünde giderek eriyen annesinin o uğursuz, soğuk Beylerbeyi Sarayı'ndaki ölümünden sonra, sağlıklı anneleriyle mutlu günler geçiren diğer şehzadeler arasında kendine bir yer bulamaz, sık sık boş odalara, dolaplara, yatak altlarına saklanarak bir an önce kendisinin de ölümünü dilerdi.

Koltukta kamburu iyice çıkmış durumda oturan, kapkara melankoli dalgaları içine gömülen eski padişah sigara üzerine sigara tüttürüp odayı dumana boğarken *Annem ölmeseydi bunlar başıma gelmezdi*, diye düşündü. *Son ihtilal bile. Şu dar-ı dünyada en zor şey annesizlik.*

Yetmiş yaşındaydı ama ne yaparsa yapsın, siyah zeytinlere benzeyen kederli, uçları aşağı sarkmış, baygın gözleriyle kapıların ardına gizlenerek neşeli yaşıtlarının oyunlarını izleyen küçük şehzade gözünün önünden gitmiyordu. Herkesin dilinde baba bir ana ayrı ağabeyi Şehzade Murad vardı; Murad'ın neşesi, Murad'ın at binişi, Murad'ın piyanodaki hüneri, Murad'ın valsleri, Murad'ın Fransızcası, Murad'ın kılıç ustalığı, Murad'ın yakışıklılığı. Hanedanın yıldızı Murad'dı. Ömrü boyunca Murad'la yarışamayacak, onu geçemeyecekti. Padişahlık sırası da ağabeyindeydi, veliaht oydu. O zamanlar kim derdi ki Murad delirecek, üç ay içinde tahttan indirilecek, sıra kendisine gelecekti. Hiç beklemediği anda gelen sultanlık onu birdenbire gökyüzüne yükseltmiş, mutlak hükümranlığın verdiği ömre bedel sarhoşluk içinde, ailesindeki herkesi geçmenin, ilk kez birinci sırada olmanın eşsiz mutluluğunu yaşamıştı. Tir-i Müjgan adıyla tanınan Kafkasyalı bahtsız kızın yetim oğlu hanedanın reisiydi artık, bütün rakiplerini elemişti. Eğer cennetmekân annesi yaşasaydı "valide sultan" olacaktı.

Murad'ı içkinin mahvettiğini gözleriyle görmüştü. İkisi de şehzadeyken Murad "Hadi bir kadeh içelim," diye tutturur, Hamid'in "Ama sadece bir kadeh," diye söz almasına rağmen ikinci kadehi de söylerdi, ardından üçüncüyü de, dördüncüyü de, sonrakileri de. Hamid'in "Söz vermiştin, bir tane içecektin," diye sitem etmesi karşısında güler, "Bir kadeh konyak demiştim. Sözümü de tuttum. İkinci kadeh şartrözdü birader, üçüncüsü armanyak," diyerek onu sustururdu. Kendisi ise bir kadehle yetinir, fazla içmezdi. Bir gün Murad'ın bu işe neden bu kadar meraklı olduğunu anlamak için Maslak'taki köşkünde deliler gibi içti, şişeleri devirdi, önce başındaki hafifleme, kederli ruhuna ılıkça yayılan hiç alışık olmadığı neşe ve gökyüzüne yükselme duygusu hoşuna gitti. Ertesi gün bu kaçamağının cezasını feci kusmalar ve kramplar içinde (kendi deyimiyle sürüm sürüm sürünerek) ödeyince temkinli yapısı onu bu konuda ölçülü olmaya yöneltti. Rahatlamak için genellikle bir kadeh konyak ya da rom yetiyordu.

Eski padişah, anılarından sıyrılıp etrafına bakındı. Eğer öldürmezlerse bu köşkten kurtulmanın yollarını aramalıydı. Bu konuda kafa yoruyor, düşünüp taşınıyor ama mahpus haliyle hiçbir şey yapamayacağı sonucuna varıyordu. Kumandan ve Doktor dışında kimseyi görmüyordu ki dışarıya bir haber, bir not ulaştırabilsin. Yardım ancak dışarıdan gelebilirdi. Anadolu'nun Müslüman halkı kendisine çok bağlıydı, en ufak bir fırsat görseler halifelerini tekrar tahta geçirirlerdi. Yabancı ülkelerdeki baş dostu ise Alman Kayzeri Vilhelm'di. İki kere İstanbul'da ağırlamıştı onu, çok iyi anlaşmışlardı. Tarabya'da şahsen sahip olduğu en değerli araziyi, yazlık elçilik yapması için dostu Vilhelm'e hediye etmişti. Kayzer de onun için İstanbul'a harika bir çeşme yaptırmıştı. Vilhelm daha sonra Kudüs'e gitmiş, şehre atından inip yaya girerek herkesin takdirini kazanmıştı. Abdülhamid, dostuna Kudüs'te de üzerine kilise yaptırması için değerli bir arazi vererek diğer Avrupa ülkelerini kıskandırmıştı. Kayzer belki de şu anda hükümete baskı yapıyor, eski dostunun öldürülmesine karşı çıkıyordu. *İnşallah öyledir*, diye düşündü ve yeniden tahta çıkma hayallerine son vererek, sağ kalmak için bütün umudunu Alman Kayzer'ine bağladı. Dostu herhalde onu unutmamıştı, Almanlar mert olurdu.

Şehzade olarak doğmuş olmasına rağmen -belki de yetimliğin etkisiyle- çocukluğundan beri aklını kurcalayan geçim sorunu da tekrar hortlamıştı. Malının mülkünün, ülkeler büyüklüğündeki şahsi arazisinin, parasının miktarı hesaplayamayacağı kadar çoktu. Dünyanın en zengin birkaç adamından biri olmalıydı. Buna rağmen yeni hükümet her şeyine el koyardı herhalde. Bu durumda güvenebileceği tek şey yabancı ülkelerdeki servetiydi. Miktarını bilemiyordu. Doyçe Bank ve Kredi Liyone gibi bankalardaki altınlarının, hisse senetlerinin muazzam bir yekûn tutuyor olması gerekirdi.

Kendisiyle Selanik'e gelen üç kızının nişanlıları İstanbul'da kalmıştı. Bir baba olarak onların düğünlerini yapması, oturacakları köşkleri inşa ettirmesi gerekirdi. Ardından sıra oğullarına gelecekti. Ayrıca Alatini Köşkü'ndeki neredeyse kırk kişilik bu büyük aileye bakmakla yükümlüydü. İyi ki her zamanki ihtiyatlı tutumuyla servetinin bir bölümünü yabancı bankalara göndermiş, her şeyi imparatorlukta tutmamıştı. Yoksa ne kadar yalvarırsa yalvarsın, kardeşinin ona zırnık vermeyeceğini biliyordu. Belki de haklıydı adam. Çünkü küçük kardeşi Reşad'ı otuz üç yıl ev hapsinde tutmuş, kapı dışarı adım atmasını bile yasaklamıştı. Şimdi de onun dönemi gelmişti işte ve aynı şeyler tersinden yaşanıyordu. Ağabeyi Murad'ı da tahttan indirildikten sonra uzun yıllar Çırağan Sarayı'na hapsetmişti, sonunda orada son nefesini vermişti adamcağız. Eskiden olsa kesinlikle öldürülürlerdi, yaşadıklarına şükretmeleri gerekirdi. Ne var ki aynı şey kendisi için de söz konusuydu. Eğer kardeşinin merhameti ve zamanın yeni anlayışı olmasaydı çoktan toprak altında olurdu. Hatta oğulları bile öldürülürdü.

Kapalı panjurların arasından günün aydınlanmaya başladığını görmesiyle sabah ezanlarını duyması bir oldu. Selanik camilerinin minarelerinden şehre dalga dalga yayılan ezan-ı Muhammedi ruhuna sükûnet verdi. Şimdi abdestini alacak, sabah namazını kılacaktı. Öyle de yaptı, namaz onu daha da rahatlattı. Yalnız garip bir şey oldu; tam esselamün aleykum ve rahmetullah diye selam vererek namazını bitirmiş, seccadesini katlayıp kaldırmıştı ki bahçeden inek böğürmeleri geldiğini duyarak şaşırdı. İnek ne arardı bunca askerin arasında? Birisi hayvanların anladığı dilden sesler çıkararak onları sakinleştirmeye çalışıyordu. *Deh deh, burssssst, heya* gibi sesler geliyordu. Ve işin garibi, o ses sarayındaki İnekçibaşı Mehmet Efendi'nin sesine benziyordu. *Allah Allah*, diye söylendi.

Panjurun aralıklarından bir şeyler görebilmek için gözünü ayarlamaya çalıştı ama sadece gölgeler seçebildi. *Acaba inek gölgesi miydi bunlar?* O sırada inekler bir daha böğürdü ve tekerlek gıcırtılarıyla birlikte inekçibaşının sesi duyuldu. Bu sefer emindi artık, Alatini Köşkü'nün çevresinde her nedense inekler vardı ve bu durum hayvansız yaşayamayan Padişah'ın içine büyük bir huzur yayılmasını sağladı. Hatta bir ara atlarla ineklerin kokusunu aldığını sandı.

Doktor'un İttihatçı öfkesi - Eroin mucizesi
Vapurdaki bombalar
Doktor'un gizli cemiyete girişi

Doktor (kullandığı deyimle) "herif-i naşerif"e her gün biraz daha fazla öfke duyuyordu; o gün de Alatini Köşkü'nden çıkarken içinde birikmiş bütün İttihatçı öfkesiyle, *Kendisini hâlâ padişah zannediyor bu adam*, diye düşündü. *Fransızca biliyor muymuşum, şunu biliyor muymuşum, bunu biliyor muymuşum? Kendisi ne dersler almış, neler öğrenmiş. Hangi imparatorlar arkadaşıymış... Görgüsüz herif!* Bomboş sokakta ilerleyen üstü açık askeri arabada bir sigara tellendirdikten sonra kendine güldü. *Altı asırlık hanedana, Fatih'in torununa görgüsüz dedim*, diye düşündü, sonra iddiasına destek bulmak için *Ama sahiden görgüsüz,* diye geçirdi içinden. *Muhteşem ataları gibi değil.*

Adam resmen övünüyordu, herhalde yıllarca pohpohlanan egosuyla yalnız kalınca Doktor'dan başka övünebileceği kimse kalmamıştı. Neredeyse tıbbı bile daha iyi bildiğini iddia edecekti; hatta edecekti değil resmen ediyordu. Soğuk algınlığı için önerdiği ilaçları beğenmiyor, dağlama gibi korkunç bir yöntemin yanı sıra Çerkezlerden öğrendiği bir tedaviyi de dünyanın en iyi ilacı olarak anlatmakta sakınca görmüyordu. Söğüt kabuğunu ezip yoğurtla karıştırıp bütün vücuda sürecekmişsin, tedavi buymuş. Gerçi düşündükçe söğüdün salisilik asit olduğunu hatırlayıp kendi kendine biraz mahcup oldu. Daha birkaç yıl önce Alman Bayer şirketi Aspirin'i mucize ilaç olarak tanıtmıştı doktorlara. Alman kimyager Felix Hoffman bulmuştu ilacı ama düpedüz söğütteki ana maddeydi işte. Yine de Doktor'a göre Bayer'in asıl mucize ilacı eroin idi. İnsanların sancıları, hele bu iklimde iki büklüm eden, kemiklerini eğip büken romatizma ağrıları sonsuza kadar yok olmuştu. Doktorlar harıl harıl bu ilacı yazıyordu hastalarına, eczaneler eroin yetiştiremiyordu, kendisi de kullanıyordu. Eğer çok acırsa eski padişaha ya da ailesine de verirdi ama Fransızca bilip bilmediği sorusu düpedüz terbiyesizlikti. Karşısındakinin hekim olduğunu, adamın dedesinin kurduğu Mekteb-i Tıbbiye-i Şahane'de okuduğunu, bu mektebin Fransızca eğitim verdiğini bilmiyor muydu? Dedesi Sultan Mahmut açılış konuşmasında, bu okulda Fransızca eğitim verileceğini çünkü tıbbın ancak böyle öğrenilebileceğini söylememiş miydi? Şark'ta tıbbın geri kalmış olduğunu ilan etmemiş miydi? Zaten softalar bu yüzden ona "Gâvur Padişah" demiyorlar mıydı? Sadece bu değildi nedeni ama bu da vardı suçlamalar arasında.

"*Oui Sa Majesté Imperialé, oui ta ta ta ta!*"[1] diyerek arabayı kullanan askeri şaşırttı. "Senin gözünde ben zavallı bir doktor kulunum. Peki Allah'ın adamı sen Fransızca *Le Sultan Rouge*[2] ne demek biliyor musun, ha biliyor musun?"

Sonra kendi kendine güldü. Onu bu kadar ciddiye almasına, bu kadar sinirlenmesine gerek yoktu, ne de olsa zavallı, yaşlı bir mahkûmdu. Kendisi zavallı bir doktor ise, ki değildi, o da zavallı bir yaşlı mahkûmdu. Başını salladı, "*Quelle malheur,*"[3] dedi ve bir süre için Fransızcaya da Padişah'a da veda etti. Hastanede onu Bulgar, Sırp, Yunan, Karadağlı komitacılarla çarpışırken yaralanan Osmanlı askerleri bekliyordu, yani bu adamın ailesini korumak için acı çeken gariban

1 "Evet Majeste İmparator, evet ta ta ta ta!"
2 Kızıl Sultan.
3 "Ne talihsizlik."

takımı. Kiminin yarasını sağaltacak, kiminin kolunu bacağını kesmek zorunda kalacaklardı.

Abdülhamid'in tahtına kardeşi geçmiş olsa bile Doktor biliyordu ki saltanat artık bitmişti, İttihat Terakki Cemiyeti memleketin kaderine el koymuştu.

Bu bahar mevsiminde Selanik ağaçları, zalim Sultan'ın devrilişini kutlar gibi rengârenk çiçek açmıştı. Doktor'un içinde yaşam umutları yeşerten, bayıltacak derecede güzel kokular geliyordu burnuna. *Hayat güzel*, diye düşündü, *gerçekten güzel*. İstanbul'da doğmuş, büyümüş, okumuş olmasına rağmen, kendisini Selanik'in yerlisi gibi hissediyordu artık. Eğer başka yere atamazlarsa ömrü boyunca bu güzel kentte yaşamaya kararlıydı. Sevdiğine kavuşabilirse onu da buraya getirecekti. Ne de olsa İstanbul'a Sultan'ın ağır gölgesi düşmüştü, o bol kubbeli, bol camili, bol saraylı payitahta sinmiş acı anılar kolay kolay silinemezdi. Selanik ise bir neşe, gençlik, içki, müzik, dans ve ihtilal kentiydi.

Bu adam yüzünden İstanbul şehrinin yarısı, öteki yarısını jurnallemişti, sanki herkesin yüzüne ihanetin gölgesi vurmuştu. Aile içinde insanlar birbirini gözetliyor, pek hesapsız dağıtılan nişanlardan ve altın keselerinden birer tane kapmak için bin bir iftira ile masum insanların hayatını söndürüyorlardı. Saraya her gün binlerce jurnal ulaşırdı ve hepsi ilgiyle karşılanır, ciddiye alınır, doğru olup olmadığı soruşturulmadan ihbar edilenler hakkında ceza uygulanırdı. Fesat düşünenlerin mutlaka cezalandırılması için en kesin yol, suçsuzların da yanması pahasına herkesi aynı kefeye koymaktı. Ancak bu şekilde tam güvenlik sağlanabilirdi.

Bir paşanın atlı arabası yolda başka bir arabayla çarpışmış, öteki arabada da bir müşteri varmış, ancak o adamın Şehzade Reşad Efendi ile bir kez görüşmüş olduğu saptanmış. Bu kaza tamamen arabacıların suçu olmasına rağmen iki adam da Fizan'ı boylamıştı.

Bir keresinde Anadolu yakasından saraya doğru esen rüzgârlara Boğaz sularını geçerken mikrop bulaştırılacağı ihbarı yapılmış, bunun üzerine Padişah günlerce camları kapıları sıkı sıkı örttürmüş, anahtar deliklerini pamukla tıkatmış ve kapı dışarı adımını atmamıştı. Bu ihbar hikâyelerinin en gariplerinden biri de Marsilya limanından İstanbul'a gelecek olan bir gemiyle ilgiliydi. Fransa'dan yapılan ihbar, o ülkedeki padişah düşmanlarının Zat-ı Şahane'ye suikast düzenlemek için bir fabrikaya özel olarak ceviz büyüklüğünde bombalar imal ettirdiği, bunları sandıklarla Mesajeri Maritim şirketinin Nijer adlı gemisine yüklediği, bu sandıkların İstanbul'da gemiden çıkarılacağı, eğer bu plan işlemezse Karadeniz'de Samsun limanında teslim alınacağı bildiriliyordu. Bu ihbar sarayda ortalığı birbirine katmış, Zat-ı Şahane'yi çıldırtmaya yetmişti elbette. Fesadı önlemek için hemen bir paşa başkanlığında komisyon kurdurdu, Nijer gemisi Marsilya limanından sonra takip edildi, uğradığı her liman bildirildi, Akdeniz'deki bütün Osmanlı liman idarelerine telgrafla emirler yağdırıldı, gemiden çıkan her dengin mutlaka kontrol edilmesi sıkı sıkı tembihlendi. Nijer, İstanbul limanına vardığında çevresi casuslar, memurlar, tüfekçilerle sarıldı. Kapitülasyon yasalarına göre gemiye girilip arama yapılamıyordu ama gemiden çıkarılan her şey iğneden ipliğe araştırıldı. Ne var ki bu titiz aramalar sonunda bomba sandığına benzer bir şeye rastlanmadı. Bunun üzerine bombaların Samsun'da karaya çıkarılacağından emin olan komisyon, aynı gemiye binerek bu liman şehrine gitti. İhbarın ikinci bölümüne göre yelek cebine konabilecek büyüklükte olan bombalar laz takalarıyla İstanbul'a getirilecek ve -Allah muhafaza buyursun- suikast gerçekleştirilecekti. Sonunda komisyon saraya bir şifreli telgraf göndererek suikast silahını bulduğunu bildirdi. Samsun'da bir tüccara gelen mal, beyannamede asit karbonik olarak işaretlenmişti. Tüccar hemen yakalanarak İstanbul'a gönderildi, sandık da başka bir gemiyle İstanbul Boğazı açıklarına getirildi, Karadeniz'in Boğaz girişinde bir süre bekletildikten sonra içeri girerek Kız Kulesi açığına demirlemesi emredildi. Bir yandan da bombaların Zeytinburnu fabrikasında incelendikten sonra hepsinin denize dökülmesi talimatı verildi. Fabrikada incelenen "bomba"ların gazoz yapımında kullanılan asit karbonik kapsülleri olduğunu bildiren rapora rağmen hepsi denize dökülerek yok edildi. Padişah da rahat bir nefes aldı.

Herkesin dilinde dolaşan gerçek olaylardan biriydi bu. İstanbul lekeli bir şehirdi artık, Abdülhamid damgası, şehri ve insanlarını zehirlemişti. *Uzun süre zulüm gören insanın içi çürür*, diye düşündü Doktor. Fikret üstadın, okul sıralarından beri gizli gizli okudukları ve her okuyuşlarında Padişah'tan, saraydan, kubbelerden, selamlık törenlerinden, nişanlardan, sırmalı kordonlardan, harem ağalarından, hafiyelerden bir kez daha nefret etmelerine yol açan o muazzam dizelerini hatırladı:

Örtün, evet, ey felâket sahnesi... Örtün artık ey şehir;
Örtün ve sonsuz uyu, ey dünyanın koca kahpesi!

Oysa Selanik -ihtilalci yönü dışında- deniz kıyısında etekleri imbat rüzgârıyla savrulan güzel ve serbest kızlarla dolu, neşeli bir gençlik kentiydi. Saraya bağlı kumandanlar genç, gözüpek fedailer tarafından teker teker vurulmuştu. Üç yıl önce bir arkadaşının kupa arabasında Doktor'a içi siyah bezle kaplanmış bir gözlük takışı, sonra bilemediği bir mahallede, bilemediği bir eve sokuluşu; gözlük çıkarıldığı zaman loş ışıklı bir odada maskeli bir adamla karşılaşması, adamın ona "1877 Anayasasını geri getirmek için çalışacağına, bu uğurda ölümü göze alacağına" dair yemin ettirirken bir elini Kur'an, öteki elini bir kama üzerine koydurması, sonra maskelerini çıkaran ihtilalcilerin ona asker selamı vererek "Yeni Osmanlılar Cemiyeti'ne hoş geldin kardeşim!" demeleri, o kutsal anda dönüşü olmayan bir yola girmenin, canını vatan için feda etme kararlılığının verdiği müthiş ürperme duygusu aklından hiç çıkmıyordu. O zamanlar umutsuz gibi görünen durumda çakan kıvılcımlar yangına dönüşmüş, sarayında oturan diktatörü yakıp kavurarak koca imparatorluğu demir pençesi altında inim inim inleten zalimden kurtarmıştı. Artık imparatorluğun yüzünü Batı medeniyetine çevirmesi için hiçbir engel kalmamıştı. Selanik'ten giden arkadaşları, Enver ve Niyazi gibi lider subaylar, önce Osmanlı halklarını birleştirecek, kadınıyla erkeğiyle bütün halkları kardeş yapacak, sonra da bu koca ülkeyi Almanya, Fransa, İngiltere gibi müreffeh, medeni, sanayileşmiş, hür bir ülke haline getireceklerdi. Hem de kısa sürede. Kendi kuşağının dilden düşmeyen dizelerini bir kez daha tekrarladı:

Kâfir diyarını gezdim beldeler kâşaneler gördüm
Dolaştım İslam mülkünü, bütün viraneler gördüm

İşin garip yanı ise köşkteki mahpus sultanın bile böyle düşünüyor oluşuydu. Daha dün Doktor'a "Maalesef tebaam içinde en geri olanlar Müslüman ahalidir. Hıristiyanlara, Yahudilere göre okuma yazma çok azdır. Çünkü bizim yazımızı öğrenmek zordur," dememiş miydi? Yazının da değişmesi gerektiğini söylemişti. Övündüğü başka bir konu da saat meselesiydi. Memlekette alaturka saat kullanılmasının, Avrupa ile bütünleşmemize engel olacağına karar vermişti. Ahalinin alıştığı saati bırakıp da yeni saate nasıl uyum göstereceğini günlerce düşünmüştü. Öyle ya, emirle olmazdı bu işler. "Sonunda bir çare buldum, otuz iki şehrimizin merkezine birer şık saat kulesi yaptırdım," diyordu. Bu kulelerdeki saatler alafranga saate göre ayarlanmıştı. Böylece ahali, bu saati kullanmak zorunda kalacak ve giderek alışacaktı. Tam Abdülhamid'e uygun bir davranıştı bu.

Peki ama madem kalkınmak için Avrupa yoluna girilmesi şart diyordu, İslamcılık politikasını niçin yıllar boyu sürdürmüştü? Doktor, *bunları konuşmak için çok zamanımız olacak,* diye düşündü. Her ziyaretinde yalnız sağlık değil, sigara tüttürerek memleket meseleleri de konuşuyorlardı. Çok kurnaz bir adamdı Padişah. Belli etmeden konuyu siyasete getiriyor ve ağzından laf almaya çalışıyor ama başarılı olamıyordu. Doktor hastaneye yaklaşırken arkasına keyifle yaslandı, "Ne de olsa komitacıyız," diye gururla söylendi.

Donmuş Boğaz'da balık tarlası
Kulaklara kaçan kar suyu

İstanbul'un bazı kışları çok sert geçerdi. Yine böyle bir zemheride Kandilli önlerinde denizden gelen "tık tık tık" diye tuhaf sesler duyuldu. Sesler o kadar fazlaydı ki Boğaziçi'nin güzel yalılarında oturan zengin takımı ile emektar hizmetkârlar, kimi pencereden kimi rıhtımdan, dünyanın sonu gelmiş gibi görünen manzaraya bakmak için dışarıya fırladı. Boğaz'ın suyu, o güçlü akıntılarına rağmen donmuştu. Yürüyerek karşı kıyıya gidilecek gibi görünüyordu ama tuhaf olan ve kıyıya dökülmüş Müslüman Boğaziçi ahalisinin dudakları kıpır kıpır ederek dualar okumasına, Ortodoks ve Katoliklerin istavroz çıkarmasına, Yahudilerin ise dua etmesine neden olan dehşet verici görüntü bundan ibaret değildi. Buz tutmuş deniz yüzeyinde sıkışan ve başlarını yukarı uzatan balıklar suyu bir torik tarlasına çevirmişti. Balıklar ağızlarını açıp kaparken ya da buzlar arasında çırpınırken çıkardıkları "tık tık" sesleriyle âlemi velveleye vermekteydi. O güne kadar böyle akla ziyan bir şey görülmemişti. Herkesin aklına kıyamet alameti, ahir zaman, mahşer kelimeleri geliyor; gördükleri manzara benizleri solduruyor, yüreklere korku salıyordu.

Mistik inançları o kadar güçlü olmayan birkaç gözüpek delikanlı denize yürüyerek, kafalarından tuttukları balıkları sıkıştıkları buzdan çekip çıkardılar. Buzdan zorla çekilen balıklar kan revan içinde kalıyordu ama bu eylem, kıyıdaki genç yaşlı birçok kişiyi harekete geçirdi. Herkes balık tarlasına dönmüş olan denize hücum eder oldu, koca koca torikleri çıkarıyor, kıyıya taşıyorlardı. Uzaktan bakan birisi eğilip kalkan bu insanların tarladan salatalık, patlıcan topladığını sanırdı. Bir süre sonra iş öyle çılgınca bir hal aldı ki sadece Kandilli halkı değil, komşu köylerden gelen Boğaziçi ahalisi de Tanrı'nın kendilerine lütuf olarak gönderdiği balıkları toplamaya başladı. Ne de olsa en lezzetli lakerdalar torikten yapılır, kavanozlara doldurularak balık akını bittikten sonra da aylarca yenirdi. Balık toplayanların gözünün önüne pespembe lakerdalar geliyor, yanında soğanla ikram edilen bu İstanbul harikası şimdiden ağızlarını sulandırıyordu. Yalıların bahçeleri, özel iskeleler, kıyılar balıktan görünmüyordu artık. Bazı yüce gönüllü yalı sahipleri, şölene geç gelen fakir fukaranın da bahçelerinden istedikleri kadar balık almasına izin vermişti.

Herkesi hayrete düşüren bu kadar büyük bir olayı sarayın ve hükümetin duymaması düşünülemezdi elbette. Bir geminin düdük sesinden bile ürken, kuşların ötüşünden, yelin esişinden kuşkulanan Padişah'ın bu olaya el koyması gecikmedi. Kandilli ve çevresini muhafızlar sardı; denize yürümeyi yasak ettiler, balıklardan örnekler alarak doğrudan doğruya saraya götürdüler. Padişah doktorlarını, müneccimlerini, hayvan bakıcılarını, tabiat ilminde hüner sahibi hocaları toplayıp bu olaydaki esrarı bir an önce çözmeleri emrini verdi. Kendisi o zamana kadar Arnavut muhafızlarının koruduğu dairesinden çıkmayacak, sonuçları bekleyecekti. Verdiği emirler arasında balıkların içinde bomba bulunup bulunmadığının araştırılması, bulaşıcı hastalık tetkiki, galsamalarına kadar incelenerek bir mesaj taşıyıp taşımadıklarının ortaya çıkarılması gibi kesin talimatlar vardı.

Âlimler örnekleri incelediği sırada, toplanmış olan bütün balıklara el konulmuş, tamamı at arabalarına yüklenip tenha bir yere götürülerek başlarına nöbetçiler dikilmişti. Daha sonra yeni bir emir gelmesi geciktiği için balıkların koktuğu ve nöbet yerini terk edemeyen askerlerin ömürleri boyunca balık yememeye yemin ederek günlerce kustukları öğrenilmişti. İçleri dışlarına çıkmıştı zavallıların.

Sonunda, dairesinde korku içinde bekleyen Padişah'a haber gönderildi ve huzura çıkmak için izin istendi. Cevabı merak eden Padişah, heyeti çalışma odasında kabul etti ve etek öpme, Padişah'a uzun ömür dileme gibi seremonileri atlayarak derhal sonucu açıklamalarını emretti. Heyetin bulgularına göre bu alışılmadık hadise, aniden soğuyan suyun galsamalarında donması sonucunda balıkların su yüzeyine başlarını çıkararak nefes almak ihtiyacından kaynaklanmıştı. Açık havada oksijen alma imkânları olmadığı için çırpınırken galsamalarının çarpmasından ve ağızlarının sertçe açılıp kapanmasından böyle sesler çıkmıştı. Yani bir bakıma kulaklarına kar suyu kaçmıştı. Bomba, mesaj ya da herhangi bir kuşkulu nesneye rastlanmamıştı, yüce hükümdar ve devlet rahatlayabilirdi artık.

İneklerden yayılan huzur - Kolonya kokan Avrupalı beyler - Kaybolan servet

Ali Fethi Bey İstanbul'dan bir sürü eşya, İnekçibaşı Mehmet Ağa ile birlikte iki kocaman inek ve kafesinin içinde heyecandan kıpırdanıp duran beyaz bir papağanla Alatini Köşkü'ne döndüğü zaman eski padişahın sevinçten havalara uçması karşısında, büyükannesinin sıkça söylediği, *Allah sevdiği kuluna eşeğini önce kaybettirip sonra buldururmuş,* sözünü hatırlayıp içten içe gülümsedi. Bir imparatorluk kaybedip iki inek bir papağanla, hediye almış bayram çocuğu gibi sevinmek çok tuhaf göründü gözüne. Bahçeye çıkma izni olmadığı için adamcağız ineklerini göremiyordu ama kafesinin üstündeki örtüsü kaldırılan papağanın onu görür görmez cırlak bir sesle "Padişahım çok yaşa, Padişahım çok yaşa!" diye bağırması yalnız onu değil ev halkını da heyecanlandırmış olmalı ki üst kattan telaşlı ayak sesleri duyuldu. Papağanın üst üste tekrarladığı bu temennalar bahçedeki askerlerin de dikkatini çekti, tedirgin oldular. Ama nasıl olsa Kumandan içerdeydi, büyük bir olasılıkla, o mendebur boynunu koparmak için edepsiz papağanı kendilerine verirdi.

Kumandan öyle bir şey yapmadı, eski padişahın tütünden sararmış işaretparmağını iki dudağının üstüne koyarak sus işareti yapmasını, bunun üstüne papağanın gagasını kapatmasını hayretle izledi.

Selanik'teki bütün genç subaylar gibi Ali Fethi Bey de kılıç gibi bir İttihatçıydı, yine de karşısındaki adamın peygamber vekili olduğunu düşünüp son derece saygılı davranıyordu. Hem düşmüş kişiye vurma huyu yoktu hem de İmparator'un durumu onu gerçekten üzüyor, adamın kendisine karşı olan son derece edepli davranışı, ona yakıştırılmış olan Kızıl Sultan imgesini neredeyse siliyordu. Yakından görünce hiç kimse bu olgun, sakin ihtiyarın, Mithat ve Mahmud Celâleddin paşaları Taif zindanında boğdurduğuna, onca masumun kanına girdiğine, Belgrad'dan Yemen'e, Kafkasya'dan Afrika'ya uzanan bir hafiyeler ağının sahte jurnalleriyle yüz binlerce insanın hayatını kararttığına inanamazdı. Duasında, namazında bir emekli gibi görünüyordu.

Yine de Kumandan zaman zaman Padişah'ın gözlerinde parlayan ışıktan, dünya siyasetinden söz ederken kapıldığı heyecandan, geçmişteki haşmetini sık sık hatırlatacak cümleler kurmasından, kendisini aklama çabalarından, bunun sadece dış görünüş olduğunu anlıyordu.

İyi ki adamcağızın dışarıyla irtibatı kesilmişti de tahttan devrilir devrilmez kendisine en ağır ifadelerle saldıran, yerin dibine sokan, yazı ve karikatürlerle aşağılayarak imparatorluktaki her kötülüğü tek başına onun sırtına yükleyen gazetelerden haberi olmuyordu. Yoksa yazarların nefreti, aşağılaması, alayları ve hakaretleri karşısında kahrolurdu. Ali Fethi Bey gibi bir karşıtı bile bu yayınları çok abartılı, haksız ve zalimce buluyordu. Özellikle, kısa bir süre öncesine kadar önünde yerlere kapandıkları, tahtından uzatılan sırma kordonu öptükleri, başlarını kaldırıp yüzüne bakamadıkları halifeye "salyaları akan kuduz köpek" gibi ifadelerle saldıran İstanbul basını, Kumandan'ın midesini bulandırıyordu. Bunlar arasında Abdülhamid'in servete ve makama kavuşturduğu, Boğaziçi'nde yalı, Nişantaşı'nda konak hediye ettiği kimseler başı çekiyordu. Yine büyükannesinin çok sık tekrarladığı *insanoğlu çiğ süt emmiştir* ifadesini hatırladı. Kaynar süt içse ne değişecekti ki, insan insandı işte.

Süt deyince aklı İstanbul'dan bin bir zorlukla trene yükleyip getirdiği iki besili ineğe takıldı. Bahçenin bir köşesine onlar için bir barınak yapılıyordu şimdi. Hazım güçlüğü çeken, yemekle başı pek hoş olmayan Padişah hayatı boyunca taze sağılmış süt içtiği için bu inekler çok önemli olmalıydı. İnekçibaşı Mehmet Ağa'yla beraber, aşçıbaşı, tatlıcıbaşı ve kahvecibaşı da gelmişti Selanik'e. Ayrıca hizmetlilerin sayısı artmıştı. Eve eşya alınmış, karyolalar düzeltilmiş, saraydan getirilen giysilerine kavuşan kadınların sevinciyle bu mutluluk tam olmuştu. Kumandan, salona açılan bir odaya Padişah'ın marangozluk aletlerini taşıttı. Ve hemen sonrasında adamın yıpranmış yüzünde o aletlere dokunurken aldığı büyük zevki okudu.

Alatini Köşkü neredeyse bir saray minyatürü gibi olmuştu şimdi. Yemekler vaktinde çıkıyor, Padişah'ın alıştığı gibi iki ayrı kallavi fincanda kahvesi geliyor, taze yumurta, süt ve yoğurdu temel alan beslenme alışkanlıkları yerine getiriliyor, her gün gelen Doktor da saraylıların sağlığıyla ilgileniyordu. Padişah köşkte, sarayda gördüğü saygının devam etmesi sayesinde ailesini ve çalışanları yönetiyordu. Her sabah gün doğmadan kalkıyor, namazdan sonra soğuk suyla yıkanıyor, süt ve yumurta, arkasından kahve derken sıra salonda, muntazam adımlarla ne eksik ne fazla tam yarım saat yürümeye geliyordu. Eşlerinin, kızlarının kendisi yüzünden içine düştükleri halden üzüntü duyduğu için onları teselli etmeye çalışıyordu. Papağanın ise kafesi açıktı, istediği yere uçuyor, konuyor sonra yine kafesine dönüyordu. Çevresinde papağanın mırıldanmalarını, kanat çırpışını duyan Padişah'ın gönlüne bir güven duygusu, bir ferahlık yayılıyordu.

Oldum olası hayvanlara düşkündü zaten. İstanbul'dayken de günün bir kısmını mutlaka sevgili hayvanlarına ayırır, devlet işlerinden çok bunaldığında kır atı Mennan'a binerek saray ormanında koşturur, nadir hayvanlarını görmeye giderdi. Habeşistan Kralı II. Menelik kendisine paha biçilmez hediyeler göndermişti. Devekuşu mu yoktu içinde bu hediyelerin, misk kedisi mi, pars mı, kaplan mı, çeşit çeşit yılan mı, maymunlar mı, yılan avcısı acayip kuşlar mı. Padişah bunca değişik hayvanı görünce sevincinden kabına sığamamış, Habeşistan Kralı'nı gün görmemiş mücevherler, cins atlar, ipek Hereke halıları, Lahuri şallar gibi bin bir hediyeye boğmuştu. Sultan bir de Habeşistan'dan gelen zebrayı çok sever, bazen o zebrayı kendi eliyle beslerdi. Ne var ki bu hayvanların hiçbiri papağanı, kedisi ve köpeği kadar yakın değildi kendisine. Hele atı, hele o soylu atı. Ne yazık ki, yaralı sahibini dişleriyle çekerek savaş alanından çıkaran bu sevgiliye kavuşamayacaktı artık. Köşkün salonunda at binmeye kalkamayacağına göre mucize hayvanın Selanik'e getirilmesini istemenin de bir anlamı yoktu.

Dış dünyadan görebildiği iki kişi, Kumandan ve Doktor'du. Günde ortalama on altı saat çalışan, üç kıtaya kurdurduğu telgraf ağı sayesinde imparatorluğun en uzak köşelerini her dakika denetleyen, resimlerle izleyen, dünya politikası ile haşır neşir olan adama bu tecrit çok ağır geliyordu elbette. Bilgi alamamak, ne olup bittiğini bilememek, tam bir karanlığa gömülmüş durumda yaşamak, alışamadığı tek şeydi. Kumandan'ın ve Doktor'un ağzını arıyor, en ufak bir bilgi sızıntısı, bir ima, küçücük bir izlenim kırıntısı kapabilmek için olmadık yöntemler deniyor, onların dostluğunu kazanmaya çalışıyor, onları iltifatlara boğuyor, zaman zaman kendine acındırmaya çalışıyordu ama bu iki subaya hiçbir yöntem kâr etmiyordu.

Günler, haftalar bu derin tecritle geçti ama sonunda İstanbul'dan gelen bir emir, Padişah'ın daha fazla insan görmesine, bazı olaylarla ilgilenmesine yol açtı. Gerçi kendisi için pek de hayırlı bir şey değildi bu.

Ali Fethi Bey bir sabah Selanik Üçüncü Ordu Kumandanlığı'ndan bir emir aldı. Sabık padişahın imparatorlukta bulunan bütün malına, Avrupa, Asya ve Afrika kıtalarında, üzerine yeni ülkeler kurulabilecek akıl almaz büyüklükteki mülküne, Musul-Kerkük'te gâvurların petrol dedikleri nefte ve Kudüs dahil yedi binden fazla tapusuna, parasına, mücevherlerine el konuluyordu ama yurtdışındaki servetine dokunulamadığı için bu büyük varlığı kendi isteğiyle orduya bağışlaması isteniyordu. Doyçe Bank ve Kredi Liyone, astığı astık kestiği kestik yeni hükümetin emrinde değildi ki talimatla serveti teslim etsin. Bu yüzden eski padişaha baskı yapmaktan başka çareleri yoktu.

Gençliğinden beri kazandığı her kuruşa düğüm üstüne düğüm atan, imparatorluk masraflarını en aza indiren "Pinti Hamid"in yabancı bankalardaki bütün varlığını gönlüyle vereceğine inanmak saflık olurdu. Bu yüzden İstanbul'daki yeni hükümet bu isteğin Padişah'a "kesin karar" olarak iletilmesini emretmiş, Üçüncü Ordu'ya, eski padişaha mutlaka imzalatılması emriyle iki mektup gönderilmişti. Mektuplar yabancı banka direktörlerine hitaben yazılmıştı ve Padişah'ın her şeyi çekmek istediği, bütün varlığının Alatini Köşkü'nde kendisine teslim edilmesi talimatı verdiği belirtiliyordu.

Kumandan bu mektupları kendisine verdiğinde Padişah'ın yüzü sarardı. "Bunlar benim şahsi servetimdir, devletle alakası yoktur ve çoluğumun çocuğumun hakkı vardır," diyebildi ama bu sözlerinin hiçbir işe yaramayacağını biliyordu. Nazik Kumandan yine terbiyesini bozmadan, yumuşak bir tonla Padişah'a bunun mümkün olmadığını anlattı. Hayatı boyunca emir vermiş olan Sultan, kesin bir emre nasıl uyulması gerektiğini bilmiyordu. Kumandan, istemeye istemeye ve üstü kapalı biçimde hayatının güvende olmasının buna bağlı olduğunu hissettirmeye çalışıyor, üstlerinden aldığı emir gereğince Padişah'ın direncini bu yolla kırmaya çabalıyordu. Sonunda "Memleketimizin içinde bulunduğu bu güç durumda ordu Zat-ı Şahane'nin servetine ihtiyaç duymaktadır. Takdir edersiniz ki Zat-ı Şahane'ye karşı olan davranışları da bu karar belirleyecektir," deyip sustu.

Neyse ki Padişah çok zeki bir adamdı, bu üstü kapalı sözleri hemen kavradı, tehlike kokusu alan çevik bir av gibi kendisini derhal korunaklı bölgeye kaydırdı. "Madem böyle bir ihtiyaç var, neyim var neyim yok, millete ve orduya feda olsun," dedi. Kumandan rahat bir nefes aldı. "Keşke daha fazla olsaydı," diye ekledi eski padişah. "Yalnız..."

Kumandan, Padişah'ın gözlerinde yine o delirtici, yok edici, karanlık vehmi, korkuyu okudu. *Bu adamın ölüm korkusundan kurtulmasının tek yolu var*, diye düşündü, *o da ölmesi.* Padişah onu yanıltmadı, hayatıyla ilgili yeni güvenceler istiyordu. Kumandan'ın ona, hayatının ordunun güvencesi altında olduğunu hatırlatması üzerine, meclisin de böyle bir yazı vermesini istedi. Kumandan'ın sabrı neredeyse taşmak üzereydi ama bir yandan da bu adamın delirtici korkusu karşısında ne yapabileceğini bilmiyordu.

"Hünkârım," dedi, "bu isteğiniz orduyu gücendirmekten başka bir işe yaramaz. Ordunun sözüne güvenmediğiniz anlamı çıkar. Ayrıca meclis her dönem değişiyor, ya yeni gelen meclis fikir değiştirirse?"

Bu sözler Padişah'ın aklına yattı.

"Peki Kumandan Bey evladım," dedi, "yine de bu serveti seve seve de olsa teslim etmek için bazı isteklerim olacak, onları size yarın yazılı olarak vereceğim."

Ertesi gün Kumandan'a verilen yeni bir listede eski padişahın altı isteği bulunuyor, yanındaki küçük oğlunun öğrenimi, büyük oğlunun ve üç kızının evlenebilmeleri için İstanbul'a dönmelerine izin verilmesi, köşkteki hizmetlilerine biraz özgürlük tanınması, kendisine yetecek miktarda bir aylık bağlanması, Alatini Köşkü'nün onun adına satın alınması gibi isteklerden sonra, gelecekle ilgili planlarını ve kaygılı düşüncelerini özetleyen şu talebe yer veriliyordu: Ölünceye kadar rahat bırakılması ve hayatının ordu tarafından korunması.

Kumandan, Padişah'ın çocuklarıyla ilgili kaygılarını biliyordu çünkü onu her gün ziyaret eden Doktor'a, büyük oğlu ve kızları için bir rapor hazırlaması ve İstanbul'a dönmelerine yardımcı olması için adeta yalvarmıştı. Üç kızın üçü de nişanlıydı, asilzade sayılabilecek üç damat adayı İstanbul'da kalmıştı. Bu ayrılığın uzaması durumunda damatların evlilik kararından caymasından korkuyordu. Ne de olsa sultan kızları değillerdi artık ve insanoğlu çiğ süt emmişti.

Sultan, başka ailelerin yaptığı gibi kızlarına talip olunmasını beklemez, kendisi damat seçerdi. Nasıl olsa sultan kızıyla evlenmek büyük bir onurdu, padişah damadı olmanın sağlayacağı nimetler hiç kimse tarafından görmezden gelinemezdi. Ama düşmüş, sürgün bir padişahın damadı olmak... İşte orada her şey çatallaşıyordu. Sultan'ın korktuğu şey, kendi siyasi kaderinin, kızlarının mutluluğunu da etkilemesi tehlikesiydi.

Bu istekler Kumandan'a çok makul göründü, bunları yukarı katlara kabul ettirebileceğinden emindi. Nitekim dediği gibi de oldu, Padişah'ın bütün istekleri kabul edildi.

İmparator ve ailesi, bir sabah, artık biraz aralamalarına izin verilen panjurlardan, köşk bahçesinde olağanüstü bir hareketlenme olduğunu gördüler. Alışılmadık biçimde subaylar sivil giyinmişti, bahçede turluyorlar, sık sık camlara doğru tehdit dolu bakışlar atarak sinirli bir tavırla sigaralarını içiyorlar, kendi aralarında fısıldaşıyorlardı. Köşkteki kadınları bir korku kaplamıştı. Padişah ise seccadesinin üzerinde ellerini açmış, dudakları sessizce kıpırdayarak dua ediyordu. Neyse ki bir subayın çok geçmeden içeri gelip mabeyinciye, Alman konsolosu ve banka yöneticilerinin gelmek üzere olduğunu söylemesi korkularını hafifletti. Padişah redingotunu giydi, büyük yemek masasının başına geldi, küçük oğlunu yanına oturttu.

Köşkün cümle kapısının ardına kadar açılmasıyla birlikte içeriye taze bir yaz sabahının gönül ferahlatıcı çiçek kokuları doldu. Ardından da göğüslerinde daha fazla madalyaya yer kalmamış olan ve onlarca pırıl pırıl nişanın, madalyanın ağırlığından öne eğilmiş gibi duran sakallı ordu kumandanlarının dikkatli davranışlarla eşlik ettikleri, redingotlu, saçları sıkı sıkı taralı, sinekkaydı tıraşlı ve pespembe tenli Avrupalı beyefendiler içeri girdi. Dört beyefendi de tedirgin tavırlar içindeydi, çevrelerini kuşkuyla süzüyorlardı. Padişah kıpırdamadı, oturduğu yerde iri siyah gözleriyle -bir parça da kuşku sezilir biçimde- gelenleri izliyordu. Yanındaki küçük oğlu, oturduğu sandalyeden bedeni masanın üstüne yetişmediği için sadece fesinin altından ancak görünen korku dolu gözleriyle bakınıp duruyordu.

Sessizlik uzadı gitti, ne generaller bozabiliyordu bunu ne de Avrupalı beyefendiler. Neyse ki biraz münasebetsiz bir biçimde de olsa imdada kar beyazı başpapağan yetişti. Avazı çıktığı kadar "Padişahım çok yaşa!" diye bağırdı, hem de üç kez. Başta Üçüncü Ordu kumandanları olmak üzere herkes irkildi, başlarını papağana doğru çevirdiler. İlk şaşkınlığı atlatan generaller, bir göz emriyle daha alt rütbedekilere papağanın dışarı çıkarılması talimatını verdiler ama ne mümkün. Papağan, kendisini yakalamaya gelenlere inat, köşkün yüksek tavanına doğru kanat çırptı ve orada bir pervaza konup cırlak sesiyle "Padişahım çok yaşa!" diye haykırmaya devam etti. Üçüncü Ordu'nun anlı şanlı generalleri çaresizlik içinde kıvranırken çözüm önerisi Avrupalı beyefendilerden geldi. İçlerinden kravatı boynunu sıktığı için mi yoksa havanın sıcaklığından mı bilinmez, yüzü kıpkırmızı kesilmiş, kolonya kokuları saçan bir bey, ne yapacağını bilemez halde şaşkın şaşkın tavanı süzen paşalara, "Efendim, uygun görürseniz sizi de dışarı alalım," diyerek adamcağızları bir papağan karşısında düştükleri zor durumdan kurtaracak bir can simidi fırlattı ve ekledi: "Müşterimizle yalnız konuşmak bankalarımızın değişmez kuralıdır."

Paşalar, kuşkulu bakışlarla salonu terk ettikten sonra Padişah'la baş başa kalan Avrupalı beyefendiler, bir İmparator'a gösterilmesi gereken saygı ifadesiyle hafifçe eğildiler. Kolonya kokan beyefendi, ona Majesteleri diye hitap ederek, kendisini Selanik'teki Alman Konsolosu, yanındaki uzun boylu, zayıf ve âdemelması durmadan inip çıkan beyefendiyi de Doyçe Bank temsilcisi olarak takdim etti. Sırayla Kredi Liyone ve Ottoman Bank temsilcileri de kendilerini tanıttılar. En iyi yatırımcılarından birini yitirmenin üzüntüsü ve her şeyi usulüne uygun yapma sorumluluğunun tedirginliği içinde, Padişah'a, bu büyük serveti gönül rızasıyla bu köşke getirtmek isteyip istemediğini sordular. Bu kuşkulu bakışlar ve sorular karşısında Padişah vakur bir tavırla talimatları gönül rızasıyla imzaladığını, bütün servetini milletine ve ordusuna bağışlamak istediğini belirtti. Bunun üzerine bankacılar, kupa arabalarla getirilmiş her cins para ve hisse senedi dolu valizlerin salona getirilmesi talimatını verdiler. Altın ve mücevher kasaları da orduya devredilecekti. Sultan'ın hazinesi getirildi, salona yığıldı, imzalar alındı ve Avrupalı beyler, bahçedekilerle konuşmadan hızlı adımlarla arabalarına binip oradan ayrıldılar.

Padişah, salondaki karun hazinesine baktı ve dışarıdakilere "Gelip alın şunları!" diye seslendi. Sivil giyinmiş endişeli subaylar hemen erlerle birlikte hazineyi bahçeye getirilen iki landon arabaya yükleyip ayrılırken, pencereden olan biteni izleyen kızları, Sultan Hamid'in şöyle mırıldandığını duydular: "Yaşayan bir ölüyüm artık. Beni önce siyasetle öldürdüler, şimdi de hıyanetle."

Yeni hükümet, Musul-Kerkük neftlerini de kapsayan Mısır, Hicaz, Balkanlar, Yunanistan, Arnavutluk, Bulgaristan, Makedonya, Lübnan, Suriye, Filistin, Irak, Kudüs, Mekke, Libya gibi imparatorluğunun çeşitli bölgelerindeki milyonlarca dekar kişisel arazisini elinden almış, parasına ve tahvillerine el koymuştu. Bunlarla yetinseler yine iyiydi; Sultan'ın bilmediği şey, Yıldız Sarayı'nda el konulan akıl almaz sayıdaki mücevherinin de Paris'te "Les Bijoux de S. M. le Sultan Abdul-Hamid II" (Zat-ı Şahaneleri Sultan II. Abdülhamid'in Mücevherleri) adı altında, kendisinden önce yapılan bütün müzayedelerin rekorunu kıran bir düzenlemeyle satılacağı idi. Bu müzayede, Hindistan'dan gönderilen pırlantalardan zümrüt broşlara, inci kolyelerden fildişi, altın, gümüş murassa kutulara kadar yeraltından çıkarılmış değil de sanki gökyüzünden saçılmış duygusu uyandıran bin bir büyüleyici ışıltıyla Parislilerin aklını başından aldı. Doğu'nun zenginliği, her zamanki gibi Batı'yı sarhoş ediyordu.

Padişah'ın elinde sadece kızının son anda su çantası zannederek aldığı sarı çantadaki mücevherler kalmıştı. Gözü gibi saklamalıydı bu küçük hazineyi, kimsenin haberi olmamalıydı.

Zarifi Baba rüyasına giriyor - Suskun Noel çanları İstanbul'un fethi kutlanmayacak

O gece rüyasında kendisine hayat boyu yol gösteren Rum Sarraf Zarifi'yi gördü. Maslak'taki köşkündeydi, şehzadeliği zamanındaydı, daha padişah olmamıştı, olma umudu da yoktu. Sarraf'a "İyi yaptım mı baba?" diye soruyordu, o da zeki gülümsemesiyle "En doğrusunu yaptın," diyordu. "Servetini en doğru biçimde harcadın. Ailenin hayatını ve kendininkini kurtardın." Şehzade "Sağ ol baba," diyordu, "İçimi rahatlattın."

İşin garibi Padişah, rüyasındaki şehzadeyi kendisi gibi değil de başka biri gibi, o dönemlerin toy, sporcu, paraya meraklı, ticaret yapmaya çalışan ama pek de beceremeyen acemi genci olarak görüyordu. Tarabyalı ünlü Rum sarrafı bir gün köşküne davet etmiş, hesaplarına bakmasını istemişti. Duruma göz atan Rum sarraf "Bu böyle olmaz," demişti. "Hesap kitap bilmiyorsun sen şehzadem, yatırımların yanlış." O günden sonra hep "baba" diye hitap ettiği ve sayesinde büyük servetler yaptığı sarraftan hiç ayrılmamış, hatta padişah olduktan sonra bile imparatorluğun borçlarını erteletme ya da gerekli yatırımlar için dünyadan borç toplama işlerinde ona güvenmişti. Yalnız başına yeme âdetini bozarak birlikte sofraya oturma onurunu bağışladığı insanların başında Sarraf Zarifi, eşi ve çocukları gelirdi. Bazen de onları altın yaldızlı tiyatrosunda ağırlar, güzel operalar izleme ayrıcalığına eriştirirdi.

Ama Zarifi'ye rağmen birkaç yıl ülkedeki kiliselerin çanları sustu. O tanıdık tınlamalarıyla İstanbul'un gökyüzünü inleten çanlar sessiz bir mateme gömüldüler; parlaklıkları solarak, çekme halatları tozlanarak... Sebep, hassas mı hassas Padişahımızın hiçbir zaman anlaşılamayacak bir nedenden ötürü Hıristiyan tebaasına gücenmiş olmasıydı. Hem onları cezalandırmak hem de bir imparator olarak, yıpranmış damarlarında sakin bir nehir gibi ağır aksak akmakta olan kanını ateşleyecek bir güç gösterisine başvurmak istemişti. Baldırlarının altındaki tehlikeli kaplana boyun eğdirme zevkini tatmadan imparator olduğunu anlayamazdın, çünkü gündelik hayat herkes için aynıydı. Şah da padişah da çıplak doğar, çıplak ölür, çıplak sevişir, yer, uyur, hastalanır, kızar, sevinirdi; o zaman ta Hint ellerine kadar Allah'ın yeryüzündeki gölgesi sayılmanın ne anlamı kalırdı ki?

Rumlar Sultan Hamid'den memnundu, hem gençliğinden beri kendisine mali konularda yol gösteren, gerektiğinde devlete borç veren, Sultan'ın baba diye hitap ettiği Rum Sarraf Zarifi'den dolayı hem de İmparatorluğun geleneksel hoşgörüsünden ötürü.

O Sultan ki, bazı Müslüman ileri gelenler kendisine gelip dedesi Sultan Mehmed'in Konstantiniyye'yi fethedişi yıldönümünün kutlanmasını önerdiğinde, "Hayır," demişti, "katiyen kabul etmem. Böyle bir fetih şenliği Müslüman tebaamı sevindirir ama Rum tebaamı üzer."

Buna rağmen kiliselere getirilen çan yasağı, Rum nüfusun üzerine siyah bir battaniye örtmüş gibi seslerini, soluklarını kesmişti. Ne var ki bir Noel günü, akşamüstü, Padişah insafa gelmiş olmalı ki çanlara izin verilmesini emretmişti. Şehrin dört bir yanındaki Ortodoks kiliselerinin, Bizans zamanında dökülmüş irili ufaklı çanları neşeli çınlamalarla çalmaya başlayarak, kutsal Noel'i evlerinde sessiz sedasız kutlamaya hazırlanan Rumları, İsa'nın yeni bir mucizesine tanık olmuş gibi derin bir sevince ve heyecana boğmuştu. Herkes çoluğu çocuğu, yaşlısı genciyle kiliselere akın etti, o Noel görülmemiş bir şenlikle kutlandı ve yine Padişah'ın sağlığı ve saltanatına dua edildi.

O gece düşüne giren sarraf baba, Padişah'ın yaşlı, yorgun ve kırık kalbine teselli vermişti. Anlamadığı şey ise yaşlı adamın genç şehzadeye gülümseyerek "Aldırma. Para kazanmak zor bir şey değildir, yine kazanırız," demesiydi. *İyi ama sarraf ölmüştü, öbür dünyada mı kazanacaklardı parayı; düşünde böyle konuşması acaba kendi ölümünün de yaklaştığını belirten bir işaret miydi? Ölecek miydi yoksa, ölüyor muydu, ölüyor muydu, ölüyor muydu; nihayet gelmiş miydi o an?*

Derken uyandı. *Aziz Allah, Aziz Allah, Aziz Allah* diye çırpınmaya başladı. Nefesi daraldı, göğsü hırıltıyla inip kalkarken, yattığı yerden sağ elini uzatıp tuğlaya dokundu, kelime-i şahadet getirmeye başladı, odanın karanlığında Azrail'in gölgesini görür gibi oldu. O İttihatçı doktor iyi bakmıyordu ona. Kim bilir ne yanlış şeyler yaptırıyor, ne hatalı ilaçlar veriyordu? Ne de olsa düşmandı, çocukluğundan beri saltanat düşmanlığıyla yıkanmıştı beyni. Üzerine dikilen hain bakışlarından, kaba tavırlarından anlamak mümkündü bunu. Kumandan gibi helal süt emmiş efendi bir adam değildi o haydut. Bir gün önce gelmiş, salgın hastalık olabilir diyerek çantasından bir sürü aşı çıkarmıştı. Padişah aşılardan birini alarak dikkatle incelemişti. Paris'te imal edilmiş küçük şişenin ağzı mühürlüydü, ortasında küçük bir lastik bölüm vardı, aşı enjektörle oradan çekilecekti. Doğrusu son derece güvenli görünüyordu. Doktor, hemen sizi ve bütün ailenizi, maiyetinizi aşılamamız lazım derken Padişah elindeki şişeyi hırkasının cebine attı ve "Bu bende dursun birkaç gün," dedi. "Siz bu arada diğer aşıları yapın, bana sonra yaparsınız." Bunun üzerine yüzüne hayretle bir süre baktıktan sonra Doktor asık bir suratla, Padişah'ın eşlerine, oğullarına, kızlarına, çalışanlara teker teker aşıyı uyguladı.

Sultan'ın intikamı - Taze gelinin bahtsızlığı

Doktor'u düşünürken kendini dinlemeyi unutmuştu. Kalbinde çırpınan kanatların yatıştığını, soluklarının düzeldiğini fark etti. *Ne garip*, diye düşündü. *Yanımda suikast bombaları patlar, insan ve hayvan parçaları havaya savrulurken soğukkanlılığımı koruyabiliyorum, hatta arabayı bizzat kullanıp çevremdekileri yatıştırabilecek kadar kendime hâkim oluyorum ama geceleri yalnız kaldığımda, karanlık bir odada üzerime çullanacak ölüm düşüncesi göğsümü sıkıştırıyor. Bu da belki durup dururken ölümüme neden olacak. Arkamdan gülecekler, o hain Doktor belki de, adamın hiçbir şeyi yoktu, vehm-i hümâyundan ölüp gitti diyecek. Bu doktor zaten beni zehirlemek, öldürmek için fırsat kolluyor. Kim bilir aşı şişesinin içinde neler var? Bunca tecrübeden sonra yutar mıyım ben bunu? Kapalı şişeye istediğini enjekte edersin, çocuk oyuncağı değil mi bu? Topla kendini Hamid, aklını başına al, düşmanları üstüne güldürme. Bundan sonra iradeni topla, güzel şeyler düşün, güzel şeyler düşün, güzel şeyler düşün.*

Böyle tekrarlaya tekrarlaya yarı uykulu yarı uyanık bir esrime hali içinde, gözünün önüne incecik belli, uzun boylu, yürüdükçe uzun sarı saçları bir masal yaratığının yelesi gibi salınan o Çerkez kızı geldi. Sarayın bahçesinde görür görmez bütün damarlarına ateş salan, daha o anda benim olmalı, mutlaka hemen benim olmalı diye düşündürten, arzudan çıldırtan o cariye. İmparatorluğunu ayaklarının altına serdiği halde tenezzül etmeyen, aşkından yanıp tutuşan Hamid'i geceler boyu inim inim inleten, Padişah'ın yatağını reddeden muhteşem köle. Belki de kavuşamadığı, hevesini alamadığı için hâlâ hasretini çektiği tek kadın oydu. Uzun süre acı çektikten sonra bir gün huzuruna çağırtmış, boyalı sakalını sıvazlayarak açık açık kendisini neden istemediğini, çok mu çirkin ve yaşlı bulduğunu sormuştu. Bunun üzerine kız yerlere kapanmış ve "Ne haddime Sultanım," demişti. "Sizi beğenmemek, benim gibi aciz bir köleye mi kaldı?"

"O halde niye yüzüme bakmıyorsun, niye yatağıma gelmiyorsun?" sorusunu ise şöyle cevaplamıştı: "Sultanım, canım size feda olsun fakat ahdim var, evleneceğim erkeğin tek kadını olacağım. Başka kadınlarla paylaşmayacağım. Kendimi öldürürüm, yine bu kararımdan vazgeçmem."

Padişah kızın cesaretine ve bu sözleri söylerken asi bir kısrak gibi yukarı kaldırdığı güzel yüzüne, samur saçlarını kararlılıkla savuruşuna bakakalmış, sonra "Peki," demişti, "istediğin gibi olsun. O zaman seni evlendireyim de her gün gözümün önünde dolaşıp içimdeki alevi körükleme!"

Sonra hiç beklemeden saraydaki bekâr mabeyincilerden biriyle başgöz edivermişti kızı. Ama saraydan çıkarılan, damadın evine taşınan kıza bir sürprizi vardı. İmam efendi nikahı kıyıp, üstüne zerde pilavlar yenilip, şerbetler içilerek dualar arasında damat efendi gerdeğe gireceği sırada kapı çalınmış, mabeyincinin Zat-ı Şahane tarafından saraya çağrıldığı bildirilmişti. Zavallı adam deli tepe giyinip muhafızlarla saraya koşmuş, orada sabaha kadar bir kuru sandalye üzerinde bekletilmişti. Ne gelen vardı, ne giden. Sabah namazından sonra da orada kalmış, mesaisine başlamış, akşamı zor ederek uykusuzluktan bitkin durumda evinin yolunu tutmuş, orada alelacele bir tas çorba içtikten sonra, başına bir talih kuşu gibi konan Kafkas prensesiyle gerdeğe girmek için hevesle soyunmuştu ki, tam o sırada kapı yine güm güm güm çalmaya başladı: Zat-ı Şahane, mabeyinciyi emrediyordu. Gariban mabeyinci o geceyi de sarayda, sandalyede geçirdi, ertesi günü ve geceyi de, ondan sonraki günleri de... Böylece bu işkence on beş gün sürüp gitti, sonunda insafa gelen Sultan adamı rahat bıraktı ama gerek her an çağrılma korkusundan gerek bitkinlikten adam gerdeğe girdiği ilk gece Yedi Uyuyanlar'dan biri gibi kıpırtısız uyudu, taze geline elini bile süremedi. Ondan sonra da geline her yaklaştığında kapı vurulacak korkusunu uzun süre atamadı içinden. Bu da zavallı gelin açısından istenmeyen sonuçlara yol açtı.

Hamid, bu olayı hatırlayıp güldü, öcünü almış olduğuna sevindi ve her gece böyle güzel şeyler düşünme kararını yineleyerek derin bir uykuya daldı. Güzel anılar genellikle kadınlarla ilgili olanlardı. Bir de amcasıyla birlikte gittiği Avrupa gezisi vardı ki her anı cihana değerdi. Bir bakıma o da kadınlarla ilgiliydi elbette. Hem de kapalı Osmanlı hanımlarını görmeye alışmış olan erkek gözlerine şampanyalı davetlerde, alttan korseyle sıkıştırılarak iyice ortaya çıkarılmış, kristal avizelerin ışıkları altında parlayan mermer beyazı memeleriyle ziyafet çektiren güzel Avrupalı kadınlarla.

İyi kumandan - Kötü doktor

Ah bu Doktor, ah bu Doktor!.. Kumandan gibi geleneklerine bağlı, hürmetli, edepli bir Müslüman hekim olacağına, Padişah'a en çok hasım olan "Garplı, hürriyetçi, saltanat düşmanı" tipine çok uygun bir adam. Fransızlar gibi kesilmiş kumral sakalı, uçları yukarı doğru kıvrılmış pomadlı bıyıkları, tel gözlüğü, sivil giyindiği günler redingotu ve papyonu ile Osmanlı'dan çok bir Frenk tabibine benziyor.

Kendisinin de Garb'ın ilmine fennine bir itirazı yoktu hatta yirmi dört yaşında oraları gördükten sonra o da bir Garp hayranı olmuştu ama bir yandan da o büyük devletlerin Osmanlı'yı parçalamaktan başka bir amaç taşımadıklarını, acı tecrübeler yaşayarak öğrenmişti. Bu züppe doktor ve arkadaşlarının bilmediği, kendisinin ise Kraliçe Viktorya, Prens Bismark, Çar Aleksander ve Çar Nikola, Fransız İmparator Napolyon ile onca mücadele sonunda adı gibi bildiği şey, kâfir âleminin, dünyadaki neftin yarısına sahip olan Memalik-i Osmani'nin muazzam topraklarını parçalayıp, nefte el koymaktan başka bir amacı olmadığıydı. Bu amaca da Osmanlı ahalisini oluşturan otuzdan fazla tebaayı tahrik ederek ulaşacaklardı. Zaten başlamışlardı bile. İmparatorluk çözülüyordu; genç hürriyetçiler ise vatansever olduklarını zannederek bu çözülmeye hizmet ediyorlardı. Ama bunu saltanat düşmanı Doktor'a anlatmasına olanak yoktu. Adam kendisine hürmet göstermiyor, doğru dürüst konuşmuyordu bile. Oysa dünyada ve imparatorlukta neler olup bittiğini öğrenebileceği tek kaynak oydu. Kumandan gittikten sonra yerine gelen muhafız, sert bir askerdi, o da görev dışında hiç konuşmuyordu kendisiyle.

***

(Gizli notlar: Hüznüm daha da arttı, çünkü artık evladım gibi sevmeye başladığım o iyi Kumandan İstanbul'a tayin edildi. Benim için ne büyük bir kayıp! Hayatımla ilgili garantilerin en önemlisi yok artık burada. Bana vedaya geldiğinde içinde bulunduğu ruh hali ve üzüntüsü güzel çehresine yansımıştı. "Her ne kadar siyasi olarak muhalif bulunsam da Zat-ı Şahane ve ailelerine yapılan bu muameleyi hazmedemiyorum," diyerek asil karakterini bir kez daha ortaya koydu. "Üzülmeyin," dedim, "Allah ne takdir ettiyse o. Bu köşkte birlikte geçirdiğimiz günler ve sohbetlerimiz benim en kıymetli hatıralarım arasında yer alacak. İtiraf etmeliyim ki bana karşı ayaklanmış olan Genç Osmanlıların aslında ne istediğini ilk defa sizden öğrenme imkânı buldum. Ne acıdır ki siz beni anlayamamışsınız, ben de sizi. Yazık olmuş," dedim. O da sesi titreyerek "Hakk-ı âliniz var hünkâr hazretleri," dedi, "olan memlekete oldu." Sonra yerden temenna selamı vererek geri geri yürüyüp gitti. Şimdi o zalim Doktor'la baş başa kaldık. Kumandan bana karşı ne kadar saygılı ve teselli ediciyse, Doktor da o kadar nefret ediyor. Allah için görevini tam yapıyor, bir şey diyemem, günahını alamam ama o soğukluk, ara sıra gözlerine yerleşen o intikam dolu bakış, bana olan nefretini açıkça ortaya koyuyor. Zaten bugüne kadar bana unvanımla hitap etmedi, hatta hiç hitap kelimesi kullanmadı, sadece siz demekle yetindi. Şu anda benim ve ailemin sağlığını elinde tuttuğu için bana karşı imparator rolü oynuyor. Sanki hükümdar o, ben de hesap vermek zorunda kalan bir kulum. Bu kedi fare oyunundan çok zevk aldığı belli, bunu saklamı-

yor da zaten. Ama yapacak bir şey yok, şu anda iktidar onda, güçlü olan ve o gücü her gün artıran o, katlanmak zorunda olan da ben ve zavallı ailem.)

***

Bir gece duvarda kocaman bir kedi gölgesinin kayarak geçtiğini gördü. Hayal miydi, gerçek mi bilinmez. Aylardır bu odada ölüm korkuları içinde kapalı kalmaktan, zihni ona böyle oyunlar oynuyor da olabilirdi. Gece odasına bir kedi bırakmaları ihtimalini düşündü, titredi. Abbasiler, Emevileri devirdikleri zaman son halifenin dilini bir kediye yedirmişlerdi. Ne dehşet bir son diye düşündü. İslam halifesinin, konuştuğu zaman herkesi lal-ü ebkem bırakan mübarek dili bir kediye yediriliyor. Hem dehşet hem de aşağılama. Kendisi de hal' edilmiş bir halife olduğuna ve bu kadar çok düşmanı bulunduğuna göre neden olmasın? İster istemez iki eliyle sıkı sıkıya ağzını kapatmış olduğunu fark etti. Kalktı, lambayla odayı didik didik aradı, karyolanın altına baktı. Hiçbir şey bulamadı.

Hayatı böyle korkularla geçerken ona en büyük kötülüğü yine Doktor yapmış ve hasta Padişah'ın vehmini iyice depreştirecek bir haber vermişti. Üstelik uzun süreden beri ilk kez ona yabancı bir gazete göstermişti.

Günlük muayene ve tedavilerin uygulandığı sıradan bir gündü. Hazımsızlık şikâyetleri, ses kısıklığı gibi olağan şeyler... Ne var ki kendisini en çok rahatsız eden şey basur yangısıydı. Doktor ona çeşitli basur tedavileri uygularken sıkıntıdan terliyor, utanıyordu ama bir yandan da, ben de Allah'ın aciz bir kuluyum, fani bir kulum, elbette başka insanlarda olan her şey bende de olacak diyordu. Fahr-ı âlem peygamber efendimizin bile ben bir insanım, ilahi bir varlık değilim dediğini hatırlayıp teselli buluyordu. Allah'ın elçisi de iki hafta kadar aşırı şiddetli baş ağrıları çektikten sonra vefat etmemiş miydi? İslam'ı yasa boğan bu vefatla ilgili olarak eldeki kaynakları incelemiş, doktorlarla tartışmış ve peygamberin hangi hastalıktan vefat ettiğini araştırmıştı. Sonunda bir doktor ona, iki hafta kadar süren feci baş ağrılarıyla gelen vefatın menenjitten kaynaklanabileceğini söylemişti. Belki de Uhud Savaşı'nda mübarek başına inen kılıç darbesinin yol açmış olabileceği bir beyin zarı iltihabıydı iki cihan serverini bu dünyadan göçüren. En yakın ihtimal bu görünüyordu. Koskoca peygamber bile bir faninin hastalıkları ile malul ise kendisi onun yanında kim oluyordu. Elbette her türlü insan hastalığı bulunabilirdi; bunları sabırla, olgunlukla, kadere rıza inancıyla karşılaması gerekirdi. Ama yine de o Doktor'un önünde... Öyle bir basur tedavisi... Allah affetsin zoruna gidiyordu işte. Yine de Doktor'un uyguladığı merhemlerden sonra rahatladığını inkâr edemezdi. Padişah kendi tıp bilgisine güvenerek Doktor'dan çeşitli iksirler, sulfato, ruh, merhem gibi ilaçlar istiyor, o da bunların çoğunu yerine getiriyordu.

Doktor'la Padişah her gün görüşmek zorundalardı. Bu günlük tören Padişah'ın Doktor'u hasretle beklemesi, Doktor'un ise eski padişaha yaptığı sinsi zulümden zevk alması seanslarına dönüşmüştü. Alatini Köşkü'ne kapatılmış olan Padişah merakla kıvranıyor, dünya ahvalini çıldırasıya merak ediyor, Doktor'un ağzını arayarak bazı bilgi kırıntıları kapmaya çalışıyordu. Bazen de kendi dönemini, siyasetini anlatıyor; suçlamalara cevap veriyor, kendisini aklamaya uğraşıyordu. Doktor ise ilk günlerdeki heyecanını atlattıktan sonra bu eski tacidarı avcunun içine almış olmanın keyfini sürüyordu. Bu vehimli adamı istediği gibi yönlendirebileceğini bilmek hoşuna gidiyordu.

Öldürülme kaygısı olmasa Sultan'ın bu köşkte hapis hayatı yaşamaktan pek de şikâyetçi olduğu söylenemezdi. Alışkındı zaten. Bir zamanlar kendisini gönüllü olarak yüksek duvarlı saraya hapsetmişti. Şehzadeler hiçbir zaman kendi başlarına bırakılmadığı için yıllardır özgürlük duygusundan yoksundu. Kendisine yabancı olan bu özgür ruh halini yaşadığı tek zaman dilimi yirmi dört yaşındayken amcası Sultan Aziz'le çıktığı Avrupa seyahatinde, Paris'te, Londra'da, Viyana'da geçirdiği haftalar olmuştu. Oraların havasından mıdır suyundan mıdır, insanları etkisi altına alan özgürlük ruhundan mı nedir, kendisini tüy gibi hafif, serbest ve hür hissetmişti. Avrupa'ya ayak bastıktan sonraki ilk izlenimini apaçık hatırlıyordu: "Kimse kimseye karışmıyor." Bu Osmanlı için hayal bile edilemeyecek bir durumdu.

Halley'in kuyruğuyla gelen kıyamet

Doktor bir gün ayrılmadan önce gözlerinde sinsi olarak da yorumlanabilecek esrarengiz bir bakışla ve ciddi bir ses tonuyla, "Size bir şey söylemem gerekiyor," dedi. "Bunu bilmeye hakkınız olduğunu düşünüyorum." Sonra cebinden bir gazete çıkardı, önce muhatabına şöyle bir gösterdi, sonra yüksek sesle okumaya başladı.

"Dünyamıza süratle yaklaşmakta olan Halley Kuyruklu Yıldızı'nın yarın Yeni Kaledonya semalarında çok belirgin bir şekilde görülebileceği söyleniyor. Kuyruğunun 23 milyon kilometre olduğu tahmin edilen Yıldız'ın, Dünyamıza çarparak kıyametin kopmasına sebep olacağını iddia edenler hem Kilise otoriteleri arasında hem de bilim dünyasında hiç de az değildir."

Padişah telaşlanarak gazeteyi aldı, bir de kendisi okudu. Bunun gerçek olup olmadığını sordu. Doktor da ona bütün dünyanın ayakta olduğunu, beklenen kıyametin Halley adıyla geldiğini, bir iki gün içinde kuyruğunun Dünya'ya çarparak her şeyi yok edeceğini anlattı. Bire bin katıyor, ballandıra ballandıra detaylar veriyor, birdenbire rengi solan, gözlerine korkulu bakışlar yerleşen Padişah'ın vehmini daha da artırmak amacıyla anlattıkça anlatıyordu. Bütün bilimadamları bir araya gelmiş, durumu incelemişler ve bu işten kurtuluş olmadığı kararını vermişler. Cümle İslam, Hıristiyan, Yahudi, Budist, Hindu âlemi son günün geldiğini biliyor, ayinlerle, dualarla dünyaya veda etmeye hazırlanıyorlarmış. Kutsal kitaplarda bir gün mutlaka geleceği belirtilen kıyamet günü gelip çatmış işte.

Doktor çantasını kapatıp gittikten sonra Padişah uzun süre oturduğu koltuktan kalkamadı. Bir yandan köşkü alevler içinde ve ailesini can çekişirken görüyor, gözlerini yerinden fırlatacak korkulara kapılıyor arkasından hiç güvenmediği bilimadamlarının bu sırrı çözemeyeceğine, kıyamet gününü ancak Allah-u Teâlâ'nın bileceğine hükmederek rahatlamaya çalışıyordu. Beşer acizdi, aklı kıttı, ilahi sırrı çözmeye ilmi yetmezdi ama ya doğruysa, ya doğruysa, ya Halley denilen musibetin upuzun kuyruğu Dünya'ya çarpar da her şeyi aniden küle çevirirse?..

O geceyi pencerenin başında, gökyüzünü gözleyip sigara içerek geçirip bir saniye uyumadan sabahı sabah ettikten sonra, günlük ziyaretine gelen Doktor'a "Hayır hayır," dedi, "ben iyice düşündüm taşındım, Yaradan'ın işleri aciz kullara malum olamaz, kıyametin ne zaman kopacağını da hiçbir kul bilemez. Ne malum o Yıldız'ın Dünya'yı sıyırıp geçmeyeceği? Dümeni mi var bunun, âlimler bu semavi cismin rotasını mı belirliyor? Bakınız Kur'anı Kerim'de 'Güneş, Ay ve yıldızlar kendi yörüngelerinde birbirlerine çarpmadan hareket ederler' buyuruluyor. Allah'ın işlerine hiçbir kulun aklı ermez, o tek bilendir. Şimdi ben mukaddes kitabımın ayeti dururken, Frenk âlimlerine mi güveneceğim. Göreceksiniz bu Yıldız Dünya'ya çarpmayacak. Çünkü alametler belirmedi."

Doktor ona Fransızca yeni gazeteler getirmişti. Birçoğunda göğe bakan, korku içinde, paniklemiş insanları tasvir eden çizimler vardı. İnsanlar Paris'te, Londra'da yüzlerini iki elleri arasına almış, yerinden fırlamış gözlerle gökyüzünden gelecek büyük felaketi bekliyordu. Bu yayınlar Padişah'ın zayıf sinirlerini altüst etmeye yetti. Belki de Allah'ın takdiri, kıyameti bir yıldız kuyruğu şeklinde yollamaktı. Kıyamet gününün geldiğini kimse bilemezdi ama gelmediğini de bilemezdi. Belki de hikmetinden sual olunmaz yüce Rab günaha batmış bu dünyayı Nuh Tufanı'nda olduğu gibi cezalandırıyor, Ad, Semut kavimleri gibi helak ediyor, Sodom ve Gomorra gibi üzerine felaketler gönderiyordu. Hünkârın çocukluğundan beri kendisine eziyet eden vehim çırpınmaları çok şiddetli bir biçimde geri döndü, o müthiş zekâsına ve mantığına galip gelerek yüzünü sararttı, gözlerine ürkmüş kurban bakışları oturmasına, sigara tutan elinin titremesine yol açtı.

Ertesi gün Doktor, karşısındaki adamın bu halinden keyif aldığını saklamadan "Belki de bu gece," dedi. "Bu gece çarpacak ve Dünya küresini ortadan kaldıracak. Buna karşı alınacak hiçbir tedbir de yok. Dünya yanıp kavrulacak, büyük sarsıntılarla, patlamalarla, yerin altını üstüne getiren felaketlerle son dehşet gecesini yaşayacak." Padişah'ın gözlerini yüzüne dikerek titreyen bir sesle, "Peki bu durumda ne yapmak lazım?" sorusuna da "Ailenizle vedalaşın ve son ibadetlerinizi yaparak kendinizi ahiret hayatına hazırlayın," yanıtını verdi, sonra da yaşlı adamı onulmaz acılar içinde bırakarak gitti.

Köşkten çıkarken bıyık altından gülüyor, yüzüne yayılan hoş ifadenin aydınlattığı sureti askerlerde hayret uyandırıyordu. Bu keyifle landonuna bindi, bir sigara tüttürerek askere onu hastaneye dolaştırarak götürmesini emretti. Zalimi endişe içinde kıvrandırmak nasip olmuştu nihayet. Hem bir görev kusuru da yoktu, gerçeği söylemişti; biraz çarpıtarak ve abartarak ama olsun, zalimin hayat boyu yaptıklarından sonra bu ceza az bile geliyordu. "Zalimin yaptıkları" düşüncesi ona yine sevgili Melahat'ını hatırlattı ve her zaman yüreğine saplanan o eğri, kıvrık hançer yüzündeki gülümsemeyi silip süpürdü. Ne yapacağını, o efsunlu Boğaziçi gecesinde kendisini büyüleyen periyi nasıl bulacağını bilmiyordu, bilemiyordu. Efsun deyince de aklına o güzelim şiir geldi:

Ne efsunkâr imişsin ah ey hürriyetin yüzü
Aşkının esiri olduk gerçi kurtulduk esaretten

Nedense köşkten her ayrılışında, bütün genç subayların yüreğini coşturan hürriyet kahramanı Namık Kemal'den dizeler tekrarlamayı âdet haline getirmişti. Hürriyet kelimesini sık sık kullanarak hatta bir "Hürriyet Kasidesi" yazarak bir neslin içindeki heyecanı tutuşturan o büyük şair de şu anda büyük ihtimalle korkudan kıvranmakta olan zalimin kurbanı olmuştu. Kemal ölmüştü ama şiirleri ondan sonra daha da büyümüştü. Bildiği kadarıyla büyük şairle, sürgün padişahın inişli çıkışlı bir ilişkileri olmuştu. Abdülhamid onu bir dönem yeni Anayasa'yı yazan ekibe dahil etmiş, çeşitli memuriyetlere atamış ama hürriyet fikirlerinden ötürü sürgünlere de yollamıştı.

Mayıs güneşi altındaki Selanik güzeldi, ortalıkta daha çok siyah şapkalı Yahudiler ve fesli Müslümanlar görünüyordu. Şehir nüfusunun yarısının Yahudi, üçte birinin Müslüman Türk olduğu düşünülünce çok normaldi bu. Rumlar, Bulgarlar ve birbirine benzemez birçok Osmanlı tebaasının bir arada yaşaması şehre renkli bir kişilik vermişti. *İnşallah Melahat Hanım*, diye düşündü, *inşallah sizi bu güzel şehre telli duvaklı bir gelin olarak getireceğim.* O sırada ne onun, ne sürgün padişahın, ne Üçüncü Ordu'nun aklına bile getiremeyeceği gerçek ise bu şehirde beş yüzyıldır var olan Osmanlı idaresinin sona ermesine sadece iki yıl kalmış olmasıydı.

Doktor Atıf Bey'e ve ihtilalci subaylara bu kadar güzel gelen Selanik, Abdülhamid'e büyük bir acı veriyordu. Tahtına karşı ilk ihtilal girişimleri bu şehirde filizlenmişti. Kendi ordusunun subaylarının isyan ederek Makedon dağlarına çıkması, fitili ateşleyen kıvılcım olmuştu. Resneli Niyazi bu haydut subayların başını çekmişti. Olayları bastırmak için gönderdiği zavallı Şemsi Paşa, Selanik Postanesi'nden çıkarken üç kurşunla vurulmuştu. İttihat Terakki'nin fedaileri bu kadarla da kalmamış, Selanik Merkez Kumandanı Yarbay Nazım Bey'i yaralamış, Polis Müfettişi Sami'yi, Alay Müftüsü Mustafa Şevket Efendi'yi de vurmuşlardı. Her gün yeni cinayetlerin haberi ulaşıyordu İstanbul'a. Üstelik bu yüksek rütbeli subayları öldürenler de aynı ordunun genç subaylarıydı.

Selanik, Sultan'ın başına bela olmuştu, hem de püsküllü bela. Fesat dolu bir yerdi, feslerin püskülü gibi sık sık dolaşır, karışır, bir türlü düzene girmezdi. Aslında ayrılıkçılar ve genç subaylar olmasa bu şehirdeki tebaanın bir şikâyeti yoktu. Hatta II. Meşrutiyet'i ilan ettiği zaman imparatorluğun her köşesine yayılan kutlamaların en görkemlisi burada yapılmıştı. Sarayda incelediği fotoğraflarda ve Manaki adlı iki Rum'un hareketli olarak kaydettiği görüntülerde caddelerin zafer taklarıyla, çiçeklerle süslendiği, bir insan seliyle birlikte akan resmi geçitlerde akla ziyan bir coşku yaşandığı sezilebiliyordu. Bembeyaz giysileri ve başlarındaki defne dallarıyla hürriyeti simgeleyen Rum kızları, resmi geçitteki süslenmiş arabaların üstünden, iki yanda alkışlayanlara çiçek atıyor, raporlara göre her yerde Müslümanlar "Padişahım çok yaşa!" diğerleri ise "*Vive le Sultan*!" pankartları taşıyor, bu unutulmaz günün anısına dikilen zafer takları güneşin altında pırıl pırıl parlıyor, Osmanlı mülkünde bugüne kadar yaşanmamış bir sevinç dalgası sokaklara taşıyordu. Bu coşkunun altında mutlak hükümdara bir meclisi zorla kabul ettirmiş olmanın gururunu okumak da mümkündü tabii. Ve bizzat Sultan bunu böyle okuyordu. Bundan sonra kan kokusu almış kurtlar gibi hürriyet isteyen milyonlarca kişiyle nasıl baş edecek, isyan eğilimi taşıyan eyaletleri hangi güçle denetleyebilecekti? Allah'tan Mısır dışında Doğu eyaletlerinde durum biraz daha sakindi, şimdilik kıvılcımlar bir yangına dönüşmemişti. Belanın büyüğü Rumeli'deki Osmanlı şehirlerinden özellikle de Makedonya'dan, Selanik, Manastır, Resne kentlerinden geliyordu. Dağa çıkan Bulgar, Makedon, Sırp çeteler yetmiyormuş gibi bunlara kendi subayları da katılmıştı. Resneli Niyazi olacak subay, emrindeki askerlerle haydutlar gibi dağa çıkmış, İmparator'a meydan okumuştu. Hürriyet işinde o kadar saçmalamışlardı ki, Resneli Niyazi'nin dağda bulduğu ve hiç yanından ayırmadığı geyiği "Hürriyet Geyiği" ilan etmiş;

afişlere, gazetelere, pankartlara resmini basmışlardı. Bunu duyunca *geyik askerlerin arasında dolaştığına göre rütbe de verselerdi bari* diye düşünmüştü ama olmayacak iş değildi, belki de şimdi rütbeli bir subaydı o geyik. Zaten Jön Türk denilen o gençlerde de ancak bir geyik kadar akıl olabilirdi. Derin derin içini çekerek, *Bu gençler koca imparatorluğu nasıl yöneteceklerini sanıyorlar acaba* diye düşündü. *Rusya, İngiltere, Fransa gibi dişli devletlerle nasıl başa çıkabileceklerdi, hepsi dişlerini gösteren aç sırtlanlar gibi yaklaşıyordu.* Kendisi Ali'nin külahını Veli'ye, Veli'nin külahını Ali'ye giydirerek güçbela idare etmişti durumu. Alman Kayzeri'ni yanına çekmiş olması bile yetmemişti. Boğaziçi'nin Hasta Adamı adını taktıkları Devlet-i Aliyye'yi bin parçaya bölmek ve en büyük payı kapmak için çırpınıyorlardı.

Napolyon Mısır eyaletine bunun için saldırmıştı. İngilizler Mekke, Medine, Kudüs dahil bütün kutsal topraklar gibi, Irak ve Suriye eyaletlerindeki nefti de hırsla istiyordu. Rus Çarı'nın gözü İstanbul'daydı. Bulgarlar Çarigrad dedikleri bu muazzam şehri düşlüyorlardı. *Ah ah,* diye hayıflandı, *bu aptal çocuklar atalarımın yüzlerce yıl yönettiği birçok yeri elden çıkaracaklar, tahttaki biraderim de aptalın önde gideni, bu işlerden hiç anlamaz. Korkarım ki İmparatorluğun çökmesi yakındır. Bu işler ince siyaset ister. Eğer Bulgar, Yunan, Sırp kiliselerinin birleşmesini çeşitli taktiklerle önlemeseydim, Rumeli'deki isyanları bastıramazdık. Anadolu'da isyan eden Ermenileri Kürt aşiretleriyle hizaya getirmeseydim onlar da bağımsızlıklarını ilan etmiş olurlardı. Şimdi bu ince siyaseti kim yapacak, cahil çocuklar mı, aptal kardeşim mi?*

Meclis de meclis diye tutturmuşlardı ama bu Meclis'in neye mal olacağını bilemeyecek kadar cahildi bu ihtilalciler. Böyle modern fikirleri aldıkları Fransa gibi sanıyorlardı Osmanlı'yı. Oysa hiçbir yere benzemezdi bu imparatorluk. Dünyada ne kadar insan, millet ve din varsa hepsi bulunurdu bu devlette. Arap'la Sırp'ı, Kafkasyalıyla Afrikalıyı, Budist dahil her türlü din mensubunu kaynaştırmak kolay mıydı?

Hele şimdi, bu asırda. Devir değişmişti, herkes bağımsızlığını istiyordu. Bu yüzden tahta çıkması için şart koştukları ilk meclisi kapatmak zorunda kalmıştı. Çünkü kendi meclisinde Türkler azınlıktaydı. İmparatorluğu yıkmak isteyen ne kadar millet varsa hepsinin temsilcileri meclisi doldurmuştu. Müslüman Araplar bile İngilizlerin tahrikiyle değişik fikirlere kapılmışlardı. Milli meclis değil bir milletler sofrasıydı. Bu mecliste o kadar farklı lisan konuşuluyor, o kadar değişik ibadetler yapılıyordu ki gören bu topluluğun tek bir devlete ait olduğuna inanamazdı. Ermeni, Bulgar, Romen, Sırp, Rum, Laz, Gürcü, Arnavut, Türk, Yahudi, Arap, Berber, Pomak, Çerkez mebuslarla kaynıyordu salon. Hepsi başka dilden gazete okuyorlardı. Zaten harpten beli bükülmüş olan imparatorluğun kaderini bu meclisin eline bırakmak mümkün müydü? Elbette değildi. Ama Meclis'i kapatınca da kendisine diktatör demişler, Paris'te yuvalanan ve yabancıların oyuncağı olan Jön Türk Cemiyeti'ni kendisini yıkmakla görevlendirmişlerdi. Şimdi de zorla ikinci meclisi açtırmışlardı işte. İsteklerini yerine getirmesine rağmen kendisini devirmişlerdi. Bakalım bu meclis, kendisi gibi kurnaz bir hükümdarın yokluğunda koca memleketi nereye götürecek, daha doğrusu ne zaman batıracaktı?

Kehribar tütünden sarılmış sert sigarayı ağır ağır tüttürmekte olan Sultan, acı acı bunları paylaşacak kimsesi olmadığını düşünüyordu. O züppe Doktor'a kesinlikle güvenemezdi. Zaten o adamın görevinin sadece sağlıklarına dikkat etmek değil aynı zamanda günlük jurnal yazıp üstlerine vermek olduğundan emindi. Bu jurnaller doğrudan doğruya İstanbul'a gidiyor olmalıydı. Kendisi tahtta olsa mutlaka jurnal isterdi. Nasıl Çırağan Sarayı'na kapattığı kardeşi Murad için yıllar boyu günlük rapor almışsa, şimdi de kendisi böyle izleniyor olmalıydı. Murad'ın kısa süren saltanatından sonra kapatıldığı sarayda iyileşme belirtileri görüldüğü gelmişti Sultan'ın kulağına. Böyle bir tehlikeyi göze alamazdı. Kendisini de tahta oturtan Mithat Paşa gibi güçlü adamlar, İngilizlerin deyimiyle

King Maker'lar her an onu devirip Murad'ı yeniden tahta çıkarabilirlerdi. Tahtı korumanın tek yolu Mithat gibi adamları devreden çıkarmak ve halkı Murad'ın hastalığının devam ettiğine inandırmaktı. Bu nedenle hafiye teşkilatının marifetiyle Murad'a benzer bir adam bulunup onun gibi giydirilmiş, her akşam Çırağan Sarayı'nın damlarına çıkarak dolaşması emredilmişti. Akşam ezanı saatinde sarayın damında yürüyen siyah giysili adamı görenler Murad'ın artık iyice mecnun hale geldiğine inanmalıydı. Öyle de olmuştu doğrusu. Söylentiler alıp yürümüştü, Murad artık kendisini damlara vurmuş bir deli olarak anılıyordu. Bir entrika ustası olan Abdülhamid, bu raporları alınca zekâsına duyduğu güven perçinleniyor, içine bir ferahlık yayılıyordu. Zeki adamın kaba kuvvetle, idamla, savaşla işi olmazdı. Şiddet kullanmak ancak kıt zekâlılara özgü bir durumdu.

Ermeni çeteciler Osmanlı Bankası'nı basıp onca cana kıydıktan sonra da böyle davranmıştı. Herkes baskıncıların büyük bir ceza almasını beklerken onları olgun bir hükümdar olarak affetmiş, bir yatla yurtdışına göndermiş ama ertesi gün İstanbul'da körüklenen intikam ateşinin yüzlerce Ermeni tebaanın ölümüyle sonuçlanan bir kalkışmaya dönüşmesini mahzun bir tavırla seyretmekle yetinmişti. Hiçbir rakibi karşısına almaz, zamanını bekler ve beklenmedik bir anda, beklemediği bir yerden vurarak amacına ulaşırdı. En övündüğü meziyeti de buydu. Hepsi Ortodoks olan Balkan kiliselerinin birleşip de kendisine karşı çıkmasını engellemek için neler yapmıştı neler? Aynı oyunu Ortadoğu'da da oynamıştı. Dünyanın en karışık bölgesinde yüzlerce yıldır süren "Osmanlı barışı"nın sırrı bütün eyalet ve vilayetlerin Şii, Sünni, Kürt olarak ayrışmasıydı. Mesela Basra, Bağdat, Musul vilayetleri gibi. Dengeyi böyle sağlıyordu. Düşman grupları birbirinden ayrı ve rakip durumda tutuyordu. Bunun adına denge değil, olsa olsa dehşet politikası denirdi ama bu büyüklükte bir imparatorluk da ancak böyle yönetilirdi. Başka yolu yoktu. Büyük atası Kanuni Sultan Süleyman'ın papalığa başkaldıran Martin Luther'e gizli para yardımı yaptığı saray kayıtlarında vardı. Kiliseleri bölmek ve Hıristiyanlığın tam kalbine isyan ateşi yerleştirmek için cennetmekân dedesi de aynı taktiği kullanmıştı işte. Kendisi de o ataların öğrettiği yoldan yürüyerek onlara layık bir hükümdar olduğunu kanıtlıyordu. Anadolu'da isyan eden Ermenilerin üzerine giderek Avrupa devletlerini kızdırmaya ne gerek vardı? Zaten Ermenilerle aralarında kan davası bulunan Kürt aşiretlerinden Hamidiye Alayları oluşturmak ve liderlerine hayallerinde bile göremeyecekleri paşalık unvanları vererek isyancıların üstüne salmak yeterliydi. Böylece her türlü isyan bastırma olayı, sivil halkın tepkisi olarak açıklanabiliyordu. Gerçi kendisini elleri kana batmış bir Kızıl Sultan olarak çizen Avrupa matbuatı can sıkıyordu ama onları da sıkı bir denetimle imparatorluğa sokmamak yoluyla, İstanbul matbuatına da sıkı bir sansür uygulayarak yenmek mümkündü.

Halkı Murad'ın deliliğine iyice inandırdıktan sonra halletmesi gereken önemli bir iş kalıyordu. O da Mithat Paşa denilen etkili şahsiyeti saf dışı bırakmaktı. Bu adam yaşadığı sürece tahtı tehlikedeydi. Ama devir değişmişti. Eski devirlerde İngiltere, Fransa gibi Osmanlı'da da hükümdarın katline karar verdiği adam kim olursa olsun gözünün yaşına bakılmadan hemen yok edilirdi. Kromvel gibi, hatta zavallı Kraliçe An Boleyin gibi. Ama artık işler böyle yürümüyordu. Bu yüzden gecelerce düşündükten sonra parlak bir çözüm buldu. Amcası Abdülaziz'i öldürenleri yargılatacak, Mithat Paşa'nın da komplonun başı olarak suçlanmasını sağlayacaktı. Sarayının bahçesine çadırlar kurdurdu. Emri altındaki hâkimlere birçok kişiyi yargılattı ve adaletle hiçbir ilgisi olmayan mahkemede Mithat Paşa ve arkadaşlarını idama mahkûm ettirdi. Mahkeme ikinci başkanı, Paşa'nın düşmanlarından Hristo Forides'ti. Savunma sırasında Paşa'nın sözünü kesip konuşturmak istememesi üzerine sanığın şu ünlü sözü tarihe geçmişti: "Bu iddianamenin sadece başındaki besmele ile sonundaki tarih doğrudur."

Ama emirin demiri kestiği bir memlekette bu sözler neye yarayacaktı? Mithat Paşa ve arkadaşları idama mahkûm edildi. Buraya kadarı her hükümranlıkta görülen olağan şeyler diyelim. Ama Abdülhamid'in o kimselere benzemeyen tarzı bu karardan sonra ortaya çıktı. İstanbul dehşet içinde eski sadrazam koskoca Mithat Paşa'nın idamını beklerken Sultan onu ve arkadaşlarını affettiğini, cezalarını sürgün ve hapse çevirdiğini açıkladı. Herkes Padişah'ın merhametine ve adaletine hayran olmalıydı ve öyle de oldu. Paşa gözlerden uzak bir köşeye, Yemen'e gönderildi, oradaki hapishanede unutulmaya terk edildi. Ama bütün dünya unutsa bile unutmayacak bir kişi vardı. O da Sultan'ın bizzat kendisiydi. Mithat Paşa ve yanındaki Mahmud Celâlettin Paşa orada bir gün ölü bulunuverdiler. Sözüm ona bu lanetli işi cezaevi müdürü yaptırmıştı ama Padişah'ın emri olmadan eski bir sadrazamın idam edileceğine çocuklar bile inanmazdı.

Abdülhamid bu korkunç infaz emrini verdiğini hiçbir zaman kabul etmedi. "Zaten idama mahkûm edilmişti, eğer ölmesini istesem affeder miydim, orada bir şeyler çevirmişler," demeyi sürdürdü. Oysa onu tanıyan ve aklı eren herkes bilirdi ki Hünkâr İstanbul'da bir kargaşadan çekindiği için Paşa'yı uzak mı uzak bir köşeye sürmüş ve orada boğdurmuştu. Günahı vebali söyleyenlerin boynuna.

Karanlık gökyüzü - Bir ölünün elleri

Doktor uğursuz bir baykuş gibi Halley kuyrukluyıldızı haberini verdikten hemen sonra Padişah kendisini böyle bir şeyin olamayacağına inandırmış, gece saatlerce Kur'an okuyarak sükûnet bulmuştu. Ama Doktor'un ertesi gün gösterdiği gazete haberleri, evhamlı Padişah'ın aklını başından almaya yetmişti. Bu yüzden akşam yemeğinde biraz kabak kalye, biraz da yoğurt yedikten sonra odasına çekilmiş, kehribar tespihini eline almış, Allah'ın ismini zikrederek ibadette bulunmaya çalışmıştı ama aklını bir türlü toplayamıyor, kendisini korkulu manzaraları, cehennem ateşlerini, köşkün alevler içinde yok olmasını hayal ederken buluyordu. Bir ara yatağa uzanıp yorganı başına kadar çekerek huzur bulmaya çalıştı. Bu karanlık yoğunlaşma, hayal gücünü çıldırtıcı boyutlara yükselterek ona daha fazla eza etmeye başlayınca yataktan çıkıp cam kenarına gitti. Gözünü karanlık gökyüzünden ayırmadan sigara üstüne sigara içmeye başladı. Kalbi hızla çarpıyordu. Bu gece olabilecek felaketle ilgili bir ipucu arıyordu durmadan. Belki bir ışık parlaması, belki bir fecir aydınlığı. Öyle ya o koskoca kuyruk çarpacaksa önceden bir aydınlığın oluşması gerekmez miydi? Oysa gökyüzü karanlıktı. Tek tük yıldızlar dışında hiçbir şey görünmüyordu. Birden terlediğini hissetti; sırtındaki fanila, saçları, boynu sırılsıklam olmuştu. En korktuğu durumlardan biriydi bu. Allah muhafaza o ter üstünde soğursa, onu hasta eder, yataklara düşürebilirdi. Soğuk algınlığından ölen çok adam görmüştü. Böyle durumlarda uşağına yaptırdığı söğüt yoğurt karışımını vücuduna sürdürürdü. Bir ara adamları çağırmayı düşündü. Sonra gökyüzünü gözlemekten vazgeçemediği için fikrini değiştirdi. *Kıyamet gününde soğuk algınlığının lafı mı olurdu? Gökten alev yağacaksa kim soğuk alabilirdi ki? Ya öbür dünyada*, diye düşündü, *ya mahşer günü kendisinden şikâyetçi olan on binlerce el yakasına yapışır da Allah'tan adalet isterse?* O eller sanki oradaymış gibi boğazını sıkmaya başladı. Loş odada eller dolaşıyordu, bileklerinden sonrası olmayan eller, Belçika kralına, görüp de içi ferahlasın diye gönderilen binlerce isyancının kesik elleri.

Neredeyse nefes alamayacak hale geldi. Tıkanmış göğsünü ovuşturarak *Aziz Allah, Aziz Allah* diye tekrarlamaya çalıştı ama boğazından ses çıkarmayı başaramadı. Karanlıkta eller dolaştığını hissediyordu. Oda tavana kadar ellerle dolmuştu. Beyaz eller, siyah eller, çocuk elleri, köylü elleri, kâtip elleri, vezir elleri, mahkûm elleri, paşa elleri, paşa elleri, paşa elleri, kalem parmaklı zarif eller, sadrazam yüzüğü takılı uzun parmaklar. Karanlıkta dolaştığını hissettiği onca elin hışırtısı birden kesildi. Ortalığı ürkütücü bir sessizlik kapladı. Padişah sakinleşmeye ve nefes almaya çalıştı. Kalbinin düzenli atmasını sağlamaya uğraşıyor, iyi ve mesut günlerini aklına getirmeye çalışıyordu. Sadece onları, Boğaz'ın serin sularında attığı kulaçları, cins atının güçlü bedeni üzerinde rüzgârla yarışarak gittiği saatleri, haremleri, saraya takdim edilen güzel kızları. Tam rahatlar gibi olunca boğazına sarılan iki elle irkildi. Bu sefer ellerin baskısından nefesi tam kesilmişti. Yere düştü, sırtüstü vaziyette kıvranırken boğazına yapışan ellerden kurtulmak için çırpınıyordu. Boğazındaki elleri tutup çekmeye başladı. Eller buz gibiydi, hatta buzdan yapılmışlardı galiba, soğuk demirden de yapılmış olabilirlerdi. O kadar asılmasına rağmen bir milim oynatamıyordu. Kafasının içinde, *Ne istiyorsun benden, kimsin, kimin ellerisin?* cümleleri dolaşıyor, kelimeler ağzından bir türlü çıkamıyordu. Eller kafasından geçenleri duymuş gibi, *Bir ölünün elleri bunlar,* dedi. *Mezardan çıkıp gelen eller. Hem de uzaklardan, çok uzaklardan, ta Yemen'den, çöllerden, Sana'dan, idamlardan. Mithat* diye düşündü, *Mithat, Mithat'ın elleri bunlar, mezardan çıkıp beni boğmaya gelen eller.* Bütün gücüyle ellere asılıyor, bu demir pençelerden kurtulmaya çalışıyordu ama nafile. Değil gevşetmek, bir milim oynatmasına dahi imkân yoktu. *Ölüyorum,* diye düşündü, *demek ecelim Mithat Paşa'nın elinden olacakmış.* Ruhunu teslim etmeden önce dini bütün bir Müslüman ve İslam halifesi olarak yüksek sesle kelime-i şahadet bile getiremeyeceğine içi yandı. Ve içinden tekrarlamaya başladı. *Eşhedü en lâ ilâhe illallah ve eşhedü enne Muhammeden abdühû ve resûlüh. Eşhedü en lâ ilâhe illallah ve eşhedü enne Muhammeden abdühû ve resûlüh. Eşhedü en lâ ilâhe illallah ve eşhedü enne Muhammeden abdühû ve resûlüh.* O sırada kapıya vurulduğunu ve mabeyincisinin "Hünkârım iyi misiniz?" diye seslendiğini işitti. Sonra izin almadan kapıyı açtı adam, telaşlı bir sesle "Size ne oldu hünkârım, düştünüz mü? Allah korusun," diye haykırarak iki eliyle boğazını kavramış, yerde sırtüstü yatmakta olan Padişah'ı, kolundan tutarak kaldırdı. Tekrar koltuğa oturttu, bir bardak su getirdi. Doktor'u çağırmak için ondan izin istedi. Biraz sakinleşen Padişah ne olduğunu sordu, niye gelmişti? Mabeyinci içerden birtakım gürültülerle birlikte üç kez kelime-i şehadet getirdiğinin duyulduğunu, bunun üzerine, Allah korusun, mübarek vücutlarına bir zarar irişmesin diye içeri girmek zorunda kaldığını anlatınca Padişah yavaş yavaş durumu anladı. Mabeyinciyi gönderdikten sonra bir sigara yaktı. Odada biraz dolaştı, sonra ışığı söndürüp pencere başındaki koltuğa oturdu. Gökyüzünü izlemeye koyuldu. Sakinleşmiş olduğu için Halley'in Dünya'ya çarpmayacağını, böyle bir şeyin Kur'anı Kerim'de indirilen ayetlere ters olduğunu tekrarlayarak imanına sığındı ama yine de ne olur ne olmaz diye gün ağarana kadar göğe bakmaya devam etti. Sabah soğuk suyla yıkanıp namazını kıldıktan sonra kendisini çok daha iyi hissetti. Bu yüzden bir süre sonra gelen Doktor'a "Sizin âlimler fos çıktı hekim bey evladım," dedi. "Yeri göğü, yıldızları, ayı yaratan Allah'tır, kıyamet gününün sahibidir ve O ol demedikçe hiçbir şey olmaz. Bak elhamdülillah her şey yerli yerinde."

Bunları söyledikten sonra küstah Doktor'u ilk kez yenmiş olmanın verdiği keyifle bir sigara yaktı ve gözlerini kısarak rakibini zevkle süzmeye başladı.

Saraylıların bozulan sinirleri

Sultan'ın köşkteki rutini iyice belirlenmişti artık. Her sabah erkenden kalkıyor, soğuk suyla yıkanıyor, namazını kılıyor, iki ayrı fincanda kahvesini içtikten sonra salonda yürüyüş yapmaya başlıyor, her gün düzenli olarak otuz dakika yürüyerek kafasına üşüşen karanlık düşüncelerin boğucu etkisinden kurtulmaya çalışıyordu. Köşke saraydaki gibi saygılı bir sessizlik egemendi. Aile ve maiyet, çıt çıkarmamaya dikkat ediyor, huzura kabul edilmek istedikleri zaman önceden haber gönderiyor, ona zat-ı devletleri, hünkârım, haşmetmeab, zat-ı şahaneleri gibi hükümdarlık sıfatlarıyla sesleniyorlardı. Çünkü tahttan düşmüş olsa bile köşkün ebedi sultanı oydu. Artık kimse huzura girince yere yüzüstü kapanmıyordu ama yine de erkekler eğiliyor, kadınlar reverans yapmayı ihmal etmiyordu.

Padişah bir gün salonda yürürken ve son zamanlarda kafasını kurcalayan, "anılarını yazdırmak" planıyla meşgulken birden alışılmadık bir gürültüyle irkildi. Üst kattan telaşlı koşuşturmalar eşliğinde, düşen bir eşya ile kadınların çığlığı gibi bazı anlaşılmaz ve alışılmadık sesler duyulmuş, sonra bütün bunlar aniden kesilmiş, köşke yine sessizlik çökmüştü. Meraklanan Sultan mabeyincisine seslenerek neler olup bittiğini öğrenmesini istedi. İki büklüm mabeyincinin bir süre sonra gelip Sultan'a arz ettiği durum, küçük oğlu Abit Efendi'nin bir sandalyeye takılıp düştüğü ama hiçbir şekilde yaralanmadığı şeklindeydi. Duacısı oldukları Sultan'ın içi rahat etsindi, telaşlanacak bir durum yoktu ortada. Vehimli Padişah yüzünde derin bir şüphe ifadesiyle mabeyinciyi dinledikten sonra oğlunu odasına getirmelerini istedi. Hiçbir söylenene ilk duyuşta inanmama huyu yine ortaya çıkmıştı. Odasına gelip elini öpen Abit'e "Ne oldu evladım?" diye sordu. "Geçmiş olsun, bir yerine zarar gelmedi değil mi?"

Oğlu "Hayır baba," dedi. "Çok iyiyim. Bir şey olmadı."

Bunun üstüne Padişah sorguyu derinleştirdi ve zaten gönülsüz olarak bir yalana zorlandığı, yüzünden, hal ve hareketinden belli olan şehzadeye işin doğrusunu söyletti. Hiç geçinemeyen, kendilerine ayrılan saraylardaki serbest hayatlarından sonra yan yana odalara hapsedilmenin yarattığı sinir bozukluğuyla durmadan didişen, arada bir genç Doktor'a sakinleştirici ilaçlar yazdıran kızları Şadiye Sultan ile Ayşe Sultan'ın her zamanki gibi birbirine girdiği, bu sefer sinir krizi geçiren Ayşe Sultan'ın komodinin üstünde duran bir tabağı alarak yere çarpıp paramparça ettiği, gürültüye koşuşan hanımların da bu işi yatıştırmak için olanca güçleriyle çabaladıkları ortaya çıktı.

Bunları duyan Padişah uzun süre odasında yalnız kaldı ve düşündü. Zaten uzun zamandır bu gerginliğin farkındaydı, er geç bir kavga patlayacağını da tahmin ediyordu. Yalnız kızları da değil, bir zamanlar saraylara sığmayan, her birinin korusu ve kendine ait sarayı bulunan hanım sultanlar bir yılı aşkın bir süredir, üç beş odaya sıkışmış olmanın krizini yaşıyordu. Değil bahçeye, balkona bile çıkmalarına izin verilmediği için birbirlerine düşüyorlar, içlerinde uyuyan kıskançlık, öfke, nefret duyguları dışarı yansıyordu. Özellikle kızlarının durumu içler acısıydı. İstanbul'daki nişanlılarını özlüyorlar, onlarla kuracakları yuva hayalinin belki de hiç gerçekleşmeyecek olmasının acısını derinden duyuyorlar, artık devrik bir aile oldukları için damat adaylarının onları terk edeceği endişesi içinde yaşıyorlar ve sık sık babalarına duyurmamaya çalıştıkları ağlama krizlerine giriyorlardı.

Hünkâr, zamanında devletteki büyük sorunları nasıl çözdüyse aile içindeki anlaşmazlıkları da aynı şekilde çözmeliydi. Çünkü ne kadar devrilmiş olursa olsun bir sultan her zaman sultan gibi davranmalıydı.

Uzun uzun düşünüp ağzından halkalar halinde çıkıp yukarı yükselen sigara dumanlarına dalıp gittikten sonra mabeyinciye, mümkünse Kumandan Bey'le görüşmek istediğini, kendisine bu ricasının iletilmesini emretti. Kumandan o gün meşgul olduğu, ertesi gün uğrayacağı haberini yollayınca acı acı gülümsedi. Yeni Kumandan Rasim Bey, eskisi gibi anlayışlı, hoşgörülü, merhametli birisi değildi. Gerçi Allah'ı var, kendisine saygıda ve vazifesinde hiç kusur etmemişti, o tuhaf Doktor gibi değildi ama sert bir askerdi. Emirleri sıkı sıkıya uygulamak için elinden geleni yapıyordu. Kumandan ertesi gün geldiğinde Padişah'ın kahve ve sigara teklifini kabul etmedi ve ne istediğini sordu. Padişah ona ikna edici bir ses tonuyla ve edep dairesinde, biraderi Sultan Reşad'a ve hükümete olan bağlılığını tekrarladı, onların başarısı için her gün dua ettiğini söyledi ama ufak bir dileğinin yerine getirilmesi konusunun artık acil hale geldiğini belirtti. Kızlarının yuva kurmak için İstanbul'a dönmelerine izin verilmesini zaten arz etmişti ama bugüne kadar bir ses çıkmamıştı. Kumandan evladından istirhamı üst makamlarla görüşerek buna bir çözüm bulunmasıydı. Ayrıca öğrenim çağında olan oğlu Abit'in Selanik'te bir okula gitmesi gerektiği de malumdu. Buna da bir çözüm bulunursa minnettar kalacaktı. Ne de olsa hanım sultanlar ve şehzadeler, haşmetli Padişah Reşad'ın yeğenleriydi. Onlara böyle bir şefkat göstereceğinden emindi. Sözlerini bitirirken "Kumandan Bey evladım," dedi, "son olarak kendim için de bir şey istememe izin verir misiniz? Bir yılı aşkın süredir bu evde kapalıyız. Bahçeye çıkmamıza izin vermemenizi anlayabiliyorum ama hiç olmazsa bahçeye bakan balkona çıkmama izin verilse, yaşlı bedenimi güneşle buluşturma ve taze havayı içime çekme imkânı bulurum."

Rasim Bey saygılı ama ciddi tavrıyla "Tamam," dedi.

"Arzularınız üst makamlara bildirilecektir." Sonra asker selamı vererek ayrıldı.

O akşam Hünkâr, ailesinin toplanmasını ve hep birlikte alt kata gelmelerini istedi. Sadece aile üyeleri gelecekti. Öyle de oldu. Eşleri, kızları ve iki oğlu saygılı bir tavırla gelip Padişah'ın elini öptüler.

Padişah koltuğunda oturuyordu, sağ elinde bir tespih vardı. Ailesi ise önünde ayakta bekliyordu.

"Hepinizi sıhhatte ve afiyette gördüğüme memnun ve mesrur oldum..." diye başladı ve derinden gelen sesiyle devam etti. "Saltanatımıza kastedilmiş, tahtımız alınmış, itibar ve saadetimize darbe indirilmiş olabilir. Bunlar hep Cenab-ı Hakk'ın takdiridir. Haşa, isyan etmek aklımızın ucundan geçmez ve her şeyin ondan geldiğini bilerek tevekkülle kaderimize rıza gösteririz. Lakin biz, cihan tarihinin en önemli hanedanlarından birinin, belki de birincisinin mensuplarıyız. Tarihte Osmanlı sülalesinden başka altı yüzyıl boyunca tahtta kalmış bir aile yoktur. Roma ve Bizans imparatorları değişik ailelerden gelmiştir, keza Fransa ve İngiltere de. Ama Osmanlı sülalesi asırlardır hükümran. Daha nice asırlar da devam edecek inşallah. Şu anda tahtta olmasak bile bu şanlı sülaleye mensup olmanın sorumlulukları omzumuzdadır. Cihan âleme bu yükü vakarla taşıdığımızı hep birlikte göstermeliyiz. Bu köşkte bunca zamandır kapalı kalan gençlerimizin içinde bulundukları halet-i ruhiyeyi anlamaktan aciz değilim. Bu meselenin en kısa zamanda halli için elimden geleni yapıyorum. O an gelene kadar durumu sabır ve metanetle kabul etmenizi, isyankâr davranışlardan kaçınmanızı istiyorum. Unutmayın ki hüküm Allah'ındır."

Bu söylevi, başlarını önüne eğerek dinleyen Ayşe ve Şadiye sultanlar, neden söz edildiğini çok iyi anlamış olmalarına rağmen, edebe uygun olarak hiç seslerini çıkarmadılar ve Hünkâr'ın "Haydi hepinize Allah rahatlık versin," sözleriyle birlikte mahcup bir tavırla geri geri giderek huzurdan ayrıldılar.

İstanbul'a dönüş müjdesi - Sevince düşen gölge Sosyalist şehzade

Bekledikleri müjdeli haber on gün sonra geldi. Artık insafa gelen ya da eski padişahın yaratabileceği tehdit duygusundan sıyrılan hükümet, kızlarının ve hanımlarının da içinde olduğu bazı aile bireylerinin İstanbul'a dönmesine izin vermişti. Bu haber Alatini Köşkü'nün giriş katında temkinli bir gönül ferahlığı, üst katında ise sevinç ve coşkuyla karşılandı. Artık ailenin en azından bir kısmının kaderi değişiyordu. Çocuklar evlenecekler, Abdülhamid'e soyunu sonsuza kadar sürdürecek torunlar verebileceklerdi.

Üç kızı, büyük oğlu ve eşlerinden üçü İstanbul'a dönmek üzere hazırlık yapmaya başladılar ama eşleri Müşfika ve Naciye hanımlar Sultan'ı yalnız bırakmamakta kararlıydılar. Hele Müşfika Hanım, kocasından ayrı bir kaderi düşünemezdi bile. Ölünceye kadar yanında kalacaktı. Eşleri kendisinden çok genç, mavi ya da yeşil gözlü Kafkasya güzelleriydi. Saraya seçilerek getirilmişler, uzun süre şiir, müzik, yabancı dil gibi konularda eğitim almışlardı. Yaşlı padişah, eşlerinin hepsini severdi ama gözünde Müşfika'nın yeri başkaydı. Son nefesini onun kollarında vermek isterdi.

İstanbul'a dönmek isteyen hanımları, çocuklarıyla birlikte gitmek istediklerini belirtmişlerdi. Sultan da onları haklı bulmuştu. Aslında Müşfika'nın kızı da dönenler arasındaydı.

Buna rağmen o asil genç kadın belki de kızının mürüvvetini görememe pahasına Selanik'te, yaşlı ve devrik kocasının yanında kalmayı yeğlemişti. Galiba hayatı boyunca haremine giren onca genç kadın içinde Sultan'a yürekten âşık olan bir tek oydu. Kafkasya'da Abhaz olarak doğan güzel kızın babası şehit düşünce saraya cariye olarak verilmiş, on dört yaşında bu kız, kendisine abayı yakan Padişah'ın eşi oluvermişti. Sarayda âdet olduğu üzere değiştirilen asıl ismi Ayşe şimdi kızında Ayşe Sultan olarak yaşıyordu. Kendisi cariye kökenli, kızı ise padişah evladı olduğu için annesi olmasına rağmen kızına aşırı bir saygı gösterir, o odaya girdiğinde ayağa kalkardı. Böyle bir saray terbiyesi almıştı. İstanbul'a dönme izni çıkınca Ayşe, annesine çok yalvarmış, beraber gidelim diye tutturmuştu ama o kara talihin cilvesiyle yere serilmiş olan kocasının yanında kalmayı yeğlemişti. "Efendimin bana ihtiyacı var," diyor, başka bir şey söylemiyordu. Saray hayatını yakından bilenler gerçekten de Padişah'ın ona derinden bağlı olduğunu bilirlerdi. Bir seferinde Abdülhamid, bütün doktorların söz birliği ederek kendisini zehirlemeye karar verdiğine inanmış, hasta olduğu halde verilen ilaçları almayacağım diye tutturmuştu. Bu arada bütün doktorları kovduğunu belirtmeye gerek yok. Onu sakinleştirip güven vererek eliyle ilaç içirebilen tek insan Müşfika Hanım olmuştu. Böylesine derin bir güven ve şefkatli bir aşk vardı aralarında. Bu genç kadın Alatini Köşkü'nde geçen yıllarda yetmişli yaşlarını süren evhamlı kocasının elini hiç bırakmamıştı. Bazı geceler onun odasına gidiyor, sakinleştiriyor, kuşkularını yatıştırıyor, Padişah'ın rahat bir uykuya dalmasına yardım ediyordu. Bu azize haliyle, diğer eşlerin de saygısını kazanmıştı.

İstanbul'a dönüş izni çıkması köşkün üst katında bir bayram sevinci yarattı. Prensesler ellerini çırparak, dans ederek, piyanoda neşeli parçalar çalarak, aralarındaki kavgalara rağmen birbirlerine sarılıp rondo yaparak kutladılar bu haberi. İzni veren Padişah Reşad Amcalarına dua ettiler. Sevinçten gözyaşlarını tutamıyorlardı. Artık bu Selanik hapsinde solup gitmeyecekler, nişanlılarına kavuşacaklar, kendi ailelerini kuracaklardı. Daha şimdiden şefkatli padişah amcalarının himayesinde yapılacak telli duvaklı saray düğünlerinin hayalini kuruyorlardı. Her şeye gücü yeten babaları tahtta iken kendileriyle evlenmek isteyen yakışıklı beyzadelerin ve rütbeli subayların, asıl amacının güce ve paraya kavuşmak olduğunu akıllarına bile getirmemişlerdi. Genç adamlar prenseslere âşık olmuşlardı işte, başka açıklaması yoktu. Ama şimdi bu zehirli kuşku içlerini kemirmeye başlamıştı. "Ya caydıysa, ya herkesin lanetlediği bir babanın kızını almak istemezse" gibi bin bir soru kafalarına burgu gibi saplanıyor, iştahtan kesilmelerine, geceleri sessiz sessiz mendiller ıslatmalarına neden oluyordu. Zavallı prenseslerin kuşku duymakta haksız olmadıkları da yakında ortaya çıkacaktı.

Nihayet o büyük gün geldi, kızlar, anaları, hizmetçileriyle yola çıkacaklar, geldikleri gibi yine bir gece treniyle İstanbul'a döneceklerdi. İçi içine sığmayan prensesler, babalarını orada bırakmanın belki de bundan sonra onu hiç göremeyecekleri düşüncesinin hüznünü, yepyeni bir hayata kavuşma heyecanıyla dengeleyerek köşkün kapısında babalarının ellerini öptüler, yaşlı gözlerle ona veda ettiler. Sultan bu ayrılık merasimine daha fazla dayanamayarak kendisini adeta koşar adım odasına attı.

Bahçedeki taze hava ve tatlı esinti prenseslerin yüreğini yaşama coşkusuyla doldurdu. Bir yıldır ilk kez kapıdan dışarı çıkıyorlardı. Asker ve subayların düşmanca bakışları bile keyiflerini bozmaya yetmedi. Bu sırada kumandan "Sizleri şimdi bir odaya alacağız. Orada tepeden tırnağa aranacaksınız. Bu işi hanımlarımız yapacak. Sonra size yeni giysiler verilecek, onları giyip eskileri burada bırakacaksınız," dedi. Prensesler ve sultanlar bu terbiyesiz öneri karşısında kıpkırmızı kesildiler, içlerinden yakıcı bir isyan ve itiraz yükselir gibi oldu ama kumandanın sert ve ifadesiz yüzü cesaretlerini kırdı. Bu son işkenceye de katlanmaktan başka çareleri yoktu. Ne var ki işler beklediklerinden de berbat bir hal aldı. Nizamiye binasında toplanmış olan subay hanımları, tek tek içeri aldıkları genç saraylıları tepeden tırnağa soydular. İnanılmaz bir dehşet ve utanca kapılmış olan imparatorluk ailesini, önceleri şaşaalı, sonra yoksul bile olsa gururlu hayatlarının bu dönemecinde yerin dibine sokan insanlık dışı bir muameleyle mahrem yerlerine kadar aradılar. Soğuk, hatta düşmanca bakan subay hanımlarının elleri, halife kızlarının ve eşlerinin vücutlarında dolaştı. Bellerine kadar uzattıkları saçları tel tel arandı. Genç kadınlar tekrar bahçeye çıktıkları zaman kimsenin, hatta birbirlerinin bile yüzüne bakamadılar. Hiçbir şey bu kadar yıkıcı olamazdı. Sanki hepsi hizmetçileriyle birlikte toplu bir tacize uğramışlardı. Atlı arabayla bahçe kapısından çıkana kadar kendilerini tuttular ama köşk duvarlarının ötesine geçer geçmez zaten göz pınarlarında beklemekte olan yaşların iki sıralı akmasına engel olamadılar. İstasyona varana kadar hiçbir kelime etmeden hıçkıra hıçkıra ağladılar. Bir koruma ordusuyla trene bindirildikten sonra Refia Sultan kardeşlerine dedi ki: "Bu bizim değil İttihatçı haydutlarının ayıbı. İki cihanda da ellerimiz bu subayların ve korkunç karılarının boynunda olacak. Bunların şerrinden Allah'a sığınırım."

Ayşe Sultan "Evet," dedi. "Bir şey daha var. Bu duruma düşmüş, eli kolu bağlanmış babamızdan ne kadar korkuyorlar ki küçük bir kâğıt parçası, bir mesaj bulabilmek için bu kadar günahı göze alabiliyorlar. Onların korkusu bizimkinden kat kat fazla."

Sonra İstanbul treninin tekdüze tıkırtısıyla hafifçe içleri geçer gibi oldu ve genç kalpleri, onları İstanbul'da karşılayacak olan -daha doğrusu öyle umdukları- burma bıyıklı, feslerini "sana yangınım" tarzı yana yıkmış yakışıklı beyzadelerin hayali kapladı. Diğer akrabaları ile birlikte, nişanlıları da Sirkeci garına gelecekti. Mutlaka geleceklerdi, gelmeleri gerekirdi. Derken içlerinde hafif kuşkular belirmeye başladı. Acaba gelecekler miydi? Herkesin lanetlediği eski sultanın kızlarını göğüslerini gere gere karşılayacaklar mıydı? Ya kardeşleri? Herkes gelse bile Abdülkadir'in gelmeyeceğinden eminlerdi. Kendine sosyalist diyen şehzadenin aileyle, sarayla pek ilişkisi yoktu.

Bu asi çocuğun gözünde saray, taht, padişahlık hiçbir şeydi. Onun hayatı keman ve sosyalizm üstüne kuruluydu. Hiçbir zaman anlaşamadığı, görüşlerine saygı duymadığı babasının çağı geçmiş fikirlerine karşı çıktığı için yıllar boyu azar işitmişti. Görkemli günlerinde Sultan, bastonunu tehditkâr bir ifadeyle indirip kaldırarak "Bırak bu boş işleri, sen bir şehzadesin. Komünizm denilen fesattan sana ne?" diyerek şehzadeyi azarlıyordu. "Ayaktakımının felsefesinden hayır çıkar mı? Bunlar Rus serserilerin işleri."

Karadeniz'de dolaşarak çeşitli limanlara uğrayan, Rus Çarı'nın bile başa çıkamadığı isyancı Potemkin Zırhlısı'nı takibe aldırmıştı. Bu isyancı geminin Boğaz'dan içeri girmesi olasılığına karşı Boğaziçi maiyet toplarıyla ve mayınlarla korunuyordu. Bir savaş gemisinde isyan, Abdülhamid'in en korktuğu şeylerden biriydi. Allah korusun böyle olaylar bir kıvılcımla başlar, sonra büyüyerek yangına dönüşürdü. Osmanlı mülküne de sirayet etmesi an meselesiydi. Savaş gemileri Boğaz'dan sarayı topa tutarsa yapacak hiçbir şey kalmazdı. Her şey bir anda mahvolabilirdi. Neyse ki gemi İstanbul'a gelmedi, Köstence limanına giderek teslim oldu da Padişah rahat bir nefes aldı. Bu sefer de gemideki isyancı subaylardan bazılarının İstanbul'a geldikleri yönünde bir vehme kapılarak şehri karış karış taratmaya başladı. Bu arada Abdülkadir'i her gün azarlamaktan ve "Bak senin serseri komünistler ne işler karıştırıyor? Bunlara mı özeniyorsun?" diye nutuk atmaktan geri durmuyordu. Ama sansürlenen gazeteleri ve yabancı yayınları gizlice görme merakından kurtulamayan şehzade, çeşitli yazarların babasını "Altı üstü tek bir gemiden korkan, Potemkin gelir de sarayı bombalar diye gece gündüz tir tir titreyen bir padişah" olarak niteleyen yazılarını da okuyordu. Çünkü babası, amcasının zamanında dünyanın en büyük ikinci deniz gücü olan Osmanlı donanmasını, paranoya yüzünden Haliç'te çürütmüş, Osmanlı denizlerini savunmasız bırakmıştı. Potemkin gelirse diye Karadeniz kıyılarımıza bahriye nazırını yolluyor, "Ne isterlerse verin, bütün isteklerini yerine getirin, tek İstanbul'a dokunmasınlar," diyerek yalvar yakar ifadeler kullanmalarını istiyordu. O yazarlara göre Sultan koskoca cihan devletini aciz hale düşürmüştü. Hatta bazı yazarlar babasının Potemkin olayından sonra "Bak, donanmayı ihmal etmekte haklı değil miydim?" dediğini ve Yemen'deki isyancıları korkutmak üzere göndermeye hazırlandığı iki savaş gemisinin emrini iptal ettiğini yazıyorlardı. Ama bir gün babası onu huzuruna emredip yüzünde mağrur bir gülümseme ile önüne bazı yabancı gazete kupürleri atıp "Al, oku!" dediğinde şaşırıp kalmıştı. Çünkü Avrupa'da Çarlığı yıkmaya çalışan iki lider, Vladimir Lenin ve Leon Troçki adlı Rus komünistlerinin ayrı ayrı zamanlarda babasını, Rus Çarı Nikola'dan daha akıllı bulduklarını belirten yazıları vardı. Şehzade bu işe hayret etti, huzurdan ayrıldıktan sonra uzun uzun bu konuyu düşündü ve bu komünist liderlerin babasını tanımadıkları için böyle yargılara vardıklarına karar vererek, virtüözlük derecesine ulaştığı Stradivarius kemanıyla, biraz önce yarım bıraktığı konçertoya çalışmaya devam etti. Kemansız ve müziksiz bir hayat düşünemezdi, saltanatta falan gözü yoktu. Ne var ki onu hep ezen babasıyla bu alanda da yarışması mümkün değildi. Saraya her gün dünyanın dört bir yanındaki ünlü bestecilerin Sultan babasına sunulmak üzere besteledikleri eserler yağıyordu. Viyanalı besteci Yohan Ştraus'un Sultan'a ithaf ettiği "Doğu Masalları" adlı eser o kültür başkentinde sahneleniyordu ve şehri süsleyen afişlerden biri saraya kadar ulaşmıştı. Gerçi babası da alaturka değil Garp müziği severdi ama kendisinin müziğe verdiği emeğin yanında o sevginin sözü mü olurdu? Onun hayatı sadece müzikti ama o alanda da hiçbir zaman babası kadar ünlü olamayacaktı. Çok garip bir adamdı Sultan babası. Beş vakit namaz kılar, İslam'a son derece hürmet ederdi. Öte yandan da imparatorluktaki bira ve rakı fabrikalarına izin vermiş, hatta ilk genelevi açtırmakta sakınca görmemişti. Yabancı dillerden sayısı çok artan çeviriler, alafranga saat düzenine geçmeler, kadınlara çarşafı yasaklamalar hep onun eseriydi.

Suikast

Halley korkusundan ve kızları için gece gündüz kaygılanmaktan kurtulan Padişah, balkona açılan pencereden dalgın dalgın dışarı bakıyor, sert sigarasından derin nefesler çekerek hafif rüzgârda kımıldayan yaprakları, ağaçları, çiçek tarhlarını yani artık ezberlediği manzarayı seyrediyordu ki birden bir silah sesiyle irkildi ve kulağının dibinden bir merminin sıyırarak geçtiğini hissetti. Hemen duvarın arkasına çekildi. Korkular içinde geçen ömrünün vehimli ve telaşlı alışkanlıklarının aksine, gerçek bir tehlike gelip çattığında kendisine hâkim olan soğukkanlılık ve iradeyle nefesini tutup bekledi. Köşkün içinden ve dışından ayak sesleri, heyecanlı koşuşturmalar duyuluyordu. Bu sırada kapı vuruldu, mabeyincinin heyecanlı sesi "Hünkârım!" diye çığlık attı. "İyiyim," diye cevap verdi ona, nedense içeri girmesini istememişti. Hem çevreyi dinliyor hem de kafasından geçen karmakarışık düşünceleri düzene sokmaya çalışıyordu. Tek bir el silah atılmış, arkası gelmemişti. İstanbul'un emriyle bir infaz söz konusu olsa, böyle yapmazlardı zaten. Kumandan gelip emri yüzüne okur, abdest alıp iki rekât namaz kılmasına izin verilir, idam bundan sonra yerine getirilirdi. Demek ki bir infaz değildi bu. Silah sesinin arkası da gelmediğine göre bu ancak bir subayın suikast girişimi olabilirdi. En iyisi pencerelerin önünde dolaşmadan sakince beklemekti ama bu kararı uygulamak da kolay değildi. Yine kapı vuruldu ve bu kez açıldı. Müşfika güzel yüzünde dehşet ifadesiyle ve "Hünkârım, hünkârım, sana kıydılar mı hünkârım?.." diye feryat ederek içeri daldı. Kocasının sağ salim olduğunu görünce kendisini yere fırlatıp Padişah'ın dizlerine sarıldı ve hiç dinmeyecek bir sağanak gibi yüksek sesle ağlamayı sürdürdü. Padişah onu omuzlarından tutup kaldırdı, eliyle çenesini tutarak gözlerine bakmasını istedi, şefkatli bir sesle "İyiyim nazeninim, çok iyiyim. Merak edilecek bir şey yok," diye sakinleştirmeye çalıştı. Genç kadın hıçkırıklarına engel olamayarak "Sizin mübarek vücudunuza bir zarar irişirse ben hayatta kalmayayım hünkârım," dedi. "Beni de beraber götürün." Padişah o güzel yüze, ıslak yanaklara ufak öpücükler kondurduktan sonra sıkı sıkı sarıldı kadına. Kollarının arasındaki genç ve ince beden hazan yaprağı gibi titriyordu. O anda kapı çalındı ve mabeyinci, Kumandan'ın Sultan Hazretleri'ni görmek istediğini söyledi. Padişah, eşinin saçlarını sıvazladıktan sonra salona çıktı, ayakta bekleyen Kumandan'ın karşısına geldi ve "Hayrola Kumandan Bey evladım? Nedir bu hadise?" diye sordu. Kumandan sıkıntılı görünüyordu, esmer yüzü daha da kararmış gibiydi. "Efendim bir aksilik oldu," dedi. "Yaralanmadınız umarım." Padişah "Hayır," dedi, "görüyorsunuz gayet iyiyim, hadise nedir?"

Kumandan "Subaylardan birisi densizlik etmiş efendim," dedi. "Köşke doğru bir el ateş etmiş. Kendisini derhal yakaladık, nezarethaneye koyduk, sorgulanmak üzere karargâha göndereceğiz."

Padişah "Allah Allah! Kimmiş bu cürmü işleyen?" diye sorunca Kumandan utana sıkıla "Mülazım Salim," dedi.

"Kürt Salim dedikleri mi?"

"Evet efendim."

Sultan Hamid bir süre sustu, sakalını sıvazlayarak düşündü ve "Doğruymuş," diye mırıldandı.

"Ne doğruymuş efendim?"

"İyilikten kemlik doğduğu. Ben bu Salim'e çok yardım ettim. Fakir bir ailenin çocuğuymuş. Asker olmak istiyormuş. Bir gün saray yolunda bekleyip İsmet Paşa'ya yalvarmış, Paşa da bana söyledi. Çocuğu okula kaydettirdim. Bak şimdi mülazım olmuş ama benden ne ister? Bir şey söyledi mi?"

Kumandan utanmıştı, başını öne eğerek mırıldandı:

"İlk sorgusunda, silahının kaza ile ateş aldığını söyledi ama biraz zorlayınca bu suikast teşebbüsünü bir kahramanlık olarak gördüğünü anladık."

Abdülhamid acı acı güldü. "Zaten son moda bu," dedi. "Sultan Hamid'i öldürmek, Sultan Hamid'e hakaret etmek, her kötülüğü Sultan Hamid'den bilmek. Bu Hamid size ne yaptı? Devlete hizmet etmekten başka ne yaptı? Kumandan Bey, benim diplomatik tedbirlerim sayesinde yaşadı bu devlet. Mükâfatı bu mu olacaktı?"

Kendisini kaptırıp sitemlerini arka arkaya sıralarken birden durumun farkına vardı ve sustu. Uzun hayatında belki de ilk defa ihtiyatı elden bırakmış, duygularını belli ederek Kumandan'ı kızdırmak gibi bir tehlikenin sınırına gelmişti. Sesini alçaltarak "Tabii ki her şey Allah'tan," dedi. "Demek ki Cenab-ı Hakk'ın takdiri böyle imiş. Zaten ben hakikaten çok yorulmuştum. Bu büyük sorumluluktan kurtularak tahtı biraderime bırakmak niyetindeydim. Allah Padişahımızdan razı olsun, bana bu rahat hayatı yaşatıyor."

Kumandan bıyık altından gülümseyerek "Tekrar geçmiş olsun efendim," dedi ve asker selamı vererek çıktı.

Kumandan çıktıktan sonra sabah güneşinin parmaklarını köşke uzatırcasına salondaki parkelerin üstüne vuran ve içinde minik tozların dans ettiği ışık sütunlarına dalıp giderek sigarasından derin nefesler çekti. Dışarıdan haber alamasa bile aleyhine olmadık iftiralar atıldığını, yalan yanlış hatıratlar yayımlandığını, gazete yazarlarının hakaret üstüne hakaret sıraladığını tahmin edebiliyordu. Bu duruma engel olmak elinde değildi ama yine de yapabileceği şeyler olmalıydı. Memlekete bu kadar hizmet ettikten sonra üzerine kara bir çarşaf çekilmesine ve hakikatlerin bu karanlıkta boğulmasına izin vermemeliydi. Yakında emrihak vaki olur da bu fani dünyaya gözlerini kaparsa hiçbir şeye cevap verme imkânı kalmazdı. En iyisi başından geçen bazı önemli olayları kendisinin anlatmasıydı. Tarih onu nasıl olsa temize çıkarırdı. Yeter ki gerçeğin üzeri örtülmesin.

O akşamüstü kâtiplerinden Ali Muhsin Bey'i odasına çağırttı. Saraydayken evraktan başını kaldıramayan ama köşke gelince sinekleri saymaktan başka bir işi kalmayan kâtip efendi nihayet yapacağı bir iş bulacak olmanın heyecanıyla hükümdarı can kulağıyla dinlemeye başladı ve çok alçak bir sesle söylenen şu sözleri duydu: "Ali Muhsin Efendi, sana çok gizli bir vazife vereceğim. O kadar gizli ki senden başka kimse bilmeyeceği gibi sen dahi yaptığını unutacaksın. Hesapları tutma bahanesiyle bir defter aldır kendine. Her günün değişik saatlerinde buraya gel ve söyleyeceklerimi o deftere kaydet. Odama girerken ve çıkarken defter elinde olmasın, ceketinin altında sakla, zinhar kimse görmesin. Hadi bakalım göreyim seni."

Ali Muhsin Bey odadan çıkarken çok mühim bir vazife altına girdiğini hissederek heyecandan titriyordu. Anlamıştı ki devrik padişahın sır kâtibi olacak, dünyayı yerinden oynatabilecek kadar önemli hatıralarını yazacaktı. İlerde bu anıları "Ali Muhsin Bey'in Abdülhamid Hatıraları" başlığıyla yayımlayıp büyük bir şöhret kazanma ihtimali yüreğini titretiyordu. Hatta bu hatıratı büyük bir servete de çevirebilirdi. Başında kanatlarını açmış kocaman bir talih kuşunun tatlı ağırlığını hissederek hünkârın emirlerini yerine getirmeye koyuldu. Ne yazık ki kâtibin bu hayalleri, defter aldırmasından kuşkulanarak onu takibe alan idarenin daha üçüncü gün baskın yapması sonucunda köşkün karanlık mahzenine hapsedilmekle sonuçlanacak tehlikeli bir girişim olarak kalacaktı. Sultan köşkte, kâtip karanlık mahzende hapisti.

Bu işe Sultan'ın canı o kadar sıkıldı, o kadar sıkıldı ki avunmak adına marangozluk için ayırdığı odaya kapanıp testereyi, su terazisini, delme oyma aletlerini, mengeneyi, tutkalı günlerce elinden bırakmadı. Bu derece büyük bir haksızlığa uğramış olması nefesini kesiyor, yüreğini elindeki mengene gibi sıkıyor da sıkıyordu. Yaşlı ve hünerli elleri şifreli kutular, gizli çekmeceleri olan küçük dolaplar imal ederek harikalar yaratırken kafası -belki de kendisinin artık güvende olduğunu bilmenin rahatlığıyla- devletin ne olacağı sorununa odaklanıyordu. Biliyordu ki aslında bu uzun ömürlü imparatorluk dedesi II. Mahmud'un sert önlemlerine rağmen dağılma noktasına gelmişti. Kendisi tahta çıktığında kucağında bulduğu o uğursuz 93 Harbi de imparatorluğun tabutuna çakılan bir çivi gibiydi. Devletin devamını sağlamak için neler çektiğini, İngilizlerin gözünü diktiği zengin neft yataklarını ellerinden almak için neler yaptığını çok iyi bilirdi. Yalnız İngilizler değildi elbette ama diğer devletleri pek önemsemezdi o. İngiliz öyle miydi ya? Oldum olası İngilizlere hem hayranlık duyar hem de onlardan çekinirdi. Ağzında yarısı yanmış bir sigara ile elindeki tahtayı rendelerken *İngiliz'den ve fareden korkulur* diye geçirdi içinden. Uykudayken burnunu, kulağını fare yemiş çok insan görmüştü. Fare, insanın ruhu bile duymadan yapardı bu işi. Yiyeceği organı üfleyerek uyuşturudu, bu yüzden kurbanın ruhu bile duymazdı bir tarafları kemirilirken. İngiliz de böyleydi işte, bir yeri almayı kafasına koyduysa şeytanın aklına gelmeyecek metotlarla çalışır, ne pahasına olursa olsun amacına ulaşırdı. Ve bu arada kurban hiçbir şey hissetmezdi. Ta ki iş işten geçene kadar. Uyuşuk kardeşi bu işlerden hiç anlamazdı. Kimlerin hükümette olduğunu bilmiyordu ama doğru dürüst devlet adamı olmadıklarından emindi. Hele idare o Rumelili isyancı subayların eline geçerse atalarının kanını canını feda ettiği imparatorluk on yıl içinde çöker giderdi. Bundan emindi. Yahudiler Kudüs civarında toprak satın alarak orada kendilerine yeni bir devlet kurmak istiyorlardı. Vahhabi isyanından beri Mekke ve Medine de tehlikedeydi.

Müşfika Hanım

Doktor hayatından memnundu memnun olmasına ama hastane yerine her gün köşke gidip aileye ve hizmetlilere bakmak, hadi onu da bırak Padişah'ın tıp konusunda bile kendisine uyguladığı baskı canını sıkıyordu. Kadınlar ya -yüzünüze güller- ishal oluyor, ya kaşıntı basıyor, ya çıban çıkarıyor ya da Abit gibi durmadan grip oluyordu. İşin garibi bütün bu şikâyetleri onların değil Padişah'ın söylemesiydi. "Doktor Bey evladım," diyordu, "bizim üçüncü hanıma bir şurup tertip etseniz, biraz sarısabır, bir parça sinameki, biraz da hakiki tarçın." Kendisini işlevsiz hisseden Doktor hafif bir kızgınlıkla bütün bunların ne için gerekli olduğunu sorunca da üçüncü hanımda bir parça elem-i asabi bulunduğunu öğreniyordu. Herkesin böyle ufak tefek dertleri vardı. Padişah'ın hazım sistemi tümden bozuktu, hiçbir şeyi sindiremediği için kuş kadar yemek yiyordu. En çok tercih ettiği, kabak yemeği ve yoğurttu. Evden hiç çıkamadığı halde sık sık gribe yakalanıyordu. Ama daha da önemlisi, yaşlı vücuduna azap veren hemoroid belasıydı. Zaman zaman kanardı bu menhus şey. Ağrıya dayanamadığı zaman Doktor'a açardı bu konuyu. Doktor bir gün, bu meseleyi iyice araştırmam lazım, belli ki sizi çok fazla rahatsız ediyor diyerek gitti, ertesi sabah geldiğinde çantasından çıkardığı alet Padişah'ı dehşete düşürmeye yetti. Metal iki uçlu bir kancaya benzeyen aletin ne olduğunu sordu. "Spekulum," dedi Doktor. "Bununla muayene etmem lazım."

Padişah bembeyaz kesildi. "Yani şimdi, yani bu koskoca şey... Affedersiniz... oraya mı girecek?"

Doktor içinden *Evet majeste* diye geçirdi, aklına tuhaf bir şaka geldi. Sonra bunun yakışıksız bir espri olacağını fark ederek hemen kafasından sildi. Ne olursa olsun bu adama karşı vazifesini en iyi biçimde yapacak, hekimlik yeminine aykırı en ufak bir davranışta bile bulunmayacaktı.

Gururlu Sultan spekulum teklifini şiddetle reddetti. "Ölsem bile yaptırmam," dedi.

Doktor her gün çantasını lokman ruhu, kinin, mazı cevheri, afyon ruhu, nane suyu, tarçın ruhu, kaşıkotu ruhu, karanfil ruhu, kunduz böceği ruhu, çeşit çeşit eliksir ve kuvvetli müshillerle dolduruyor, bunlarla, günden güne şikâyetleri artan padişah ailesini ve çalışanlarını tedavi etmeye çalışıyordu. Bu konudaki en büyük güçlük Padişah'ın kendisiydi. İnatçı ihtiyar, hiçbir kimyevi ilaç kullanmam diye tutturuyor, Doktor'un tedavilerini beğenmiyor, durmadan kendisini ve yakınlarını özel yöntemlerle nasıl iyileştirdiğini anlatıyordu. Tıp bilgisinin herkesten ileri olduğu konusunda hiç kuşkusu yokmuş gibi konuşuyor, Doktor'un sözlerine itiraz ederek hatta ona akıl öğreterek zavallı adamın sinirlerinin tepesine çıkmasına neden oluyordu. Uzun bir süre her gün görüşmek iki adamın ilişkilerini derinleştirmiyor ama tuhaf bir mesafeli yakınlığa neden oluyordu. Doktor yavaş yavaş, adamın siyasi kimliğini unutacak noktaya yaklaşıyordu. Karşısında, kuruntular içinde, hastalık hastası, çoğu zaman Doktor'a karşı nasıl bir tutum takınacağını bilmeyen, kimi zaman babacan kimi zaman lütufkâr, bazen ukala, bazen de aşırı saygı göstererek Doktor'u şaşırtan yaşlı bir adam vardı. Ne var ki köşkteki ilk günlerine göre daha rahatlamış, en azından şimdilik infaz edilme korkusundan kurtulmuş gibi görünüyordu.

Doktor'un ev halkı içinde en çok ilgisini çeken kişi Müşfika Hanım olmuştu. Sultan'ın en kıymetli eşi ve Ayşe Sultan'ın annesi olmasına rağmen o kadar sessiz, saygılı, kibar bir genç hanımdı ki Doktor ister istemez bu duru güzelliğin neredeyse saydam tenine, her bakışına bir terbiye uzaklığı yerleştiren ela gözlerine hayran oluyordu. Bu genç kadın, öteki aile mensupları ve hizmetliler gibi vara yoğa doktor çağırmayan, can sıkıntısından hastalıklar uydurmayan, şımarık bir saraylı gibi davranmayan, çevresine iyilik ve ışık saçan bir melek gibi görünüyordu gözüne. Bu olağanüstü kadında görmeyi hiç beklemediği ve kendisini hayretten hayrete düşüren konu ise yaşlı kocasına duyduğu akıl almaz aşktı. "Doktor Bey, hünkârımızın sıhhatinden çok endişe ediyorum," derdi sık sık. "Bizi bırakıp onunla ilgilenin. Yakından tanımayanlar bilmez, hünkârımız son derece hassas, şefkatli, başkaları için kendisini feda eden, müstesna bir kişiliğe sahiptir. Velinimetimiz iyi olursa biz de iyi oluruz. Yalvarırım ona bir şey olmasın. Çünkü bu, benim de hayatımın sonu anlamına gelir."

Doktor, genç kadının kalbini kanatlandıran bu derin aşkı, kocasından bahsederken iyice pembeleşen yanaklarını, saf bir genç kız gibi heyecanlı, kesik kesik konuşmalarını hayranlıkla izler, belki de kendisi böyle bir sevda bulamadığı için yaşlı adamı kıskanma hallerine gelirdi. Genç kadın, İstanbul'a dönmesine izin verildiği ve kızı gittiği halde, kocasının yanından ayrılmamakta direnmişti. "Benim yerim efendimin dizinin dibidir," diyordu. "Beni ondan hiçbir kuvvet ayıramaz."

Doktor her akşam eve döndüğünde artık hayal mi gerçek mi olduğunu kendisinin de karıştırdığı sevgilisine özenli mektuplar yazıyor, bunları özenle zarflayıp çekmeceye yerleştiriyordu. Daha sonra ilaç firmalarının doktorlara dağıttığı küçük bloknotları önüne çekip Padişah'la o gün neler konuştuklarını kayda geçiriyordu. Minicik yazıyla doldurulmuş bu yüzlerce sayfayı masasında tutmuyor, her ihtimale karşı kimsenin eline geçmesin diye ocağın içinde eline gelen bir boşluğa yerleştiriyordu. Bu sırrı en yakınlarıyla bile paylaşmıyordu. Allah muhafaza birisinin eline geçerse başına çok büyük iş açılırdı. Her gün yaşadığı için alıştığı, yaşlı bir hastayla sohbet gibi algıladığı konu, devrik bir imparatorun görüşleriydi. Yeni hükümet bu konuda çok hassastı. Düşüne düşüne, yeni dönemin de eski dönemden farklı olmadığı, herkesin gölgesinden korktuğu yeni düzenin de muhaliflerini vahşi yöntemlerle ezdiği sonucuna vardı. O zaman Kızıl Sultan'ı deviren ihtilalin sebebi neydi? Hiçbir şey değişmeyecekse niye yaşanmıştı bunca altüst oluş?

Devrik padişahın en çok merak ettiği şey, yıllardır sallantıda olan, bütün büyük güçlerin yıkmaya çalıştığı imparatorluğun durumuydu. Kaynar kazan haline gelmiş olan Balkanlar'da neler oluyordu, Trablus'a göz koymuş olan İtalya'yla münasebetler nasıl gidiyordu, yeni iktidar Musul-Kerkük neftlerini koruyabiliyor muydu ve Filistin elbette... Filistin'de bir Yahudi devleti kurma ısrarı ne dereceye gelmişti? Bütün bunlar sabahın erken saatlerinden gece yarılarına kadar kafa yorduğu sorunlardı. İşi, mesleği kılı kırk yararak imparatorluğu korumaktı ama şu anda en ufak bir bilgi bile saklanıyordu kendisinden. Doktor, Padişah'ın ağzını arayıp durduğunun farkındaydı. Yaşlı adamın tuzak sorularını ustalıkla geçiştiriyordu. Oysa durum felakete doğru gidiyordu, Balkanlar büyük ölçüde elden çıkmıştı, iç anlaşmazlıkları gideren Ortodoks devletler Rusya'nın himayesiyle teker teker bağımsızlıklarını ilan ediyorlardı. Kaybedilen topraklarda yaşayan milyonlarca Osmanlı tebaası yayan yapıldak İstanbul'a kaçmaya çalışıyordu. Bu yollarda Balkan çeteciler, komitacılar tarafından katliama uğrayan halk perişandı. İngiltere, Ortadoğu neftlerini koparmak için müthiş bir mücadele veriyor, Arap tebaayı İstanbul'a karşı isyana yönlendiriyordu. Kısacası yaşlı adam şifa veren iksirlerle, merhemlerle, yakılarla uğraşır, mikrop korkusundan ellerini hiç durmadan Atkinson kolonyasıyla ovuştururken uçsuz bucaksız imparatorluk ayaklarının altından süratle kayıyordu. İyi ki bilmiyordu adam bunları, yoksa yüreğine inerdi. Avrupa dergilerinde çıkan karikatürler imparatorluğu, güçlü avcılar tarafından parçalanan vahşi bir av hayvanı gibi gösteriyordu.

Selanik'te kolera salgını - Mösyö Pastör Bakteriyoloji-i Şahane

Zaten onyıllar boyunca kendisini sarayına kapatmış olduğu için köşkteki hapis hayatı sabık hükümdara zor gelmiyordu. Olanakları daha kısıtlıydı, özel çeviri bürosu, operası, tiyatrosu yoktu ama asıl zoruna giden bunlar değil, bahçeye çıkamıyor oluşuydu. Baharı, yağmuru, soğuğu, karı özlemişti. İzin verseler köşkün büyük bahçesinde saatlerce dolaşır, her bir bitkiyle tek tek ilgilenirdi. Ne yazık ki bu isteği hep geri çevrildiği için eline dürbünü alıyor, köşkün çevresindeki sokakları, evleri, uzaktan geçen gemileri izlemekle yetiniyordu.

Bir gün, köşk duvarlarının arkasındaki sokaklarda alışık olmadığı bir hareketlenme olduğunu fark etti. Kırık dökük eşyalarını yük arabalarına doldurmuş olan birtakım insanlar şehir dışına doğru gidiyordu. Üstleri başları, giyimleri yoksul kesimden olduklarını gösteriyordu. Hatta daha dikkatli bakarak bunların, Selanik'teki yoksul Yahudiler olduğu sonucuna vardı ve bu göçle ilgili dehşetli bir meraka kapıldı. *Nereye gidiyorlardı bu insanlar böyle, neden gidiyorlardı?* Ertesi sabah erken saatlerde köşkün çevresinde bazı noktalara kireç döküldüğünü görünce hemen anladı ki bir kolera salgını var. Yüreği hopladı birden. Salgınlarla çok mücadele etmişti ve çok korkardı. Hayatı boyunca pek çok salgın gördüğü için mücadelenin ne kadar zor olduğunu bilir, mümkünse önceden tedbirler alarak ve aşılama yoluyla salgınların önüne geçmeye çalışırdı.

Osmanlı'da aşı geleneği yaygındı. Aşıcı kadınlar çiçek hastalarının yaralarından döküntüleri alır, bir ceviz kabuğunda biriktirir, sonra deriyi çizerek döküntüleri oraya yerleştirip üstünü gül yapraklarıyla kapatırlardı. Avrupa, çiçek aşısını kendilerinden öğrenmişti.

Abdülhamid'in mikroplar alanında en hayran olduğu kişi ise Pastör'dü. Bu bilimadamını görmeleri için Aleksander Paşa maiyetinde bir heyet göndermişti Paris'e. Bunlar Hünkâr'ın selamlarıyla birlikte birinci dereceden bir Mecidiye Nişanı takdim etmişler ayrıca kurulmakta olan Pastör Enstitüsü için 10 bin frank bağış yapmışlardı. Bilindiği gibi bu bir imparatorun enstitüye yaptığı en büyük bağıştı. Aleksander Paşa, Pastör'ün yanında altı ay kalmış, adamın ilmini kapmaya çalışmıştı.

Sultan, koleranın ne büyük bela olduğunu iyi bilirdi. Bir ara İstanbul'un üstüne kurşuni bir ölüm bulutu gibi çökmüştü hastalık. Her mahallede sessiz sessiz ağlayan kadınlarla çocuklar, her sokakta omuzları çökerten bir çaresizlik içinde taşınan tabutlar ve çevresindeki her şeyden, havadan, ağaçtan, kuştan, kediden, rüzgârdan, bir dal hışırtısından korkuya kapılan bir halk. Hatırlamaktan her zaman gurur duyduğu önlemler sayesinde, ölümün İstanbul'un alnına vurduğu bu lanetli damga sekiz ay sürmüştü. Bütün iskelelerde, kavşaklarda tebhirhaneler açtırmıştı ve yurda gelen her şey dezenfekte ediliyor, hastaların giysileri ve eşyaları hemen yakılıyor, sular temizleniyor, açtırdığı Bakteriyoloji-i Şahane doktorları halk sağlığı konusunda en gelişmiş ülkeleri takip ediyordu. Hastalık görülen mahallelerden toplanan eşyalar, tebhirhanedeki etüv makinelerinde 110 derece su buharında mikroplardan arındırılıyordu. Kendisinin dikkatle izlediği bu yöntemlerle salgın sekiz ayda engellenebilmişti. Ama şimdi, hiçbir müdahale imkânına sahip olmadığı Selanik'te yine salgına yakalanmıştı. Kardeşi bu işle başa çıkamazdı. Zaten vurdumduymaz, uyuşuk bir tipti. Dolayısıyla hepsi büyük bir tehlike altındaydı.

Öğlene doğru gelen Doktor'a bu düşüncelerini açtı. Doktor önce saklamaya çalıştıysa da yaşlı adamın gözünden hiçbir şey kaçmadığını görerek durumu kabul etti. Evet, Selanik şehrinde kolera salgını vardı ve yayılmasını engellemek için şehirden göç ettirme dahil her türlü tedbiri uyguluyorlardı.

Sultan, "Benim bu konuda çok tecrübem var!" dedi. "Kaç afet yönettim, ne kadar çok salgını bitirdim bilemezsiniz. Tecrübelerimden faydalanın."

Bunu söylerken bile umutsuzdu, kendisine hiçbir şey danışılmayacağını biliyordu. Bu yüzden Doktor gider gitmez hemen köşkteki koruyucu önlemleri arttırdı. Herkesin kaynar suyla iyice yıkanıp mümkünse yeni, olmazsa yıkanıp temizlenmiş giysiler giymelerini, eski giysileri de dikkatli bir şekilde kapının dışına yığmalarını emretti. Kumandan'a haber göndererek bu giysilerin elle dokunulmadan bahçede yakılmasını rica etti.

Mabeyincilere emirler yağdırıyor, köşkün her köşesinin, zeminin, pencerelerin, tırabzanların, kapı tokmaklarının sirkeli sularla temizlenmesini, her yerin iyice fırçalanmasını istiyordu. Bunlarla da yetinmeyerek köşkü karantina altına aldı. Kumandan ve Doktor dışında kimse giremeyecek, onlarla da yaklaşmadan, uzaktan konuşulacak, el sıkılmayacak, hiç kimsenin kendisine dokunmasına izin vermeyecekti. Köşkteki herkes için geçerli bir emirdi bu. Dışarıdan gelen her türlü yiyecek önce mutfakta sirke ile yıkanacak, öyle getirilecekti. Eski günlerindeki gibi talimatlar yağdırmak sanki kambur duruşunu biraz düzeltmiş, solgun benzini pembeleştirmiş ve sesine eski kararlı tonu kazandırmış gibiydi.

"Ben kolerayı, vebayı, tifüsü, tifoyu yenmiş adamım," diyordu Doktor'a. "Ama bunun çaresinin korkmak, çok korkmak olduğunu da bilirim. Salgından korkacaksın. Görünmeyen bir düşmandır o, bu yüzden de en fenasıdır. Bir seferinde İstanbul'a kolera geldiğinde doktorlar bu konuda bir türlü anlaşamadı. Kimi kolera der, kimi değil, kimi mikroplara bile inanmaz. Her yerden su örnekleri alıp bakteriyologlara gönderiyordum incelenmesi için. Gelen raporları da tek tek okuyordum. Bir de ne göreyim, her doktor ayrı bir telden çalıyor, söyledikleri birbirini tutmuyor. Baktım ki bu iş böyle olmayacak Mösyö Pastör'den yardım istedim. Daha önce anlattığım sebeplerden Âlim'in bize sempatisi vardı. Mösyö Pastör bize Şantimes adındaki sağ kolunu gönderdi. O adamlara minnet borçluyum çünkü bizimkilerin bir türlü anlaşamadığı konuda hemen tahlil yapıp, salgının kesinlikle kolera olduğunu söylediler. Birlikte çalışmaya başladık, ne dedilerse yaptım, ne istedilerse verdim. İlme saygım büyüktür biliyorsunuz. Halkı tecrit ettik, evlere kapadık, cennetmekân Mahmut Dedem de böyle yapmıştı. Sonunda bu kolera belasını defettik çok şükür. Şantimes'i İstanbul'da bırakması için Mösyö Pastör'e ricalarda bulundum ama o, Şantimes olmadan çalışmalarını yürütemeyeceğini öne sürerek bunu kabul etmedi. Şantimes'i ikna etmek için hediyelere, nişanlara boğdum ama olmadı. Paris'e gitti yerine yine enstitüden Dr. Nikol geldi. Bilirsiniz meşhur Nikol'ü. Yıllarca bizde kaldı. Bakteriyoloji ilminin kurucusudur. Ama siz niye gülüyorsunuz? Komik şeyler söylediğimi zannetmiyorum..."

Padişah'ın bu uzun tiradı sonunda canı sıkılan Doktor'u ister istemez bir gülme alıvermişti. Adamın anlattıklarını biliyordu elbette. Her tıp mensubu bilirdi ama bir de fakültede talebeyken anlatılan, Padişah'ın ihsanlarıyla dalga geçilen şu kısa hicvi de bilirdi:

Tertemiz şapkayla gelmişken bu şehre Şantimes
Düşük rütbeden giydirdiler bir yağlı fes!

"Yok bir şey efendim," dedi, "aklıma başka bir şey geldi, kusura bakmayın." Bunu söylerken de odanın karşı köşesinde oturduğu halde ağzını burnunu mendille kapatmış olan bu yaşlı adamdan eskisi kadar nefret etmediğini hissediverdi.

Adam sanki Padişah kimliğinden sıyrılmış, geleneksel Türk evlerinde köşede oturan, eli tespihli, başı takkeli, ahretine hazırlanmak için ağzından mırıl mırıl dua eksik olmayan, bazen huysuz bazen tatlı, sakallı bir dedeye benzemişti. Neredeyse kendi dedesini görüyordu karşısında. *Bu adam zulüm yaptıysa bile çok korktuğundan yapmıştır*, diye geçirdi içinden. Bu arada yaşlı adam, geldiğinden beri bilmem kaçıncı kez Atkinson kolonyasını alıp ellerine, boynuna, yüzüne bol bol döktü. Odaya ferahlatıcı bir koku yayıldı. Padişah köşede uslu uslu oturmakta olan çocuğa "Hadi Abit Efendi," diye seslendi, "bu şişeyi al hem kendin sür hem de Doktor Bey'e götür."

Doktor, "Hayır istemem, teşekkür ederim," dedi. "Benim özel dezenfektanlarım var."

Padişah Abit'e baktı, "Doktor Bey ben bu çocuğu çok zayıf görüyorum," dedi. "Acaba bira mı içirsek?"

Doktor kulaklarına inanamadı. "Aman," dedi, "küçücük çocuğa bira verilir mi hiç?"

"Ama çok zayıf," dedi babası, "bira kuvvetlendirir."

Doktor "O zaman bira mayası verelim bari," dedi. "Hem aynı etkiyi yapar hem de içki değildir."

İstanbul'daki ilk bira fabrikası onun saltanatı sırasında ve özel izniyle Bomonti kardeşler tarafından, Selanik'te ise Alatini kardeşler tarafından kurulmuştu. Döneminde bu fabrikalara izin veren padişah olarak, birçok kişi gibi o da bu içkinin bedeni güçlendirici etkisi olduğuna inanırdı.

Doktor, bugünün tarihini hiç unutmamak için hemen kayda geçirmek istedi. Ne de olsa İslam halifelerinin çocuğuna bira içirmek istediği günlere pek sık rastlanmazdı.

Doktor'un merakı aşk mektuplarının önüne geçiyor

Doktor akşam evine döndüğünde yine baca deliğinden o küçük bloknotları çıkardı, masaya geçip ilerde belki kendisinin bile zor okuyabileceği minicik harflerle yazmaya başladı. Bunun iki sebebi vardı. Hem bloknotlar çok yer tutup da bulunma tehlikesini artırmamalıydı hem de yazdıklarından kendisi de ürktüğü için aklınca bir nevi okunmazlık kazandırıyordu. O akşam, yaptığı işin önemi bir kez daha çarpıcı biçimde aydınlattı kafasını. Sürgündeki hükümdarın ağzından çıkan anıları yazıyordu; kolay değil. Hükümetin kulağına gitse kendisini hemen divan-ı harbe verir, kurşuna dizdirirlerdi. Daha geçenlerde Padişah'ın kâtibini bu yüzden hapsetmişlerdi. Tehlikeli olmasına tehlikeliydi ama bir o kadar da cazip bir işti bu. Bildiği kadarıyla hiçbir hatıratı olmayan II. Abdülhamid'in kendi ağzından çıkan tek tanıklık bu olacaktı. Gelecek kuşaklara kalacak tek sahih belge. Demek ki hayat kendisine böyle bir görev yüklüyordu, tarihi bir görev. Selanik'teki tekdüze doktor hayatının hastaneyle köşk arasında geçen sıkıcı günleri birdenbire bir anlam kazanmıştı.

O günkü görüşmeleri yazarken gözü, masanın üstündeki süslü mektup kâğıdı ve zarflara takıldı. Kaç zamandır Melahat Hanım'a mektup yazmadığını fark etti. Özleminde, sevdasında bir azalma yoktu ama mektupların yerini bu gizli notlar alıvermişti. *Nasıl olsa gönderemiyordum* diye düşündü, *şu olaylar yatışsın yine yazmaya başlarım.*

Padişah geldiği zaman bir heyecan olmuştu tabii ama her şey gibi buna da alışılmıştı. Yıllar boyu Yıldız'a kapanmış olan yaşlı adamın şimdi şehirde bir köşke hapsedilmesi artık kimseye ilginç gelmiyordu.

Doktor da hastalık hastası adamın kuşkularından, kendisini dinlemesinden, amatör bir hekim edasıyla tedaviler önermesinden bıkmıştı. Üst makamlara başvurup görevi başka birisine devretmeyi bile aklından geçiriyordu.

Ama şimdi her şey bir anda değişivermişti. Adam anlatacaktı, o dinleyip yazıya geçirecekti. Padişah'la aralarında dile gelmeyen, konuşulmayan gizli bir anlaşma olduğunu hissediyordu. Adamın da böyle düşündüğünden emindi, çünkü durmadan konuşuyor, anlatıyor da anlatıyordu. Artık bundan sonra onun sözünü kesmeyecek, gitmem gerekiyor diye kalkmayacak, can kulağıyla dinleyecek, hatta sorular soracaktı. Mesela Namık Kemal'i soracaktı ona, Jön Türkleri, kardeşi Murad'ın deliliğini, amcasının katlini, Mithat Paşa'nın boğdurulmasını, sonra yabancı taç sahiplerini, Kayser Vilhelm'i, Kraliçe Viktorya'yı, III. Napolyon'u, amcası ile Öjeni arasındaki aşk hikâyesinin doğru olup olmadığını, Avrupa'da neler yaşadığını, ülkeyi geliştirmek için niye Avrupa'yı model almadığını, 31 Mart İsyanı'nı... aklına gelen her şeyi soracak ve kayda geçirecekti.

Doktor o akşam sigara üstüne sigara yaktı, hatta ender zamanlarda çıkardığı çipuro şişesini alıp yumruk mezesiyle yudumlamaya başladı. İçi içine sığmıyordu.

Sorguya çekilen hünkâr

Doktor'un ertesi sabah, her günküne göre köşke daha erken gitmesi ve konuşkanlığı, soruları, yaşlı kurdun dikkatinden kaçmadı. Her günkü gibi yediklerini anlatıp hangi doğal ilaçları kullandığını özetledikten sonra birden "Merak iyidir ama insanın içinde kalırsa hasta eder," dedi. Sonra Doktor'un şaşkın bakışları altında "Kaç gündür içinizi kemiren bazı sorularınızın olduğunu ama sormakta tereddüt ettiğinizi görüyorum. Lütfen sorun!"

"Her şeyi mi?" dedi Doktor.

"Evet," dedi Padişah, "dilim döndüğünce her şeyi anlatacağım."

Böylece eski hükümdarla Doktor'un arasında sözü edilmeyen gizli bir anlaşma yapılmış oldu. Anılar tarihe geçecekti. Keyiflenen Padişah, kahvecibaşına üç kahve söyledi. İkisi kendisi biri de yeni sır kâtibi için.

Sonra bir soruyla sohbete başladı: "Doktor Bey evladım," dedi, "vehim ne demektir?"

Doktor "Aslı olmayan kuruntu, şüphe, korku!" dedi ve Padişah'ın bunu neden sorduğunu anladı.

"Aslı olmayan diyorsunuz," dedi Padişah, "demek ki bir korkunun, şüphenin dayandığı bir sebep varsa vehim sayılmaz."

Sonra sigarasından uzun nefesler çekerek "Dünyanın çeşitli devirleri vardır evladım," dedi. "Hiç kimse devrinin dışında yaşayamaz. Bana da taht, bütün imparatorlukların yıkılmaya yüz tuttuğu ve taht sahiplerinin öldürüldüğü bir dönemde geldi. Tanıdığım o kadar çok tacidar katledildi ki." Burada sigarasından derin bir nefes alıp, dumanı ağzından ve burnundan yavaş yavaş verdi. "Kimi suikastta öldü kimi savaşta kimi de idam edildi. Kaçar Hanedanı'ndan Nasüriddin Şah'ın feci sonunu hiç unutmadım. Çoğunu tanırdım, iyi, nazik insanlardı. Maalesef katledildiler, bugünlerde bile katledilen olmuştur; malum dünyadan haberim yok ya. Amcam Abdülaziz'i yere yatırıp kollarına bacaklarına oturarak iki bileğini kestiler, kan kaybından ölmesini beklediler. Sonra olaya intihar süsü vermek istediler ama şahitler vardı. Ayrıca bir insan tırnak makasıyla iki bileğini ardı ardına o kadar derin nasıl kesebilir? Failleri yargılattım, saray bahçesinde mahkeme kurdurttum. İdama mahkûm edilenler oldu, başta Mithat Paşa ama cezasını küreğe çevirip Yemen'e gönderttim."

Doktorun kalp atışları hızlanmıştı, çünkü yakın tarihin en önemli konularından biri açılmıştı. "Bir şey sormama müsaade buyurun," dedi. "Mithat Paşa Taif zindanında boğduruldu. Bu nasıl oldu?"

Abdülhamid "Vallahi benim bu işte bir günahım yoktur," dedi. "Ölmesini istesem mahkemenin idam kararını iptal etmez, infazını emrederdim. Kim ne diyebilirdi?"

Bu noktada Doktor, bundan sonraki günlerin konuşma metodunu belirlemek üzere bir deneme yapmaya karar verdi. Acaba Hünkâr söylediklerine itiraz edilmesine izin verecek ve konunun tartışılmasına razı olacak mıydı? Öyle olması lazımdı yoksa bu notlar tatsız tuzsuz bir savunmadan ibaret kalabilirdi.

"Affedersiniz," dedi, "konuşmanız sırasında aklıma takılan bazı konuları sorabilir miyim size? Bunun bir mahzuru var mı?"

Sultan sigara tutan eliyle devam et işareti yaptı.

Bunun üstüne Doktor'la Hünkâr arasında şöyle bir konuşma geçti:

"Taif'teki hapishane kumandanı, sizden emir almadan koskoca bir sadrazamı ve paşayı boğabilir mi?"

"Olmaması lazım gelir."

"Peki nasıl oldu da bu kadar önemli iki şahsiyeti öldürmeye cesaret etti."

"Benim de aklıma takılan şey budur. Nasıl benden habersiz yaptılar bu infazları? Kim emir vermiş olabilir?"

Doktor gülümsedi.

"Haşmetli Padişah kadir-i mutlaktır. Başka kimse emir veremez, bunu siz de biliyorsunuz," dedi.

Padişah susuyordu. Doktor yine sormaya başladı.

"Peki sonra bu cinayetleri işleyen hapishane müdürü cezalandırıldı mı?"

"Hatırlamıyorum," dedi Sultan, keyfinin kaçmaya başladığı yüzünden açıkça okunuyordu.

"Zahmet buyurmayın, biz biliyoruz," dedi Doktor. "Hiçbir şekilde cezalandırılmadı. Mithat Paşa sizi padişah yapan, tahta geçiren kişiydi değil mi?"

Padişah kısık bir sesle "Evet," dedi.

"Meşruti yönetime geçmeniz, meclis açmanız şartıyla."

"Evet," dedi Sultan. "Nitekim açtım da."

"İyi ama bir yıl içinde kapatıp mutlak otoritenizi kullanmaya başladınız," dedi Doktor suçlayıcı bir edayla.

"Evet ama sebeplerim vardı," dedi Padişah. "Mecburdum bunu yapmaya."

Sonra tane tane anlatmaya başladı.

"Tahta geçer geçmez kucağımda bir Osmanlı-Rus harbi buldum," dedi. "Harpten nefret ederim. Kazanan olsun, kaybeden olsun her ülkenin belini kırar. Bu yüzden her şeyi mümkün olduğu kadar müzakere yoluyla çözmeye çalışırım. Ama bu savaş başlamıştı bir kere. Ruslar tarih boyunca en çok savaştığımız millettir. Durumumuz hiç de parlak değildi. İmparatorluk kaynakları tükenmişti. Savaşı bitirmek için birçok değişik taktik vardı kafamda. Ama başımdaki meclis belasıyla bunları uygulamama imkân yoktu."

"Niçin?" diye sordu Doktor. "Ne de olsa sizin meclisiniz." Padişah acı acı güldü, sakalını sıvazladı, sanki bu kadar karmaşık meseleleri nasıl anlatacağım der gibi bir çaresizlik içindeydi.

"Bakın," dedi, "Osmanlı meclisi dediğiniz topluluğu ben size anlatayım: Mebuslar Rum, Ermeni, Türk, Arap, Kürt, Laz, Ulah, Arnavut, Boşnak, Bulgar, Yahudilerden oluşuyordu. Sırbistan, Karadağ, Romanya, Mısır, Tunus da mebus göndermemişti. Ve bakın, meclisin çoğunluğu imparatorluktan ayrılmak isteyen azınlıkların elindeydi. Devlet-i Osmani'nin yıkılması için çalışıyorlardı. Böyle bir duruma hangi devlet dayanabilir? Üstelik harp içindeyken... Türklerin azınlıkta olduğu bir milli meclis, hiç aklınız alıyor mu? Bu yüzden kapatmak zorunda kaldım. Kusura bakmayın ama bizim Genç Osmanlıların bir türlü anlamadığı gerçek budur işte. Avrupa'ya gidip oradaki idarelerin etkisinde kalıyorlar, bizde niye olmasın diye düşünüyorlar. Ama bilmedikleri şey şu: Osmanlı'da Avrupalılar gibi birleşmiş, yekpare bir millet yoktur. Dünya yüzünde ne kadar çeşit insan ne kadar çeşit din varsa hepsi bizdedir. Şimdi hürriyet diye diye geldiler. Bakın bakalım neler olacak."

Doktor'u bu noktada aldı bir düşünce. Balkan Harbi, memleketin toprağını ve nüfusunu eritiyordu. Birçok eyalet, ülke, bölge elden çıktığı gibi şimdi de düşman orduları Selanik üstüne yürüyordu. Herhalde adamcağız böyle bir şeyi rüyasında bile göremezdi, duysa kalp krizi geçirirdi.

Doktor o akşamı yine heyecan içinde, sigarasına ve çipuro şişesine sarılarak eşantiyon bloknotları üzerine minicik harfler yazarak geçirdi. Artık sabık padişahla arasında yeni bir anlaşmaya varılmış olduğundan emindi. Sanki o hâkim, Padişah da sanık olmuştu. Biri sorguluyor, öteki sorgulanıyordu. Dünyayı idare etmiş hükümdarlardan biri elindeydi, ağzına bakıyordu. Doktor bu müthiş iktidarın keyfini çıkarırken yüksek sesle bir kahkaha attı ve o sırada sigara dumanı da çekmiş olduğu için boğulurcasına öksürmeye başladı. Öksürük dindikten sonra *olsun* diye düşündü, *iktidar güzel şeymiş vallahi.*

Doktor, kenar süsleriyle kalbe ferahlık veren güzel mektup kâğıtlarından birini aldı, özenli bir hatla yazmaya başaldı.

Bir bakışıyla beni benden alan, gözümün nuru, gönlümün süruru

Yıllardır size hasretim ve yanınızda olmadan geçen her gün bana azap veriyor. Nerede olduğunuzu, İstanbul'a dönüp dönmediğinizi bile bilmiyorum. Hamid devrildikten sonra muhterem pederinizin sürgün cezasının sona ermiş olduğu ümidindeyim. Ne de olsa İstanbul'da sizi görmem ve hayırlı bir teklif için pederinizi ziyaret etmem daha kolay olur.

Her gün köşke giderek eski sultanı ve ailesini muayene etmek dışında önemli bir işimin kalmadığı Selanik hayatım sanki her an bir değişime uğrayacakmış, bir mucize olacak da hasretim sona erecekmiş gibi bin bir ümitle geçiyor. Eski sultanın bana anlattıklarını, kibar davranmaya çalışmasını, yaptığı iltifatları görmenizi, duymanızı isterdim. Yalnız kendisi değil saraylıları ve kapı halkının hepsi öyle. Bazen, acaba biz bu insanlar hakkında yanlış şeyler mi duyduk, rivayetler mi bizi yanılttı diye düşündüğüm oluyor ama aklıma hemen yaptığı zulümler geliyor. İnsanlar iktidardayken ayrı, düştükten sonra ayrı diye düşünüyorum. Köşesine çekilmiş masum bir ihtiyar gibi görünse de nicelerinin ahı var üzerinde. Bazen de yarı kapalı göz kapaklarıyla yorgun ve bitap durumda oturan adama bakıp 'Fatih Sultan Mehmet'in, Yavuz Sultan Selim'in, Kanuni'nin torunu olabilir mi bu adam' diye soruyorum kendime. Hiç sefere çıkmamış, savaş meydanında bulunmamış bir sultan bu, dedeleri gibi değil.

Konuşmayı çok seviyor, durmadan hatıralarını anlatıyor ve o konuşurken ben nedendir bilmem, gözüme girmeye, gü-

venimi kazanmaya çalıştığını hissediyorum. Belki kendisinin ve ailesinin sağlığından endişe ettiği için belki de kendisi hakkında iyi konuşmam, onu hayırla anlatmam için. Ama şunu itiraf etmeliyim ki eskiden zalim ve vicdansız bir mahluk olarak düşündüğüm Sultan, şimdi bana ağrı çeken, korkan, ailesini seven, vehimli, kederli bir hasta gibi geliyor. Zaman zaman da acaba o meşhur entrikalarıyla beni kandırıyor mu diye düşünmeden edemiyorum.

Doktor yazdığı mektubu tekrar okuyunca son satırlardan hoşlanmadı. Bu karmaşık konuyu istediği gibi ifade edememişti. Olur da bu mektup birinin eline geçerse başına çok büyük dert açardı. Mektubu küçük küçük parçaladı ve ocağa attı.

Ertesi gün yine alışılmış biçimde başladı. Üç metre ötede oturan Padişah, bütün gece hemoroid sancısının uyutmadığından, akşam yemeğinde dayanamayıp üç köfte yediği için midesinde yanma ve gaz oluştuğundan, karnını kafuru ile ovdurduğundan, Zülfet Kalfa'nın çok ağrısı olduğu için ona *sirop* verdiğinden, Abid Efendi'ye bira mayası vermeye başladığından, evdeki çarşaf, yorgan ve giysilerin bahçenin bir köşesinde yakıldığından söz etti ve şehirdeki kolera vakalarının durumunu sordu. "Bu salgınlar en çok fukarayı vurur," dedi. "Selanik'te de böyle olmuştur mutlaka." Doktor kolerayı kontrol altına aldıklarını, her gün ölü sayısının azalmakta olduğunu anlatarak adamın içini bir nebze ferahlattıktan sonra "Sohbetimize devam edelim mi?" diye sordu.

"Evet," dedi Padişah. "Hadi kahveler gelsin bakalım."

Doktor, gece boyunca aklında evirip çevirdiği bir sorudan başladı.

"Kıbrıs adasını niçin İngilizlere verdiğiniz çok tartışıldı," dedi. "Sahiden koskoca adayı, ata mülkünü niye verdiniz?"

Padişah acı acı gülümsedi. "Bakın Doktor Bey evladım, benim tahtımda bizzat siz otursanız aynı şeyi yapardınız. Başka çarem yoktu," diyerek anlatmaya başladı.

"Ezeli düşmanımız Rus orduları Balkanlar üzerinden sarkarak İstanbul'un burnunun dibine kadar gelmişti. Yeşilköy'de karargâh kurdular. İstanbul şehri düştü düşecekti ve kurtulmak için bir çare yoktu. Ruslarla çok ağır şartları olan bir anlaşma imzalandı. En çok ağrıma giden ise koskoca Osmanlı padişahı olarak Rus orduları kumandanı Grandük Nikola ile görüşmeye gitmemdi. O zor dönemde yine bu büyük ülkelerin menfaatlerini çatıştırmayı düşündüm. Biliyordum ki İngilizler bu anlaşmadan son derece rahatsız. Marmara'da İngiliz gemileri dolaşmaya başlamıştı. Sonunda Ruslara karşı denge oluşsun diye yüz yıllığına Kıbrıs'ın idaresini onlara vereceğimi söyledim. Mülkiyetini değil idaresini. Mülk gene bizimdi ama ah İngiliz! Diyorum ya bir yere parmağını koydu mu bir daha çıkaramazsın diye."

Doktor, *ben bu adamla ne yapacağım*, diye düşündü canı sıkılarak. *Her şeye bir cevabı var. Soruları da tersine çevirip neredeyse biz muhalifleri suçlu çıkarıyor.* Sonra *adamın mesleği bu* diye geçirdi içinden. *Yıllar boyu müzakere üstüne müzakere yürütmüş. Alışmış tabii.*

Konuyu biraz değiştirmeye karar verdi. "Başınızdan çok ilginç olaylar geçmiştir herhalde," dedi. "Dünyanın bütün krallarını, imparatorlarını tanıdınız. Biraz onlardan bahsetseniz."

Padişah bu öneriye memnun oldu, yüzüne bir gülümseme yayıldı, dünyayı yönetmiş olan insanları ve onlarla olan münasebetleri anlatmak her zaman hoşuna giderdi.

"Yarından itibaren size Avrupa seyahatimizi anlatayım," dedi. "Belki de uzun ömrümün en garip olayları o seyahatte yaşandı."

İKİNCİ BÖLÜM

Genç bir şehzade

Mutlu mu mutlu, yaşam zevkini iliklerine kadar hissеden, içine çektiği her nefesle bütün hücreleri canlanan bir şehzade. Lacivert bir rüyaya benzeyen Boğaz sularından sırtları gümüş gibi pırıl pırıl parlayan lüferler çeken, Istranca ormanlarında avlanan, yaz kış demeden her gün yüzen, koşan, ata binen, piyano çalan bir delikanlı...

Doktor'un bu sözlere inanası gelmiyor ama karşısında oturan, bir enkaza dönüşmüş olan evhamlı, müstebit adam, bunları anlatıp duruyor, gençliğinde böyle birisi olduğuna inandırmaya çalışıyor onu. Doktor'un kafasında hiç de buluşmuyor bu iki görüntü. Sultan Abdülhamid'in, anlattığı gençle hiçbir benzerliği yok, buna rağmen ısrar ediyor, *böyle bir insandım, Allah şahidim olsun gençliğimde böyleydim* diyerek.

1867 yılında, en mutlu günlerini yaşıyordu. Diğer şehzadelerin aklında bir gün tahta geçmek vardı ama onun aklına bile gelmiyordu böyle bir şey. Özellikle iki yaş büyük biraderi Murad'ın bu işi çok ciddiye aldığı belliydi. O sırada kendisi Rum Sarraf Zarifi'nin tavsiyelerini dinleyerek yatırım yapıyor, müthiş para kazanıyordu. O kadar ki, hiç beklemediği anda tahta çıktığında büyük bir servet sahibiydi. Saltanat bahşişini bile kendi kesesinden dağıtmış, devlete yük olmamıştı.

Tahtta amcası Sultan Abdülaziz vardı. İriyarı, çakır gözlü, saati saatine uymayan, sık sık öfkelenen, pehlivanlığa meraklı bir padişahtı ama Allah'ı var, yeğenlerine kötü muamele etmiyor, saraylara, köşklere hapsetmiyor, bir fitne fesat peşinde olmadıkları sürece rahat bırakıyordu. Rahmetli babası kadar yakışıklı, zarif bir adam değildi ama müthiş bir heybeti vardı. Kaşlarını çatıp da o çakır gözlerini devirince kul kısmının ve bu arada kendilerinin de ödünü koparırdı. Sık sık pehlivanları çağırır, kendisi de yağlı kıspet giyer, saray bahçesinde güreşirdi. Ava, cirit oyununa pek meraklıydı, doğuştan sporcu bir adamdı ama öte yandan, o pehlivan yapısından hiç beklenmeyen bir zarafetle piyanoda, lavtada besteler yapar, o zamanın modasına göre dinleyeni mest eden nefis barkaroller çalardı. Oysa rahmetli babası haremden çıkmazdı, kadınlara pek meraklı, zarif bir adamdı. Kırkı aşkın çocuğu olduğu biliniyordu ama bilinmeyeni daha fazlaydı. Ama o bile atası III. Murad gibi yüz otuz beş çocuk rekoruna ulaşamamıştı.

Lafın burasında Doktor gülmesini zor tuttu. Çünkü aklına gelen şeyi Padişah'a açıklayamazdı. Çapkın Abdülmecid Han hastalanınca Avrupa'dan bir doktor getirmişler. Doktor Padişah'ın soyunmasını istemiş, bu sırada baş tercüman da ikisinin sözlerini çeviriyormuş. Bir ara doktor, Padişah'ın avret yerine bakıp bir şey söylemiş. "Ne diyor?" demiş Padişah. "Efendim maslahat-ı şahanenizin gayet iyi durumda olduğunu söylüyor," deyince Padişah kükremiş: "Söyle şu gâvura maşallah desin, çabuk maşallah desin!" Halk arasında çok anlatılan bu hikâyeyi yaşlı adama söylemesi mümkün olmadığı için öksürerek durumu idare etti ama o sırada Padişah, "Eyvah!" dedi, "Nedir bu öksürük, nereden çıktı, hasta mısınız?" Neredeyse salondan çıkıp gidiyordu ama Doktor, "Bir şeyim yok sadece gıcık tuttu," deyince rahatlayıp yerine oturdu.

"Babam Dolmabahçe'de bir saray yaptırmaya başlamıştı. Eskiden hünkârlar daha gösterişsiz yerlerde otururlardı ama nedense babam Avrupa saraylarının ihtişamı ile boy ölçüşecek bir saray inşaatına girişti. Amcam bu korkunç masrafı daha da artırdı, üstüne bir saray daha yaptırdı. Benim aklım buna ermiyordu. Çünkü para nedir bilen bir adamım. Devlet bütçesi bu işlere yetmiyordu. Bu yüzden durmadan para basıyorlardı. Amcam o devasa sarayına kapandı; altı bin hizmetlisiyle, haremiyle. Sarayın aşırı harcama yaptığı ve halkın giderek yoksullaşmakta olduğu kimsenin gözünden kaçmıyordu. Halk amcamı sevmemeye, istememeye başlamıştı. Allah'tan son iki büyük devlet adamı ona nasip olmuştu: Ali Paşa ve Fuad Paşa. Muazzam adamlardı bunlar. Padişah'ın eksiklerini kapatmaya, yanlışlarını düzeltmeye çalışıyorlardı. Zaten devleti padişah yönetmez, devlet adamları yönetir. Onlar iyiyse sana iyi derler, kötüyse kötü.

Babam Avrupa tarzını benimsemiş bir insandı ama amcam tam tersiydi. Bu yüzden Avrupa ülkelerine gideceğini duyduğumda inanamadım. Asırlar boyunca hiçbir Osmanlı sultanı, kendisinin olmayan topraklara ayak basmamıştı. Batı'ya, Doğu'ya ancak muazzam ordularının fethi için gitmişlerdi. Avrupa terbiyesiyle büyümüş Murad biradere bu haberi verdiğimde güldü, 'Aman,' dedi, 'ister misin Paris'te yere bağdaş kurup iki eliyle yemeklere dalsın.' Amcamın Doğulu tavırları onun hiç hoşuna gitmezdi."

Doktor o gün köşkten çıkarken aklı yaşlı adamın kendisini, gençliğinde çok farklı bir insan olduğuna inandırma çabasına takılmıştı. Niçin bu kadar ısrar ediyordu, üzerinden bunca zaman geçmiş bir dönemi niye hararetle anlatıyor, örnekler veriyor, heyecanla o genç prensi savunuyordu? Ne gerek vardı buna? Ayrıca söylediklerinin doğru olması mümkün değildi. Hayatları boyunca herkesin göğsünün üstüne bir değirmen taşı gibi oturmuş Sultan Hamid'i bilmez miydi hiç?

Yine de Sultan'ın bu kadar çabalaması içine bir kurt düşürmüş olmalıydı ki o gün köşkten çıktıktan sonra doğruca kütüphaneye gitti. Eski gazeteleri ve kitapları gözden geçirmeye başladı. 1909'a kadar Abdülhamid'i yere göğe koyamayan, "Allah'ın yeryüzündeki gölgesi, şevketlu efendimiz, zat-ı şahane" gibi akıl almaz övgüler dizen İstanbul basını, o tarihten sonra hemen tavır değiştirmiş, eski Padişah'ı "şeytan-ı lain, şerefsiz, ruhu iblis" gibi yerin dibine batıran bir üslup benimsemişti. Böyle bir basından bir şey öğrenme imkânı olmadığı için Doktor yerli ve yabancı kitaplara başvurdu. Sultan Hamid üzerine pek çok hatırat vardı. Bunlardan iki tanesi dikkatini çekti ve eve götürüp okumaya başladı. O gece sabaha kadar gözünü kırpmadan okudu. Kendilerine anlatılandan farklı bir adamla karşılaşmak biraz şaşırttı Doktor'u. Özellikle bazı yabancıların yorumları, insanı hayrete düşürecek, acaba başka bir adamdan mı söz ediliyor dedirtecek kadar ilginçti. İstanbul'daki Amerikan Büyükelçisi Tirel 1897'de *New York Times* gazetesine ve bazı Amerikan dergilerine onu, "Avrupa'da tanıdığım en entelektüel adam" diye övüyor, Rus Çarı'nın onun yanında Doğulu kaldığını söylüyor ve "Tam bir Batılı" diyordu.

Osmanlılar Avrupa'da

"1867 yılıydı, amcamın mutlak otoritesi altında yaşayan şehzadeler olarak çok şükür hayattaydık, hiçbirimiz öldürülmemiştik. Oysa bizim ailede şehzadelerin 'nizam-ı âlem' için katledilmesi kanun haline gelmişti. Konstantiniyye'yi aldıktan sonra geleneğe uygun şekilde yapılan üç günlük yağmaya bile yüreği dayanmayıp ikinci gün sonlandıran büyük dedem Sultan Mehmed bu kanunu zalimliğinden değil, imparatorluk, Cengiz Han'ın çocuklarının yaptığı gibi kardeşler arasında parçalanmasın diye çıkarmıştı. Gerçi eşikteki beşikteki on dokuz kardeşini birden boğduran dedelerimi anlamakta güçlük çekiyordum ama demek ki o devirde işler biraz daha farklıydı. Şimdi ne de olsa 20. yüzyıla yaklaşıyorduk, böyle şeyler yapılmamalıydı. Avrupa'da hiç hoş karşılanmazdı bu tip olaylar.

Her zaman küçük görülen Avrupa'nın önemi artmıştı artık. Oradan gelen haberleri daha dikkatli izliyor, anlatılanlar karşısında hayrete düşüyorduk. Tarihte ilk kez, bizim hakkımızda ne düşündükleri önem kazanmıştı. Eskiden 'gâvur'un fikirlerine hiç aldıran olmaz, bize barbar demelerine ise gülüp geçilirdi. Nasıl olsa herkes asıl barbarların Haçlı Seferleri'yle Doğu'ya gelenler olduğunu bilirdi. Latin barbarlar, Konstantinopolis'i bile yağmalamışlardı. Rahmetli büyük dedem şehri ayağa kaldırmak için yıllarca imar faaliyetlerinde bulunmuştu. Ne var ki son zamanlarda duyduğumuz gelişmeler, gördüğümüz yabancı dergiler, tasvirler Avrupa'nın artık bambaşka bir yer olduğunu gösteriyor, bizde de merak uyandırıyordu.

İşte tam o günlerde Fransa İmparatoru III. Napolyon'dan amcama bir davet geldi. Haşmetli İmparator Paris'te açılacak bir dünya sergisi dolayısıyla Osmanlı İmparatoru Abdülaziz'i memleketine davet ediyordu. Bu davet o kadar büyük bir heyecan yarattı ki anlatmam mümkün değil. Yabancı büyükelçiler saray koridorlarını, bekleme odalarını doldurarak gergin fısıldaşmalarla kulis faaliyetine giriştiler. Böyle bir seyahate en çok Rus Çarlığı karşı çıkardı ama zaten amcamın Paris'e gitmeyeceği düşünülüyordu. Osmanlı sultanları kaç asırdır fethettiği topraklar dışında hiçbir yere ayak basmamıştı. Hatta kendi toprakları olan Kudüs'ü bırakın, kutsal Mekke'ye hacca gitmemişti. Bu yüzden amcamın bu geleneği bozup da Fransa'ya gideceğine kimse inanmazdı. Sonunda olmaz denilen şey oldu. Artık Ali Paşa ve Fuad Paşa mı ikna etti, amcam bu kadar anlatılan, göklere çıkarılan gâvur âlemi ne mene bir şeymiş, fani dünyada ölmeden göreyim mi dedi bilmem ama bir gün Zat-ı Şahaneleri'nin Fransa'yı ve İmparator Napolyon'u ziyaret edeceği haberi Osmanlı mülküne bomba gibi düştü. Zaten bir Avrupa hayranı olan birader Murad tepkisini o zaman gösterdi işte. 'Ah,' dedi, 'pehlivan amcam orada neler yapacak acaba, ne potlar kıracak.'

İkimiz de amcamın bizi kesinlikle götürmeyeceğinden emindik ve Avrupa'yı göremeyeceğimiz için üzgündük ama beklediğimiz gibi olmadı. Ertesi gün saraydan gelen talimat, bizim de seyahate dahil edildiğimizin müjdecisiydi. Murad, ben ve amcamın oğlu Yusuf İzzeddin yani üç şehzade amcamla birlikte gidecektik. Bize rüya gibi gelen ve hemen hayaller kurmamıza neden olan şaşırtıcı davetin nedenini daha sonra anlayacaktık. Ali Paşa 'Şehzadeleri de yanınızda götürün,' demiş. Allah razı olsun paşadan, ne dualar ettik adamcağıza. Aslına bakarsanız, amcamın tahtına oturmak aklımızdan bile geçmezdi. Asırlardır tahttakileri devire devire, öldüre öldüre öyle bir korku ortamı yaratılmış ki kimsenin kimseye güveni kalmamış. Bazen biraderle ailemizin kanlı tarihini konuşur ve 'Aman,' derdik, 'Ne taht olsun, ne de bu belalar. Hayatın tadını çıkarmak varken...'

Artık 19. yüzyılın değişen zihniyetine layık, modern kişiler olarak yaşamalıydık. Geçmişin tahtla ibrişim urgan arasında sallanıp duran kanlı sarkacını çok iyi bilen iki şehzade olarak birbirimizi kandırmıyor, içimizden gelenleri söylüyorduk. Tahtın üstünde kılıçlar dikine duruyordu ve herkesin bildiği gibi kılıçla her şey yapılır ama üstüne oturulamazdı.

Yirmi dört yaşındaydım ve Avrupa'yı görme fırsatı doğmuştu; inanılmaz bir şeydi bu, bir mucizeydi. Dediğim gibi Avrupa, hakir görülen, küçümsenen, beğenilmeyen bir 'gâvur diyarı'ydı, ekonomileri ise 'gâvur parasıyla beş kuruş etmez' sözünü hak edecek kadar zayıftı. Padişahlar sık sık 'küffar üzre' savaşa giderler; Viyana'ya kadar uzanan geniş ülkeleri, ovaları, kaleleri zapt ederek İstanbul'a şan ve şeref içinde dönerlerdi. Oralara yolu düşen bir elçi, gösterilen muamele karşısında sinirlenerek görevini yarıda bırakıp İstanbul'a dönmüştü. Kötü muamele ise elçiye bir oda orkestrası dinletmeleri ve yemek olarak da nadide deniz mahsulleri ikram etmeleriydi. Bu davranışlar karşısında kendisini hakarete uğramış hisseden elçi, davet sahibi asillere 'Bre edepsizler! Bana utanmadan müzahrefât, börtü böcek ikram edersüz, gıy gıy gâvur kemençesi çalarsuz; ben de memlekete dönüp mehterhanemi döğdürüp mis gibi kuzu eti yemez müyüm?' diye celallenerek çıkıp gitmişti. Ne var ki zaman her şeyi değiştirmiş, Avrupa'dan gelen ilerleme haberleri, gidip dönenlerin anlattıkları, *The Illustrated London News* ya da *Le Monde Illustre* gibi dergilerdeki çizimlerde görünen şatafat, yavaş yavaş Osmanlı'nın özgüvenini sarsmaya başlamış, Avrupa modasının karşı konulmaz rüzgârı bu mistik şark diyarını da etkisi altına almıştı. Özellikle İstanbul'da bir Frenk modasıdır alıp başını gitmişti. Bu modadan en çok etkilenen de saraydı.

Seyahat kesinlik kazanınca hem Avrupa'da hem İstanbul'da büyük bir heyecan yaşanmaya başladı. Birçok büyük şirket, bu geziden mümkün olduğu kadar yararlanmak için lobi faaliyetlerinden, Fransa'da verilecek büyük davetlere kadar bir yarış içine girdiler. Amcam bu özel davetlerden sadece Vale dö Kristal'i şereflendirmeyi kabul etti. Büyükelçiler ve çeşitli ruhani liderler Padişah'ın sağ salim gidip gelmesi için dualar ettiler. Rum Patriği, Padişah'ın huzurundan mahrum kalacakları için üzüntülü olduklarını ama çok başarılı geçeceğine emin oldukları bu seyahatten doğacak faydaları düşünerek teselli bulduklarını belirtiyordu. O sırada Yahudi cemaatinin Padişah'a çok bağlı olan hahambaşı yıldız falı bakarak bir kehanette bulunmuş ve 'Eğer Hünkâr bu Avrupa seyahatinde yasak meyveyi yemezse her şeyin yolunda gideceği'ni bildirmiş. Bu fal da Padişah'ın annesi Valide Sultan'ın merakını mucip olmuş. Neyse ki Fuad Paşa 'Yasak meyvenin, Padişah'ın huzurunu bozabilecek siyasi meseleler olabileceğini ama hiç merak buyurmamalarını, kendisinin Zat-ı Şahane'nin hep yanında olarak onun huzurunu temin edeceğini,' söyleyerek Valide Sultan'ı rahatlatmış.

Derken Hariciye Nezareti, Zat-ı Şahane'nin 21 Haziran 1867 günü hareket buyuracaklarını, 28 Haziran'da Tulon'da karaya çıkıp Fransa mülkünü şereflendireceklerini bildirdi.

O günü hiç unutmadım. Cuma selamlığı Ortaköy sahilindeki şaheser camide yapıldı. Amcam kır atının üzerinde iri gövdesiyle, nişanlarıyla, kıyafetiyle, alay alay gelmiş halkını selamlayarak camiye girdi, namazdan sonra saraya döndü. Biz hazırdık ve gemiye binmek için sabırsızlanıyorduk. Amcam da geciktikçe gecikiyordu. Rus Çarı'nın oğlu Aleksey, Olga vapuruyla İstanbul'a gelmişti. Padişah onunla ve maiyetinde gelen General İgnatiyef'le görüşüyordu, ziyaret beklenenden uzun sürmüştü.

Nihayet saat dörtte Boğaz'ın iki yanından top atışları duyulmaya başlandı. Sarayın önündeki firkateynlerden yapılan salvolar, saltanat kayığının saraydan yola çıktığını, Zat-ı

Şahane'nin İstanbul'dan ayrılmak üzere olduğunu belirtiyordu. Biz zaten yerlerimizi almış, dairelerimize yerleşmiştik. Amcam altın yaldızlı saltanat kayığı ile geldi ve görkemli Sultaniye yatına bindi. Boğaz'ın masmavi suları üzerinde hafif rüzgârla sallanan Sultaniye yatı hünkâr ve maiyetini ağırlıyordu. Pertevniyal yatı hizmetlilere ve gerekli malzemeye ayrılmıştı. Ayrıca Osmaniye ve Orhaniye adlı iki uskurlu firkateyn ile Fransa Sefiri M. Bure'nin bindiği Forbin yatı da Padişah'a eşlik ediyordu.

Ama şimdi size işin başka bir tarafını açıklamak zorundayım. Belki... belki değil mutlaka tuhaf gelecek size. Amcam Dar-ül harp ülkelerine ayak basan ilk sultan olmak istemiyordu. Hiç niyeti yoktu böyle bir şeye. Ama Balkanlar, Mısır, Girit gibi birçok Osmanlı eyaletinde huzursuzluklar artmış, bağımsızlık mücadeleleri baş göstermişti. Üstelik bu kargaşanın büyük devletler tarafından tahrik edildiği konusunda da güvenilir istihbarat geliyordu. Bu durumda III. Napolyon'un davetini bahane ederek Fransa'ya, İngiltere'ye gidip onlarla yeni anlaşmalar yapmak, bu büyük devletlerden Rusya'nın aleyhteki faaliyetlerini durdurmalarını istemek çok mantıklıydı. Ne var ki her işe burnunu sokan ve her konuda ahkâm kesen ulema takımı Al-Osman sultanının ayağı Darü'l harp toprağına basamaz diye tutturmuştu. Halkın yanlış yönde etkilenmemesi için bu engelin aşılması gerekiyordu. Sonunda kurnaz saray mabeyincileri bir çözüm üretti. Padişah'ın ayakkabılarının, çizmelerinin altına ayrı bir bölüm yapıldı ve İstanbul toprağıyla dolduruldu. Böylece koskoca ülke büyük bir sorundan kurtulmuş oldu. Padişah gâvur toprağına ayak basmayacaktı. Ayağının altında hep Osmanlı toprağı olacaktı. Murad'la ben bu saçmalığa sadece gülüyorduk. Nelerle uğraşıyorlardı!

Filo İstanbul'dan ayrılırken iki yakaya birikmiş halkın kulakları sağır eden tezahüratını, kalelerden ve firkateynlerden atılan topların yarattığı müthiş tarrakayı kelimelerle anlatmam mümkün değil. Amcamın bu maceraya kalkıştığı için endişeli olduğunu biliyordum ama durumu hiç belli etmeden büyük bir sultan olarak halkını selamladığını görmek ilginçti doğrusu.

Çanakkale Boğazı'ndan geçerken de aynı şenlikler yeri göğü inletti. Asıl sorun iki gün içinde baş gösterdi, fırtına başladı. Sultaniye'nin kaptanı Gamsız Hasan Bey günlerdir Akdeniz fırtınaları başlamadan önce yola çıkılması konusunda sarayı ikna etmeye çalışıyordu. Ama zavallı kaptanın korktuğu başına gelmiş ve filo fırtınaya yakalanmıştı. Gemi boyuna çıkan azgın dalgalarla kabaran Akdeniz, Sultaniye'yi ceviz kabuğu gibi sallıyor, burnu bir batıp bir çıkan geminin savruluşu bütün yolcuların midesini ağzına getiriyor, kimi kusuyor, kimi küpeşteye tutunuyor velhasıl herkes perişan bir halde başının çaresine bakmaya çalışıyordu ki amcamın haşmetli gövdesiyle güvertede belirdiğini ve ateş çakan gözlerini kaptana dikerek, gür sesiyle haykırdığını duyduk. 'Tez durdurasın bunuu!' diyordu. 'Bu sallantıyı hemen durdur. Yoksa sen bilirsin.'

Zavallı kaptan bir yandan fırtına, bir yandan da Padişah'ın gazabına uğrama korkusuyla kireç gibi bembeyaz kesilerek korkudan yere yığıldı. O sırada dev bir dalga gelip Padişah dahil hepimizi sırılsıklam etmeseydi, amcam pehlivan gövdesiyle kaptanı tuttuğu gibi denize atacak diye korkmuştuk. Neyse ki en zeki devlet adamımız olan Hariciye Nazırı Fuad Paşa, Hünkâr'ı dairesine gitmeye ikna etmeyi başardı. Saray hekimi Hünkâr'ın sinirlerini yatıştıracak bir iksir tertip ederek onun uzun bir uykuya dalmasını sağladı. Amcam ertesi sabah uyandığında fırtına dinmiş, deniz sütliman olmuştu. Böylece yolculuğun daha başında büyük bir varta atlatılmış ve Padişah, emrinin yerine getirildiğine inandırılarak Kaptan'ın kuşça canının kurtulması sağlanmıştı.

Bundan sonra yolculuk sorunsuz geçti denebilir. Napoli'ye vardığımızda üç gün mola verdik ama karaya çıkmadık.

Bir hafta sonra Tulon'a vardığımızda Fuad Paşa'yı yine bin bir güçlük içine sokacak bir olay meydana geldi. Tulon limanında Fransızlar, Padişah'ı karşılamak için akla ziyan bir tören düzenlemişlerdi. Şehrin kadınlı erkekli bütün asilleri en güzel giysilerini giyerek limanı doldurmuşlardı. Kadınlar güneşten korunmak için rengârenk şemsiyelerle gelmişlerdi. Erkeklerle bir arada olmaları bizi şaşırtsa da Avrupa hayatının böyle olduğunu duyduğumuz için fazla üstünde durmamıştık. Limanda büyük, muhteşem bir tak hazırlanmış olduğunu ve her yerde Osmanlı bayraklarının dalgalandığını görmek ister istemez göğsümüzü kabarttı. Amcamı yüz gemi karşılıyordu. Bu sırada ardı ardına top atışları başladı. Yüz gemiden atılan topların cehennemi gürültüsü şehrin ölülerini bile ayağa kaldıracakmış gibi kıyamet gününü andırır bir dehşet duygusu yaratıyordu. Amcam gemiden inmek için atışların bitmesini bekliyordu, bizler de arkasına dizilmiştik. Top sesleri bir türlü dinmek bilmiyordu, amcam bekledi bekledi, sonra kaşlarını çatarak Fuad Paşa'ya baktı, yüz bir pare top atılacağı hiçbirimizin aklına gelmiyordu ama belli ki öyle olacaktı. Zaten Avrupa'ya kuşkuyla bakan ve her an kötü bir sürpriz beklemekte olan amcam nedense kendisiyle alay edildiği düşüncesine kapıldı, yüzü öfkeden kıpkırmızı kesilerek Fuad Paşa'ya geri dönme talimatı verdi. O anda güvertede bulunan herkesin kanı dondu. Murad'la endişe içinde birbirimize baktık. Ağabeyim dudağını ısırıyordu. Bu kadar muazzam bir karşılama törenini reddedip nasıl geri dönülürdü? Ama Padişah iri gövdesini tir tir titreten bir öfkeye kapılmıştı. Zavallı Fuad Paşa yolculuk boyunca karşılaşacağı ve halletmek zorunda kalacağı krizlerin ikincisini yaşıyordu. Zavallı adam zaten kalp hastasıydı, bu kadar krize o hassas kalbi nasıl dayanacaktı bilmem. Allah'tan sıra dışı bir zekâya ve kültüre sahip olduğu için buna da hemen bir çözüm buldu. Top sesleri arasında Padişah'a sesini zor duyurarak Tulon'un bizim tarihimizde çok önemli bir yeri olduğunu, bu yüzden karşılama merasiminin en yüksek düzeyde düzenlendiğini anlattı. Biz bunları bilmiyorduk. Fuad Paşa'nın güvertede anlattıklarından ve daha sonra ondan daha ayrıntılı dinlediklerimizden öğrendiğimiz kadarıyla Fransa Kralı I. Fransuva, Kutsal Roma Cermen İmparatorluğu'na karşı giriştiği savaşları kaybedince Şarlken tarafından Madrid'de hapishaneye atılmış. Oradan, büyük atamız Sultan Süleyman'a ulaşmanın yolunu bulan Fransuva ya da validesi, ondan yardım istemiş, koruma talep etmiş. Bu isteği kabul eden dedemiz de Barbaros Hayreddin Paşa komutasındaki donanmayı göndermiş. Donanmamız I. Fransuva'yı Şarlken'in elinden kurtardığı için Tulon'da çok büyük şenliklerle karşılanmış ve otuz bin leventle o yıl orada kışlamış. Tulon'un katedrali camiye çevrilmiş, Osmanlı parası kullanılmış. Bu olaydan üç yüz yirmi dört yıl sonra Osmanlı gemilerini Tulon'da görmenin yarattığı heyecan bundan dolayı imiş. Fuad Paşa'nın anlattıkları, döktüğü diller Padişah'ı biraz yumuşattı, o sırada zaten top sesleri de kesildi ve sahildeki orkestra amcamın bizzat bestelediği eserleri çalmaya başladı. Bu davranış hepimiz için çok hoş bir sürpriz oldu ama sanırım en çok amcamı memnun etti. Çünkü on yaşındaki oğlu Yusuf İzzeddin 'Bunlar sizin besteleriniz değil mi?' diye sorunca yüzüne yayılan geniş gülümsemenin saklayamadığı bir gururla 'Evet evladım,' cevabını verdi.

Her yer ve herkes temizdi, şıktı, bakımlıydı. Herhalde dedik şehrin ileri gelenleri olduğu için böyleler. Amcam büyük üniformasını giymişti. Bizler de arkasındaydık. Fuad Paşa akıcı Fransızcasıyla tercümanlık yapıyordu. Buna çok memnun oluyordum çünkü bizi Fransızca konuşma mecburiyetinden kurtarıyordu. Murad'ın Fransızcası benden kat kat ileriydi. Tulon'dan kırmızı beyaz çiçekler ve yeşil defne dallarıyla süslenmiş imparatorluk trenine bindik. Yol boyunca güzel ovaları, üzüm bağlarını, son derece hoş bir mimariye sahip şehirleri, kasabaları, muhteşem katedralleri ve bizi selamlayan halkı izleyerek Paris'e vardık.

Liyon garı ana baba günüydü, iğne atsan yere düşmeyecek haldeydi. Amcam trenden inip platforma ayak bastığında Fransa İmparatoru III. Napolyon Hazretleri hızlıca yanına geldi. Doğu'nun sultanı ve dünya Müslümanlarının halifesiyle imparator el sıkıştılar. İşte kırk yedi gün sürecek olan rüya o anda başladı. İki imparator üstü açık saltanat arabasına bindiler. Bütün Paris sokaklardaydı, *Vive le sultan* diye bağırıyorlardı. Neredeyse bütün şehir bizi görmeye çıkmıştı. Sonradan öğrendik ki Osmanlıları, kimi Çinliler gibi kimi de siyahiler gibi canlandırıyormuş gözlerinde. Tezahüratları gökyüzünü tutmuştu. Nereye bakacağımızı şaşırmıştık. Paris'in büyük binaları, geniş bulvarları, iki sıralı kestane ağaçları, kafeler, kadınlı erkekli insanlar bir masal âlemine geldiğimiz duygusu yaratıyordu. Alay-ı vala ile Tüiyeri Sarayı'na geldik ve orada bizi İmparatoriçe Öjeni karşıladı. Genç ve güzel bir kadındı, üzerinde ince beline tam oturan, dar, güzel ve yuvarlak hatlarını hiç saklamayan şık bir giysi vardı. Daha önce Paris dergilerinin kapaklarında gördüğümüz çizimlerde, kar beyazı göğüslerini, sadece bize değil, kadını kafes arkasında tutan bütün Şark'a meydan okurcasına gözümüze sokan giysilere bürünürdü ama bu sefer Müslüman Sultanı'nı karşılamak için kapalı giyinmeyi tercih etmişti. Amcamı zarif bir reveransla karşılayan İmparatoriçe'ye hayran kalmıştık. Amcam da bizi hayretten hayrete düşürerek tam bir Fransız centilmeni gibi İmparatoriçe'nin kuğudan ak, küçük elini tutup dudaklarına götürdü. İmparatoriçe'nin elini öpmedi ama dudaklarının ısısını duyuracak kadar yaklaştı. Zaten böyle yapmak gâvurlarda kibar ve asil bir âdetmiş. Eli alıp şapır şupur öperek alnımıza götüren biz nereden bilecektik bunları. Haksızlık etmeyeyim, belki de Murad bilirdi, zaten Osmanlı şehzadesinden çok bir Avrupa prensine benzerdi o. Zevkleri de öyleydi.

Ne diyordum? Hımmm. O sarayda öğle yemeği yiyecek sonra ikâmet edeceğimiz Elize Sarayı'na geçecektik. Smokinli birçok uşağın hazır beklediği uzun bir yemek masasına davet edildik, oraya geçerken amcam, Fuat Paşa'nın kulağına bir şeyler söyledi. O da bunları İmparator ve İmparatoriçe'ye tercüme etti. III. Napolyon'un biraz şaşırdığı belli oluyordu ama yine de '*Bien sur, bien sur, absolument*,'[1] dediğini duyduk. Amcamın bir baş işaretiyle sarayımızın baş müezzini, cübbesi ve sarığıyla öne geçti ve bir elini kulağına atarak ezan okumaya başladı. Herkes ayaktaydı. Ezan-ı Muhammedi, Tüiyeri Sarayı'nın mermer tavanında yankılanıyor, müezzin her Allahu ekber dediğinde yer gök inliyordu. Ezandan sonra yandaki büyük salonda mabeyincilerin serdiği seccadeler üzerinde yönümüzü kıbleye çevirerek namaz kıldık. Namaz sırasında Fransız devlet ricalinin bizi izlediğini hissediyorduk. Seferi olduğumuz için amcam namazı kaza edebilirdi ama sanırım diplomatik bir güç gösterisi olarak Fransa İmparatorluk ailesi ve ileri gelenlerinin ayakta beklediği bir namazla ilk selamı vermeyi uygun görmüştü. Trende aldığımız abdest de boşa gitmemişti.

Kusura bakmayın, şu öksürük bir türlü yakamı bırakmıyor. Sık sık öksürük krizlerine yakalanıyorum. Şu anda olduğu gibi. Hayır, hayır kan yok. Rica etsem yeni bir ilaç tertip etseniz. Bizim Müşfika Hanım'ın da geceleri çok ağrıları tutuyor, kıvranıp duruyor zavallı. Nasıl anlatsam, dünyanın en iyi kadınıdır. Tedavi ederseniz çok memnun olurum. Rica etsem onu da görür müsünüz bugün? Fakat sakın morfin vermeyin, ben morfinden çok korkarım, bir hanımıma morfin yaptı hekimler, o gece vefat etti zavallı.

Neyse, ne diyordum, Fransa'da kalmıştık ama şimdi size başka bir konudan bahsedeceğim. Beni anlayabilmeniz için mühim bir konu bu. Sizin de bildiğiniz gibi Fransa seyahatinden dokuz yıl sonra kudretli Padişah'ı tahttan indirdiler, bir odaya kapatıp türlü hakaretler ettiler. Hatta iki saray hademesinin, aşağılık bir davranışla, sandalyeye oturttukları amcamın geniş omuzlarına dirseklerini dayayıp yüzlerinde yılışık bir intikam sırıtışıyla resim çektirdikleri bile görüldü. Hakaretlere uğradı. Sonra da iki bileğini keserek öldürdüler. İşte taht böyledir, önünde yerlere kapanan, canını fedaya hazır olduğunu belirten kapı kulları, eline fırsat geçince öyle bir

1 "Elbette, elbette, kesinlikle."

intikam alır ki hayal bile edilemez. Zavallı amcam, o azametli tavrı içinde mağrur mu mağrur bir Şark Sultanı olarak Tuiyeri Sarayı'ndaki yemekten sonra Elize'ye geçip dinlenmek için kendisine ayrılan kraliyet dairesine çekilirken böyle bir sonu hayal bile edemezdi. Amcamın öldürülmesine içi yanan halk ardından şöyle bir ağıt söyledi:

Beni tahttan indirdiler
Beş çifteye bindirdiler
Topkapı'ya gönderdiler
Uyan Sultan Aziz uyan
Kan ağlıyor bütün cihan

İşte ikbal ve idam bu kadar yakındır birbirine. İktidar ölüm getirir, mutlak iktidar ise mutlak ölüm getirir. Hele bizim oralarda. Peygamber efendimizin bile cenaze namazını sadece on yedi kişi kıldı biliyorsunuz; sadece ev halkı kaldırdı iki cihan efendisi peygamberimizin cenazesini. Çünkü onun yerine kimin geçeceği mücadelesi başlamıştı. Mekke'den onunla birlikte gelenler halife bizden olmalı diyorlardı. Medineliler ise biz ensarız, size kucak açtık, halife bizim aramızdan seçilmeli diye ısrar ediyorlardı. İslam'ın bu ilk düğümünü Hz. Ömer'in kılıcı çözdü. İki adam boyunda olan Ömer, kılıcını çekti ve 'Ben Ebubekir'e biat ediyorum,' dedi. Bunun üstüne kimse sesini çıkaramadı. Ebubekir bir yıl sonra vefat edince yerine Ömer geçti ve sonu öldürülmek oldu. Onun yerine geçen Osman da öldürüldü. Ondan sonra gelen Hz. Âli de. Allah huzurunda iken kılıç soksanız bile namazını bozmaz dedikleri için İbni Mülcem onu camide zehirli kılıçla yaraladı. Allah'ın Arslanı kılıçtan değil ama zehirden öldü. Sonrasını ne sen sor ne ben söyleyeyim Doktor Bey evladım. Peygamberin torunları öldürüldü, sonra gelen halifelerden de yatağında ölene az rastlanır. Benim de halife dedelerim İstanbul'da katledildi. Şimdi anlıyor musunuz beni Doktor Bey evladım? Tahtta ve peygamberin hilafet makamında oturmak her an her saniye ölümü beklemek demektir. Gece ve gündüz ölüm nereden gelecek, hangi tarzda saldıracak, hançer mi, zehir mi, kurşun mu yoksa ibrişimle boğulmak mı? Bilemezsin. Sana hizmet ediyor gibi görünen hangi sadrazam hain, hangi nazır satın alınmış, hangi paşa kime hizmet ediyor, hatta hangi hademe, hangi oda hizmetçisi kimin adamı? Saray koridorlarında neler konuşuluyor, hangi cinayet planları kulaktan kulağa fısıldanıyor, gece yattığım yataktan sabah sağ kalkabilecek miyim, Cuma selamlığına gittiğimde kim bomba patlatacak? Otuz üç yıl boyunca bu düşünceler beni boğdu, yıprattı, sinirlerimi bozdu.

İnsanlar benden bahsederken neyi unuttular biliyor musunuz? Benim de bir insan olduğumu. Bir aile babası, gülen, ağlayan, hastalanan, neşelenen bir insan olduğumu. İnsanı değil sadece iktidarı gördüler. Selanik'teki bu sürgünde daha rahatım. İlk zamanlar hayatım için endişe duyuyordum ama zamanla kardeşimin beni öldürme niyeti olmadığını anladım. Daha rahatım, daha huzurluyum. Gerçi şimdi bile, Allah korusun, beni buradan kaçırmak, tekrar tahta geçirmek gibi fesat hareketlerine girişenler olsa, anında vücudumu ortadan kaldırır hükümet. Hatta böyle bir şayianın çıkması bile idam fermanımın verilmesine yeter. Allah vere de kimse böyle akıl dışı bir çılgınlığa kalkışıp hayatımı tehlikeye atmasa. Evet iktidar ve ölüm diyorduk.

Diğer ülkelerde de farklı değil durum. Mesela, Paris'e gittiğimizde bütün Avrupa imparatorluk aileleri acı içindeydi. Çünkü bizim varışımızdan iki gün önce Meksika'da İmparator Maksimilyen'in idam edildiği haberi gelmişti. Franz Josef'in kardeşiydi. Haşmetli İmparator III. Napolyon da savaşlar kaybetti, azledildi, esir düştü ve Londra'da acılar içinde öldü. Öjeni'nin ona bir veliaht verdikten sonra bir daha temas kurmadıkları rapor edilmişti bana. Adamın pek çok metresi varmış, onlarla düşer kalkarmış ama sonradan gelen bir istihbarat raporuna göre kırk yaşında prostat iltihabı, böbrek taşı gibi birçok hastalık yüzünden erkekliği bitmiş.

Hayret edilecek ve ibret alınacak hikâyeler değil mi? Bütün imparatorlar, birbirinin sağlığını, özel hayatını öğrenir. Nasıl mı? Sözüm meclisten dışarı, bol altınla elde edilen doktorları sayesinde. Benim doktorların da birilerine rapor vermiş olduğuna eminim.

Siz başkasınız tabii. Zaten siz hükümetimize doğrudan rapor yazıyorsunuzdur. Allah sizden razı olsun Doktor Bey evladım."

Doktor bu satırları ilaç firmasının hediye ettiği küçük bloknota minicik yazıyla yazarken epey zorlandı doğrusu. Hem Padişah'ın anlattıklarını ağzından çıkan haliyle hatırlamak hem kimsenin eline geçmemesi için mümkün olduğu kadar az yer tutacak şekilde karınca duası gibi yazmak kolay değildi. Ama değerdi doğrusu. Çok ilginç şeyler öğreniyordu. "Bir insanı tanımak bir imparatorluğu tanımakmış," diye mırıldandı. Bu arada dışarıdan haber alamayan eski padişahın tuhaf bir kader yaşadığını düşündü. İmparatorluğunun bıraktığı gibi kaldığını düşünüyordu. Afrika'da kalan son Osmanlı toprağının kaybedildiğini, ordunun üst üste yenilgiler aldığını, Rusların desteklediği Balkan ülkelerinin kanlı savaşlar sonucunda teker teker elden çıktığını bilmiyordu. Arap eyaletleri de kaynıyordu, Kürt ve Ermeni isyanları tırmanıyordu. Artık herkes altı asır hüküm süren imparatorluğun yıkılmak üzere olduğunu biliyordu. Tek bilmeyen kişi eski hünkârdı. Artık iyice alıştığı sürgün yaşamını kâh mobilya yaparak kâh ibadet ederek kah Doktor'a hayatının en zevkli dönemi olduğu anlaşılan Avrupa seyahatinin ayrıntılarını hikâye ederek huzur içinde geçiriyordu. Batmak üzere olan gemide, suların yükselmeye başladığı koridora açılan kamarasına kapatıldığı için hiçbir şeyin farkında olmayan zavallı eski bir kaptan gibiydi.

Straus'un valsi

Doktor ertesi gün köşke girerken kulağına çok hoş bir vals geldi. Cümle kapısından girince iyice yükselen vals, köşke alınmasına izin verilen bir gramofondan yükseliyordu. Sultan her zamanki koltuğuna oturmuş, başını hafifçe arkaya dayamış, gözleri kapalı durumda müziğin hiçbir notasını kaçırmak istemeden huşu içinde dinliyordu. Hafifçe öksüren Doktor'un farkına varınca işaretparmağını dudaklarına götürerek sessiz olmasını istedi ve karşısındaki koltuğu gösterdi. Doktor ve Sultan plağı sonuna kadar sessizce, neredeyse nefes almadan dinlediler. Sonunda eser bitti ve Sultan, Doktor'a "Biliyor musun evladım," dedi, "bu eser benim içim bestelenmişti. Viyanalı Yohan adlı bir bestekâr bunu bana ithaf etmiş. Çok meşhur bir sanatkâr imiş kendileri. Eser Viyana operasında icra edilmiş. Bunları duyunca bestekâra bir nişan ve bir miktar altın göndermiş idim. Şimdi bu plak beni aldı o günlere götürdü."

Doktor, Johann Strauss'u biliyordu elbette ama bu büyük bestecinin, hükümdar için bir eser bestelediğinden haberi yoktu. *Ne garip*, diye düşündü, *bu adamla ilgili olumlu şeyleri hiç duymamışız. Hepsi korku ve nefretin iyice ağırlaştırdığı koyu, karanlık bir perdenin arkasında kalmış. Ayrıca, iki kere bu adamın dedelerinin kuşatmasından zor kurtulmuş olan*

Viyana'da, onun şerefine bestelenmiş bir eserin icra edilmesi de tuhaf değil mi?

Sultan'ın müzik ve marangozluğa çok önem verdiğini biliyordu ama nedense muazzam tarihi eserler hiç ilgisini çekmiyordu. Koskoca antik Bergama'yı ve diğer kalıntıları Almanlara hediye etmekten çekinmemişti. Kazı izni isteyen yabancılara, altın, mücevher çıkarsa benim ama taşları götürün dediği için Avrupa ülkelerine vagon vagon tarihi eser gitmişti. Antik kentler, Zeus tapınakları, altarlar, Pergamon, Truva, Afrodisias, heykeller adeta yağmalanmıştı. Musul-Kerkük neftlerinin giderek artan ve artacak olan öneminin farkındaydı. Bu yüzden, neft bölgelerinin kendi devletinin mülkü olması ile yetinmeyerek oraları şahsi malı haline getirmişti. Ne var ki Roma, İyonya, Karya, Frigya ve daha nice üst üste yığılmış medeniyetin başyapıtlarını zenginlik olarak görmüyordu. Atası Fatih Mehmed Han, Homeros okuyarak etkilendiği Truva'ya Hektor ve Aşil'in mezarlarını bulmaya gitmişti ama torunlarının pek azında bu tarih bilinci vardı. Sultan Hamid de onlardan biriydi işte.

"Buyurun Doktor Bey evladım. Gece rahat uyuyamadım. Boğazımda yanmalar oldu, şimdi de var, galiba soğuk aldım. Her sabah yaptığım soğuk su banyosu mu sebep oluyor buna bilmiyorum, gerçi hayatım boyunca bırakmadım bu alışkanlığımı. Acaba bu köşkteki cereyan mı beni hasta ediyor? Yalnız ben değil hanımların, kalfaların bazıları da hasta. Ben sulfato almak lazım diye düşünüyorum ama siz artık lazım gelen ilacı tertip edersiniz. Gece uykumu kaçıran şey sadece boğaz yangını ve öksürük değildi. Dün size anlattıklarımdan sonra hatıralar iyice canlanmış olmalı ki yirmi dört yaşımdaki halime döndüm adeta. Paris'in kendine has kokusu bile burnuma geldi. O ne şaşaaydı, ne karşılamaydı, unutmama imkân yok. Bugün gibi hatırlıyorum. Tüiyeri Sarayı'ndaki yemekten sonra ikametimize ayrılmış bulunan Elize Sarayı'na gittik. Ha, az daha unutuyordum, saraydaki yemekte kırmızıya çalar renkte incecik, mücevher gibi bardaklar vardı masada. Üstlerine ay yıldız hakkedilmişti. Bunlardaki zarafete hayran kaldık. Paris sefirimiz bu bardakların Sultan'ın ziyareti için özel olarak imal edilmiş olduğunu söyleyince iyice şaşırdık. Bakkara diye meşhur bir firma yapmış bunları. Ayrıca masada bulunan gümüş süsleri de Kristofıl adlı fabrika, yine Sultan'ın ziyareti şerefine yapmış. Fransızların bu incelikleri daha ilk anda bizi çok etkiledi. Amcam mağrur duruşunu bozmuyordu ama biz yüz ifadesine bakarak bu muhteşem karşılamadan memnun olmaya başladığını anlayabiliyorduk. Elize Sarayı'nı size nasıl anlatsam bilmem ki... Altın varaklı salonlar, odalar, mücevher gibi avizeler, muhteşem yatak odalarımız, işini bilen ve iyi giyimli, kibar hizmet erbabı. İmparatoriçe Josefin'in kocası Napolyon'la yaşadığı mekân. Bütün bunlara rağmen beni en çok etkileyen simsiyah örtülerle kaplanmış karanlık bir salon oldu. Napolyon, İmparatorluk'tan feragatnamesini burada imzalamış. Birçok hükümdarı bekleyen acı son burada yaşanmış.

Josefin demişken size ilginizi çekecek bir şey daha anlatayım: İlerleyen günlerde III. Napolyon amcama bir kitap hediye etti. Fransa'da 1855 yılında basılmış bu kitap, yazarı da Ubucini adlı bir Fransız. Napolyon kitabı takdim ederken amcama 'Biz sizinle akrabayız,' dedi. 'Çünkü büyükanneniz, ailemizin mensuplarından bir Fransız Kontesi.'

Amcam bu iddiayı o kadar ilginç buldu ki bu kısa kitabı bir gecede çevirmeleri için emir buyurdu. Fuad Paşa ve adamları gece boyunca uyumayıp çevirmiş, ertesi gün kitabı okuyabildik. Burada verilen ayrıntılara göre Napolyon Bonapart'ın hanımı Josefin'in akrabası olan Eme dö Riveri, Martinik'ten Fransa'ya dönerken yolda korsanlar tarafından esir alınıyor. Bu güzel ve asil genç kızı korsanlar Osmanlı Sarayı'na hediye ediyor ya da satıyorlar. Burası hâlâ karışık. Dedemiz I. Abdülhamid bu genç kızı eşlerinden biri yapıyor ve Nakşıdil Sultan adı verilen Eme, Sultan'a çocuklar doğuruyor. Bu çocuklardan birisi de dedemiz Sultan Mahmud. Böylece Napolyon ailesiyle Osmanlı hanedanı akraba oluyor. Amcam,

Fuad Paşa'ya bu konuyu araştırmalarını emretti ve büyükannemizin akrabalarının Orliyon şehrinde yaşadığı ortaya çıktı. Hatta İmparator, o aileyi çağırıp amcama takdim etmek istedi ama amcam vakit dar diye istemedi. Daha sonra ben tahta geçtiğimde Paris sefirimize bu meseleyi gizlice incelemesi için talimat verdim. Sefir Efendi büyükannemizin akrabası olan Baron dö Gönse'yle görüşmüş ve ondan birtakım bilgiler almış. Hayattayken Nakşıdil Sultan, Fransa'daki akrabalarıyla temas halindeymiş, onlara çeşitli hediyeler gönderirmiş. Hatta amcam o aileye Nakşıdil Sultan'ın bir minyatürünü hediye etmiş. Eme'nin orta yaşlılığında bile aynen genç kızlığındaki gibi göründüğünü fark edip heyecanlanmışlar ama yine de ailelerinden bir Fransız Kontesi'nin Müslüman olup padişah haremine girmesine çok üzülüyorlarmış. Biliyorsunuz bizim sülalede padişahlara evlat veren Türk hanımları tek tüktür. Daha 1300'lerde devletimizin kurucusu olan Osman Bey'in oğlu Orhan Bey, Bizans İmparatoru'nun kızıyla evlenmişti. O dönemden bu yana hareme hep farklı kökenden kızlar girmiştir. Ruslar, Fransızlar, İtalyanlar, Yahudiler, Sırplar, Macarlar ve daha nice bir millet. Benim anam ve hanımlarımın çoğu Çerkez'dir.

Neyse yine Paris seyahatine dönelim Doktor Bey evladım. Bizimle gelen heyette devlet adamlarının yanı sıra, İtalyan ve Rum *vale dö şambr*'lar[1] vardı. Bunlar bizi itinayla giydiriyor, kıyafetlerimizin Fransızlar yanında aksamaması için uğraşıyorlardı. Bir de İstanbul Şehremini, sohbeti pek tatlı olan, açık sözlü Ömer Faiz Efendi vardı. Onunla konuşmaktan çok zevk aldığım için geziyle ilgili intibalarını, bizim heyetin neler yaptığını soruştururdum. Ömer Faiz Efendi ileri yaşına rağmen hayattan zevk alan birisi olduğu için Paris'e bayılmıştı ve başını şampanyadan çok, hayatın her alanına karışmış olan Fransız kadınlarının döndürdüğünü anlatıyordu.

Sanırım bizleri en çok hayrete düşüren şey de bu idi. Kadınlar, kafes ya da çarşaf altında değildi, erkekler neredey-

1 Hizmetkârlar.

se onlar da oradaydılar. Bu hayat tarzı bana dedem Sultan Mahmud'un eniştesi Amiral Halil Paşa'nın Rusya hakkında anlattıklarını hatırlatmıştı. Dedem, ezeli rakibimiz Rusya'nın nasıl olup da bu kadar ilerlediğini ve bizi geri bıraktığını anlamak için eniştesini Rusya'ya göndermişti. Halil Paşa, Rusya dönüşü Padişah'a bir rapor sunmuş ve en büyük farkın kadın meselesinde olduğunu açıkça anlatmıştı. "Avrupa'da, Rusya'da kadın bir kıymettir ve hayatın içindedir. Erkeklerle birlikte milleti oluşturuyorlar. Bizde ise kadın kafes arkasındadır. Yani biz yarım bir nüfusa sahibiz. En önce halletmemiz gereken konu budur," diyordu.

Tabii paşa haklıydı, biz de Avrupa seyahatimizde bunu gözümüzle görmüştük ama siz bana şimdi memleketi otuz üç yıl idare ettiğim halde niçin kadınları serbest bırakmadığımı soracaksınız. Haklısınız ama bizim memlekette şeriatı aşmak kolay değildir. Şeyhülislamlar, hocalar, müderrisler, tarikatlar, şeyhler öylesine güçlüdür ki padişah nefes alıp da istediği şeyleri yapamaz. Bir ara kadınlardan çarşafı kaldırdım, yaşmak yeterli dedim diye bana da yapmadıklarını bırakmadılar. Lütfen hatırlayın. Bu Avrupalılaşma mücadelesi yüzünden büyük dedem Selim Han'ı bıçaklarla delik deşik ettiler, odasında şehit eylediler, dedem Mahmud canını zor kurtardı, ona da 'Gâvur Padişah' adını taktılar. Böyle bir ortamda siz olsanız ne yapabilirdiniz söyleyin bana. Padişah'ın her dediği anında olur diye bir şey yok. O görünüşte öyledir. Dengeleri elden kaçırırsanız sizi ya katleder ya da sürgüne yollarlar. Benim ne kadar samimi bir Müslüman olduğuma şahitsiniz ama beni bile İslam düşmanı diye yaftalayarak tahttan indirmediler mi?

Amcam da ben de Murad da kör değildik. Avrupa'yla aranın ne kadar açıldığını, adamların fersah fersah ileri gittiğini gözlerimizle gördük. Hem de yaşlı gözlerle gördük dersem mübalağa ettiğimi düşünmeyin. Hele Paris'teki Milletlerarası Sergi'ye gittiğimizde. Amcamı oraya götürmesi için 14. Lui'nin paytonunu müzeden çıkarmışlardı. Bizi de altışar atın çektiği arabalar götürüyordu. Aman Allahım, nasıl bir sergiydi o, dille tarif etmek ne mümkün. Ne makineler icat etmişler, ne yenilikler yaratmışlardı! Gördüğümüz her şey bize inanılmaz geliyordu, aklımız bile ermiyordu. Amcam yirmi bin davetlinin bulunduğu akıl almaz büyüklükteki sergi alanında İmparator'la birlikte oturdu ve çeşitli kişilere ödüllerini verdi. Bin kişilik mızıka korosu Osmanlı marşını çalıp söyleyince yüreğimiz kabardı. Bizi neredeyse tepelerinde gezdiriyorlardı ama içimizdeki hüznü anlamalarına imkân yoktu. Bizim bunlara yetişmemize imkân olmadığını, dünyanın ilim çağını kaçırdığımızı en acı şekilde görüyorduk. Osmanlı pavyonunda halılar, şamdanlar, ipekliler, çuhalar üstüne altın ya da gümüş işlemeli örtüler, armalı silahlar, seccadeler sergilenirken bir de milli kıyafetli Türk delikanlıların 'Buyurun bir kahve için,' diyerek gelip geçeni buyur ettiği bir Osmanlı kahvehanesi açılmıştı. Burada Türk kahvesi içilip çubuk tüttürülüyordu. Bizim makinemiz, icadımız, tekniğimiz yoktu ama Şark'a mahsus keyiflerimiz vardı."

Burada Doktor, Padişah'ın bir sigara yakıp soluklanmasını beklerken *Ah şu bizim miskin ve mistik, üzerinde asırların yorgunluğunu taşıyan, dünyadan habersiz keyif düşkünü Şark dünyamız*, diye geçirdi içinden. Selanik'ten başlayan ihtilal bu sebeplerle tahtından indirmişti karşısındaki adamı ama işin garibi o da bundan yakınıyordu işte. Eski düzeni savunduğunu sandıkları Padişah'ı devirip yerine kukla kardeşini geçirerek dizginleri ele alınca imparatorluk arabasının Batı yolunda daha düzgün, hatta koşar adım ilerleyeceğini sanmışlardı ama şimdi işler daha da kötü olmuştu. Demek ki çaresiz kalmıştı Padişah. Yoksa Osmanlı Sarayı da Avrupa'yla açılan mesafenin farkındaydı, hem de herkesten fazla. Hanedan en azından Selim devrinden beri Batılılaşmak için çırpınıyor, bu uğurda can veriyordu. Karşısındaki Sultan Hamid ise, bu işlerin canına mal olmasından korktuğu için, belki başka çaresi de kalmadığı için görünüşte İslamcılık ama aslında Batı tarzı reformlar yapıp okulları modernleştirerek, kendisinden önceki dönemlerin iki misli yabancı kitap çevirisi yayımlatarak, kız mektepleri açarak, Avrupa saatini uygulamaya çalışarak, ülkeyi demiryollarıyla bağlamaya uğraşarak elinden geleni yapmıştı. Peki bu ihtilale niye kalkışılmıştı o zaman? Yıllarca Paris'te saltanata karşı gazeteler çıkaran, mücadele eden ve Batı devletlerinin desteğini alan Jön Türkler iktidara gelince neyi değiştirmişlerdi? Doktor'un dili varmıyordu söylemeye ama her şey daha da berbat olmuş, İmparatorluk süratli bir çözülme sürecine girmişti. Ayrıca daha başlangıçta Sultan'ı Ermeni katliamıyla suçlayan Jön Türkler "anasır" dedikleri bütün din mensuplarını ve azınlıkları birleştirmek amacıyla yola çıkmış ama onlara daha da beter bir zulüm uygulamaya başlamışlardı.

"Bir şey sormama müsaade var mı efendim?" dedi Doktor. Padişah bu ilgiye biraz da sevinerek "Elbette sorun," cevabını verdi. "Zaten çok meraklı konular bunlar."

"Malum," dedi Doktor, "amcanızın idaresine karşı bir muhalefet hareketi vardı ve bu münevverler daha çok Paris'te toplanmışlardı. Hatta orada gazeteler çıkarıyorlardı. Ziyaretiniz sırasında ne oldu, bir temas sağlandı mı?"

Padişah sert sigarasından derin bir nefes çekti, dumanı halkalar halinde çıkardı ve "Hayır," dedi, "o zatları tanırdık. Hepsi de gayet efendi, kıymetli insanlardı. Paris Sefirimiz bize Namık Kemal Bey, Şinasi Bey, Ali Suavi Efendi gibi muhaliflerin Paris Emniyet Müdürlüğü'ne giderek 'Padişahımızın ziyareti dolayısıyla bizler bu şehirde bulunmamızın uygun olmadığı kanaatine vardık. Londra'ya geçmek istiyoruz,' dediklerini rapor etti. Emniyet Müdürü 'Biz de sizden bunu rica edecektik, hassasiyetiniz için teşekkür ederiz,' demiş. Böylece muhalif beylerle hiçbir münasebetimiz olmadı. Ama onları tanırım. Bilhassa Namık Kemal Bey'le birlikte çalışmalarımız da oldu. Çok kıymetli bir zattı ama tuhaf hürriyet fikirlerine kapıldı. Ayrıca bizim birader Murad'ı içkiye alıştıran da odur."

Doktor binlerce hafiyesiyle muhaliflere kök söktüren Sultan'ın bu yumuşak ifadelerinden etkilenerek *Acaba bu adamı bize hepten yanlış mı tanıttılar?* diye kuşkuya düştü. O kadar ikna edici konuşuyor, o kadar kibar davranıyordu ki o zalim ile bu adam aynı kişi olamazlardı. Bu önemli konuyu arkadaşlarıyla konuşmaya karar verdi.

Padişah Paris'i anlatmaya devam ediyordu. Belli ki orada gördükleri medeniyet seviyesi hepsini muazzam etkilemiş, hatta bir parça şaşkına çevirmişti. Mesela dünyanın gece aydınlatılan ilk binası olan Paris Belediye Sarayı'nı gördükleri zaman, adamlar geceyi gündüze çevirmişler diyerek hayran kalmışlardı. Fakat seyahatin güçlükleri de yok değildi. Hayatında hiç kural, saat, randevu tanımayan Osmanlı Sultanı'nı, İmparator'la randevusuna yetiştirmek için uyandırabilmek, giyinmesini istemek, davetlere katılmasını sağlamak inanılmayacak kadar zor bir işti. Sarayında her dediği kanun olan Sultan'a bazı mecburiyetleri hatırlatmak mümkün olmuyor, öfkelenmesine sebep oluyordu. Bu da zaten kalp hastası olan zavallı Fuad Paşa'nın göğsü tıkanarak morarmasına sebep olacak kadar korkunç durumlara yol açıyordu. Zaten zavallı Paşa, bu seyahat sonunda tedavi için Nissa'ya gitti ve orada vefat etti.

Bir gün İmparator belirtilen saatte Elize Sarayı'na ziyaretine gelince Sultan Aziz'i uyandırmaya cesaret edemedikleri için adam salonda sinirli sinirli dolaşıyor ve "Bu barbar Şarklıları başımıza bela ettik," diye söyleniyormuş. "Ne saat bilirler, ne randevudan anlarlar." Birden gözü kapıda beklemekte olan Fuad Paşa'ya takılmış. "Aman," demiş İmparator, "bu söylediklerimi duymamış olun, padişahınıza aktarmayın." Hazırcevap Paşa ise "Merak buyurmayın majeste," demiş. "Onun sizin hakkınızda söylediklerini size aktarıyor muyum ki sizinkini ona söyleyeyim?"

Bu anıları uzak diyarlarda geçen serüven hikâyeleri gibi dinlemek hoştu ama Doktor'un kafası da giderek karışmaya başlamıştı. Bu kadar yoğun bir imparatorlar geçidi, dünya siyaseti ve yakın tarih bombardımanından çıktıktan sonra eve gidiyor, o gün konuşulanları küçük kâğıtlara minik yazılarla geçiriyor, sonra oturup düşünüyor, bazen sabaha kadar uykusuz kalıyor, ezeli ve ebedi sevdalısına mektup yazmayı bile ihmal ediyor, arkadaşlarıyla buluştuğu meyhanelere seyrek olarak uğruyordu. Ama bu akşam söz verdiği buluşmalardan birine gidecekti. Arkadaşları haklı olarak köşkte neler olup bittiğini, "ruh-u iblis"in neler söylediğini, "bir an önce gebermeye" yakın olup olmadığını merak ediyorlardı elbette. Adama ruh-u iblis adını takan İslamcı, milliyetçi, muhafazakâr şair Mehmet Âkif, bir yerde adamın atlı arabasını gördüğü zaman içinden gelen kusma ihtiyacını bastıramadığını söylemişti. Öylesine büyüktü bu nefret. Son günlerde kafası sorularla dolu olan ve iyice dalgınlaşan Doktor, ağır adımlarla kordondaki Olimpos Gazinosu'na doğru yürürken yine düşünceliydi. Nasıl bir kaderdi ki bu dünyayı parmağına takıp oynatan, yüksek saray duvarları arkasında bir gölge olarak bile düşlenmesi zor bir hükümdarı, Kumkapı'da Hüseyin Efendi'nin oğlu olarak doğup Askeri Tıbbiye'de güçlükle okutulan sıradan bir delikanlının günlük sohbet arkadaşı haline getirmişti. Abdülhamid ve öteki padişahlar anlattığı konuları gerçekten söylediği kadar düşünmüş, çare aramış, ülkelerini kalkındırmaya uğraşmışlar mıydı? Çünkü son günlerde anlattığı Batı-Doğu karşılaştırmasını ancak saltanatın yanlış yolda olduğunu bilen bir Jön Türk münevveri böyle yapabilirdi.

Selanik sokakları, havanın kararmasıyla dükkânlarını kapamış esnaf, memur, asker, talebe kesiminden sessizce evlerine dağılan Yahudi, Müslüman, Yunan tebaayla bildik, tanıdık bir akşam yaşıyordu. Yüzlerce yıldır değişmeyen sağlam bir düzendi bu. Doktor bu sükûnete şaşıyordu doğrusu. Çünkü her yerde isyanlar patlıyor, Osmanlı mülkünde birbiri ardına bağımsız devletler kuruluyor, komitacılar Balkan dağlarında çarpışıyor, felaket haberleri geliyordu. O ateş çemberi ve bu sükûneti bağdaştıramıyordu.

Kızartma kokuları gelen bir Rum evinin önünden geçerken pencereden uzanan annenin, geç kalan çocuğunu çağırdığını duydu. "Yanni!" diye sesleniyordu kadın. Yanni'yi bütün annelerin çocuklarını çağırırken yaptığı gibi iki notalı bir ezgiyle söylüyordu. "*Yaaaan-niiii. Ela vre pedakimu.*" Yanni çevirdiği topaca son kırbaçları indirmekle meşguldü. Sonra topacıyla ipini alıp eve girdi. O zaman Doktor'un aklına, biraz sonra arkadaşlarına da söylemeyi düşündüğü bir benzetme geldi. Çocukken hepsi topaç çevirmişti. Topaç fırıl fırıl dönerken en son hıza geldiği zaman dönmüyormuş gibi görünürdü. Topaç uyudu derlerdi buna. Uyuyan topaç bir süre sonra yalpalamaya başlar ve iple tekrar vurulup canlandırılmazsa kaçınılmaz olarak düşerdi. *Yanni'nin topacı gibiyiz*, diye düşündü Doktor, *hiçbir şey olmuyormuş gibi görünüyor, topaç uyudu, biz uyuyoruz. Allah sonumuzu hayra getirsin.*

Yine Olimpos, yine beyazlayan rakılar, yine pilakiler, yine aynı dostlar... Her şey üç yıl önceki gibiydi, hiçbir şey değişmemişti. Yine de tuhaf bir huzursuzluk vardı içlerinde. Üçüncü Ordu'ya bağlı Jön Türk subayları daha sessiz, daha yılgın, daha yorgun gibiydiler. Sohbetlerinde eski heyecan, eski kararlılık yoktu. Hareket Ordusu'nun zalimi devirmesi, adamın kendi ihtilalci şehirlerine bir tutsak olarak getirilmesi, kaybedilen ülkelere rağmen imparatorluğun diri bir şekilde devam edeceği, medeniyette Avrupa'yı yakalaması umudu yerini yavaş yavaş kuşkuya, bir çeşit gelecek korkusuna hatta bazen içine düşmekten kendilerini alamadıkları koyu bir karamsarlığa bırakmaya başlamıştı. Birbirlerine pek itiraf etmeseler bile şimdi kuklaları olan yeni padişahın iplerini ellerinde tutarak, perde arkasından bile olsa imparatorluğu yönetmekte olan eski arkadaşlarının ülkeyi daha iyi bir yere götürmediğini hissediyorlardı. İstanbul'dan birbiri ardına karanlık haberler geliyordu. Öldürülen gazeteciler, muhalif aydınlar, Ermeni ve Arap tebaa üzerinde ağırlaşan korkunç baskılar... Her şey gösteriyordu ki ülke göz göre göre bir diktaya doğru gidiyor. O zaman bu zalim Padişah niçin devrilmişti ya da devrilmesi ne işe yaramıştı? İmparatorluk yine, Avrupa'nın hasta adamıydı, ekonomi berbat durumdaydı, ordunun büyük kısmı terhis edilmişti, işin kötüsü orduda partiye üye olanlarla olmayanlar arasında ast-üst hiyerarşisini altüst eden bir kargaşa belirmişti. O akşamki asıl konuları Balkanlar'da yayılan hızlı Slavlaşmaydı. İmparatorluğun eski parçaları Karadağ, Sırbistan, Bosna Hersek, Bulgaristan, Romanya, Arnavutluk hepsi birleşip eski başkentlerine karşı bir savaş ilan etmek üzereydiler. Rusya'nın desteklediği bu savaşı, darmadağın olmuş bir orduyla karşılamalarına imkân yoktu.

Artık eski heyecanı sönmüş olan Saffet Binbaşı "Ne yapıyor seninki?" diye sordu. "Hastalıklarıyla mı uğraşıyor? Dışarıda olup bitenlerden haberi var mi? İtalyanların Libya'yı, Bingazi'yi bizden aldıklarını, Arnavutluk bağımsızlık ilanını, Girit'in Yunanistan'la bileştiğini biliyor mu?"'

"Yok," dedi Doktor. Sahnede saz takımının eşliğinde gencecik bir Rum kızı şarkı söylüyordu ama her zaman rakıya en uygun müzik dediği, hatta rakının etkisini on misline çıkarır diye övdüğü bu müzik şimdi başını ağrıtıyor, canını sıkıyordu. Sadece o masada değil gazinonun genelinde bir neşesizlik, bir keyifsizlik vardı.

"Hiçbir şeyden haberi yok," diye devam etti Doktor. "Meraktan kıvranıyor ama kardeşinin hangi hükümeti işbaşına getirdiğini, kimi sadrazam yaptığını bile bilmiyor."

"Peki ne konuşuyorsunuz bütün gün? Sadece hastalık mı?"

"Hayır hayır," dedi Doktor. "Amcası Abdülaziz'le yaptığı Avrupa seyahatini anlatıyor ballandıra ballandıra. Bütün heyet hayran kalmış Avrupa'daki gelişmelere. Buharlı makineler, fabrikalar, yüksek teknik, zenginlik, en çok da kadın erkek bir arada yaşamı övüp duruyor."

"Yapma," dedi, "herhalde inanmıyorsun bu palavralarına?"

"Ne yalan söyleyeyim," diye cevap verdi Doktor, "inanıyorum dersem şaşırma. O kadar samimi anlatıyor, o kadar güzel tahliller yapıyor ki şaşırıp kalıyorum. Sanki karşımda o zalim, gerici padişah değil de aklı başında bir Osmanlı münevveri oturmakta. Memleketin perişan halinin farkında olan, samimi olarak üzülen ve kurtuluşu Avrupalılaşmakta gören bir münevver. Evet evet, hayret etmekte haklısınız, ben de bazen duyduklarıma inanamıyorum. Bu adam numara mı yapıyor, beni mi kandırmak istiyor diye düşünüyorum ama açık söyleyeyim söylediği birçok şeyi de çürütemiyorum. O kadar inanarak anlatıyor ki..."

"Peki bu düşündüklerini niçin uygulamamış?"

"İşte asıl soru bu! Yobazların elini kolunu bağladığını söylüyor."

"Kendisinden âlâ yobaz mı varmış memlekette yahu?"

"Peki, adamın 'bizde Avrupa gibi tek bir millet yoktur' tezine ne diyorsunuz? Bizim fikri yapımızı Fransız İhtilali oluşturdu ama acaba gerçekten Fransız gibi, İngiliz gibi bir millet var mı bizde?"

Bu soru üzerine iki subay bir süre düşünceye daldılar. Sonra Saffet "Yok," dedi. "Maalesef bu konuda haklı. Bizde yetmiş iki millet bir arada. Herkesin dini, dili, rengi, kimliği ayrı. Cuma günü Müslümanlar tatil yapar, cumartesi Yahudiler, pazar Hıristiyanlar. Dünyada bizden başka böyle bir garabeti yaşayan ülke var mı acaba?"

Nihat söze girdi: "İyi ama bu kadar insan altı asır beraber yaşayıp da niye kaynaşmamışlar? Niye birlik olmamışlar?"

"Bir kere çok geniş bir alana yayılmışız," dedi Doktor. "Kuzey Afrika'yla Kafkasya'yı, Arap yarımadasıyla Balkanlar'ı bileştirmek kolay mı? Hiçbir şeyleri birbirine benzemiyor ki birader? Tiplerimiz bile farklı."

"Doğru," dedi Nihat, "Baksana üçümüz bile farklıyız. Doktor sarışın, Saffet çekik gözlü, ben ise eh maymundan biraz hallice."

Bu sözler üçünü de güldürdü.

Nihat "Birader anladığım kadarıyla sen adama ısınmışsın biraz," dedi. "En azından eskisi kadar nefret etmiyorsun."

"Onun söylediklerini aktarıyorum ben," dedi Doktor. "Kendisini her konuda temize çıkarma huyu var. Ermeni meselesinde de diğer meselelerde de ben kimseyi öldürtmedim diye tutturuyor, kendisinin merhametli, tebaasına şefkat duyan bir padişah olduğuna inandırmak istiyor."

"Elbette," diye söze girdi Nihat. "Kendi elleriyle kimseyi öldürmedi, belki adamlarına emir de vermedi ama herkesi birbirine kırdırtma siyaseti güttüğünü kim inkâr edebilir? Hamidiye Alaylarını kim kurdu, Kürtleri kim Ermenilerin üstüne saldı? Kim bunca can aldı? Bu adam, seni kandırmaya çalışıyor Atıf."

"Beni niye kandırsın ki? Eline ne geçecek?"

"Ne geçecek var mı? Hatıratını yazmasına izin vermediklerini sen söylemiştin."

"Evet, doğru."

"İşte bu hatıratı senin aracılığınla tarihe aktarmak istiyor, anlamıyor musun? Sen onun hatıra defterisin adeta. Kendisini gelecek nesiller önünde temize çıkaracağı bir hatıra defteri."

Sarhoş yüzbaşının bunları söylerken gülmesi ve işaretparmağıyla Doktor'un alnına dokunarak "Senin alınyazın da defter olmakmış," diye alay etmesi ortamı birden gerdi.

Doktor kıpkırmızı kesildi. Elindeki çatalı sertçe bırakarak "Ben mi?" dedi, "Ben mi hatıra defteriyim? Ne cesaretle bana bir defter olduğumu söylüyorsun? Ben de senin gibi zabit değil miyim, üstelik doktorum da. Bana nasıl söylersin bunu?"

Sesler yükseldiği için diğer masalarda oturanlar da zabitlerin tartışmasına kulak kabarttı. İhtilalcilerle, suikastçılarla dolu olan bu şehirde tartışan zabitlerin bellerindeki silaha davranmaları görülmemiş hadiselerden değildi.

Neyse ki sarhoş Nihat alttan aldı. "Yanlış anladın birader," dedi. "Belki ben kendimi doğru ifade edemedim. Ben adamın niyetinden bahsediyordum. Ne de olsa entrikacının biri."

"Peki ben ona kanacak ve kendimi bu role sokacak kadar saf mıyım? Adamın niyetini anlamam mı? Yoksa artık gizlice Padişah'a çalıştığımı, onu savunduğumu mu ima ediyorsun?"

Atıf'ın aşırı biçimde alındığını anlayan Saffet araya girdi.

"O kadar da değil," dedi. "O lanet adam, Atıf'ın kendisinden nefret ettiğini, onun lehinde konuşamayacağını bilmez mi hiç? Bilir elbette. Sinsi bir adam. Hayatını elinde tutan hekime yaranmaya çalışıyor. Çünkü korkular içinde."

"Kusura bakma Atıf," dedi Nihat. "Biraz fazla heyecanlandım herhalde. Yoksa kim senin İttihatçılığından şüphe duyabilir?" Ve sözü değiştirmeye çalıştı. "Duydunuz mu Arnavutluk kilisesinde de artık Arnavutça dua ediliyormuş. Oysa bir süre önce patrik 'Arnavutça yapılan duayı tanrı anlamaz' diyordu. Ne salakça bir şey. Tanrı sanki tek dil biliyor."

Saffet "İyi ama biz de Arapça dua etmiyor muyuz?" diye lafa girdi. "Demek ki Allah Türkçe de anlamıyor."

Nihat "Haşa, haşa!" dedi gülerek. "Ama haklısın. İnsan kısmı kendisini göremiyor. Fakat Balkan kiliselerinin birleşmesi çok kötü oldu. Korkarım topyekûn hücum edecekler bize."

"Korkarım mı?" dedi Atıf. "Korkarım demek saflık yahu, saflıktan da öte. Savaş patladı patlayacak. Hem de komitacıların savaşı değil bu, Rusya destekli nizami orduların savaşı."

"Peki," dedi Saffet, "Bizim arkadaşlar ne yapıyor sence? Bu tehlikeyi görmüyorlar mı?"

"Görüyorlar elbet," dedi Nihat. "Enver de, Niyazi de, Talat Bey de bu bölgenin çocuğu. Bu dağları karış karış bilirler ama ne yazık ki idare tam olarak onların elinde değil. Hükümeti ve Padişah'ı etkileyebildikleri kadarını yapıyorlar. İtilafçıları da unutma."

Rakı kadehini kaldıran Saffet "O halde yeni bir patırtıya hazır olun," dedi. "Benim bildiğim Enver böyle bir duruma tahammül etmez ve ne yapıp yapar bütün yetkiyi kendilerinde toplar."

Üç subay kadehlerini tokuşturarak son yudumlarını aldılar. Doktor içinden *bakalım* dedi, bir yandan yeni idareye çok fazla güveni kalmadığını hissediyor bir yandan da buna üzülüyordu. Eve dönerken Nihat'a kızgınlığı hâlâ geçmemişti. *Dangalak bir zabit bu*, diye düşündü, *hem hiçbir şeyden anlamıyor hem de kendisinde bir cahil cesareti görerek her konuya atlıyor. Buna tahammül etmek çok zor sahiden. Bir daha bu adamla oturup da sinirlerimi bozmasına izin vermeyeceğim.* Artık Saffet'i de pek dangıl dungul buluyordu. "Küçücük dünyalarının, gündelik hayatlarının çemberinden kurtulamıyor bu adamlar," diye mırıldanıyordu. İyi ya da kötü, ne olursa olsun köşkteki ihtiyar, dünya imparatorlarını tanıyor, onların sırlarını biliyor, otuz küsur yıl dünya siyasetinin bir aktörü olarak önemli şeyler anlatıyordu. Her buluşmalarında dikkat ediyor, kulağını dört açıyordu. Zabit arkadaşları ise bunları hiç merak etmiyorlardı, hiç soru sormuyorlar, hiçbir şey öğrenmek istemiyorlardı. *Acaba Nihat'a aşırı tepki mi verdim*, diye kuşkuya düştü. *Bu kadar sinirlenecek bir şey yoktu belki de.* "Hatıra defteri!" diye söylendi yine. Acaba bu kadar fazla sinirlenmesi, Padişah'a yakınlaştığını ima ettiklerini sanmasından mı meydana gelmişti? Oysa yakın falan değildi o diktatöre, yine nefret ediyordu, onca nesli perişan eden adama en ufak bir sempati duyması mümkün müydü? *Acaba?* Belki de mümkündü. İçine bir kuşku düştü Doktor'un. İlk günkü kadar kızgın mıydı, içindeki öfke o derece kuvvetli miydi? Sonunda evin kapısını açarken *evet evet* diye düşündü, *o iblise karşı hislerimde hiçbir değişiklik yok. Sadece hekim olarak görevlerimi yerine getiriyorum, hepsi bu.* İlk günkü kadar öfkeliydi, bundan emindi. Üniformasını çıkarırken hafifçe sendelemesinden, o akşam rakıyı biraz fazla kaçırdığını anladı. Özellikle Nihat'ın sözlerinden sonra biraz hızlıca içmiş, sarhoş denmezse de çakırkeyif olmuştu. Bu sözü çok severdi: çakırkeyif, çakırkeyif... Söylenişi bile hoştu. Bloknotu gizli yerinden çıkarıp o günkü notları yazdı. Daha sonra kitaplıktan Mehmet Âkif şiirlerini aldı ve şu dizeleri yüksek sesle okudu:

Ortalık şöyle fenâ, böyle karışık işler
Ah o Yıldız'daki baykuş ölüvermezse eğer

Baykuş diye bir iki kez tekrarlayarak güldü. Sahiden de baykuşa benziyordu adam. Âkif iyi benzetme yapmıştı.

Çoktan beridir vardı benim bir derdim
Gideyim zalimi îkaz edeyim isterdim

Kafes ardında hanımlar gibi saklıydı Hamid
Âl-i Osman'dan bu korkaklık edilmezdi ümid

Bu sefer Doktor'un kahkahaları öyle yükseldi ki alt kattaki ev sahibinin uyanacağından korktu. Sahiden iyi yüklenmişti şair. Bundan sonraki mısralar ise ev sahibi duyar vs. demeden karnına sancılar girecek kadar güldürdü Doktor'u.

Ah efendim o ne hayvan, o nasıl merkepti!
Ah efendim o herif yok mu, kızıl kâfirdi

Yıkıldın gittin amma ey çirkef devr-i istibdad
Bıraktın milletin kalbine çıkmaz bir kirli yâd

Düşürdün milletin en kahraman evlâdını derde
Ne mel'unsun ki rahmetler okuttun ruh-i İblis'e

Gölgesinden bile korkup bağıran bir ödlek
Otuz üç yıl bizi korkuttu şerîat diyerek

Bu kadar gülebilmesi farklı bir ruh durumunu yansıtıyor olsa gerekti çünkü baykuşun geldiği günlerde bırak kahkaha atmayı, en ufak bir gülümsemeye bile yer yoktu. Gergindi, gerilmişti, heyecanlanmıştı ve adama duyduğu nefret içini yakıyordu. Aradan geçen üç yıl Doktor'u da yumuşatmış, rahatlatmış, neredeyse baykuşun arkadaşı haline dönüştürmüştü. Kahkahalarını tutamayacak hale getirmişti. Adamla ve ailesiyle ilgili duyguları ise karışıktı. Herkes bir yana Müşfika Hanım bir yanaydı. En çok o kadına saygı duyuyordu.

Üç yıl önceki gizli parti kongresinde Kolağası Mustafa Kemal'in söyledikleri doğru muydu acaba, diye sordu kendi kendine. Cemiyeti idare edenlerin hiç hoşlanmadığı bu asi ve başına buyruk genç subay bir gece oturumunda söz almış ve büyük bir cesaretle, askerle politikanın iç içe girmesi durumuna karşı ağır sözler söylemişti. Ona göre askerlerin, siyasetçi gibi davranması büyük bir tehlikeydi. Hem ordu içindeki nizamı bozar hem de idareye zarar verir, devleti zaafa uğratırdı. Bu yüzden cemiyeti idare eden ve Abdülhamid'i devirme gibi muazzam bir başarıya imza atan lider kadrosunun, ordudan istifa etmelerini ve hayatlarına sivil siyasetçiler olarak devam etmelerini teklif ediyordu. Bu sarışın zayıf subay konuştukça lider kadrosunun feci bir şekilde gerildiği, kiminin bıyıklarını burduğu, ayak ayak üstüne atmış olan Enver'in ise çizmeli ayağını gergin bir yay gibi sallamakta olduğu görülüyor, bütün bunlar bir saniyede silahların patlayıverdiği bu ihtilal cemiyetinde herkesin eli tabanca kabzasında tetikte beklemesi sonucunu doğuruyordu. Atıf, çok yakından tanımadığı ama sempati duyduğu Kemal Bey'in, ordu çevrelerinde zaten pek sevilmediğini, yaşam biçimi, davranışları ve kimseye boyun eğmeyen "yalnız kurt" tavrından dolayı üç beş yakın arkadaşı hariç, dışlanmaya çalışıldığını biliyordu ama ipler hiçbir zaman o akşamki gibi gerilmemişti. Oysa her cemiyet mensubu gibi o da varlığı rahatsız edici bulunan kişilerin ardından Yakup Cemil gibi "fedailer" gönderildiğini bilirdi. Bu fedailerin elinden kurtuluş pek zordu doğrusu. Canları ceplerinde gezen, her an ölmeye ve öldürmeye hazır, serdengeçti katillerdi bu adamlar ve Mustafa Kemal, gençlikten mi, tecrübesizlikten mi nedir, böyle bir ölümü göze alıyordu. Doktor onun Manastır askeri lisesinde okuduğu, küçük yaşta yetim kaldığı ve anasının Zübeyde Molla diye tanınan çok dindar bir kadın olduğu dışında fazla bir bilgiye sahip değildi. Sarı bıyıklarının uçları yukarı kıvrık, mavi gözlü, zayıf bir subaydı. Enver'in bıyıkları da aynı modaya uygundu ama yüzleri birbirine hiç benzemiyordu. Enver daha bir Osmanlı'ydı; sarışın, ince yüzlü Kemal ise Avrupalılara benziyordu. Ama şurası kesin ki birbirlerinden hiç hazzetmiyorlardı. Hatta bu kongreden sonra cemiyetin, tetikçilerinden birini, Mustafa Kemal'i öldürmek üzere yolladığı, durumu anlayan yüzbaşının ise ustaca bir manevrayla kurtulduğu anlatılıyordu orada burada. Doktor olayın doğruluk derecesini bilmiyordu, Selanik her zaman fısıltılarla doluydu ama dediklerine göre tetikçi odasına girince Kemal durumu anlamış. Kendisine sertçe "Sen niye Enver'in fikirlerine uluorta karşı çıkıyorsun?" diyen fedaiyi, oturduğu masanın önündeki sandalyeye davet ederek "Buyurun oturun, izah edeyim, önce bir kahve ikram edeyim size," diye yumuşatarak sözlerini dinlemeye ikna etmiş. Adam gönülsüzce de olsa oturunca bir kahve bir sigara derken sohbeti ilerletmiş. Askerin siyasete karışmasının tehlikelerini anlatmış uzun uzun. Zaten vatan elimizden gidiyor; düşünün savaşta bir miralay parti üyesi fakat paşa değilse, kim kimin emrini dinleyecek? Paşa mı miralayın emrine uyacak, miralay mı paşanın? Bu durum orduda kargaşa yaratır ve bizi zayıflatır. Bu uzun açıklamalardan sonra tatmin olan fedai yüzbaşı "İyi ki anlattınız," demiş, "Fikirlerinizi dinleyince size hak verdim. Size bir itirafta bulunacağım. Aslında ben sizi vurmak için gönderildim. Eğer bu konuşma olmasaydı şimdi ölmüş olacaktınız." Mustafa Kemal ise gülmüş ve masanın altında tuttuğu tabancasını göstererek "Asıl siz mutlak bir ölümden kurtuldunuz," demiş. "Odaya girdiğiniz andan beri namlu size dönük. Eğer kahve teklifimi kabul etmeyip de silahınıza davransaydınız, ilk kurşun alnınızın tam ortasına gömülecekti."

Doktor, *doğrusu yalanı söyleyenlerin boynuna,* diye düşündü, *ama bu zayıf subayın çevresinde küçük efsaneler örülmeye başladığı da bir gerçek. Tuhaf, yalnız, gururlu bir subay. Ayrıca yaşamı da Müslüman Osmanlı subayı tipine uymuyor. Böyleleri pek uzun yaşamaz.*

İngiltere - Kraliçe Viktorya

"İmparator, amcama Lejiyon Dönör nişanı takmıştı. Fransızların en büyük nişanı bu imiş. Bizim Mecidiye gibi bir şey. Zavallı Maksimilyen'in ölümüne rağmen matemi ileriye atıp bizi ziyafetlerle, törenlerle ağırlamayı ihmal etmiyorlardı. Bir akşam ziyafetinde Paris Belediye Reisi Baron Hosman'ın bizim Ömer Faiz Efendi'ye bir şeyler sorduğunu görüp ne konuştuklarını merak ettim. Daha sonra Ömer Faiz Bey bana ve biradere, başkanın İstanbul sokaklarının nasıl sulandığını sorduğunu anlattı. Paris sokakları her akşamüstü arazözlerle pırıl pırıl yıkanıyordu. Bizde böyle bir şey olması mümkün müydü? Bizim zeki ve hazırcevap Ömer Faiz Efendi şu cevabı verdiğini söyledi: 'Belediye olarak sokakları sulamayız. O vazifeyi esnaf görür. Bakkallar peynir tenekesinin, zeytinin suyunu, berberler tıraş suyunu sokağa döker. Böylece temizlenir.' Demek Baron'un yüzüne o hayret ifadesi ondan yerleşti diye düşünüp güldüm. Ama bütün yolculuk boyunca olduğu gibi gülüşümüz acıydı. Birader Murad, 'Elimde yetki olsa bu Baron'u getirip İstanbul'un imarını ona teslim ederdim. Medeni hayat ancak böyle güzel şehirlerde ortaya çıkabilir,' dedi. Sonra Ömer Faiz Efendi'ye, bir fırsat bulursa bu görüşmeleri Padişah hazretlerine de anlatmasını söyledi. Paris davetlerinde, her zamanki gibi hiçbir bakışını, hiçbir davranışını, hiçbir ruh halini gözden kaçırmadığımız rahmetli amcamın giderek daha da dalgın hale geldiğini, bazen elindeki mendille oyalandığını, bazen derin derin düşündüğünü görüyorduk. Ama fark ettiğimiz başka bir şey de Hünkâr'ın, İmparatoriçe'ye kaçamak bakışlar attığıydı. Hatta ben üç kez, ikisinin de birbirine baktığını, göz göze geldiklerini ve Öjeni'nin başını önüne eğdiğini görmüştüm. Belli ki zaten cins-i latif düşkünü olan amcamla, güzel imparatoriçe arasında bir şeyler oluyordu. Daha sonraki gelişmeler, bu gözlemimde haksız olmadığımı gösterecekti ama bu ilginç aşk hikâyesini yeri gelince anlatacağım. Söz, anlatacağım evladım.

Ertesi gün yine bin bir alayı vala ile Buloni limanından İngiltere'ye geçmek üzere Kraliçe Hortens gemisine bindik. Manş Denizi koca gemiyi ceviz kabuğu gibi sallıyordu. Amcam bir yere oturdu, eliyle bize de oturun işareti yaptı, neyse ki deniz biraz sonra duruldu da hepimiz ağır bir azar işitmekten kurtulduk.

Dover limanındaki muhteşem hazırlıklar Tulon'u aratmıyordu doğrusu. Kraliçe Viktorya'yı temsilen Galler Prensi ile Kembiriç Dükü gemiye çıkıp Zat-ı Şahane'ye hoş geldiniz dediler. Londra'daki Rum sefirimiz Müzürüs Paşa da gelmişti. Devletimizin en güzide temsilcisi olan bu kıymetli zatın başına gelen felaketleri sonra anlatacağım.

Dover'deki yemekten sonra trenle Londra'ya giderken gördüklerimizi hayatım boyunca unutmam mümkün değil. Fabrika bacaları, sanayi imalathaneleri göze çarpıyordu. Havada bir kömür kokusu vardı, gökyüzü adeta kömür bulutlarıyla kaplanmıştı. Her yerden çalışkanlık fışkırıyordu sanki. Londra'da bizi, Kral III. Corc'un müzeden çıkarılmış arabasına binmiş olan Hünkâr'ı takip eden büyük bir resmi geçitle, kalacağımız Bakingam Sarayı'na götürdüler. Londra'da belki Paris'in göz kamaştıran ışıltılı saltanatı göze çarpmıyordu ama belli ki sanayi, teknik, ilim gibi konularda daha da ileri gitmişlerdi. Tersanelerinde o muazzam gemileri nasıl inşa ettiklerini gördük, fabrikalarında mucizeler yaratmalarına hayret ettik. Ağzımız açık kaldı desem yeridir. Zaten seyahat boyunca hiç kapanmadı ki şu mübarek ağızlar.

Kudretli Kraliçe Viktorya vaktinin çoğunu İskoçya'daki Balmoral şatosunda geçiriyormuş. Kocası Alber'in ölümünden sonra inzivaya çekilmiş. Amcamla Vindzır Sarayı'nda görüştüler. Kudretli Kraliçe çok yıpranmıştı, daha ellisine gelmemiş olduğu halde kocası Alber'in ölümünden sonra eski halinden eser kalmamıştı. Hasta, yıpranmış ve yorgun görünüyordu. İmparatoriçe Öjeni ile hiç alakası yoktu ama Viktorya da büyük bir kraliçeydi tabii.

İngilizler çok akıllı insanlardır. O sisli, puslu, yağmuru bol adadan bütün dünyayı idare etmeyi becerirler. Ben hayatım boyunca en çok İngiliz'den çekindim. Şimdi size açık açık söyleyeyim Doktor Bey evladım. İngiliz'den ve fareden korkarım ben. Yok yok gülmeyin, şaka yapmıyorum vallahi. Fare deyip geçmeyin, bu acayip hayvanın fark ettirmeden kulağını burnunu yediği çok adam gördüm ben. Gece uyuyan adamın yanına gelir, bir anestezi yapar, uyuşturduğu kulağı, burnu, neresi gelirse yer. Adam sabah kalkıp bir bakar ki, ağzı burnu gitmiş de haberi olmamış. Peki İngiliz'in bu işle ne alakası var diyeceksiniz. Anlatayım: İngiliz de tıpkı fare gibi bir yere girdi mi kimseye fark ettirmeden orayı uyuşturur, aptallaştırır, sonra da sahibi olur. Memleket altınızdan giderken ruhunuz bile duymaz. Ben onlardan çok çekinirim doğrusu. Hükümdarlığım süresince İngiliz politikalarına aşırı dikkat ettim. Adamlar yalnız dünyayı ele geçirmekle kalmamış, memleketlerine de muazzam hizmet etmişlerdi. Büyük bir medeniyet kurmuşlardı. Bunları görünce içimiz parçalanıyordu, o mağrur, burnundan kıl aldırmayan amcamın bile sık sık gözlerinin nemlendiğini görüyordum. Biz nerede kalmıştık, bunlar nereye gelmişlerdi. Davetin ihtişamı arttıkça bizim de üzüntümüz artıyordu. Birbirimize itiraf etmesek bile hepimizin aklında aynı soru vardı: Biz nerede hata yaptık?"

Doktor bu sözden sonra bir süre suskunlaşan, birbiri ardına sigarasını tellendirirken o muazzam burnundan havaya mavi dumanlar salan yaşlı adamın elle tutulur hale gelen hüznünü hissetti. Adam gerçekten üzülüyordu, bunca yıl sonra bile samimi olarak üzüldüğü belliydi. Peki madem bu gerçekleri daha yirmi dört yaşındayken görmüştü, o zaman niye eline geçen fırsatı değerlendirmemiş, imparatorluğu o ülkeler seviyesine çıkarmamıştı? Adama bunu sorsa vereceği cevabı biliyordu. Bırakmadılar diyecekti. Her istediğini yapamadığını, hükümdarın yetkisinin bir yere kadar olduğunu anlatacak, suçu sadrazamlara, hükümetlere ve kendisini hep baskı altında tutan ulemaya atacaktı.

Belki de haklıydı. Aradan geçen zaman, Padişah'ı yakından tanımak fırsatı verdiği için, kendisi bile nasıl böyle düşündüğüne hayret ederek, *belki de haklıdır* diyordu artık.

Yaşlı adam bir gün duygularını saklayamaz hale gelmiş ve dokunsan ağlayacak durumda, barış görüşmesi için nasıl Rus Çarı'nın amcası Grandük Nikola'nın ayağına gitmek zorunda kaldığını anlatmıştı. O gün ve o gece çektiği azabı tarif etmesine imkân yoktu. Koskoca Osmanlı Sultanı saltanat kayığına binerek Beylerbeyi Sarayı'na gitmiş ve orada mağrur ve muzaffer bir kumandan edasıyla kendisini beklemekte olan iki metre boyundaki insan azmanı, her tarafı madalyalarla dolu Grandük'le barış antlaşmasını konuşmuştu. Orduları ona bir zafer hediye etmiş olsaydı, elbette ki davranışı ataları gibi mağrur ve azametli olurdu. Ne var ki Rus Ordusu, Kafkasya'da ve Balkanlar'da galip gelmiş, Tuna boyları dahil her yeri ele geçirmiş, Yeşilköy'e gelerek İstanbul'un boğazına hançeri dayamıştı. Ordusu hezimete uğramış bir padişah, kendi dengi bile olmayan bir Grandük'ün ayağına gitmeyip de ne yapabilirdi? Zaten yaralı bir yürekle ayak bastığı Beylerbeyi Sarayı'nda çok zorlu, ağır ve yüz kızartıcı teslim şartlarına imza atmakla kalmamış, üstelik insan azmanı Rus generali karşısında imparator azametinden tamamen sıyrıldığını, alelade bir fani olduğunu hissetmişti.

Tahta geçer geçmez kucağına koca bir Rus savaşı bırakan paşalara, devlet adamlarına lanet okumuştu içinden. Diplomasi yoluyla çözülebilecek sorunlar yüzünden devleti mahva sürüklemişlerdi. O meclis denilen, zaten çoğu Türk olmayan mebuslardan oluşan ihanet kurumu, fesat yuvası da bu büyük kötülüğü etekleri zil çalarak desteklemişlerdi. Haşmetli Fatih'in torununu bu utanç verici duruma düşürenlerden mutlaka intikam almalı, hükümeti değiştirmeli ve o yılan yuvası meclisi kapatmalıydı. Anlamıştı ki ancak bunları yaptıktan sonra gerçek bir hükümdar olabilecekti. İdamdan hoşlanmadığı için hiç kimseyi öldürtmeyecekti ama muhalefetin elebaşlarını imparatorluğun en uzak köşelerine sürecekti. Grandük'le geçen ve yüreğine hançer gibi saplanan o saatlerden sonra sarayına döndüğünde bunları planlamış ve sarsılmış ruh yapısını ancak bununla bir parça yatıştırabilmişti.

Kimin ajan olduğunu anlamaya çalışmaktan canı çıkmış, on binlerce hafiye çalıştırmış, milyonlarca jurnal almıştı. Artık düşünmesine, araştırmasına gerek yoktu çünkü herkesin ajan ve düşman olduğunu biliyordu. Doktor, kumandanlar, hatta kendi adamları. Herkes harıl harıl rapor yazıyordu; nefes alışını, ne yediğini, kaç sigara içtiğini, kaç kere apteshaneye gittiğini, kaç kere öksürdüğünü, hanımlarıyla, çocuklarıyla ilişkilerini, kaçta yattığını, kaçta kalktığını satır satır bildiriyorlardı. Derinden bir "ohhh" çekti. Ömrünün sonunda rahatlamıştı nihayet. Herkes ajan, herkes düşmandı. Bundan büyük bir rahatlık mı olurdu? Keyifle kehribar rengi sert tütünden sarılmış sigarasını tüttürdü.

Dizbağı nişanı - Madam Müzürüs'ün acıklı sonu

"Londra'da hem gülünç hem de hazin şeyler geldi başımıza Doktor Bey evladım. O zamanlar dünyanın en büyük donanması İngilizler'de, ikinci büyük donanma da bizdeydi. Kraliçe bize, İngiliz donanmasının gücünü göstererek gözümüzü kamaştırmak için görkemli bir gösteri sunmak istedi ama bir gün önce hava öyle bir bozdu, öyle bir fırtına çıktı ki bu işin iptalini bile düşündüler. Kraliçe kesin emir vermese öyle yapmaları icap ederdi zaten. O havada Portsmut limanına Osborn gemisiyle gittik. Top atışlarıyla karşılandık. Biraz sonra Kraliçe de geldi, Viktorya ve Albert yatına gittik. O sırada fırtına o kadar azdı ki manevra yapılamaz hale geldi. Harp gemileri sisten, dumandan direklerine kadar görünmez oldu. Demir üstünde durmasalar birbirlerine çarpar, parçalanırlardı. Bunun üzerine gemilerin atış yapmakla yetinmeleri emri verildi. İkiye ayrılan filolar ağır toplarını ateşleyerek bir saat kadar ortalığı velveleye verdiler.

Kraliyet aileleri için Prens Alber gemisinin güvertesinde kalabilmek, her şeyi önüne katan fırtınaya direnebilmek imkânsız gibi bir şeydi. Buna rağmen Kraliçe Viktorya, o gün amcama İngiltere'nin en büyük nişanı olan Garter yani Dizbağı nişanını vermeyi planlamıştı ve aklına koyduğu şeyi mutlaka yapan haşmetli Kraliçe planından vazgeçmiyordu. Tören fırtınanın en azdığı zamanda geminin güvertesinde yapıldı ama nasıl yapıldı bize sor. Bir an sandım ki fırtına anlı şanlı Kraliçe Viktorya'yı denize savuruverecek. Kadını zor tuttular. Asil kadınların etekleri havalanıyor, şapkaları başından uçuyordu. Neyse, güç bela bu macera atlatıldı. İngiliz'in en şerefli nişanı haberi hoşumuza gitmişti önceleri. Fransa'nın Lejiyon Dönör'ünden sonra bu da büyük bir şeref olacaktı bizler için. Bu haber de gezinin diğer ayrıntıları gibi İstanbul basınına duyuruldu. Halk seviniyordu. Ama ben huyum icabı işin aslını araştırdım. Bu nişanın pek de şerefli bir başlangıcı olmadığını öğrensem de yine huyum gereği bu bilgiyi kendime sakladım. Neme lazım, kimseyi kızdırmaya gelmez. Dizbağı nişanı Kral Edvard tarafından başlatılmış. O da şöyle olmuş. Bir akşam Kral hazretleri, herkesin küçük görerek alay ettiği metresi Salisburi kontesiyle açılış dansını yaparken, kadının jartiyer lastiği kopmuş ve çorabı ayağına düşmüş. Asiller yelpazelerin ardından hınç dolu gülümseyişlerle ve alaylarla eğlenirken Edvard yere eğilip jartiyer lastiğini alıp havaya kaldırmış, 'Bundan sonra İngiltere'nin en büyük nişanı budur! Alay edenler utansın!' deyivermiş. Tabii o güne kadar metresle alay eden bütün saray ahalisi, bu basit çorap lastiği karşısında hürmetle eğilmişler. Bu konuları çok düşünüyorum Doktor Bey evladım. İnsanlar neden böyle yapar anlayamıyorum. Bir zamanlar beyler, paşalar benimle bayramlaşırken tahttan uzanan altın sırmalı uzun bir kordonun ucundaki püskülü öperlerdi. Üstelik bana hiç garip gelmezdi bu. Çünkü âdet böyleydi. Şimdi düşününce tuhaf geliyor."

Doktor, "O zaman başka taraftan bakıyordunuz, şimdi ise bizler gibi normal insan oldunuz hünkârım," dedi. Bu cümleyi daha fazla içinde tutamamıştı.

Hünkâr bu söz üzerine acı acı güldü. "Doğru," dedi, "normal tebaanın bile altına düştüm, bütün hakları elinden alınmış, zavallı bir mahpusum."

Doktor içinden, *Dua et de sadrazamın gibi olmasın sonun, boğazına yağlı urgan atıp boğmasınlar, boynunu kırmasınlar*, diye geçirdi ama bunu söylemedi. Söylese adam yine itiraz edecek "ben öldürtmedim," diye yeminler sıralayacaktı ama herkes bu reformcu sadrazamı kimin öldürttüğünü biliyordu tabii.

Doktor bunları düşünürken bu konulara epey kafa yorduğu anlaşılan yaşlı adam "Galiba," dedi, "Krala duyulan saygı dünyevi değil uhrevi. Bu korku ve bağlılık sadece korkuyla veya yükselme isteğiyle açıklanamaz."

"Öyle," dedi Doktor. "An Boleyin başı kesilmeden önce kralın sağlığına dua etmişti. Cellat kütüğünde bir insan, balta inmeden hemen önce niye kendisini öldürten kral kocasına dua eder?"

"Ahretini kurtarmak için," dedi Padişah.

"Öyle galiba. Hükümran Allah adına hükmettiği için onu yaradanın bir uzantısı olarak kabul ediyor herkes. Hem onlarda hem bizde."

"Doğru ama," dedi Padişah, "ben aynı insanım. Madem Cenab-ı Hak bana o yetkiyi vermişti, zılullah yani Allah'ın yeryüzündeki gölgesi idim, şimdi ne değişti. İlahi bir lanete uğramadım ki, faniler beni o makamdan indirdi."

"Belki de uğradınız hünkârım," dedi Doktor. "Belki de sizi Allah indirdi o makamdan."

"Bunu da düşündüm," diye cevap verdi Padişah "Allahıma her gün hamdediyorum beni daha fena akıbetlerden koruduğu için. Devlet işlerinden uzaklaştığım için mesudum. Biraderime, yeni padişahımıza dua ediyorum. Cenab-ı Hak her işini asan eylesin hünkârımızın."

O anda Doktor, samimi konuşmanın bittiğini, adamın yine içine kapanarak ince planlar yaptığı kabuğuna çekildiğini anladı. Böyle anlarda yüz ifadesi değişiyordu. Ne düşündüğünü anlamak imkânsız hale geliyordu.

* * *

"Size Londra sefirimiz Müzürüs Paşa'dan bahsetmiştim daha evvel Doktor Bey evladım. Osmanlı Rum ailesi

Müzürüs'lerin Devleti Aliyye'ye çok hizmetleri dokunmuştur. Müzürüs'e de paşalık unvanı verilmişti, Londra'da devletimizi en iyi biçimde temsil ediyordu. Bu güzide şahsiyet Londra'da otuz beş yıl Osmanlı Devleti'ni başarıyla temsil etti. Sekiz lisan bilirdi. Meşhur İtalyan edibi Dante'nin *İlahi Komedyası*'nı Türkçeye ve Yunancaya tercüme etmişti. Hanımı Madam Müzürüs de Londra sosyetesinde çok meşhur, sevilen bir hanım haline gelmişti. Duyduğuma göre Kraliçe Viktorya ile yakın münasebetleri varmış hatta Kraliçe onun evine gelir, çocuklarını kucağına alırmış.

Bir gün İndiya Haus adlı gösterişli sarayda amcamın şerefine büyük bir ziyafet düzenlenmişti. Yüksek mermer merdivenleri çıkarken gözüm şişman bir hanıma takıldı. Yüzü al al olmuş, nefes nefese kalmıştı, basamakları zor tırmanıyordu. Birisi yardım etse bari bu hanıma diye düşündüğümü hatırlıyorum. Meğer Madam Müzürüs bu hanımmış. Sonunda salona gelebildik. Salon da salonmuş hani. Muhteşem bir dekor, şampanya ikram eden garsonlar, bir orkestra, asiller. Orkestra dans parçaları çalıyordu. Tam hatırlayamıyorum galiba Prens dö Gal yeni yeni kendine gelmekte olan Madam Müzürüs'e doğru giderek dansa kaldırdı. Demek ki açılış dansı yapma şerefi o sevilen hanıma verilmişti. Ama kadının hali hal değil, yüzü pençe pençe kızarmış, göğsü hızla inip kalkıyor. Pek kimse farkında değil ama ben merak ediyordum doğrusu. Dansa kalktılar, prens kadını pistte döndürmeye, uçurmaya, kadıncağız da ona ayak uydurmaya çabalıyor. Bir de bunu Osmanlı Sultanı'nın bakışları altında yapmak zorunda kalıyor. Dans başlayalı bir dakika olmadan kadıncağızın yere doğru süzüldüğünü gördüm. Prens o şişman vücudu tutmayı başaramadı ve kadın yere yığıldı. Saray doktorları, kavaslar hemen müdahale ettiler; kadını sedye ile alıp götürdüler. Bu tatsız olay bir iki dakika içinde unutuldu. Herkes eğlenmeye devam etti.

Size bir de eğlenceli hikâye anlatayım. O baloda birader Murad'la yan yanaydık. Genciz tabii. Londra'nın güzel, açık saçık giyinmiş hanımlarından gözlerimizi alamıyoruz. Bir ara yakınımızda piyano çalan bir dilbere gözümüz takıldı. Şu muhteşem güzelliğe bak gibi cümlelerle kızı övmeye başladık. Murad'a 'İster misin bu gece yanında yatsın?' diye sordum. O da 'Allah derim,' derken bir adam yanımıza gelerek 'Şehzadelerim piyano çalan genç hanım benim kızımdır. Ben Sakızlıyım. Çok güzel Türkçe bilirim. Daha fazla devam etmemenizi rica edeceğim,' demez mi, kaynar sular başımıza döküldü. Hemen oradan uzaklaştık. İyi ki öfkeli amcam duymamıştı bu hadiseyi.

O davet sona ererken Madam Anna Müzürüs'ün vefat ettiği haberi geldi. Bu vefat sadece bizi değil, Londra sosyetesini de çok üzmüş olmalı ki gazeteler 'Madam Müzürüs'ün ani vefatı' diye haberler yayımladılar. Cenaze törenine Kraliçe katıldı. Bütün bunlara rağmen Müzürüs Paşa, biz oradayken vazifesini hiç aksatmadı. Acısını, matemini içine gömüp padişahına hizmete devam etti. Çok sadık bir adamdı. Atina'da sefirlik yaparken Giritli bir Rum'un Osmanlı'ya hizmet etmesini hazmedemeyen Yunanlar ona bir suikast düzenlemişler, üzerine beş kurşun boşaltmışlar. Allah'tan atik davranarak canını kurtarmış, sadece sağ kolundan bir kurşun yemişti. Londra'da otuz beş sene elçilik yaptı rahmetli. Benim zamanımda da en kıymetli sefirlerimden biriydi.

Kraliçe Viktorya bizim gibi 'Şarklı' misafirlerle uğraşmak istememiş, 'Hasta bir kadınım. Balmoral Şatosu'ndaki sakin hayatımı bozmayın,' demiş ama Fransa'nın şaşaalı davetini aktararak İngiltere'nin bunun altında kalmaması gerektiğini yazan Paris sefirinin uyarısı devlet tarafından da kabul görünce, mecburen Vindzor Şatosu'na gelmiş kadıncağız. Onu hep yüzü asık, matemli ve üzgün görüyordum. Bir gün kulaklarındaki pırlanta küpeleri göstererek, bunların, amcamın daha önce hediye olarak gönderdiği pırlanta kolyeden taş çıkararak yapıldıklarını söylediğinde amcam gülerek 'Memnun oldum,' demişti. 'Demek ki hep kulağınızda küpe olarak kalacağız. Girit ve Karadağ meseleleri de öyle.'

O zaman rahatına düşkün bir 'Şarklı' olan amcamın hiç hoşlanmadığı bu seyahati niye yaptığını ve neden dolayı bu kadar zahmete katlandığını anlamış olduk. İmparatorluğun başındaki dertleri, büyük devletlerin yardımıyla çözmek, onları yanına çekmek istiyordu. Zaten Mısır'ı fetheden ceddimizden asırlar sonra Mısır'a ayak basan tek sultan da o olmuştu.

Bu arada Murad, Viktorya'nın gözüne çok girmişti. Avrupalı tavırları, kıvrak ve zarif valsleri, mükemmel Fransızcasıyla genç kadınları büyülüyordu. Viktorya'nın Murad'ı süzen bakışlarından anladığım kadarıyla o da 'Osmanlı'nın başına böyle bir Avrupalı geçse ne güzel olur,' diye düşünüyordu. Nitekim bir gün Kraliçe'nin, İngiliz hanedanından bir kızı Murad'la evlendirmek gibi inanılmaz bir fikre sahip olduğu konuşuldu. Dedikodu muydu, gerçek miydi anlayamadım ama İngiltere Kraliçesi'nin böyle bir planı olması mümkündü tabii. Halife olacak bir damat edinerek dünya Müslümanları ile yakınlaşmayı hangi imparator istemezdi ki?

O günden beri amcamın suikasta uğramasında ve Murad'ın başa geçirilişinde bir İngiliz parmağı olduğu düşüncesi beynimi kemirip durur. Evlilik gerçekleşmedi ama o seyahatte Murad'ı mason yaptılar. Benim hiç o taraklarda bezim yoktu, masonlukla ilgilenmedim bile. Sonunda Murad'ı sultan yapmayı başardılar. Eğer aklını kaçırıp da doksan üç gün sonra indirilmeseydi kim bilir kaç sene hüküm sürecekti?..

Belki de benim için daha iyi olacaktı bu. Ticaretimi yapar, serbestçe gezer tozardım. Sırtıma bu kadar yük de binmezdi, her an ölüm korkusu çekmek de. Kader işte Doktor Bey evladım. Bu köşkte çok düşünecek vaktim oldu. Ben neyim diye düşünüyorum hep. Allah'ın seçilmiş bir kulu mu, onun iradesinin bir uzantısı mı yoksa herhangi bir insan mı? Hükümranlığım sırasında bunun cevabı vardı kafamda. Elbette Allah'ın seçtiği bir temsilciydim, peygamber efendimizin halefiydim. Ama şimdi aklıma sorular üşüşüyor. Madem Allah beni seçmişti o zaman mebusların kararıyla bu ilahi yetki nasıl elimden alınabilmişti? Yoksa hepsi bir rüya mıydı bunların, toplu olarak inandırıldığımız bir şey miydi? Yanlış anlamayın rica ederim. Bu durumdan memnunum çünkü iktidar yetkiden çok sorumluluktur. Üç kıtaya yayılmış bir ülkeyi devlet yönetir; sadrazam, nazırlar, müdürler, eyalet valileri, şeyhülislamlar... Bu binlerce kişi devleti yönetir ama en ufak bir aksamada sorumluluk tek kişiye ait olur. Taşınamayacak bir yüktür bu. Şimdi devlete yaptığım bütün hizmetler unutuldu. İmparatorluktaki her sorun bana mal ediliyor, asırların yükü omuzlarıma biniyor, her yerde lanetleniyorum."

***

Bu konular Doktor'un ilgisini çekse de, bir kerede bu kadar uzun anlatılınca sıkılıyordu. Evet gezide ilginç şeyler vardı doğrusu, özellikle Madam Müzürüs'ün herkesin ortasında şak diye düşüp ölmesi fazlasıyla dramatikti. Belli ki kadının zaten hasta olan kalbi, o büyük heyecanı kaldıramamıştı. Hele Sultan'ın önünde alafranga dans etmek, hem de bütün gözler üzerindeyken... *Toprağı bol olsun kadıncağızın*, dedi içinden.

Padişah'ı duman halkaları üfleyerek iyice içine gömüldüğü anılar dünyasından çıkarmak isteyerek "Ecnebi yayınlarda sizin hakkınızda sadece kötü şeyler yazılmamış," dedi. "Mesela Amerikan Büyükelçisi Terel sizi çok övmüş."

"Aaaa!" dedi yaşlı adam. "Çok hoş bir zattı kendisi, hatırlıyorum. Benim ABD ile ilişkilerim hep iyi olmuştur. Rahmetli pederimin de öyle. Abraham Linkolin'in teşekkür mektupları vardır bizim arşivde. İçsavaş sırasında Vaşington'u destekledik. Terel de diğer sefirler gibi nazik bir adamdı. Bana Kolt fabrikasında hususi olarak benim için yapılan tabancalar ve şahane eğerler hediye etti. Bir de garibinize gidecek ama Kızılderili kıyafeti."

"Kızılderili kıyafeti mi"

"Evet, evet. Benim Kızılderililere meraklı olduğumu biliyordu."

Doktor az daha "Hiç giydiniz mi?" diye soracaktı ama gözünün önüne Abdülhamid'in başında tüylerle oradan oraya koşturduğu gibi akıl almaz bir görüntü gelince vazgeçti.

***

"Bakın size bir de ilginç bir deve hikâyesi anlatayım," dedi Padişah gülerek. "Çok hoş bir hikâyedir. Amerikan İçsavaşı sırasında bir subay, o kıtada hiç bulunmayan develerin işe yarayacağını düşünmüş, böyle bir tavsiye raporu yazmış. Amerikan hükümeti de kabul edip cennetmekân pederimden ricada bulunmuş, deve denilen dayanıklı hayvanlardan göndermesini istemiş. Neyse uzatmayayım. İzmir civarından develer ve bakıcıları Amerika'ya gönderildi. Duyduğuma göre develer oradaki iklime pek alışamamışlar ve bir faydaları olmamış ama Amerikan halkı develeri çok sevmiş. Bir devenin bakıcısı Hacı Ali'nin adını değiştirip Hay Coli demişler. Hatta bir şirket Türk tütününden Kamel adını verdiği bir sigara üretmek için faaliyete başlamış."

***

Ertesi sabah gittiğimde biraz telaşlıydı. "Müşfika Hanım hasta," dedi. "Hiç şikâyet etmez ama ben anlarım. En kıymetlim odur. Bak kızı İstanbul'a gittiği halde o beni bırakıp gitmedi. Gözümün nurudur. Aman morfin yapmayın Doktor Bey evladım."

"Biliyorum," dedim. "Anlatmıştınız. Bir hanımınız morfinden ölmüş."

"Evet evet," dedi.

Bir kalfayla Müşfika Hanım'a haber gönderdim. Üst kata çıkıp odasına girdiğimde, yatakta değil koltuktaydı ve gündelik kıyafetini giymişti. Zarif yüzü daha da süzülmüş gibiydi, gözlerinin altıda morluklar vardı. Durumdan çok tedirgin olduğu belliydi.

"Neyiniz var hanımefendi?" diye sordum.

"Sizi çok rahatsız ettik, kusura bakmayın," dedi.

"Hiç olur mu Sultanım," dedim, "benim vazifem bu."

"Geceleri uyuyamıyorum," dedi.

"Nedir sebep?" diye sordum.

Sol kolunu gösterdi. Belli belirsiz bir sesle "Çok ağrıyor, sabaha kadar uyutmuyor," dedi.

"Bir vurma ya da çarpma oldu mu yoksa kendiliğinden mi ağrıyor?"

Biraz düşündü. "Yok," dedi, "Bir yere çarpmadım, düşmedim de. İçten içe bir sızı gibi."

"Size bir ağrı kesici vereceğim," dedim. "Şimdi alın, geceleri yatmadan bir tane yutun. Sonra duruma bakalım."

Çantamdan bir analjezik çıkarıp verdim. Sonra "Her ihtimale karşı şunu da vereyim," dedim. "Akşam yatmadan alın, gündüz almayın bunu."

"Adı nedir bu ilacın?" diye sordu.

"Yeni bir icat," dedim. "Bir Alman doktor buldu. Her derde deva. Adı eroin."

"Allah razı olsun," dedi Müşfika Hanım.

Gerçi eroin de bir morfin türeviydi ama bütün dünyada kullanılıyordu, hiçbir tehlikesi yoktu. Bu zarif genç kadın, kendisini çok iyi hissedecekti. Padişah'a bir morfin türevi verdiğimi söylemeye gerek duymadım. İçtiği sudan bile kuşkulanıyordu adam. Ayrıca kendi kendisini tedavi etmeye pek meraklıydı. Tıp ilmine inanmıyor gibi bir hali vardı. Çoğu zaman hastalıklarını anlatıyor sonra "Bana şu iksiri hazırlayın," ya da "Şu merhemi yaptırın," diye talimat veriyordu. Yaşlı adamın ruhi durumunun ötesinde vücut olarak en ciddi hastalıkları, mide ile bağırsaktaki sindirim sorunu, hemoroid ve müzmin soğuk algınlığıydı.

Acaba kendinden başka kimi seviyordu bu adam? Daha doğrusu hiç kimseyi sevebiliyor muydu, sevebilir miydi?

Doktor bu sorunun cevabını veremiyordu çünkü ilk kez bir hastasını tam olarak göremiyordu. Gövdesinin her ayrıntısını bilmesine rağmen, adamın ruhunu ancak izin verdiği yere kadar görebilmişti. Belli bir derinlikten sonra bulanık bir dip akıntısının varlığı seziliyor ama hiçbir şey görünmüyordu. Ya bir kişilik özelliğiydi bu ya da bütün imparatorlar çocukluklarından itibaren böyle yetiştiriliyorlardı. Doktor hafifçe güldü. Başka bir imparator tanımamıştı ki karşılaştırma yapabilsin.

Hastanede işler çok artmıştı; yaralılar, kolu bacağı parçalanmış askerler, veremden, dizanteriden, koleradan sapır sapır kırılan insanlar; açlıktan, hastalıktan ölen çocuklar; göç yollarında hastalananlar, yola bırakılmış kundaklı bebekler, Balkan komitacılarının gözünü oyduğu, kulağını kestiği siviller... Dayanılacak gibi değildi. Demek ki bir imparatorluk böyle çöküyordu. Sanki memleketin dikişleri atmaya başlamıştı. Önce İtalyanlar Trablus'u, Bingazi'yi, on iki adayı almış, sonra Bulgar, Yunan, Sırp orduları birleşerek Osmanlı'nın beş yüzyıllık Balkan hükümranlığına son vermek üzere şiddetli çarpışmalara girmişledi. Tabii arkalarında Rusya vardı. Her zamanki ebedi ezeli rakip Rusya. Üçüncü Ordu'ya bir rehavet çökmüştü nedense. Uzun sakallı, üniformaları madalyadan, nişandan görünmeyen gururlu ve aksi, akılları imparatorluğun ihtişamlı günlerinde kalmış ihtiyar paşalarla, ihtilal ateşi ve "Hürriyet, Uhuvvet, Müsavat" sloganıyla hepsi birer genç Robespiyer kesilmiş genç subaylar anlaşamıyor, büyük hatalar yaparak stratejik noktaları düşmana terk ediyorlardı. Bu gidişin sonu felaketti, bunu hepsi görüyordu ama İstanbul'daki aciz kukla padişah ve ihtirastan gözü dönmüş, artık kendilerinin bile kuşkuyla baktığı ihtilalci arkadaşları Osmanlı mülkünü, fırtınaya terk edilmiş, üstelik kaptanı belli olmayan, acemilerin elinde kalmış yaşlı, köhne bir gemi gibi batmaya doğru götürüyorlardı. Kim bilir kaçıncı kez *uyuyan bir topaç gibi* diye düşündü Doktor. *Hiçbir şey değişmiyor gibi görünüyor ama zemin altımızdan kaymakta.*

Yaşlı adamın önce şahsi serveti gitmişti elinden şimdi de ailesinin mülkü parça parça kaybediliyordu ama zavallı -*zavallı mı*, diye irkildi kendisini bile yadırgatan bir düşünceyle, *zavallı mı, ben şimdi ona zavallı mı dedim?*- hiçbir şeyden haberi olmadan bahçesine bile adım atamadığı köşkte yıllarını geçiriyordu. Belki de bunlardan hiç haberi olmadan ölüp gidecekti bir gün. Aslında kendisi için en hayırlısı da buydu.

Müşfika Hanım - Eroin

Yaşlı adam o gün dalgın, hem de çok dalgın. Sanki bedeni orada ama kendisi başka âlemlere gitmiş. Hem var hem yok. Doktor'un girişini bile fark etmedi. Bir an *acaba uyukluyor mu* diye düşündü Doktor. Yarı kapalı göz kapaklarından bir şey anlamak mümkün değildi. Sessizce bir koltuğa oturdu. Tuhaf bir zevkle gözlerini kıstı, kendinden geçmiş durumda, iyice savunmasız görünen yaşlı adamın düşük göz kapaklarını, yıpranmış, kahverengi lekelerle dolu tenini, boyası geciktiği için beyazları çıkmış, ağzının kenarlarına yakın kısımları sigaradan sararmış sakalını incelemeye başladı. Doktor olduğu için insan soyunun aynı biyolojik kurallara bağlı olduğunu biliyordu. Yalnız insanlar değil hayvanların da temel kuralları aynıydı. Buna rağmen içlerinden bir ölümlüye, tanrısal güçleri olduğu iddiasıyla tapınıyorlardı. *İşte bu adam*, diye düşündü Doktor, *hemoroid ağrılarıyla kıvranan, ölüme yakın bu ihtiyar. Şimdi neresi kutsal bu adamcağızın?* İçinden bir sigara tellendirmek geliyordu ama adamın uyanmasını istemiyordu.

Derken adamın dudaklarının kıpırdadığını gördü, bir şeyler mırıldandığını duydu ama sözleri seçemedi. Yerinden kalkıp parkeyi gıcırdatmamak için dikkatli dikkatli basarak ihtiyara yaklaştı. Adam galiba "Flor" gibi bir şey söylüyordu. *Flor mu, bir ilaç mıydı bu? Floralis? Çiçek iksiri? Kolonya?* Daha dikkatli dinledi ve adamın dudaklarından dökülen kelimeyi duydu: Flora diyordu adam, Flora, Flora... *Kimdi acaba bu Flora? Hareminden birisi miydi? Fransa seyahatinde tanıdığı bir kadın mı?* Kendisi Flora adında bir kadın tanımamıştı hiç. Adamı uyandırmamak için yavaşça, ayak uçlarına basarak salondan çıkarken Abid Efendi'yi gördü. İşaretparmağını dudaklarına götürerek sessiz olması için uyardığı çocuk başını salladı. Uslu bir çocuktu bu doğrusu. Sakindi, kızlar gibi hırçınlık krizleri tutmuyordu. Belki bunda bahçeye çıkabilmesi, okula gidebilmesi de etkili oluyordu. Bazen alınmasına izin verilen renk renk kalemlerle mutlu oluyor, bazen de bir türlü karar veremediği kimliğini hatırlamak ister gibi şehzade kıyafeti giyinerek kendisini aynada izlemeye koyuluyordu. Siyah şık başlığının altından bakan hüzünlü gözlerde içe dokunan bir şeyler vardı. Kol ağızlarına ve yakasına kırmızı bant geçirilmiş, sırmalı kordonlarla süslenmiş o minicik siyah ceket, bacaklarını saran gri şayak pantolon ve siyah çizmeler o ürkmüş çocuk bakışlarına hiç uymuyordu. Sarayda olsa görüntüyü tamamlamak için bir de küçük kılıç olacaktı belinde ama şimdi mümkün değildi bu. İnsan psikolojisine meraklı olan Doktor kendine sorup duruyordu, *acaba bu küçük çocuk ne hissediyor? Sarayı hatırlamıyor tabii ki, gözünü bu hapis hayatına açtı. İmparator olmak, tahttan düşürülmek, hatta taht, iktidar nedir, sürgün nedir, hiçbir şey bilmiyor. Babasını diğer babalar gibi mi görüyor? Ama onu bile yapamaz ki... Çünkü hiçbir başka aile, hiçbir baba tanımıyor. Dünyayla ilgili hiçbir fikri olmadan bu kapalı köşkte büyütülmüş bir çocuk. Böyle bir sabinin ileride mutlu olmasına imkân var mı hiç? Hayatı bilmiyor ki ondan bir şeyler istesin.*

Doktor, çocuğun soluk benzinde, hüzünlü gözlerinde ömür boyu devam edecek bir mahkûmiyet hissinin gölgesini görüyor ve üzülüyordu. Sonra da kendi çocukluğu geliyordu gözünün önüne, diktatörün ağır ve karanlık gölgesi altında geçen mutsuz hayatlar. Unkapanı'ndaki mütevazı evde, bütün memurlar gibi sürülme korkusu içinde yaşayan tedirgin babası, birbirini jurnalleyen insanlar, korkunun elle tutulur hale geldiği bir saltanat, Yıldız Sarayı'ndan dalga dalga yayılan kuşku bulutları, tedirgin fısıltılar, korkulu bakışlar, "İstibdat Devri". Bu dehşet ortamını, eski püskü kumaşı eprimiş koltuğunda uyuklayan, Flora diye bir kadının adını sayıklayan aciz ihtiyar mı yaratmıştı?

Doktor, mahzun çocuğun başını okşayıp cümle kapısından çıkmak üzereydi ki birdenbire durdu. Belki de uyku değildi bu. Padişah'ı daha önce hiç böyle görmemişti. Onu bu halde bırakıp gitmesi doğru değildi. Kendisine emanet edilmişti onun ve ailesinin canı. Hemen geri döndü, yaşlı adam hâlâ aynı durumdaydı. Doktor, mabeyincileri çağırdı, hünkârı yatağına götürmeleri gerektiğini söyledi. İki adam telaşlanarak Padişah'ın kollarına girip sürüklemeye çalıştılar ama bu onlara biraz saygısızlık gibi gelmiş olmalı ki hünkârı tekrar oturtup iki ahşap kolundan tutarak koltuğu taşıdılar odaya. Sonra nazikçe, bin bir ihtimamla yatağına sırtüstü uzattılar. Adamın hâlâ uyanmamış olması garipti doğrusu. Uyuklama olamazdı bu, iyi ki çıkıp gitmemiş, geri dönmüştü. Adamın nabzı, nefesi gayet düzgündü. Sadece tansiyonu biraz düşmüştü ama bu da durumu açıklamaktan uzaktı. Doktor mabeyincilerden, Müşfika Kadınefendi'ye durumu haber vermelerini istedi. Odayı teşrif buyurabilirler miydi acaba?

Doktor önce merdivenlerdeki telaşlı sesleri duydu sonra "Ne olmuş, ne var, söyleyin Allah aşkına," diyerek odaya giren güzel kadının gözlerindeki korku ifadesine bakakaldı. Herhalde hayatında gördüğü en güzel genç kadındı bu. Müşfika Kadınefendi yatağın yanına ilişmiş, Padişah'ın başını okşayarak "Ne oldu efendim, ne oldu Sultanım? Ne olur korkutmayın beni!.." diye sahici bir üzüntüyle kocasına sesleniyor, gözyaşları döküyordu. Doktor bu manzarayı hayranlıkla, belki de bir parça kıskançlıkla izliyordu. Herhalde devrik padişahı bu derece yakıcı bir tutkuyla seven tek kişiydi genç kadın. Babası yaşındaki yıpranmış adamın, damarları fırlamış, kahverengi beneklerle dolu, kemikli elini öpüyor, sıcak gözyaşlarıyla ıslatıyor, arada bir yalvaran gözlerle Doktor'a bakarak "Ne oldu efendime, ne oldu?" diye soruyordu. "Ne oldu hünkârıma, sebeb-i hayatıma, sultanıma?"

Doktor "Acaba yediği bir şey mi dokundu?" diye sordu. "Akşam ve sabah ne yedi?"

"Her zamanki şeyler, farklı bir şey yemedi. Bakayım... Akşam biraz kabak, yoğurt ve elma kompostosu; sabah da bir parça beyaz peynir, ekmek, kahve, azıcık da gül reçeli taam ettiler. Değişik bir şey yok."

"Yine de bir düşünün efendim, her günkü alışkanlıklarının dışında bir şey oldu mu?"

"Başka bir şey yemedi ama gece kolu çok ağrıdı, beni çağırttı, ağrıdan kıvranıyordu hatta bir ara sizi çağırtmayı bile düşündüm."

"Çağırsaydınız keşke. Sonra nasıl geçti?"

Müşfika Hanım'ın yüzünden belli belirsiz bir şaşkınlık ifadesi geçti ama Doktor bunu gördü.

"Ne oldu, nasıl geçti? İlaç verdiniz mi hiç?"

Müşfika Kadınefendi ona yaklaştı, utangaç bir ifadeyle "Ağrısı o kadar dayanılmaz bir hal almıştı ki aklıma sizin bana verdiğiniz ilaçlar geldi. Zat-ı Şahane'ye söylesem ağrıdan ölse bile ilacı kabul etmezdi ama onu ızdırap içinde görmeye dayanamıyordum. Bunun üzerine sizin bana verdiğiniz ilaçlardan birini sıcak süt içinde erittim ve sabaha karşı içirdim. İyi ki de öyle yapmışım, aradan biraz geçince ağrısı geçti, rahatladı, derin bir uykuya daldı. Ben de odama gidip iki rekât şükür namazı kıldım. Ama şimdi bu durum... Yanlış bir şey mi yaptım acaba? Benim yüzümden mi oldu?"

Doktor, gözyaşları durmayan kadına "Sakin olun hanımefendi," dedi. "Lütfen sakin olun, bir şeyi yok Hünkâr'ın. Hangi ilacı verdiniz, gösterir misiniz bana?"

Kadıncağız "Aman Allahım, aman Allahım," diye mırıldanarak odadan çıktı, koşar adım üst kata gitmesiyle gelmesi bir oldu. İlaçları getirdiğinde Doktor hepsini dikkatle inceledi ve "Size bir flakon içinde dört adet ilaç vermiştim. Üçü duruyor, siz bu ilacı kullandınız mı?"

"Ağrı için verdiğiniz ilacı aldım ama çok rahatlatır dediğiniz için bu ilacı Hünkârımıza verdim. Kötü bir şey mi yaptım Allah korusun?"

Doktor güldü, "Hayır hayır Sultan Hanım, kötü bir şey olsa ben size verir miydim hiç? Sadece akşam alın demiştim, siz sabaha karşı vermişsiniz. Merak buyurmayın. Hünkâr birkaç saate kendine gelir."

Ağzından Allah adını düşürmeyen genç kadının gözlerine yine yaş hücum etti. "Allah sizden razı olsun Doktor Bey, içim rahatladı, biliyorsunuz size itimadımız tam," dedi. "Hünkârımız da sizden çok memnun. Dualarına sizi de katıyor her gün."

Doktor teşekkür etti. "Müsadenizle ben biraz yanında kalayım Hünkâr'ın," dedi.

"Tabii tabii, elbette," diyen kadın odadan çıktı ama kapıyı tam kapatmadan Doktor'a bakıp "Tekrar tekrar teşekkür ederim Doktor Bey," dedi. "Yalnız bana bir daha sultan diye hitap etmeyin. Ben hanedandan değilim. Sultan olan kızımdır. Ayşe Sultan."

Sarayın ne garip âdetleri var, diye düşündü Doktor, *demek ki unvanlar bu kadar önem taşıyor o âlemde.*

Güzel kadının içini rahatlatmış, bir yanlışlık yapmadığına inandırmıştı ama söylemediği şey, kadının kocasına uyuşturucu vermiş olduğuydu. Akşam alın diye verdiği eroini sabaha karşı vererek adamın rüya bulutlarında gezmesine sebep olmuştu. Az ve ölçülü içki içen, bir rom ve birayla yetinen Padişah'ta eroinin etkisi güçlü olmuş, sabah kalkacak gücü bulduktan sonra koltukta hayallere dalıp gitmişti. Şimdi de sakince uyuyordu. *İyi,* diye gülümsedi Doktor, *adamcağızı mutlu ettik. Madem o beni hayır duayla anıyor, ben de onu bu mucize ilaçla tanıştırıp borcumu ödedim.*

Öğlene doğru Padişah öksürerek uyandı, çevresine baktı, Doktor'u gördü ve "Ne oldu bana?" diye sordu. Morfinden ödü koptuğu için Doktor ona gerçeği söylememeyi yeğledi, yoksa bir sürü sorun çıkacaktı.

"Gece uyumamışsınız, ağrı kesici de sizi rahatlatmış, biraz uyudunuz, merak edecek bir şey yok."

"Ama sabah namaz vaktinde kalktım, sonra namazı... Namazı eda ettim mi etmedim mi, hatırlamıyorum. Ne garip şey. Hafıza kaybı mı yoksa?"

"Hayır hayır efendim, geçici bir durum. Herkesin başına gelir."

"Emin misiniz? Allah aşkına doğruyu söyleyin bana. Bir elem-i asabi mi musallat oldu, zihni melekelerimde bir çökme mi var? Ahhh hemoroji serebral değil mi, mutlaka hemoroji serebral."

Vehimli Padişah nöbet tutmuş gibi hem titriyor hem aklına gelen her hastalığı sayıyordu. Doktor, dolaylı olarak kendisinin sebep olduğu bu durumda hastasını yalnız bırakamayacağını düşündü. Onu yatıştırmak için o gün yanında kalacaktı. Hasta olmadığına inandırmak için yaşlı adama ne diller döktü, ne örnekler verdi kendi bilir.

Kollarını öne uzattırdı, başının üstünde birleştirtti, iki işaretparmağını buluşturttu, burnuna dokundurttu, sonra kendi işaretparmağını takip etmesini istedi. Dizlerine refleks çekiciyle vurdu.

Ve sonunda "Hiçbir şeyiniz yok maşallah," dedi. "Merak buyurmayın."

"Ama," diye itiraz etti hasta, "salonda koltukta oturduğumu görmüşler, nasıl giyindim, oraya nasıl gittim, hiç hatırlamıyorum."

"Mabeyinciler sizi giydirmiş, salona gitmek istemişsiniz, emrinize uymuşlar, üzülmeyin, olur böyle şeyler."

Padişah biraz rahatladığını belli eden bir ifadeyle "Malihülyaya dalmışım desenize," dedi.

"Evet efendim," dedi Doktor. "Bir de Flora deyip duruyordunuz. Bir ilaç ismi mi bu?"

"Flora, Flora, Flora," diye birkaç sefer mırıldanan Padişah, gösterdiği gayretten yorulmuş gibi yine kendinden geçti. Ama Flora dediği anda gözünden süzülen tek damla yaş,

Doktor'un dikkatinden kaçmadı. Doktor ayaklarının ucuna basarak odadan çıktı, endişe içinde bekleyen mabeyincilere hastayı bir süre rahat bırakmalarını söyledi. "Uyanıp sizi çağırdığı zaman hafif bir yemek götürün. Çorba, sebze gibi şeyler. Ağır olmasın," diye tembihledi onları.

Sultan'ın en büyük sırrı: Flora Cordier

Genç şehzade, atının üstünde dolaşmayı pek seviyor ama o gün iki atın çektiği şık landon arabasına binmiş, Pera'ya gitmek istemiş. Gâvurların Gran rü dö pera dediği Cadde-i Kebir'in iki yanında sıralanmış şık lokantalar, müzikholler, tiyatrolar ve Paris'le irtibatlı moda mağazaları içine ferahlık veriyor. Kötü giyimli tek bir insana bile rastlanmayan bu caddeden ışıl ışıl bir medeniyet yansımakta. Frenk mahallesi olduğu için envai çeşit şapkalı, fırfırlı, rengârenk şemsiyeli hanımları görmek içini açıyor. Birazdan bu hanımların en güzeliyle karşılaşacağını bilmeden caddeden aşağı doğru gidiyor, kayar gibi geçiyor yanından vitrinler, renkli tenteler, fötr şapkalar, şık insanlar. Yanına kavasları, sırmalı kordonlu muhafızları almadan dolaşmayı seviyor şehzade. Kendisini daha özgür hissediyor. Caddenin alt kısmında, kaderinde rol oynayacağını henüz bilmediği bir mağazaya giriyor. Fransa'dan geldiğini tahmin ettiği deri eldivenler dikkatini çekiyor. Onları incelerken tezgâhın arkasından bir satıcının yaklaştığını sezip başını kaldırıyor ve iki yeşil mavi karışımı göz görüyor sadece. *Büyüleyici* diye düşünüyor, *büyüleyici*. Bakakalıyor öylece. Kendisine kırık bir Türkçeyle bir şeyler söyleyen genç kızın gözlerinden sonra, uzun sarı saçlarını, beyaz tenini, dudaklarını fark ediyor.

"*Bonjur matmazel*"[1] diyor.

Genç kadın, müşterinin Fransızca konuşabildiğine memnun olduğunu göstermek ister gibi gülümsüyor, Şehzade *güneş gibi* diye düşünüyor, *gün buluttan sıyrılır gibi.*

"*Bonjour monsieur,*"[2] diyor kız, "*En quoi puis-je vous aider? Intéressé par les gants?*"[3]

Aman Allahım diye geçiriyor içinden Şehzade *aman Allahım* ve o anda bu kızla beraber olabilmek için her türlü deliliği yapabileceğini hissediyor. Sanki tezgâhın arkasındaki kıza doğru arkasından pehlivanlar itiyor onu. Başı dönüyor. Soluk benzi daha da soluyor, sararıyor, nefesi sıklaşıyor. Kızın ona "İyi misiniz?" diye sorduğunu, yakındaki bir koltuğu göstererek "Buyurun oturun lütfen," dediğini duyuyor.

O anda kim olduğunu hatırlıyor, derin derin nefes alarak iyi olduğunu söylüyor.

"Evet evet, eldiven almak isterdim, çok güzel görünüyorlar."

Kızın tavsiyesiyle iki çift deri eldiven alıyor, yumuşacık, biri gri, biri bej.

"Adınızı bağışlayın matmazel," diyor Türkçe.

"Flora, Flora Cordier."

"*Êtes-vous français?*"[4]

"*Non monsieur je viens de Belgique.*"[5]

Köşede bekleyen arabasına bindiğinde ellerinde hâlâ eldivenleri denerken bir an değdiği kızın elinin sıcaklığı, o yumuşak ve gençlik nemi taşıyan ipeksi ten, o anda ne şehzadelik, ne saray, ne imparator amcası, ne sultanlık hayali, ne para, ne pul, hiçbir şey düşünmeden sevdayla esrimiş, bir acayip hale düşmüş, baktığı halde görmediği İstanbul sokaklarının, selam veren insanların farkına varmadan Tarabya'ya kadar

1 "Merhaba hanımefendi."
2 "Merhaba beyefendi."
3 "Size nasıl yardımcı olabilirim? Eldivenlerle mi ilgileniyorsunuz?"
4 "Fransız mısınız?"
5 "Hayır efendim, Belçikalıyım."

gidişi ve o günden sonra Flora'dan başka bir şey düşünemez hale gelişi.

Ertesi gün ipek bir fular, daha ertesi gün redingot, sonra İstanbulin, sonra Paris modasına uygun ayakkabı almak için her gün o mağazaya gideceğini adı gibi biliyor artık. Gidiyor da, her gün gidiyor, her saat onu düşünüyor, her gün gidiyor, her gün. Mağaza sahibi memnun tabii, onu ellerini ovuşturarak karşılıyor. Yine de kızın, onun kimliğinden haberi yok galiba. İyi bir müşteri gibi davranıyor şehzadeye. Kara zeytinlere benzeyen gözlerindeki baygın bakışların da farkında değil gibi.

Bir gün aldığı gri bir takımı evine gönderip gönderemeyeceklerini soruyor kıza.

"Tabii efendim," diyor kız, "emredersiniz, adresinizi alayım."

Bir bloknot ve kalem alıyor eline.

Genç Hamid "Yazmanıza gerek yok matmazel," diyor. "Çok kısa."

Sonra hayretle bakan genç kadına "Çırağan Sarayı," diyor. Kızı etkilemek için Tarabya'daki köşkünü değil sarayı söylüyor.

Kız anlamıyor, soran gözlerle ona bakıyor.

"*Palais de Çırağan*,"[1] diyor ona "*Palais Imperial*".[2]

O sırada mağaza sahibi yaklaşıyor kızın yanına, kulağına bir şeyler söylüyor. Şaşıran genç kadın "Pardon majeste pardon," diyerek zarif bir reverans yapıyor.

Gece o zarif, ak bir kuğunun tüyünün yere süzülüşünü hatırlatan reveransı düşünen Hamid, acaba kimliğimi açıklamakla yanlış mı yaptım diye içi içini yiyerek düşünüp duruyor. *Ya şimdi iyice uzaklaşırsa benden? Ya korkarsa?*

Ertesi gün gitmiyor mağazaya. Akşam kapanma vaktine yakın köşede durdurduğu arabasının içinde bekliyor. Birer birer çıkıyor çalışanlar. Ve işte o! Beklediği mucize. Yakası

1 "Çırağan Sarayı."
2 "İmparatorluk Sarayı."

kürklü bir manto giymiş, zarif ellerinde eldivenler. Diğerleri ayrılıyor, Flora da Mekteb-i Sultani'ye doğru yürümeye başlıyor. Genç Hamid koşuyor arkasında, "Ah!" diyor, "Geç mi kaldım, kapattınız değil mi mağazayı?"

Şaşıran genç kadın "Evet majesteleri," diyor. "Ama sizin için hemen açarım." Dükkâna dönmeye çalışır gibi bir iki adım atıyor.

"Hayır hayır," diyor ona. "Yarın gelirim, zararı yok."

"Ama buraya kadar zahmet ettiniz."

"Olsun, sizi görmenin bahtiyarlığı yanında ne önemi var?"

Genç kız biraz kızardı mı ona mı öyle geldi bilemiyor.

"Yalnız sizden bir ricam var. Arabam şuracıkta bekliyor. Sizi evinize bırakabilir miyim?"

Kızın tereddüt ettiğini görüyor.

"Hadi beni kırmayın," diyor. "Kaç zamandır sizinle alışveriş dışında biraz sohbet edebilme imkânını arıyorum."

Flora gülümsüyor, boynunu bükmüş yalvaran şehzadeye "*Daccord majeste*,"[1] diyor.

Sonrası hayal gibi geliyor Hamid'e, Pangaltı'ya kadar parke taşlarda sarsıla sarsıla gidişleri, atların tıkırtısı, genç kızın yumuşak sesi hiç bilmediği bir mutluluk veriyor ona.

Ertesi gün kızı yine evine götürüyor. Sonra bir daha, bir daha.

Bu arada da kara kara düşünüp duruyor. Şehzade oluşu kıza kavuşmasının önünde büyük bir engel. Hiçbir taht varisi dinini değiştirmemiş Hıristiyan bir kızla evlenemez. Çocuk yapamaz. Eğer -mazaallah- amcasının kulağına giderse öfkeli Padişah onu Fizan'a sürer. Şehzade, Flora için tahttan taçtan vazgeçmeye çoktan hazır, zaten gözü yok o makamda ama yine de izin vermez, engel olurlar.

Bir akşam bütün cesaretini toplayıp Flora'yı evine götürmek yerine kendi evine gitmelerini teklif etti. Bir yemek davetiydi bu.

---

1 "Peki majesteleri."

"Kırmayın beni matmazel, lütfen, lütfen..."

Selanik'teki yatağında eroinle esrimiş halde yatan adam şimdi yaşlı gövdesinde Flora'nın tenini, kasıklarından yayılan alevi, kendisiyle bütünleşmeye çalışan dudaklarındaki gül rayihasını tekrar hissediyor, "Flora!" diye inliyor.

Ah Flora, gizlice evlendiği, Tarabya'daki köşkünde kimselere göstermeden bir hazine gibi sakladığı, gece gündüz can cana, ten tene yaşadığı, susuzluktan kavrulan bir adamın aniden önüne çıkan bir pınardan kana kana su içmesi ama yine de susuzluğunu giderememesi gibi, dünyada ne kimseye nasip olmuş ne de olacak sandığı o güzel yıl, o güzel kadın, o güzel sevişmeler, o yakıcı yeminler...

Kuru kemikli ellerini sanki eldiven giyer gibi hareket ettiren Padişah o günleri yaşarcasına yüzüne yayılan yumuşak, sevecen bir ifadeyle, belki de köşke getirildiğinden beri ilk kez gülümsüyor.

Ne yazık ki eroinin etkisi geçince nasıl tekrar acı gerçeğe dönecekse, kaderi de Flora ile "ebedi saadeti"nin sürüp gitmesine izin vermiyor.

Bir gün Mithat Paşa ve arkadaşlarının gelip biraderi V. Murad'ın aklını oynattığı için tahttan indirilmesine karar verildiğini ve anayasa yapmak şartıyla kendisini padişah yapmak istediklerini söylemesiyle hayatının en zor kararını vermek zorunda kaldı. Bir tarafta hiç istemediğini sandığı ama gerçek olma ihtimali belirince büyük bir heyecana kapıldığı imparatorluk tacı, öte yandan başını döndürmeye devam eden kara sevdası. İkisi bir arada olamazdı. Gizli evliliğinin ortaya çıkması saltanat hayaline de engel olabilirdi. Belki de tek çare Flora'nın Müslüman olmayı kabul edip hareme girmesiydi ama bu da çok garip bir durumdu. O özgür kadın, böyle bir şeyi kabul etmezdi. Genç şehzade kıvranıp duruyordu. Gerçi ataları arasında, Fatih Mehmed Han gibi anası ve eşi Müslümanlığa hiç dönmeyen örnekler vardı ama o devirler geçmişti artık.

Sonunda bu macera kırık kalplerle, gözyaşlarıyla, erkeğin tahta çıkıp kadının Belçika sefaretinin önünde bir arabadan inip kapıdakilere "Adım Flora Cordier, Belçika vatandaşıyım. Geri dönmek istiyorum," demesiyle noktalandı.

Abdülhamid'in gizlediğini sandığı evliliği ise yabancı servislerce çoktan öğrenilmiş hatta Benjamin Disraeli'nin Lord Salisburi'ye gönderdiği bir İstanbul sefareti raporunda belirtildiği gibi Flora, yeni bir Roksalan olarak tanıtılmıştı. O alımlı kadının Muhteşem Süleyman'ı yönettiği gibi Flora da Hamid'in saltanatına yön verecekti. Ama bu, hiçbir zaman gerçekleşmeyecek bir hayal olarak kaldı. Çünkü aradan yüzyıllar geçmişti ve ne Hamid Süleyman'dı ne de Flora Roksalan!

Böylece Hamid'in tek eşli hayatı sona erdi ve haremdeki kızlarla tam bir Şarklı padişah hayatı yaşamaya başladı. Çok sayıda hanımı, yüzlerce cariyesi oldu. Üstelik yaşı ilerledikçe hareme getirilip kendisine sunulan dilberlerin yaşı küçülmeye başladı.

Doktor'un kaygıları artıyor

Doktor o akşam Müslüman mahallesinde her akşam olduğu gibi yatsı namazından dönenler evlerine girdikten sonra ıssızlaşan parke taşlı sokaklarda, kendisine hayırlı geceler dileyen pazvantın selamını alarak evine döndüğünde çok kaygılıydı. Gazetelerde pek yer verilmiyordu, hatta tam tersi anlatılıyordu ama hastanede konuşulanlar, cephelerden gelen haberler harp konusunda ümitli olmaya imkân bırakmıyordu.

Masasına oturup bir mektup kâğıdı aldı ve işlek elyazısıyla "Ey dilber-i rana, ey canıma can katan, ruh-u hayatım" diye başlayan bir mektup yazdı.

İnsanın aklı almıyordu ama dünya durdukça duracağını sandığımız cihan devleti gözlerimizin önünde eriyip tükenen bir mum gibi bitiyor, diyordu. *Cepheden korkunç haberler geliyor. Doğu Rumeli'den sonra Balkanlar'dan tamamen çekiliyoruz galiba. Selanik'in bile elden çıkacağından korkuluyor. Bulgar ve Yunan orduları buraya doğru yürüyormuş.*

İlk kez Melahat'a yazdığı mektuba sevda sözleri dizmek içinden gelmemiş, yarım bırakmıştı. Sanki çökmekte olan imparatorluğun derdi göğsünü sıkıştırıyor, gece gündüz kalbini eziyordu. Nefes alması bile zorlaşmıştı. Belliydi ki genç, deneyimsiz, daha çok komitacılıktan, fedailikten, baskından anlayan, kanları deli deli akan İttihatçı arkadaşları işi batırmıştı. Enver'e kızıyordu içinden ama bunu kimseye söylemeye cesaret edemiyordu. Hayatı tehlikeye girerdi. Otuz üç yıllık saltanatında sadece üç beş mahkûmun idamını onayladığını, onların da ana baba katili gibi adamlar olduğunu anlatan Padişah eğer doğru söylüyorsa, Doktor'un kendi arkadaşlarının öldürdüğü insan sayısı bununla kıyaslanamayacak kadar çoktu. Hem de sorgusuz sualsiz. Bir cinayet örgütü gibi çalışmaya başlamışlardı ne yazık ki. Flora diye sayıklayan yaşlı adam devrildikten sonra Osmanlı yönetimi siyasi gruplar arasında parçalanmıştı. Hükümetler dikiş tutmuyordu. Bu yüzden Balkanlar'da patlayan isyanlara hazırlıksız yakalanmıştı. Şimdi de Gazi Muhtar Paşa hükümeti istifa etmişti. İttihatçılara karşı kurulan İtilaf Partisi, son seçimleri kazanmıştı ama dişe diş göze göz mücadele devam ediyordu. İki parti için de zafer, düşmana değil birbirlerine karşı kazanmaları gereken bir şeydi. Ordu ikiye bölünmüştü. *Belki ikiye değil daha fazla parçaya,* diye düşündü Doktor. *İttihatçılar, İtilafçılar, Halaskaran subaylar, yaşlılar, gençler, birbirinin ayağını kaydırmaya çalışan paşalar.* Doktor, *bu ülkede ne çok nefret birikmiş,* diye düşünüyordu, *herkes birbirinden nefret ediyor, birbirinin kuyusunu kazmaya çalışıyor. Eskiden Abdülhamid'e duyulan öfke herkesi birleştiriyormuş meğer. Kötüye gidişin tek sebebinin bu adam olduğunu düşünmek bir çeşit aldanma, bir çeşit rahatlamaymış. Ama gerçek bu değilmiş işte. Adam devrildikten sonra başını alıp giden sorunlar belki ortak bir nefret nesnesinde buluşmanın daha doğru bir denge sağladığını ortaya çıkarmıştı.*

Doktor bir an irkildi. *Diktatörün lehine mi düşünmeye başlamıştı artık? Alatini Köşkü'ndeki insani yakınlaşma, düşüncelerini değiştirecek noktaya mı gelmişti?* Eğer böyleyse bu derece zayıf karakterli olduğu için utanç duyması gerekirdi. *Ya 31 Mart,* diye düşündü. *İstanbul'u kana boyayan o gerici asker isyanını örgütlemedi mi bu sinsi ihtiyar?* Bu konuyu her açışında adam Allah, Kur'an, şeref, namus adına yeminler ediyor ve hiçbir suçunun olmadığını söylüyordu. Bu olay beceriksiz paşalar yüzünden bu kadar büyümüştü. Yoksa kendi payitahtında durup dururken niçin isyan düzenlesin, niçin izin versindi ki? Bir mantığı var mıydı bunun Allah aşkına?

Sigaranın birini söndürüp diğerini yakan Doktor kalp ağrısını biraz olsun hafifletebilmek için kadehe hatırı sayılır miktarda Bulgar konyağı doldurdu. Neredeyse ciğeri sökülürcesine uzun bir "oooof" çekti.

Kim bilir "sokakları küçük taşlı", alımlı, insanı sarhoş eden, kozmopolit, güzel Selaniklerinin başına neler gelecekti?

Kesik eller şenliği - İslamı Batı'dan öğrenmek

Doktor ertesi sabah köşke gittiğinde eski padişahı dinlenmiş, tıraş olmuş, özenle giyinmiş olarak buldu. Dünkü halinden eser kalmamıştı. Zaten ikisi de o konuyu hiç açmadılar. O acayip günü yaşanmamış saymak en iyisiydi.

Kahvelerini içerken yaşlı adam birdenbire "Harpte miyiz?" diye sordu. "Doktor Bey, lütfen bana gerçeği söyleyin. Devletimiz harp halinde mi? Bu kadarını bilmeye hakkım var sanırım."

Doktor "Hayır," dedi. "Bunu da nereden çıkardınız? Birisi böyle mi söyledi?"

"Hayır," dedi Hünkâr, "Kimse söylemedi ama uzun zamandır bir şeyler sezinliyorum. Pencereden baktığımda subayların telaşlı telaşlı konuştuklarını görüyorum. Geçen gün birisi haritada bir yeri gösteriyordu. Ayrıca... hımmm..."

"Buyurun söyleyin. Ayrıca?"

"Bilmem bunu söylemem doğru olur mu? Geçen gün oğluma alınan kalemler bir gazete parçasına sarılmış. Gözüme ilişince aldım ellerinden. Yırtık pırtık gazete parçasından bir şey anlayamadım doğrusu ama ordunun durumundan, silah ve mühimmat eksikliğinden bahsediliyordu. O zaman aklıma düştü, acaba harpte miyiz diye."

"Hayır hayır, harpte değiliz. Olsak bile bunu söylemeye yetkim olmadığını biliyorsunuz. Hem yirmi beş bin kişilik ordumuz var Selanik'te."

"Var olmasına var da," dedi Padişah. Bir süre düşündü. "Biliyor musunuz," diye devam etti, "ben harpten çok korkarım. Kazansan da kaybetsen de milleti yorar, memleketi sefalete düşürür, feci bir şeydir harp. Bu tutumumu çok eleştirenler oldu ama hiçbiri harbin nasıl bir felaket olduğunu bilmiyor. Devletler arası sorunları mümkün olduğu kadar diplomasiyle halletmek taraftarıyım ben. Eğer yeni hükümet harbe karışırsa Allah korusun..."

Hünkâr, Doktor'a sigara ikram etti. Karşılıklı sigara tüttürürken yaşlı adam öne eğildi, zeytin karası gözlerini Doktor'un gözlerine dikti ve beklenmedik bir soru sordu.

"Ben bir katil miyim sizce?"

Afallayan Doktor "Efendim, pardon, anlayamadım?" diye bir şeyler kekeledi.

"Hani o yabancı basının taktığı isimle Kızıl Sultan mıyım, ellerimde kan mı var Makbet denilen o kadın gibi? Görüyorum ki siz bile cevap vermekte tereddüt ediyorsunuz Doktor Bey evladım. Bana atılan sayısız iftira arasında iki tanesi çok canımı sıkar. Birincisi şeyhülislamın yazdığı fetvada İslam'a, Kur'an'a zarar verdiğim iddiası. Bu gerekçeyle düşürülecek bir sultan mıydım ben? Allah'tan korksalar bunu yapmazlardı. Hepsini Cenab-ı Hakk'a havale ediyorum."

Doktor oturduğu koltukta sıkıntıyla kıpırdıyor, monologa dönüşen konuşmanın arasına girmek istiyor ama her seferinde yaşlı adamın, onu durdurmak için kalkan sağ eliyle susmak zorunda kalıyordu.

"Belçika Kralı'nı tanır mısınız siz? II. Leopold. Sözüm ona Avrupalı, medeni bir kral değil mi? Peki bu adamın Kongo'da yaptıklarını bilir misiniz? Tabii ki hayır. Çünkü Avrupa basını beni kana susamış bir katil gibi göstermekle meşguldü, bu kralın zavallı Kongo halkına yaptığı eziyetle değil. Kralın emriyle Kongo'da on milyon insan öldürüldü; aklınız alıyor mu, çoluk çocuk, erkek, on milyon can? Yaşlı genç demeden katlettiler. Bir de ne yaptılar biliyor musunuz? Milyonlarca kişinin ellerini kestiler. Bana fotoğrafları geldi. Akıl almaz bir manzara, iki eli kesilmiş çocukları görmeye yürek dayanmaz. Benim gibi harpten, adam öldürmekten çekinen bir adamı Kızıl Sultan ilan ederken Leopold'a medeni dediler. Ya Rus Çarı'na ne demeli? Öldürttüğü, Sibirya'da ölüme gönderdiği insanların haddi hesabı yok. Ama o da Hıristiyan olduğu için hoş görüldü tabii. Bu asrın tek suçlusu, memleketini parçalamak isteyen devletlere güçlük çıkaran ben oldum."

Doktor tam burada elini kaldırdı.

"Sizi anlıyorum ama lütfen bana da müsade buyurun," dedi. Sözünün kesilmesine alışık olmayan Padişah gözlerine yerleşen hayret dolu bir bakışla ona baktı ama sustu.

"Kusura bakmayın ama siz de çok sayıda insanı oradan oraya sürdünüz, aileleri dağıttınız. Bazıları yaban ellerinde öldü. Evlerini bir daha göremediler."

"Durun, durun biraz. Evet, söyledikleriniz doğru. Devlete ve şahsıma yönelen tehlikelerle baş etmek için çok insanı sürmek zorunda kaldım. Ne var ki hiçbirinin malına, canına dokunmadım. Hatta sürgünlere maaş bağlattım, rahat yaşamalarını temin ettim. El kesmekle, kafa koparmakla karşılaştırılabilir mi bu? Buyurun cevap verin, karşılaştırılabilir mi?"

"Karşılaştırılamaz tabii," dedi şaşıran Doktor. "On milyon insan diyorsunuz, inanılmaz bir sayı bu."

"Tabii tabii," dedi Padişah. "Bir de tatmin olmak için binlerce kesik kara eli Belçika'ya, sarayına getirtmiş adam. Onları seyredip zevklenirmiş."

"Sahiden akıl almıyor," dedi Doktor. "Bir insan bunları nasıl yapar?"

"Elinizi vicdanınıza koyup söyleyin, ben bunun binde birini yaptım mı, yaptım mı hiç?"

"Yapmadınız."

"O zaman yazın bunları, anlatın, Allah aşkına, tebaam beni yanlış tanımasın, hatta ecnebi ülkelere anlatın. Ben artık ölümün ayak seslerini duyan bir adamım. Ruhumu huzurla teslim etmek için doğru bilinmeye, hayırla anılmaya ihtiyacım var."

"Sakin olun efendim, bu kadar heyecan bünyeniz için iyi değil."

"Nasıl sakin olayım Doktor Bey evladım? Nasıl sakin olayım? Hiç suçum olmadığı halde tarihe eli kanlı bir katil olarak geçmek kolay mı sanıyorsunuz? Ermeniler hâlâ bana katil diyorlar."

Doktor bir anda İstanbul'daki gençlik yıllarına gitti. Ermeni suikastçiler adamın dediği gibi affedilmişti ama ertesi gün omzuna baltasını alan Türk, Kürt, Boşnak, Müslüman ahali, herkesin gözü önünde Ermeni komşularının kapısını kırmış, evdeki herkesi gözünün yaşına bakmadan öldürmüşlerdi. Bir katliama dönüşmüştü bu.

Ama Doktor bunu söyleyip de sözü uzatmayı, adamla bir tartışmaya girmeyi istemedi. Belli ki kendisini etkileyerek, savunmasını yazdırmak istiyordu.

"Bakın," diye devam ediyordu Padişah, "ben tebaama hep iyi davrandım. Bir babanın çocuklarına davrandığı gibi eşit muamele ettim. Birçok Ermeni aile sayemde zengin oldu, saraylarımızı, köşklerimizi hep Balyan ailesi inşa eder, hükümetlerimde Ermeni nazırlar görev yaptı. Rumlar desen onlar da öyle. Sarraf Zarifi'yi 'baba' diye hitap edecek kadar severdim, Karatodori Paşa Berlin Konferansı'nda beni temsil etti, Müzürüs Paşa malum, hangi birini sayayım? Yahudilere nasıl davrandığımı ise baş hahama sorun. Onlara Haliç'te bir hastane hediye etmedim mi? Doktorsunuz, bilirsiniz. Ben böyle davranırken Avrupa hükümdarları ne yaptı? Dünyanın dört bir köşesini sömürdüler, köle ticareti yaptılar."

Doktor iyice bunalmıştı artık, yaşlı adam bir mahkemedeymiş gibi kendisini savunup dururken içine fenalık basıyordu. Adamın sigarasından bir nefes çekmesini fırsat bilerek hemen ayağa kalktı. "Müsaadenizle," dedi acele acele, "Gitmem lazım, hastaneden bekliyorlar."

Padişah gönülsüzce "Peki," dedi. "Uğurlar olsun. Yarın görüşürüz."

Doktor tam kapıya varmıştı ki adam arkasından seslendi: "Haksızlık etmemek için şunu söylemem lazım. İmparator Franz Josef'i ötekilerden ayrı yere koyarım. Viyana'da hastalandığımda sarayında bana üç hafta şefkatli bir baba gibi baktı, iyileştirdi. Hakkını ödeyemem. Durun, durun bir dakika. Biraz önce eller derken aklıma geldi. Ben katilleri ellerinden tanırım. Onların elleri değişik olur. Başparmağının boğumu, işaretparmağının boğumundan uzun olan kişiler cinayet işler. Bu yüzden önce ellere bakarım ben."

Doktor bahçeye çıktığında derin bir oh çekti. Bu kadar çok imparator, çar, kral, kraliçe muhabbetinden çok sıkılmıştı. Ona neydi bu adamlardan? Hastane yaralı doluydu, Selanik ufkundaki kara bulutlar gittikçe yaklaşıyordu.

Farkında olmadan başparmağına baktı. Bizzat cinayet işlememişti ama İttihatçıların işlediğini bildiği cinayetlere ortak olma endişesi zaman zaman vicdanında bir yara gibi kanıyordu. Hayır, bu başparmak cinayet işleyen birine ait olamazdı. Rahatlamıştı.

Çocukluğu, gençliği bu adamın idaresi altındaki İstanbul'da geçmişti. Sokaktan geçen Arnavutlar ciğer, Rumlar balık, Sırplar süt, yoğurt satarlar; parlak baltalı Kürtler kışlık odunu keserlerdi. Ermeni komşuları ise zulmün kurbanı oluyordu hep.

Selanik sokaklarında gerçekten de bir telaş, bir hareketlilik görülüyordu. Askeri arabaların biri gidip biri geliyor, suratı asık paşalar kendilerini selamlayanlara bile aldırmadan hatta kimseyi fark etmeden yürüyüp gidiyorlardı. Hastane bahçesi yaralılardan, can çekişenlerden, ölenlerden geçilmiyordu. İstanbul'un ne yaptığıyla ilgili hiçbir fikri yoktu. Koca imparatorluk, inme inmiş, felç olmuş bir gövde gibi elini ayağını oynatamıyordu galiba. Gazeteler her zaman olduğu gibi yalan haberler yayımlıyor, ortalığı güllük gülistanlık göstermeye çalışıyordu.

Bu kara düşüncelerle boğuşan, iki kaşının arasına yerleşmiş inatçı bir baş ağrısı çeken Doktor o akşam buluşacağı arkadaşlarından, hayatının en acı haberlerinden birini alacağını bilmiyordu henüz.

Ertesi gün aldığı onca ilaca rağmen baş ağrısı geçmemiş olarak gitti köşke. Doğrusu bugün adamı çekecek hali yoktu ama ne yapsın, mecburdu. Padişah konuşmak, içini dökmek ihtiyacından çıldıracak hale gelmişti, neredeyse hiç susmuyordu artık. Doktor'la sohbet; sabahları aldığı soğuk duş, salonda yarım saat yürüyüş, ibadet, sigara, iki fincanla gelen kahve gibi günlük rutininin vazgeçilmez bir parçası olmuştu.

İstanbul'da bir aşk gecesi - Kadın kadın senin kocan yok mu?

Doktor'un aklı başka yerde o gün, dalgın, durmadan konuşan adamı yarım kulakla dinliyor. Kurnaz padişah, doktorun ilgisizliğini fark ettiği anda yüzüne yayılan hafif bir gülümsemeyle dikkatini çekmeye çalışıyor. "Size," diyor, "bugün öyle bir şey anlatacağım ki şaşırıp kalacaksınız. Kimselerin bilmediği bir sır." Doktor heyecanlanıyor ister istemez, kulak kesiliyor, "Anlatın lütfen," diyor. Padişah mabeyincilerin salona girmediğinden emin olmak için bakınıyor, sonra doktora doğru eğilip, sesini alçaltarak, gözlerinde tuhaf bir ışıltıyla, "Bu sefer anlatacağım siyasi bir hikâye değil," diyor, "içinde sultan ve imparatoriçe var ama siyasi değil, bir aşk hikâyesi." Muzip bir gülümseme yayılıyor dudaklarına, Doktor'un ilgisini çektiğine emin.

İşin gerçeği de bu, doktor sabırsızlıkla bekliyor. Padişah, yeni bir sigara yakıyor, torununa masal anlatan bir dede tavrıyla, "Amcamın Paris'te İmparatoriçe Öjeni'ye sevdalandığını sezmiştim ben ama işlerin bu dereceye geleceğini bilmiyordum diyor. Seyahatten bir yıl sonra Öjeni İstanbul'a gelmez mi, üstelik kocası olmadan. Aigle yatı, nedimeleri, saray görevlileriyle. Amcam, Öjeni'nin geleceği haberini alınca neler yaptı neler. Beylerbeyi Sarayı'nı İmparatoriçe için hazırlattı. Paris'ten yeni yemek takımları getirtti, yüzlerce metre kıymetli kumaş ısmarladı, saray aşçıları Bulgaristan'dan gelen sığır dilleri, Trakya'dan süt danaları, Boğaz'dan lezzetli balıklar hazırlamaya girişti. Padişah'ın heyecanı İstanbul ahalisine de geçmiş olmalı ki bütün şehir İmparatoriçe için hazırlanmaya, süslenmeye başladı. Öjeni maiyetiyle birlikte Beylerbeyi Sarayı'nda kaldı. Kraliyet ailelerinin birbirini ziyaret etmesi doğaldır ama bu seyahatte dedikodular çıktı.

İlginç olaylardan ilki Dolmabahçe Sarayı'ndaki davette yaşandı. Avrupa saraylarındaki âdeti uygulamak isteyen amcam, Öjeni'yi koluna takarak saraya girince, annesi Pertevniyal Hanım, 'Kadın kadın senin kocan yok mu?' diyerek ikisini birbirinden ayırıverdi. Çok tuhaf bir hadiseydi.

İkincisi ise şöyle: Amcam bir gün yanına maiyetini almadan gizlice Beylerbeyi Sarayı'na gitmiş, sabaha karşı yorgun argın kendi sarayına dönmüş. Bunu gözümüzle gördük diye yemin edenler var ama günahları boynuna, ben bir şey diyemem. İstanbul halkı bunu aşk-i Sultani diye konuşur durur."

Bu dedikodunun doğru olma ihtimali Doktor'u heyecanlandırmıştı çünkü onun bildiği, Padişah'ın ise bilmediği şey İmparatoriçe'nin o yıl, yani ilk seyahatinden 42 yıl sonra İstanbul'u, Beylerbeyi Sarayı'nı ve rahmetli padişahın oğlunu tekrar görerek hatıralarını tazelemek amacıyla bir ziyaret daha yaptığıydı.

Padişah şimdi de Avrupa seyahatinden döndükten sonra yapılan bir toplantıdan söz ediyordu. Sadrazamın, nazırların, şeyhülislamın katıldığı bu toplantıda Avrupa seyahati konuşulmuş ve farkın çok açıldığı, imparatorluğun bir an önce silkinip kendine gelmesi ve Avrupalıların yolundan gitmesi gerektiğinde herkes birleşmişti. Zaten gördüklerinden sonra kimsenin durumu inkâr edecek hali yoktu. Avrupa'nın kadınıyla erkeğiyle birlikte çalışması hepsini çok etkilemişti. O ışıklı binalar, trenler, fabrikalar gözlerinin önünden gitmiyordu. En ilginç sözü ise İstanbul Şehremini Ömer Faiz Efendi söylemiş, Şeyhülislam'a dönerek "Efendim, İslam'ı bile Avrupalılardan almalıyız," deyivermiş, sonra da durumu şöyle açıklamıştı: "Adamlar bize öğretilmiş olan düzgün İslam'a uygun davranıyorlar, bizse bozulduk. İslam'ı tekrar, en baştan başlayarak onlardan öğrenmemiz lazım."

Yarı şaka yarı ciddi söylenen bu söz bile bir tepkiye yol açmamış, heyetin üstüne çöken hüzün bulutunu dağıtamamıştı. Padişah bunları anlatarak zaten devraldığında imparatorluğun feci durumda olduğunu kanıtlamak için çırpınıyordu.

Bir şey mi hissetmişti acaba? Dünyayla irtibatı kesilmiş olan adamın içine kötü şeyler doğuyor olmalıydı ki vakti kalmamış gibi telaşla anlatacaklarını bitirmeye, kendisini aklamaya çalışıyordu. Doktor ise adama kızıyor muydu, acıyor muydu farkında değildi artık, çünkü aklını bir türlü ona veremiyordu. Buna rağmen zihninin katmanlarında, Panislamist olarak bilinen hükümdarın aslında bir Avrupa medeniyeti hayranı olduğuna dair izlenimler uçuşuyordu. Ne garip bir durumdu bu böyle. İslam'ı bile Avrupa'dan öğrenmemiz gerektiğine dair delice sözler dile getiriyordu.

Doktor köşkten çıktığında kafasını toplamak için deniz kıyısında biraz yürümeye karar verdi. Köşk bahçesindeki subaylar, nöbetçiler giderek daha tedirgin bir hale giriyorlardı. İkili üçlü subay grupları kendi aralarında fısıldaşıyor, Doktor yanlarından geçerken susarak selam veriyor, o geçtikten sonra konuşmalarına devam ediyorlardı. Ekim sonu hava serinlemişti, denizden orta şiddette bir yel esiyordu.

Doktor bahçe kapısından çıktı, Alatini fabrikasına doğru yürüdü. Kıyıya geldiği zaman altmış yetmiş metre boyunda olduğunu tahmin ettiği iki direkli, beyaz, çok güzel bir yatın demirlemekte olduğunu gördü. Adı Loreley'di. Gemi süvarisini Alman'a benzetti. *O halde bu bir Alman istasyon gemisi olmalı*, diye düşündü. *Acaba harp ortalığı kasıp kavururken bu geminin Selanik'te ne işi vardı?*

Gece yarısı gelen şaşırtıcı emir

Padişah'tan gelen emri, onların deyimiyle irade-i seniyeyi sabık sultana bildirmek için niçin gece yarısını seçmiş olduklarını ancak Allah bilir. Belki askeri bürokrasinin karmaşık kuralları sebep olmuştu buna, belki de bir süre sonra kendisini iyice gösterecek olan şaşkınlık -Doktor'un teşhisiyle sersemlik- hali generallerin kafasını çalışmaz hale getirmişti. Her ne sebepten olursa olsun, herkes uykudayken köşke gelip Nizamiye'dekilerden Padişah'ın uyandırılmasını isteyen subaylar bu vehimli, heyecanlı adama iyi davranmamış sayılırlardı. *Gündüzler çuvala mı girmişti, sabaha ne kalmıştı ki şurada?* Hastası için böyle kaygılanan Doktor bir yandan da kendisini çağırdıkları için memnundu.

Mabeyincinin uyandırdığı Padişah vakur bir edayla girdi salona. Bastonuna dayanarak ortaya kadar geldi. Halinde tavrında hiç de telaş, korku sezilmiyordu. Doktor onun büyük tehlikeler karşısında soğukkanlılığını korumakla övündüğünü hatırladı. Demek ki şimdi de böyle bir tehlike karşısında kaldığını düşünüyordu.

Yüksek rütbeli subaylar "Haşmetmeap," diye selamladılar onu. Abdülhamid "Hayrola?" dedi. "Gece yarısı sizi buraya getiren acil sebep nedir?"

O anda Doktor, yaşlı adamdaki bu sükûnetin ölüm karşısındaki çaresizlikten kaynaklandığını anladı. Üç buçuk yıldır her gün gördüğü Sultan, artık ölüm saatinin geldiğini anlamanın, her türlü çabanın beyhude olacağı kesin sona varmış olmanın verdiği bir metanetle sakin ve vakur bir imparator tavrına bürünmüştü. Doktor bu tarihi anın hiçbir saniyesini kaçırmamak için her türlü ayrıntıya dikkat ediyordu.

Vardar Ordusu Kumandanı saygılı bir ses ve tavırla "Sizi İstanbul'a götürmemiz konusunda emir aldık haşmetmeap," dedi.

İşte o zaman Abdülhamid'in sarsıldığını gördü Doktor.

"Ne?" dedi. "İstanbul mu? Niçin? Ne yapacaksanız burada da yapabilirsiniz."

"İrade-i seniye böyle," dedi Paşa.

"Bu emrin sebebi nedir? Üç buçuk senedir bu köşke yerleştim. Ailem, çoluk çocuğum burada. İstanbul'a gitmeye hiç niyetim yok."

"Ama burada kalmanız tehlikeli olur."

"Ne tehlikesi?"

Paşalar sıkıntılı bir ifadeyle birbirlerine baktılar.

Sonra "Bir bölük asker arasında bu köşkte sakin sakin ibadetle meşgul olup gidiyorum. Nasıl bir tehlike olabilir ki?" dedi.

O zaman Doktor durumu anladı. Artık imparatorluğun Balkanlar'ı kaybettiği, Bulgar ve Yunan ordularının Selanik'e doğru yürüdüğü, Bulgarların Edirne'ye hücum ettiği, Selanik-İstanbul demiryolu hattını kesmiş oldukları eski padişaha açıklanacaktı. Üç buçuk yıldır hiçbir şeyden haberi olmadan rüya âleminde yaşayan hükümdara çok ağır bir darbe olacaktı bu. Belki bayılabilirdi, Doktor bu ihtimale karşı neler yapabileceğini düşünüyordu.

Yaşlı adam bayılmadı ama gözleri hayretle açıldı, yüzü bembeyaz kesildi, baston tutan eli gibi dudaklarındaki ve sesindeki titremeye de engel olamadı.

"Ne diyorsunuz siz?" dedi. "Nasıl olabilir?"

Paşalar susuyordu.

"Ben Üçüncü Ordu'yu mükemmel hale getirmiştim. Her türlü imkânı sağlamıştım. Ordumuza ne oldu? Düşmanla savaşmıyor muyuz?"

Omzu sırmalı, göğsü madalyalı yaşlı bir Paşa "Harpteyiz efendim," dedi. "Mücadele ediyoruz ama karşımızda birden çok ordu var."

"Yani kaybediyorsunuz. Hangi ordular bunlar? Ben otuz saatte bozguna uğratmıştım Yunan ordusunu. Siz nasıl yapamıyorsunuz?"

"O zaman Balkan devletleri arasında anlaşmazlık vardı haşmetmeap."

"Şimdi yok mu?"

"Maalesef yok."

"Hangi ordular geliyor buraya?"

"Yunan ve Bulgar orduları, Sırp da var ama daha ziyade ilk ikisi."

"Nasıl olabilir? Ne zaman kavgayı bıraktı bu düşman eyaletler? Hayır inanmam, katiyen inanmam. İki cihan bir araya gelir de bu devletler anlaşamaz. O zaman bu iş... bu iş yanlış siyasetten..." derken sustu ama herkes ne demek istediğini anladı. İktidarda olduğu uzun yıllar boyunca "böl ve yönet" ilkesini uygulayan, imparatorluktaki halkların birbiriyle uğraşmasına neden olan adam, kendisi tahttan indikten sonraki yeni idarenin ve tahta oturan kardeşinin beceriksizliğini anlatmak, onları suçlamak istiyordu ama her zamanki ihtiyatlı haliyle susmayı tercih etti.

Sonra bastonunu iki eliyle tutarak mağrur bir imparator tavrıyla "Ben hiçbir yere gitmiyorum," dedi. "Selanik'te kalacağım."

"Ama düşmanın şehre girmesi an meselesi. Top sesleri bile duyuluyor artık."

"Hangi cepheden?"

"Karaferye'den."

"Ben niye duymuyorum o zaman? Kulağıma hiç top sesi gelmiyor."

Doktor "Kulağınız ağır işitiyor da ondan," diyecekti ama kendisini tuttu.

"Öyle olsa bile," dedi yaşlı adam, "yine de gitmektense kalıp atalarımdan miras kalan bu şehri savunmak isterim. Bana bir tüfek verin."

"Efendim nasıl olur?"

"Bir tüfek verin diyorum, bir tüfek."

Sonra giderek sırtı dikleşti, sesi daha gür çıkmaya başladı, duruma el koyan bir kumandan gibi "Paşa, Paşa! Ne kadar yakında bu ordular?" diye sordu.

"Birkaç günlük mesafedeler."

"Hangi ordu daha yakın?"

"Yunan ordusu daha yakın efendim."

"Selanik'te kumandan kim şimdi?"

"Hasan Tahsin Paşa efendim."

"Haa, o Arnavut. Gidin söyleyin, beni görmeye gelsin. Madem iki ordu geliyor, ilk gelen orduya direniş göstererek öteki ordunun da yetişmesini sağlamak sonra Yunan ve Bulgar ordusunu birbiriyle harp etmeye sürüklemek lazımdır."

Doktor, yakından tanıdığı adamdaki değişimi, duruşu, bakışı ve sesindeki heybeti görüp *Demek imparator dediğin böyle bir şeymiş*, diye düşündü. *Başka bir adam bu. O mızmız hasta gitmiş.*

Paşalar yaklaşan düşmanın yarattığı tehditten, Ustruma, Garp, Yanya ordularının birbiriyle irtibatının kopmasından şaşkın hale gelmişler, özgüvenlerini tamamen yitirmişlerdi. Karşılarında padişah edasıyla konuşan adamın mantıklı şeyler söylediğini, onca yılın tecrübesiyle doğru askeri stratejiyi uygulatmak istediğini kavrıyorlardı. Şehir birkaç gün direnirse iki düşman ordusunu karşı karşıya getirebilirlerdi ama buna karar vermek kendi yetkileri dahilinde değildi. Buna ancak Harbiye Nezareti ya da Hasan Tahsin Paşa karar verebilirdi ama İstanbul'la hiçbir şekilde haberleşemiyorlardı. Her türlü irtibat kesilmişti. Kaderleriyle baş başaydılar.

Bu sırada Padişah "Selanik'i vererek kurtulmayı aklından bile geçirmesin kimse," diye bağırdı. "Selanik düşerse İstanbul da gider." Bastonunu üç kere parkeye vurarak "İşte burada söylüyorum. Aklınıza yazın," diye bağırdı. "Selanik düşerse İstanbul da elden gider!"

Bir süre sessizlik oldu. Paşalar Abdülhamid'in delici bakışları altında ezildiklerini hissettiler. Sonra birden ayıldılar, toparlandılar ve kendilerini afallatan Padişah'ın hiçbir yetkisi olmadığını hatırladılar. Söyledikleri mantıklı olsa bile artık hiçbir sıfatı olmayan, ev hapsinde tutulan, şimdi de İstanbul'a göndermeleri gereken sabık bir sultandı.

"Efendim," dediler, "bizim vazifemiz sizin İstanbul'a dönüşünüzü temin etmek. İrade-i seniye bu yönde."

Ama ne kadar uğraştılarsa da Padişah'ın inadını kıramadılar. Bunun üzerine paşalar çıktı, içeriye adamın hiç beklemediği, onu gerçekten afallatan bir sürprizle İstanbul'da olduklarını sandığı kendi damadı ve Abdülaziz'in damadı girdi. İkisi de eğilip Sultan Hamid'in elini öptüler, o da bu beklenmedik konukların gözlerinden öptü.

"Hayret, sizleri hiç beklemiyordum," dedi. "Madem demiryolu hattı kesik İstanbul'dan buraya nasıl geldiniz?"

"Zat-ı Şahaneleri'ni görmek için denizden geldik haşmetmeap," dedi biri. "Her yer tehlikeli, malum harp alanı. Hükümet sizi İstanbul'a sağ salim getirebilmek için Alman İmparatoru Vilhelm'e başvurdu. O da yakın dostluğunuz sebebiyle Loreley yatını Selanik'e gönderdi. Bizler sizi almaya geldik."

O sırada Doktor sabık padişahın gözünde kısa bir an parlayıp sönen bir ışık gördü. Kısacık bir an, çakıp sönen bir parıltı. Artık onu çok iyi tanıdığı için adamın bir umuda kapılmak üzere olduğunu fark etti ve bunu yeni bir saltanat ihtimaline yordu. Emindi ki adam, kardeşinin bu işi beceremediği için tahttan alınması ve kendisinin tecrübelerinden yararlanmak amacıyla tahta davet edilmesi ihtimalini düşünüyordu. Olur mu olurdu. Allah ü Teâlâ'nın takdirine bağlıydı her şey. Kısmetten öte yol yoktu.

Selanik'ten çekilme hazırlıkları

Doktor'un arkadaşları Olimpos'ta oturmuş, havada neredeyse elle tutulur hale gelen hüzün atmosferinin öne eğdiği omuzlarıyla, sakince rakılarını yudumluyorlar, alçak sesle dertli şeyler konuşuyorlardı. Sahnede müzik yoktu, eğlence bitmişti. Selanik'teki bütün meyhaneler, lokantalar, dükkânlar, hatta evler sessizliğe gömülmüş, bir yas karanlığına bürünmüştü. O neşeli şehrin üstüne siyah bir tül örtülmüş gibiydi. Sokaklar, caddeler, meydanlar bomboştu. Evlere kapanmış insanlar giderek yakınlaşan top sesleriyle irkiliyorlardı. Bu insanlar arasında garnizondaki askerler, subaylar da vardı. Onlar da ne yapacaklarını bilmiyorlar, yukardan nasıl bir emir geleceğini kestiremiyorlardı.

Saffet Binbaşı "Anlamıyorum," diyordu. "Neler olup bittiğini anlamıyorum. Burada ne yapıyoruz biz? Ordumuzun bir kısmı düşmanla savaşırken niye onlara katılmıyor, sanki hiçbir şey okumuyormuş gibi eli kolu bağlı oturuyoruz?"

Nihat "Kimse anlamıyor ki," dedi. "Sanırım tarihte böyle bir şey görülmemiştir."

"Dur bakalım. Doktor Beyaz Kule'deki toplantıdan gelecek birazdan. Neler olup bittiğini anlatır bize."

"Ne var ki Beyaz Kule'de?"

"Şehrin ileri gelenleri toplanıyor. Vali, ordu kumandanı, Yahudi, Rum, Türk işadamları, fabrika, otel sahipleri kısacası Selanik şehrinin kaymak tabakası."

"Sulara uyku ilacı karıştırılmış ya da bütün şehri çeçe sinekleri sokmuş gibi. Bir türlü uyku rehavetini üstümüzden atamıyoruz."

"Biz nasıl atalım ki birader, emir kuluyuz, askerlikte kendi kendine harekete geçmek olur mu?"

"Acaba Selanik'i gözden çıkardılar mı?"

"Allah yazdıysa bozsun. Kim böyle bir ihanete cesaret edebilir ki?"

"Offff bilmiyorum ama bu sessizlik giderek hepimizi delirtecek."

"Loreley vapurunu gördünüz değil mi? Abdülhamid'i almak için gelmiş diyorlar."

"Niye Alman vapuru geliyor ki, devletin gemisi mi kalmadı?"

"Yunan donanması her yeri tutmuş, Osmanlı gemisi geçemez aralarından, Bük İstasyonu'nu da Bulgarlar almış, yani karayolu da kapanmış durumda. Hem karadan hem denizden kuşatma altındayız resmen."

"Yahu işler nasıl bu hale geldi? Aklım duracak, rüya gördüğümü sanıyorum bazen. Yol kapanmadan önce izinden dönen bir zabitin anlattıklarına göre İstanbul'da İtilafçılarla İttihatçıların birbirini yeme kavgası her şeyin önüne geçmiş. İttihatçılar neredeyse düşman kazansın da İtilafçı hükümet yara alsın diye dua ediyorlar. Başkumandan Vekili Nazım Paşa'nın bazı ordularla irtibatı yok. Çelişkili raporlar geliyor. Bir belirsizlik var. Şark Ordusu da Garp Ordusu da düşman karşısında geriliyor."

"Desene siyaset bitiriyor memleketi. Ah şu iç mücadele... Birbirleri yerine düşmandan bu kadar nefret etselerdi keşke. Burada bile görmüyor muyuz siyaseti, bölükteki her subayla anlaşabiliyor muyuz? İtilafçı subaylar düşman gibi bakıyor bize."

Subayların konuşmaları sık sık derin sessizliklerle bölünüyor, o sırada kimi çatalıyla masa örtüsüne hayali şekiller çiziyor, kimi kadehi ışığa tutup rakının beyazlığında bir şeyler görmeye çalışıyordu.

Hepsinin gözü kulağı Doktor'dan alacakları haberlerdeydi. Köşkü de bilen oydu, Beyaz Kule'deki toplantıya katılan da.

Ne var ki çok geçmeden gelen Doktor'un anlattıkları, can sıkıntılarını daha da artıracak, umutlarını kıracaktı. Olmayacak şey oluyor, Selanik resmen teslim ediliyordu. Başta, şehrin yarısından çoğunu oluşturan Yahudilerin temsilcileri bu güzel şehrin harple mahvolmasına, yakılıp yıkılmasına karşı çıkıyordu. Doğal olarak Rumlar da öyle düşünüyor, şehrin savaşmadan Yunan ordusuna teslim edilmesi için kumandan paşaya baskı yapıyorlardı. Toplantıda anlatılanlar Osmanlı donanmasının denize bile açılamadığını, kara ordularında da tam bir şaşkınlık yaşandığını, Edirne'nin düşmek üzere olduğunu ortaya koyunca subaylara da söylenecek söz kalmamıştı. Selanik, çaresiz bir ada gibi her yönden kuşatılmıştı. Yunan ordusunun şehre girmesi an meselesiydi.

Bu iç karartıcı bilgilerden sonra konu Abdülhamid'e geldi. Gerçekten de Loreley vapuru Sultan'ı almaya mı gelmişti?

Doktor onları daha da şaşırtacak şeyler söylüyordu. Sabık sultan, İstanbul'a gitmemek için epey direnmişti, beklenmedik bir cesaretle "Bana bir tüfek verin. Atalarımın toprağını savunmak benim hakkım. Buna engel olamazsınız," diye tutturmuştu. Saraydan damatlar gelmişti onu ikna etmek için. Vardar Ordusu Kumandanı da gelmişti. Hepsi de adama sanki şu anda tahttaymış gibi büyük bir saygı gösteriyorlardı. Onun da üstüne bir azamet gelmişti, kudretli bir imparator gibi davranıyordu.

"Ama asıl konu bundan da önemli," dedi Doktor arkadaşlarına. "Bu adamın zulmünden, memlekete yaşattığı korku rejiminden hâlâ nefret ediyorum ama hakkını teslim etmem lazım. Kızmayın bana. Köşkte hiçbir şeyden haberi olmadan bir hapis hayatı yaşayan yaşlı adam, her biri başına büyük bir darbe gibi inen haberleri aldığı zaman önce şaşırdı tabii, paniğe kapılır gibi oldu. Neredeyse eli ayağı boşalıp yere yığılacaktı. Ama birkaç dakika sonra kendisini topladı, askeri durum hakkında sorular sordu, bir süre düşündü ve en doğru askeri stratejiyi emir şeklinde Paşa'ya söyledi. 'Sizden sonuna kadar dayanmanızı değil, Yunan Ordusu'nu, Bulgarlar ve hatta Sırplar gelene kadar oyalamanızı istiyorum,' dedi. 'Sonra bu şehir kime kalacak kavgası yaratır ve durumdan yararlanırız.'"

Saffet "Vallahi doğru," dedi. "Tek plan bu. Aslında yıllardır uyguladığı taktiği söylemiş. Avcıları birbirine düşürerek avın hayatını uzatmak."

"Peki, Paşa ne dedi buna?"

"Padişah'ın emrini yerine getirerek onu İstanbul'a nakletmekle görevli olduğunu, bundan ötesinin yetkisi dahilinde olmadığını söyledi."

Subaylar üzgündü. Hepsinin düşünüp birbirine itiraf edemediği şey, 1908 Devrimi'ni başarmış olan ordunun, aşırı bir kibre kapılmış olduğuydu. Bu büyük zaferden sonra kurmaylar, artık dünyanın ayaklarının altına serilmiş olduğunu sanıyor, kendilerini her şeyin ve herkesin üstünde görerek, gençliğin de verdiği ihtiyatsızlıkla ordu disiplinini, eğitimini ihmal ediyorlardı. Askerin üniforması, tayını bile düşünülmüyordu. Haberleşme ağı bozulmuş, ast üst ilişkisi yara almış, siyaset askeri amaçların önüne geçmişti. Bir türlü zafer sarhoşluğundan ayılıp da asker olarak görevlerini yapamıyorlardı. Siyaset çok tatlı gelmişti besbelli. Belki de İstanbul denilen o kadim saltanat şehri bu hale getiriyordu insanları. Ne de olsa Bizans'ın devamıydı.

Üç subay da gizli gizli genç yüzbaşının kongrede yaptığı uyarıları hatırlıyordu. Ne yazık ki haklı çıkmıştı.

O akşam Doktor, kendilerine hep güleryüzle hizmet eden Rum meyhanecinin gözlerinde bir küçümseme mi gördü yoksa içinde bulundukları perişan ruh hali mi bu izlenimi yarattı, bunu anlayamadan eve döndü. Bir daha oraya adım atmamaya karar verdi. Sonra kendine acı acı güldü, sanki şehir onların mıydı ki böyle kararlar alıyordu? Herhalde onun yolu da İstanbul'a doğruydu.

Bazen aklına tuhaf fikirler üşüşürdü Doktor'un. Biz zaten elâlemin toprağını işgal etmişiz, kılıç zoruyla oralara egemen olmuşuz, şimdi kaybettik diyoruz ama zaten hak sahibi değiliz ki. Ne dilimiz aynı, ne dinimiz. Bu insanlar kaç yüzyıl süren işgale karşı kendi ülkelerini kurtarıyor, kurtuluş savaşı veriyor gibi zararlı fikirlere kapılır sonra şerefli bir subayın böyle düşünmemesi gerektiğini hatırlayarak kendine gelirdi.

Evde küçük bloknotu çıkardı, tanık olduğu tarihi olayları kâğıda geçirerek teselli bulmaya çalıştı. Olaylar kendisini o kadar aşmıştı ki sevda mektubu bile yazamıyordu son zamanlarda. Ama İstanbul'a dönerse ilk işi Melahat Hanım'ı aramak olacaktı.

Ve İstanbul mucizesi

İstanbul'un kokusu bile Selanik'ten farklıydı. Orada da deniz vardı ama Boğaz'ın hareketli sularından mıdır, lodos, poyraz rüzgârlarından mı, yoksa o kendine özgü balıklardan mı bilinmez, baştan çıkarıcı bir kokusu vardı bu şehrin. Şimdi Padişah, geniş burun deliklerinden çökük göğsüne içmek ister gibi çekiyordu bu latif havayı. İstanbul, onca yıldan sonra İstanbul. Dünyanın arzuladığı şehr-i İstanbul ki şair bir taşına koca Acem mülkünü feda etmiş. Loreley vapuru Marmara Denizi'ni aşıp bu şehri fetheden dedelerinin sarayının önünden geçtikten sonra Boğaziçi'nin mucizevi sularına giriyor ve o sırada iki yakaya birikmiş olan halkın kulakları sağır eden tezahüratı başlıyor. "Padişahım çok yaşa, Padişahım çok yaşa, Padişahım çok yaşa!" Ne tatlı bir yankı bu, ne içten bir sesleniş. İstanbul ahalisi, üç buçuk yıl önce zelil bir şekilde gece yarısı herkesten kaçırarak trene bindirdikleri, adi bir mahkûm gibi bir eve hapsedip türlü hakaretler ettikleri sultanlarını karşılıyor. Kendisini, Mekke'den Medine'ye göç etmek zorunda kalıp sonra Mekke'ye kutlu bir zaferle giren Allah Resulü'nün izindeki bir halife olarak, aynı kaderi yaşamış gibi mutlu ve gururlu hissediyor. Halkın kendisine güvendiğini; facialarla sarsılan, düşman orduları karşısında şaşkınlığa uğrayan Devlet-i Aliyye'yi kurtaracağına, beceriksiz kardeşi ve o Makedonyalı haydut ihtilalciler gibi mülkü perişan etmeyeceğine inandığını biliyor. Pruvasına saltanat bayrağı çekilmiş olan beyaz vapur saraya yaklaşırken selam topları patlıyor. Alman kaptan ve süvari hazır ola geçip, ayağa kalkmış, kılıçlarıyla o muhteşem tacidarı selamlıyorlar. Top sesleri, çok yaşa Sultan Hamid haykırışlarına karışıyor. Bando Necip Paşa'nın kendisi için bestelediği Hamidiye Marşı'nı çalmaya başlıyor.

Çok yaşa ey Padişahım devletinle çok yaşa
Çok yaşa ey Padişahım şevketinle çok yaşa

Sarayın rıhtımında devlet erkânı saygı duruşu için dizilmiş bekliyorlar. Yere nadide halılar serilmiş, sadrazam, nazırlar, mebuslar, Şeyhülislam, Rum Patriği, Yahudi Hahambaşı, Ermeni Patriği, sefirler derin bir huşu içinde Allah'ın yeryüzündeki gölgesini bekliyorlar. El bağlamışlar, başları yere eğik, çünkü İmparator'la göz göze gelmeleri yasak, kimse Hazreti-i Penahi'nin, Zat-ı Şahaneleri'nin, Halife-i Ruy-i Zemin'in mübarek yüzüne bakarak konuşamaz. İstanbul'a ilk adımını atarken *Çok çile çektin ey Hamid, lakin sonunda hak yerini buldu, Allah'ın inayetiyle hak ettiğin makama tekrar kavuştun,* diye geçiriyor içinden. Kendisine bugünü gösteren Yaradan'a şükrediyor.

Devlet ricali iki yana doğru ayrılıyor, kendisi ise Hamidiye Marşı'nı çalan bandonun coşkusu ve üç denizin hâkimi olma gururuyla yürümeye başlıyor. Ahmet Necip Paşa'nın bestelediği marş, İstanbul'un iki kıyısına toplanmış, ellerinde bayraklar sallayan ahaliyi heyecan ve gözyaşı içinde bırakıyor. Babaları döndü nihayet.

Ey âlemin velinimeti, ey şahların şahı
Osmanlı'nın yüce tahtına kattın şerefi şanı

Saray bandosu bu sözleri söyleyince binlerce kişi aslan kükremesi gibi cevap veriyor:

Çok yaşa ey Padişahım devletinle çok yaşa
Çok yaşa ey Padişahım şevketinle çok yaşa

Kalabalık birden iki yana doğru ayrılıyor. Kırmızı halıda yürüyerek kendisine doğru gelen Kayzer Vilhelm beyaz üniformaya bürünmüş, ak tolgalı bir Töton şövalyesi gibi, kollarını açmış ona doğru geliyor. *Demek Kayzer de karşılıyor beni* diye düşünüyor, Selanik'teki sürgün azabından sonra ne büyük bir saadet bu.

Uzaktan sanki mabeyinci Şöhrettin Ağa'nın sesi gelmekte. Ne işi var ağanın burada? "Padişahım," diyor bir ses "Padişahım." Şöhrettin'in sesi giderek yükseliyor; şanlı şerefli bandoyu bastıracak neredeyse. Padişah kızıyor, "Bre hain!" diye bağırıyor. "Ne cüretle marşı kesmeye cesaret edersin!"

"Ne olur kendinize gelin. Emniyettesiniz Sultanım. Ne olur kendinize gelin."

Bando sesleri uzaklaşıyor.

O anda burnuna keskin bir sinameki kokusu dolarken Şöhrettin'in "Bakın, sinameki çayı da geldi, sinirlerinizi yatıştırır, Padişahım lütfen için," dediğini duyuyor.

Köşkten çıkış - Elveda Selanik

II. Abdülhamid, üç buçuk yıl kapı dışarı tek bir adım bile atmadan, hüzünlü, elemli, karanlık günlerini, uykusuz gecelerini geçirdiği çilehanesi Alatini Köşkü'nün cümle kapısından ilk kez çıktığında bir süre bastonuna dayanıp durdu. Taze, serin sonbahar havasını içine çekti. Bahçeye, ağaçlara, paşalara, zabitlere, erlere, mermer merdivenlerin altında bekleyen landon arabalara uzun uzun baktı. Sanki her şeyle ve herkesle vedalaşmak istiyordu. Selanik'ten ayrılacaktı ama bu şehri hiç görmemişti ki. Gece yarısı kapalı bir landonla getirilip bu köşke atılmıştı, şimdi de yine bir arabayla vapura götürülüyordu.

Selanik susmuş, bu anı bekliyordu. Sanki Padişah'ın bindiği vapur son düdüğüyle şehri selamlayarak körfezden ayrıldığında camilerin, minarelerin, hamamların, müezzinlerin, tekkelerin, beş yüzyıllık saltanatı da tarihe karışacaktı.

Loreley kuğu zarafetiyle açıkta duruyordu, gemi süvarisi onu karşılamak için karaya çıkmıştı. Gemi kaptanı başlarında olmak üzere, merasim üniforması giymiş Almanların ihtiram duruşu, içinde baş göstermeye başlayan umutların biraz daha güçlenmesine sebep oluyordu.

Selanik Valisi, Üçüncü Ordu ve Vardar Ordusu kumandanları, Alman konsolosu ve şehrin ileri gelenleri onu uğurlamaya gelmişti. Onların arasında Doktor biraz geride durarak tuhaf duygular içinde bu veda törenini izliyordu.

Kaptan, İmparator Vilhelm hazretlerinin gemiye hoş geldiniz mesajını okurken üç buçuk yıldır tatmadığı bir mutluluk duygusunun ılık ılık damarlarında dolaştığını hissetti. Mağrur bir selam vererek İmparator Hazretleri'ne teşekkürlerini iletti.

Almanlar, Padişah'ı ve yaklaşık otuz kişiyi bin bir itinayla filikalara bindirerek, merdiveni kırmızı çuhayla kaplanmış Loreley'e götürdüler. Her şey mükemmeldi doğrusu; yemeği, istirahatı ve ibadeti için her tedbir alınmıştı, hayran olduğu Alman disiplini her ayrıntıda kendisini gösteriyordu. Geminin sağ yanı hükümdara, sol yanı aileye ayrılmıştı. Padişah ilk akşam yemeğini kaptanla birlikte yedi. Orada İmparator'a tekrar teşekkürlerini sundu.

Canını sıkan tek şey Kaptan'ın yanına gelip, güverteye çıkacağı zaman kendisine haber vermesi gerektiğini, düşman donanmaları arasından geçecekleri için majestelerinin düşman eline geçmemesi amacıyla kamarasını pek terk etmemesi, hele kontrollerde onun ve ailesinin varlıklarını belli etmemeleri gerektiğini önemle hatırlatması oldu. Demek ki hapis hayatı henüz bitmemişti, kim bilir İstanbul'da onu ne bekliyordu?

Keyfini bir parça yerine getiren ise küçük şehzadenin oynayıp zıplaması, kahkahalar atarak ilk kez vapura biniyor olmanın verdiği neşeyi aileye yaymasıydı.

Vapur hareket ettiği zaman "Gidiyoruz, gidiyoruz, suyun üstünde kayıyoruz," diye bağırması Padişah'ta sevinç uyandırıyor, aynı zamanda da "Kim bilir nereye gidiyoruz yavrucuğum," diye mırıldanmasına yol açıyordu.

O gece tahttaki kardeşinin ve İstanbul hükümetinin, kendisini düşman elinde bırakmamak için aldığı karardaki merhameti takdir etti. Çünkü bu durumda en akla uygun davranış eski hünkârın vücudunu ortadan kaldırmak olabilirdi. Kendisini bir Alman gemisine bindirerek büyük bir tehlikeyi göze almışlardı. Abdülhamid karar değiştirip de kadim dostu Vilhelm'e Almanya'ya gitme arzusunu bildirseydi büyük olasılıkta Loreley rotayı Hamburg'a çevirirdi ve Sultan, herhangi bir şatoda hür bir insan olarak yaşayabilirdi. Ya da kendisine bağlı olan siyasetçiler, onun adına bir mücadeleye girişirdi. Ama ya İstanbul'da onu taht bekliyorsa ya talih tekrar yüzüne güldüyse?

Bu noktada gözünü maun tavandaki bir şekle dikti ve her zaman aklından uzaklaştırmayı başardığı Mithat Paşa'nın ruhunu bu kez Yemen zindanının karanlığına geri gönderemedi.

"Evet Paşa," dedi, "ben de istemezdim sonunun böyle olmasını ama devleti yönetmeye, bana baskı yapmaya kalktın. Akıllıydın ama ihtiraslarına gem vuramıyordun. Benim yerimde hangi hükümdar olsa bu kararı verirdi."

Sonra bu vapurda paşanın niçin aklına geldiğini hatırladı ve "Ayrıca İngilizlerin en has adamı olduğunu bilmediğimi sanma," dedi Paşa'nın kamarada gezindiğini hissettiği ruhuna.

Loreley yollu bir gemiydi, sonbaharın rüzgârsız, dalgasız günlerine denk geldikleri için çok rahat bir yolculuk oluyordu. Yunan donanmasına ait gemiler göründüğü zaman hemen işaret veriyor, hünkâr ve ailesinin kamaralarına saklanması gerektiğini bildiriyorlardı. Kayıtlara göre Loreley İstanbul'dan Selanik'e Kızılhaç malzemesi götürmüştü, şimdi de geri dönüyordu. Alman sefaretine bağlı bir gemi olduğu için bu açıklamaları kabul etmek zorundalardı. Bu gerekçeyle Çanakkale Boğazı'na girmeden önce bir Yunan kontrol noktasından geçerken ünlü Averof zırhlısının yaklaşmakta olduğunu gördüler. Kaptan telaşa kapılarak padişahın ve kapı halkının kamaralara kapanması emrini verdi. Ayrıca herkes feslerini çıkarmak zorundaydı. Tedirgin bir tavırla nefeslerini tutarak Averof savaş gemisini neredeyse bordalayarak geçtiler. Artık İstanbul'la aralarında bir engel kalmamıştı.

Marmara Denizi'ni geçerken Sultan'ın heyecanı gözle görülür derecede artıyor, göğsü inip kalkıyor, kalp çarpıntılarına yakalanıyordu. Son gece, yanına çağırarak ağzından laf almaya çalıştığı Selanikli Yüzbaşı Salih Efendi, "Birazdan zat-ı devletlerini karşılayacaklar," demekle yetindi. Umutla umutsuzluk, korkuyla cesaret, hüzünle neşe arasında gidip gelen eski hünkârı rahatlatmaya yetmeyen bir cevaptı bu. Tam tersine evhamını dayanılmayacak kadar artıran gece nöbetlerinden birine yakalanarak, karanlıkta kendisine bir tuzak kurulduğundan, İstanbul'da önce bir kayığa alınıp, sonra yok edileceğinden emin oldu. Başka bir geminin bir kayığa çarpıp batırmasından daha kolay ne olabilirdi ki? Bu facia kolaylıkla kaza diye açıklanabilir, padişah kardeşi de üzüntülerini bildirmekle yetinirdi. Düşündükçe bu plandan emin olarak Şerif Paşa'yı kamarasına davet etti ve gece gemiden kesinlikle inmeyeceğini bildirdi. İstanbul'a girişleri gündüz vakti olmalıydı, gece karanlığında inmeyi reddediyordu. Mutlaka sabah olmalıydı. Şerif Paşa, Padişah'ın bu ısrarını İstanbul'a bildirdi.

Lumboz başında sabahı sabah ederek bekleyen tedirgin Sultan günün ilk ışıklarıyla bir parça rahatladı ama öğlene doğru atalarının şehrine girerken başına neler geleceğini bilmemenin tuhaf huzursuzluğu boynuna dolanan bir kordon gibi nefesini zorlamaya başladı.

Loreley, Kızkulesi'nin yakınlarında durdu, bir istimbot yaklaşıyordu. Acaba bu botta hükümet üyeleri, hanedan mensupları mı vardı, onu karşılamaya mı geliyorlardı?

Ne var ki bot iyice yaklaşıp da içindeki İstanbul Muhafız Kumandanı ve yaveri görününce, Padişah bundan sonra kalan ömrünün yine esaretle geçeceğini, talihin yüzüne gülmediğini anlayıverdi.

Güverteye tırmanan Kumandan Paşa sağırdı, söylenen her söz, yaveri tarafından nasıl olduğu anlaşılmayan bir biçimde ona anlatılıyordu.

"Sizi Beylerbeyi Sarayı'na götürmem konusunda irade-i seniye buyuruldu," dedi Kumandan.

Abdülhamid küçük bir çocukken veremli annesinin nemden, bir uçtan öbür uca esen buz gibi rüzgârlardan, soğuktan her gün biraz daha eridiğini gördüğü ve nefret ettiği bu saraya gitmemek için direndi. "Beni Çırağan Sarayı'na götürün.

Rica ederim Çırağan'a götürün. Biraderime selam söyleyin, bu emri değiştirmesini talep ediyorum," dedi.

Nasılsa bu ricayı anlayan Paşa yüzüne yayılan alaycı bir gülümseme ve yılışık bir tavırla "Ohoooo," dedi, "geçmiş olsun. Çırağan yok artık. Yandı bitti kül oldu. Baykuşlar mekân tutuyor artık orada."

Paşa'nın ağzından çıkan bu sözler, eski padişaha İstanbul'un, Devlet-i Aliyye'nin ve hanedanın sonsuza kadar değiştiğini, bu yeni âlemin ona zerre kadar aldırmadığını, kendi kuyularını kazan hırslı kadroların, üstünde hep birlikte oturdukları barut fıçısını göremeyecek kadar birbirlerine düştüklerini anlatan bir alarm zili oldu. Demek dedesinin ve babasının Sarkis Balyan'a yaptırdığı, kendisinin ise duvarlarına yerleştirdiği Rembırant ve Ayvazovski tablolarıyla, özel koleksiyonlarıyla gurur duyduğu o nadide saray yok olmuştu ve bunu İstanbul Muhafız Kumandanı ona nispet yapar gibi gülerek anlatıyordu.

Buharlı tekne Boğaz'ın sularında kayarak Padişah'ı, deniz kapılarının sonuna kadar açıldığı ve rıhtımında bir bölük asker ve sert bakışlı subayın beklediği Beylerbeyi Sarayı'na götürdü. Sultan Hamid, o uğursuz sarayın mermer sütunlarını görür görmez bir darbe yemiş gibi oldu. Bir süredir uykuda olduğunu sandığı ve varlığını neredeyse unuttuğu kaplanın sert adalelerinin harekete geçtiğini fark etti. Kaplanı unutmakta haklıydı çünkü tahttan inmekle ondan kurtulduğunu sanmış, gölgelere karışmış bir eski sultanın tehlikeden uzaklaştığını, artık sakin bir limana demirlemiş olduğunu düşünmüştü. Ama ne yazık ki uyanmıştı o muhteşem, zalim yaratık.

Sultan Hamid, kaplanın sırtından inişinin burada olacağı sezgisiyle içine ürpertiler salan mermer saraya yaklaşırken, bir an pencereden kayarak geçen ince bir Çerkez kızının gölgesini gördüğünü sandı. Demek ki şah da olsan padişah da olsan öksüzlük boynundan düşmüyordu.

"Sonunda buluşuyoruz, valide..." diye fısıldadı, "Sonunda buluşuyoruz."

KAPLANIN SIRTINDA'DA ADI GEÇENLER

SULTAN II. ABDÜLHAMİD

Osmanlı İmparatorluğu'nun en zor döneminde tahta çıktı. Farklı bir sultan portresi çizdi. Şiir ve hat sanatıyla arasında mesafe vardı ancak ince marangozluk ve oymacılıkla uğraştı. Kitap, opera ve müzik sevgisiyle ünlüdür. 33 yıl tahtta kaldıktan sonra 1909'da hal' edilerek Selanik Sürgünü'ne gönderildi. 1912 yılında İstanbul'a, Beylerbeyi Sarayı'na getirildi. Kalan ömrünü o sarayda geçirdi. 10 Şubat 1918'de öldü. Cenazesi büyük bir kalabalıkla kaldırıldı ve dedesi II. Mahmud'un türbesine gömüldü.

EŞLERİ

MÜŞFİKA HANIM

II. Abdülhamid ölürken yanındaydı. Hanedan yurtdışına çıkarılırken İstanbul'da kaldı. Ölmeden önce Başbakan Adnan Menderes'e bir mektup yazarak İnönü hükümetinin bağladığı aylığın artırılmasını istedi. Müşfika Hanım, 17 Temmuz 1961'de vefat etti ve Yahya Efendi Türbesi'ne defnedildi.

SALİHA NACİYE HANIM

Şehzade Mehmed Abid Efendi'nin annesidir. Sürgünde küçük oğluyla birlikte II. Abdülhamid'in yanındaydı, ardından Sultan ile birlikte Beylerbeyi Sarayı'na nakledildi. Padişah'ın ölümünden sonra Erenköy'deki köşkte hayatına devam etti. Hanedan yurtdışına çıkarılmadan bir ay önce hayatını kaybetti ve II. Mahmud'un türbesine defnedildi.

FATMA PESEND HANIM

Sultan Abdülhamid ile Selanik Sürgünü'ne gitti, ancak bir yıl sonra İstanbul'a geri dönerek Vaniköy'deki yalısında yaşadı. Hanedan sürgün edilirken hastaydı, sürgünden sekiz ay sonra 5 Kasım 1925'te hayatını kaybetti. Karacaahmet Mezarlığı'na defnedildi.

SAZKÂR HANIM

Refia Sultan'ın annesidir. Sürgünde kızıyla birlikte II. Abdülhamid'in yanındaydı ancak bir yıl sonra geri döndü. Padişah eşlerinden Peyveste Hanım ile Şişli'deki konağına yerleşti. 1924 yılında hanedan sürgüne gönderildiğinde Sazkâr Hanım kızıyla birlikte Beyrut'a (Lübnan) gitti. 1945 yılında vefat etti. Mezarı Sultan Selim Camii'ndedir (Şam, Suriye).

PEYVESTE HANIM

Şehzade Abdürrahim Hayri Efendi'nin annesidir. Sürgünde oğluyla birlikte II. Abdülhamid'in yanındaydı ancak bir yıl sonra geri döndü. Hanedan sürgün edilene kadar İstanbul'da yaşadı. Oğluyla birlikte Paris'te yaşayan Peyveste Hanım, 1944'te hayatını kaybetti. Müslüman Mezarlığı'na defnedildi.

KIZLARI

AYŞE SULTAN

Selanik Sürgünü'nde babası II. Abdülhamid'in yanındaydı. Bir yıl sonra İstanbul'a döndü ama sonra 1924'te hanedan mensuplarıyla birlikte sürgün edildi. 28 yıl Paris'te yaşadı, 10 Ağustos 1960'ta hayatını kaybetti. Yahya Efendi Türbesi'ne gömüldü. Ölmeden önce *Babam Sultan Abdülhamid* adıyla yayımladığı anı kitabı imparatorluk yaşamına dair en önemli kaynaklardan biridir. *Kaplanın Sırtında* yayımlandığı sırada torunu Mediha Hanım Ankara'da Meksika sefiresi idi.

ŞADİYE SULTAN

Selanik Sürgünü'nde babası II. Abdülhamid'in yanındaydı. İstanbul'a döndükten sonra 1924'te hanedan mensuplarıyla birlikte Fransa'ya sürgün edildi. 1953 yılında yurda dönüş yaptı. Cihangir'de bir apartman dairesine yerleşen Şadiye

Sultan, 20 Kasım 1977'de, 90 yaşında hayatını kaybetti. II. Mahmud Türbesi'ne defnedildi.

REFİA SULTAN

Selanik Sürgünü'nde babası II. Abdülhamid'in yanındaydı. Yaklaşık bir yıllık sürgün hayatının ardından diğer sultan kardeşleriyle birlikte İstanbul'a geldi. 1924'te hanedan mensuplarıyla birlikte Fransa'ya sürgün edildi, daha sonra Beyrut'a yerleşti. 1938 yılında, henüz 47 yaşında hayatını kaybetti. Mezarı Sultan Selim Camii'ndedir (Şam, Suriye).

OĞULLARI

MEHMED ABİD EFENDİ

II. Abdülhamid'in en küçük oğludur. Selanik Sürgünü'ne gittiği sırada 4 yaşındaydı. Döndüklerinde Padişah'la birlikte Beylerbeyi Sarayı'nda yaşadı. Sonra askeri eğitim alarak subay oldu. 1924'te hanedan mensuplarıyla birlikte sürgün edildi. 8 Aralık 1973'te Beyrut'ta (Lübnan) hayatını kaybetti. Mezarı Sultan Selim Camii'ndedir (Şam, Suriye).

ABDÜRRAHİM HAYRİ EFENDİ

Selanik Sürgünü'nde babası II. Abdülhamid'in yanındaydı. Yaklaşık bir yıllık sürgün hayatının ardından İstanbul'a geldi. 1924 yılında hanedan mensuplarıyla birlikte sürgün edildi, Viyana'ya gitti. Sonraları Roma, Kahire gibi çeşitli yerlerde yaşadı. 1 Ocak 1952'de Paris'te, kaldığı otelde morfin kullanarak intihar etti.

MEHMED ABDÜLKÂDİR EFENDİ

Selanik Sürgünü sırasında Sultan II. Abdülhamid ile birlikte olan şehzadeler arasında değildi. Osmanlı tarihine "Sosyalist Şehzade" olarak girdi. Padişah babasına muhalif fikirleri ve uzak tavırlarıyla tanındı. 1924'te hanedan mensuplarıyla birlikte sürgün edilerek Bulgaristan'a gitti. Trenle yaptığı yolculuk sırasında bebeğini kaybetti. Bu bebek hanedanın sürgündeki ilk kaybıdır. Daha sonra Budapeşte'de keman çalarak hayatını sürdürmeye çalıştı. II. Dünya Savaşı'ndan dolayı Sofya'ya dönünce dedesini tanıyan Bulgaristan Kralı tarafından belediyede kantarcılık işi verildi. 16 Mart 1944'te hayatını kaybetti.

HANEDAN

V. MURAD

Amcası Sultan Abdülaziz ile çıktığı gezide yakından tanıma fırsatı bulduğu Avrupa'ya hayranlık duydu. Özellikle İngiltere İmparatorluğu'yla yakın ilişkiler kurdu. Sultan Abdülaziz'in öldürülmesinin ardından ruh sağlığını yitirdi. Tahtta 93 gün kaldı.

V. MEHMED REŞAD

II. Abdülhamid indirilince yerine tahta geçti. Ancak yaşı ve tecrübesizliği nedeniyle, yönetimi İttihat ve Terakki'nin önde gelen subaylarına bıraktı. Dokuz yıllık saltanatı kalp yetmezliğinden ölmesi nedeniyle son buldu.

DİĞERLERİ

DOKTOR ATIF HÜSEYİN

Sultan Abdülhamid, sürgüne gönderildiğinde kendisine ve ailesine bakmak üzere görevlendirildi. Hayatı hakkında çok bilgi bulunmuyor. Ancak sürgün yılları boyunca Abdülhamid hakkında günlük tuttu. Tamamı on iki defter olan bu günlükler dönemle ilgili muazzam bir bilgi kaynağıdır. Padişah İstanbul'a getirildikten sonra Beylerbeyi Sarayı'nda da vefatına kadar Sultan'a bakmaya devam etti. Hiç evlenmedi. Genç yaşta vefat etti.

ALİ FETHİ (OKYAR)

İttihat ve Terakki Cemiyeti'nin önde gelen isimlerinden biridir. Abdülhamid ve ailesinin Selanik'e nakil işleminin başında bulundu ve ilk muhafız oldu. Yeni kurulan Cumhuriyet düzeninde meclis başkanlığı, milletvekilliği gibi görevlerde bulundu; 1923-24 arasında TBMM Reisi, 1924'te II. Başvekil olarak seçildi. Ilımlı ve akılcı kişiliğiyle her dönem saygı topladı. Kendisine "Okyar" soyadını bizzat Atatürk verdi. 7 Mayıs 1943 tarihinde İstanbul Nişantaşı'ndaki evinde vefat etti ve Zincirlikuyu Asri Mezarlığı'na defnedildi.

KRALİÇE VİKTORYA

Altmış yılı aşan saltanatıyla, hâlâ tahtta olan II. Elizabeth'e kadar, Birleşik Krallık'ta en uzun süre tahtta kalan hükümdar unvanını elinde bulundurmuştur. İlk kuzeni Prens Albert ile evlendi. 9 çocuğu oldu. Kraliçe Victoria'nın saltanatı boyunca en önemli olay Birleşik Krallık'ın Fransa ve Osmanlı İmparatorluğu ile birlikte Rusya'ya karşı savaştığı Kırım Savaşı'dır (1854-1856). Günümüzde bile birçok Avrupa monarşisi Kraliçe Victoria'nın soyundan gelen kişilerce yönetilmektedir. 4 Şubat 1901'de hayatını kaybetti.

ARTUR KONAN DOYIL

İngiliz bilimkurgu yazarı Arthur Conan Doyle. Ünlü eseri Sherlock Holmes ile tanınır. II. Abdülhamid'in dikkatini de bu eseriyle çekmiştir. Anılarına göre ikinci evliliğinde balayı için İstanbul'a gelmiş ve II. Abdülhamid'le görüşmek istemiştir. Kaynaklara göre bu görüşme gerçekleşmedi, ancak Padişah kendisine Mecidiye Nişanı takmıştır.

PASTÖR EFENDİ

II. Abdülhamid, Mösyö Pasteur'un çalışmalarını yakından takip etti. Bakteriyoloji alanındaki çalışmalara Osmanlı bilim insanlarını gönderdi. Pasteur'un kurduğu enstitüye 10 bin altın (veya frank) bağışladı ve Mecidiye Nişanı hediye etti.

SARRAF ZARİFİ

Galata borsasının tanınan isimlerindendir. Sultan Abdülhamid zamanı Osmanlı hanedanına borç para bulurdu. Ayrıca Sultan Abdülhamid'e ticari fikirler verirdi.

MÜZÜRÜS PAŞA

Osmanlı Rumlarından olan Konstantin Musurus, otuz beş yıl boyunca Osmanlı'nın Londra Büyükelçisi olarak görev yapmıştır. Tanınmış devlet adamı ve diplomat Musurus ayrıca Dante'nin *İlahi Komedya* eserini İtalyancadan Yunancaya tercüme etmiştir. Torunu Anna de Noille, Fransa'nın ünlü şairlerinden birisi olmuş, Marcel Proust onu "nezaketin ruhuna hâkim ve yüksek bir ahlak duygusuna sahip" olarak nitelemiştir. Kontes Anna de Noailles, Fransız edebi tarihinde önemli bir yere sahiptir. Proust'un *Geçmiş Zamanın Peşinde* eserinde de bahsi geçer.

İMPARATORİÇE ÖJENİ

1867 yılında III. Napolyon'un davetiyle Sultan Abdülaziz ve şehzadeler Paris'e gitti. Bu olay bir Osmanlı imparatorunun başka bir ülkeye ilk ziyareti olması nedeniyle tarihe geçti. Gelenleri III. Napolyon'un eşi Eugenie karşılamıştı. Eugenie'nin ilk görüşte Sultan Abdülaziz'den çok etkilendiği söylenir ki bir yıl sonra yaptığı İstanbul gezisinde Sultan kendisiyle bizzat ilgilenmişti.

III. NAPOLYON

1848 ila 1852 yılları arasında Fransa Cumhurbaşkanlığı yapmış, sonrasında tertiplediği darbeyle cumhuriyeti yıkarak imparatorluğunu ilan etmiş, son Fransa İmparatoru olarak 1870'e kadar hüküm sürmüştür. 1870 yılında, Üçüncü Fransa Cumhuriyeti'ni kuran devrimci hareketle devrilmiş ve sürgüne yollanmıştır. 5 Mayıs 1871'de hayatını kaybetmiştir.

YARARLANILAN KAYNAKLAR

Adem Ölmez. "İkinci Abdülhamid Döneminde Koruyucu Hekimlik ve Bazı Vesikalar."

Ali Fethi Okyar. *Sultan II. Abdülhamid Han'la 113 Gün.* Haz. Eyyub Bostancı. İstanbul: Akıl Fikir Yayınları, 2017.

Atıf Hüseyin Bey. *Sultan II. Abdülhamid'in Sürgün Günleri.* Haz. Metin Hülagü. İstanbul: Timaş Yayınları, 2013.

Ayşe Osmanoğlu. *Babam Sultan Abdülhamid- Hatıralarım.*

Azmi Özcan. *Abdülhamid ve Hilafet.* İstanbul: Yeni Şafak Kitaplığı, 1995.

Bayram Kodaman. *Abdülhamid Devri Eğitim Sistemi.* Ankara: Türk Tarih Kurumu, 1991.

——. *Sultan II. Abdülhamid Devri Doğu Anadolu Politikası.* Ankara: Ankara Üniversitesi Basımevi, 1981.

Cemal Kutay. *Prens Sabahattin Bey, Sultan II. Abdülhamit, İttihat ve Terakki.*

——. *Sultan Abdülaziz'in Avrupa Seyahati.* İstanbul: Boğaziçi Yayınları, 1991.

Cemil Koçak. *Abdülhamid'in Mirası.* İstanbul: Arba Yayınları, 1990.

Cevdet Kudret. *Abdülhamit Devrinde Sansür.* İstanbul: Milliyet Yayınları, 1977.

Coşkun Yılmaz (ed.). *II. Abdülhamid- Modernleşme Sürecinde İstanbul.*

Dilek Akyalçın Kaya. "Mustafa Arif Efendi'nin Selanik Yılları: XIX. Yüzyıl Osmanlı Taşrasında Burjuvazinin Oluşumuna Bir Örnek". *Cihannüma*, s.1-2. Aralık 2015; ss. 35-59.

Dorina L. Neave. *Sultan Abdülhamit Devrinde İstanbul'da Gördüklerim.* Çev. Neşe Akın. İstanbul: Dergah Yayınları, 2008.

Emre Aracı. *Kayıp Seslerin İzinde.* İstanbul: YKY, 2011.

Faiz Demiroğlu. *Abdülhamid'e Verilen Jurnaller.* İstanbul: Tarih Kütüphanesi Yayınları, 1955.

Falih Rıfkı Atay. *Batış Yılları.* İstanbul: Pozitif Yayınları, 2012.

Fatmagül Demirel. *II. Abdülhamid Döneminde Sansür.* İstanbul: Bağlam Yayınları, 2007.

Fausto Zonaro. *Abdülhamid'in Hükümranlığında Yirmi Yıl.* Çev. Turan Alptekin. İstanbul: YKY, 2008.

Fikrettin Yavuz. *II. Abdülhamid Döneminde Bir Amerikan Elçisi: Aleksander Watkins Terrell (1893-1897).* Yay. Haz. Serkan Yazıcı-Alperen Demir. İstanbul: Babıali Kültür Yayıncılığı, 2016.

François Georgeon. *Sultan Abdülhamid.* Çev. Âli Berktay. İstanbul: Homer Kitabevi, 2006.

Hakan Akpınar. *Son Sultan. Sultan II. Abdülhamid ve Bir Devrin Hikâyesi.* Konya: Mola Kitap, 2012.

Hüseyin Nazım Paşa. *Hatıralarım / "Ermeni Olaylarının İçyüzü".* İstanbul: Selis Kitaplar, 2003.

İlber Ortaylı. *İkinci Abdülhamit Döneminde Osmanlı İmparatorluğunda Alman Nüfuzu.* Ankara: Ankara Üniversitesi Basımevi, 1981.

İsmail Çolak. *Son İmparator.* İstanbul: Nesil Yayınları, 2015.

İsmail Müştak Mayakon. *Yıldız'da Neler Gördüm?* İstanbul: Sertel Matbaası, 1959.

Kasım Hızlı. Sultan ve İstanbul'un İmarı.

Mehmet Aydın. *Dâhi Hükümdar Sultan II. Abdülhamid Han.* İstanbul: Çınaraltı Yayınları, 2014.

Mehmet Bicik. *Bilinmeyen Yönleriyle II. Abdülhamid.* İstanbul: Akis Kitap, 2014.

Mehmet Hocaoğlu. *Abdülhamit Han'ın Muhtıraları.* İstanbul: Oymak Yayınları.

Meropi Anastassiadou. *Tanzimat Çağında Bir Osmanlı Şehri Selanik.* Çev. Işık Ergüden. İstanbul: Tarih Vakfı Yurt Yayınları, 2001.

Michel de Gréce. *II. Abdülhamit-Yıldız Sürgünü.* Çev. Derman Bayladı. İstanbul: Milliyet Yayınları, 1995.

Mim Kemal Öke. *Saraydaki Casus-Gizli Belgelerle Abdülhamid Devri ve İngiliz Ajanı Yahudi Vambery.* İstanbul: Hikmet Neşriyat, 1991.

Mustafa Armağan. *Abdülhamid'in Kurtlarla Dansı.* İstanbul: Ufuk Kitap, 2006.

Mustafa Celalettin Hocaoğlu. "Gertrude Bell'in Anılarında Sultan II. Abdülhamit, 31 Mart Olayı Ve Anadolu'ya Yansımaları (1909)."

Mustafa Müftüoğlu. *Tarihin Hükmü-Abdülhamid Kızıl Sultan mı?* İstanbul: Seha Neşriyat.

Namık Sinan Turan. "Opera Tutkunu Bir Sultan: II. Abdülhamid." *Evrensel Kültür*, ss. 27-31.

Necip Fazıl Kısakürek. *Ulu Hakan II. Abdülhamid Han.* İstanbul: B.d. Yayınları, 2003.

Necmettin Alkan. *Selanik İstanbul'a Karşı. 31 Mart Vak'ası ve II. Abdülhamid'in Tahttan İndirilmesi.* İstanbul: Timaş Yayınları, 2014.

Nejdet Gök. "Mütercim Halîmî Efendi'nin Notları Çerçevesinde Sultan Abdülaziz'in Avrupa Seyahati ve Sonuçları." *Tarihin Peşinde.* s. 7, 2012. ss. 165-188.

Neslihan Huri Yiğit. "Cumhuriyet Dönemi Türk Romanında II. Abdülhamid ve Eğitim." Yayımlanmamış Yüksek Lisans Tezi. İzmir: Dokuz Eylül Üniversitesi, 2012.

Neslihan Ünal. *İki Osmanlı Liman Kenti: İzmir ve Selanik.* Ankara: İmge Kitabevi.

Nilay Özlü. "Merkezin Merkezi: Sultan II. Abdülhamid Döneminde Yıldız Sarayı." *Toplumsal Tarih*, 206, Şubat 2011. ss. 2-13.

Nizamettin Nazif Tepedelenlioğlu. *İlan-ı Hürriyet ve Sultan II. Abdülhamit Han.* İstanbul: Yeni Matbaa, 1960.

Nurdan İpek Şeber. "Namlunun Ucundaki Padişah: II. Abdülhamid'e Karşı Planlanan Suikastlar." *Türkiyat Mecmuası*, Bahar, 2012.

Orhan Koloğlu. *Abdülhamid Gerçeği.* İstanbul: Gür Yayınları, 1987.

Orhan Selim Kocahanoğlu. *31 Mart Ayaklanması ve Sultan Abdülhamid.* İstanbul: Temel Yayınları, 2009.

Ömer Eğecioğlu. "Doğu Masalları: Johann Strauss'un Sultan II. Abdülhamid'e İthafen Yazdığı Vals." *Sanat Dünyamız.* s. 108. Güz 2008. ss. 13-25.

Ömer Faruk Yılmaz. *Bir Şehid Sultan Abdülaziz Han.* İstanbul: Çamlıca Basım Yayın,

——. *Sultan Abdülhamid Han'ın Harem Hayatı.* İstanbul: Ferman Yayıncılık, 2010.

Sacide Nur Akkaya. "İktidar ve Dil İlişkisi Bağlamında Taşra Mektuplarına Yansıyan II. Abdülhamit Portresi." *Türk Dili ve Edebiyat Dergisi.*

Samuel Sullivan Cox. *Bir Amerikan Diplomatının İstanbul Anıları 1885-1887*. Çev. Gül Çağalı Güven. İstanbul: Türkiye İş Bankası Kültür Yayınları, 2013.

Selim Ahmetoğlu. "Şehbâl Dergisinin 31 Mart İsyanı Albümü." *Müteferrika*, Yaz 2009.

Soner Akpınar. *Türk Romanında II. Abdülhamit*. İstanbul: Doğu Kütüphanesi, 2015.

Süleyman Kâni İrtem. *Birinci Meşrutiyet ve Sultan Abdülhamid*. Haz. Osman Selim Kocahanoğlu. İstanbul: Temel Yayınları.

——. *Abdülhamid Devrinde Hafiyelik ve Sansür. Abdülhamid'e Verilen Jurnaller*. Yay. Haz. Osman Selim Kocahanoğlu. İstanbul: Temel Yayınları.

——. *Sultan Abdülhamid ve Yıldız Kamarillası*. Haz. Osman Selim Kocahanoğlu. İstanbul: Temel Yayınları.

Sultan II. Abdülhamid ve Devri Semineri- Bildiriler. İstanbul: Edebiyat Fakültesi Basımevi, 1994.

Şadiye Osmanoğlu. *Babam Abdülhamid. Saray ve Sürgün Yılları.*

Taner Timur. "Sultan Abdülâziz'in Avrupa Seyahati- I."

——. "Sultan Abdülâziz'in Avrupa Seyahati- II."

——. *Osmanlı-Türk Romanında Tarih, Toplum ve Kimlik*. İmge Kitabevi, 2002.

Uğur Çelik. "II. Abdülhamit Dönemi ve İttihat ve Terakki Mukayesesi."

Vahid Çabuk. *Sultan II. Abdülhamid*. İstanbul: Paraf Yayınları, 2010.

Vladimir Alexandrov. *Siyah Rus*. Çev. Bahar Tırnakçı. İstanbul: İş Bankası Kültür Yayınları, 2015.

Vasfi Şensözen. *Osmanoğulları'nın Varlıkları ve II. Abdülhamid'in Emlaki*. Ankara: Türk Tarih Kurumu, 1982.

Yavuz Selim Karakışla. "Exile Days of Abdulhamid II in Salonica (1909-1912) and Confiscation of His Wealth." Yüksek Lisans Tezi. İstanbul: Boğaziçi Üniversitesi, 1990.

Zeki Çevik. "II. Abdülhamid Dönemi Bir Bürokrat Portresi: Sadrazam (Küçük) Mehmed Said Paşa ve Reformları." *Turkish Studies*. s. 4/8, Güz 2009.

Ziya Şakir. *Sultan Abdülhamid'in Son Günleri*. İstanbul: Çatı Kitapları, 2006.

SIRRI SÜREYYA ÖNDER'DEN
ZÜLFÜ LİVANELİ'YE
KAPLANIN SIRTINDA İÇİN SORULAR